U0447714

明灯照夜白

杯雪 著

四川文艺出版社

二

一路上李浮白念叨着接下来的打算,他从三月说到四月,从四月又说到五月,五月说完了,说六月荷花、荷叶挤满莫愁湖,他们还要去泛舟。

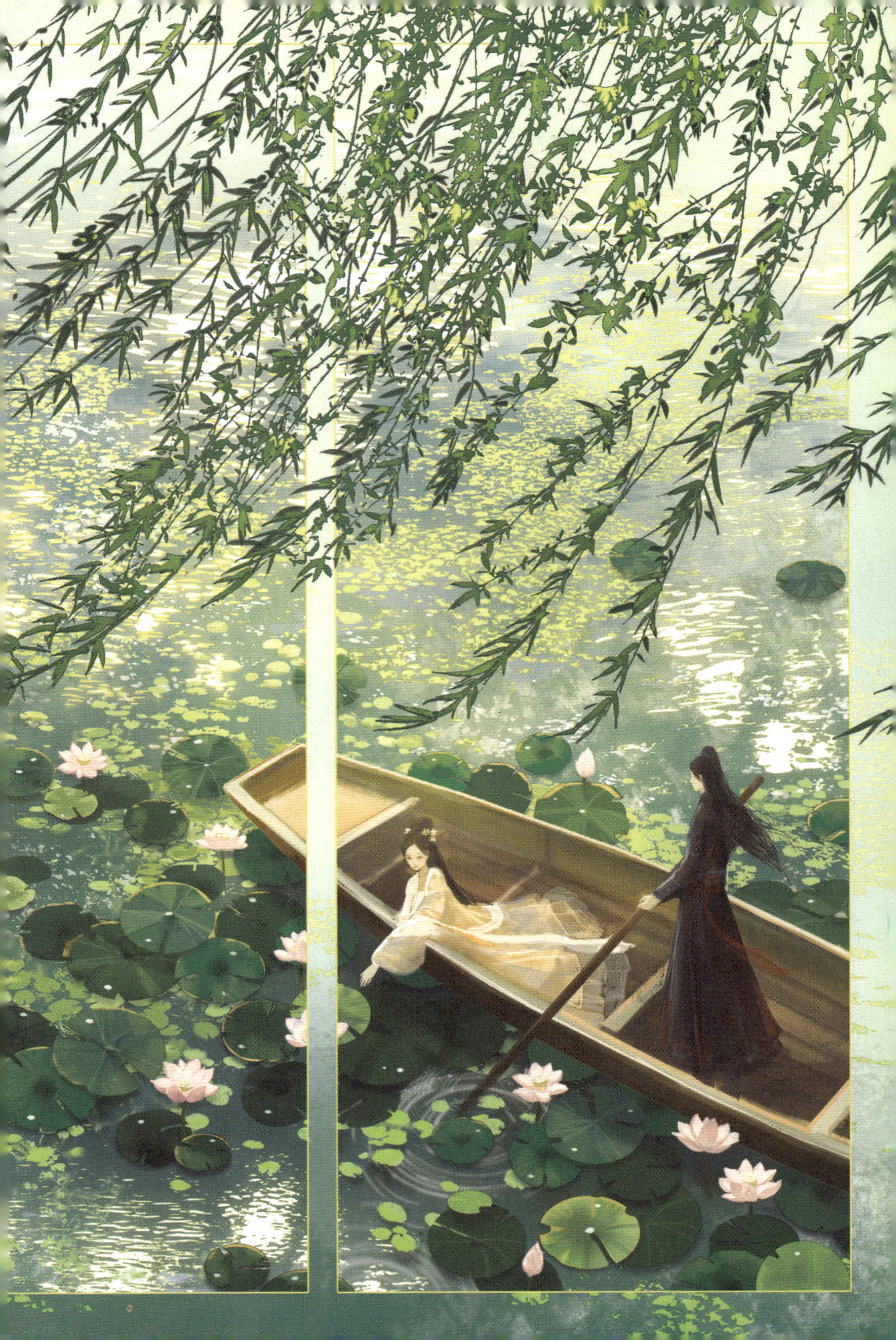

月光皎洁，花影扶疏，闻灯着一身鹅黄长裙，站在石台上面，正抬头望向他，唇边噙着若有若无的笑意。

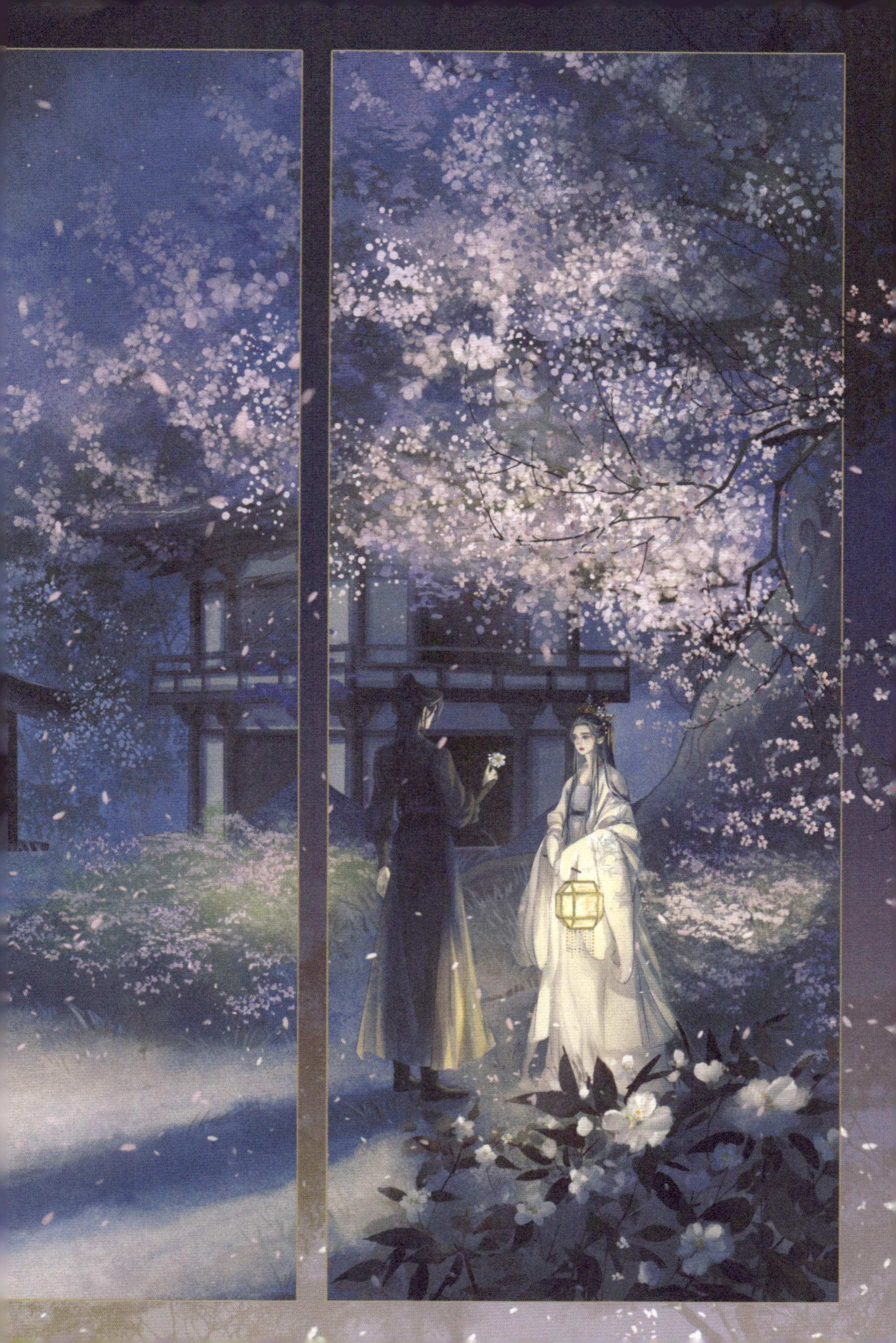

第四章 起相思 141

第五章 恨长生 187

第六章 相见欢 225

番外 春日宴 283

不入红尘,不渡苍生。
不爱清谈。

目录

楔 子 001

第一章 003 少年游

第二章 049 玲珑心

第三章 095 风满楼

明灯照夜白

二

此身落拓三百年，三百年，不见归。

楔子

我死在嘉明六年的冬天。

那是仙魔大战的第三日,长剑刺破我的胸膛时,他正在众仙之中护着他的心上人。

鲜红的血滴落在茫茫雪原上,化作蜿蜒溪流,在阳光下闪闪发亮。

我眼中映着湛蓝晴空和他决绝离去的身影。

湘女河畔的枯树绽出嫩绿的枝丫,虚华镜上千年的冰雪悄然融化。

三百年前,那个青年握着我的手,告诉我,要等他回家。

可他再也没有回来。

而我也要和他一样,死在这里啦。

同日,封印了数万记忆的虚华镜在凛凛剑光中轰然破碎。

第一章 少年游

1

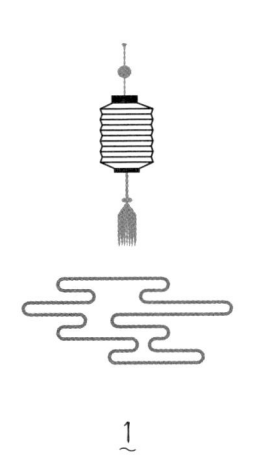

人间四月芳菲尽，山寺桃花始盛开。

时值四月，今年的春天来的比往年的稍迟了一些，冰封的河流刚刚消融，河滩上的水草才冒出头来，远远看去，一片朦胧的绿意，远处的青山连绵不绝，白云缭绕间，飞鸟匆匆而过。

茶楼酒肆中众人说说笑笑、热热闹闹，说书的先生手中的醒木一拍，便有说不完的人间风月，道不尽的爱恨情仇。

李浮白坐在茶馆中，身后负一长剑，小二端着茶水在茶馆中快速地穿行，楼上歌女弹着琵琶，嘴里唱着李浮白从来没有听过的曲子。

李浮白的桌子上只有两壶酒和一盘花生米，他托着下巴看着窗外的人群，熙熙攘攘，小贩的叫卖声与马匆匆而过的声音融合在一起，有衣衫褴褛的乞丐捧着带着缺口的破碗从外面路过。李浮白伸出手来，轻轻一扬，便有数十个铜板飞进乞丐的碗中，哗啦哗啦的声音在喧闹的人群中格外悦耳。

乞丐看着碗中的天降横财，脸上露出狂喜的表情，有了这笔钱，就能给桥洞下的小孙女买一件新衣服了，他环顾左右，想要找到给他这笔钱的恩公，却没看到任何人为他驻足。

坐在李浮白对面的徐琏看着这一幕，摇着头没说话。徐琏家中有个妹妹，身患重病，他本指望着从万松山上摘下盘龙草来救妹妹的命，但是到了手的盘龙草却被人盗走，多方打听后才知道那一行盗贼把盘龙草送到了闻家，说是给闻家大小姐治病用的。

他与李浮白今日在此便是商量怎么将盘龙草从闻家偷出来，徐琏展开手中的图纸，手指在上面点了点，等李浮白看过来的时候，他压低了声音，对李浮白说："我已经打听过了，盘龙草就放在第三间库房里面，到时候你从后墙翻进闻家后，沿着这条路一直往前走，穿过两个院子就是库房了。你拿到盘龙草后很有可能会惊动闻家的护卫，到时避开人，顺着这条小路穿过竹林，就到了这座院子，只要越过这堵墙，你就可以逃出来了。只是府中设有一些法阵，最好轻易不要动用灵力。"

听徐琏这样说，偷盘龙草这件事似乎不是很难，李浮白将图纸接了过来，仔细看了半天后，按照刚才徐琏所说的路线自己在脑中模拟了两遍，大致没什么问题后，他指着最后要路过的那个院子，问徐琏："这是谁的院子？"

徐琏放下酒杯，看了一眼道："这是闻家大小姐的院子，院子外面的守卫可能会比其他地方多一些，你到时候要小心。"

说到这里，徐琏不由得笑了起来，继续对李浮白道："说起来，闻家的大小姐可是星云十三州的第一美人，你到时候可别一看到美人就走不动了。"

李浮白摆摆手，对好友的打趣不以为意，他在浮水宫中早已见惯了各种各样的美人，就连号称"天下第一美人"的吕姬，他在刚刚下山的时候也是见过的，对他来说不过尔尔。

徐琏又笑着说："不过那闻家的大小姐从来就没在人前露过面，这个称号也不知道是谁封给她的。"

李浮白才从浮水宫中出来，在人间不过待了两三个月，他拿着筷子夹起一颗花生米放到嘴中，笑着说："那多半是王婆卖瓜，自卖自夸了，我来的路上听人说闻家想要与袁家结亲，或许她是为了这桩亲事，才给自己封了个这样的名号。这花生米炸得不错，你快尝尝。"

"这些说来也没什么意思。"徐琏跟着夹了一颗花生米，夹到嘴边又放下，他有些不好意思道，"这盘龙草一事就拜托李兄了，真是麻烦李兄了，我要不是实在没有其他的办法了，也不会求到你这里来。"

"客气客气，你也不用太过担心。"李浮白放下筷子，歪了歪脑袋，"对了，闻家大小姐患了什么病？"

徐琏摇头道："这倒不曾听人提过，或许只是那些人想讨好闻家，为送礼随便找的由头。"

李浮白点头，觉得他说的有些道理。

徐琏又道："待李兄拿到盘龙草，给我那妹妹治好了病，我再与李兄畅饮一番，不醉不归。"

风吹过楼前刚刚绽出嫩黄枝叶的桂树，长街尽头女孩的红色头纱高高飘起，随风飘向西山上的那一抹红日，揉进漫天的霞光中去。

此间有国，国号为周，大周国版图辽阔，民风淳朴，皇族子弟气度非凡，风采出众。周国北有云海，波涛汹涌，连绵数万里，一眼望不到头，南有星云十三州坐落在擎山脚下，管理十三州者都是些修仙之人，故而并不受皇族管辖。

这十三州当中有岐、鲸两州归闻家所管，闻家家主闻朝易年五十，算是世间少见的修炼天才，膝下有一女，取名闻灯。只是这女孩出生时带不足之症，这些年来大多时候都缠绵病榻，闻朝易为她请了不少的大夫来，这些大夫见了这位小姐，都说她天不假年。

世人常说闻家的大小姐是星云十三州的第一美人，却极少有人见过她的模样，不知道这个名号到底是真是假，星云十三州的百姓虽好奇，但也影响不了他们的日常生活。

闻府中，闻灯坐在灯下，她的父亲闻家的家主闻朝易坐在她的对面。

"这袁家二公子的画像你也见过了，长得不错，人品也好，身家背景更不必说了。"闻朝易摇头叹气，问闻灯，"我实在是想不到你还有什么不满的？"

闻灯低头看着面前的人像，画上的男子眉眼端正，虽然不是什么绝代的美男子，但也算得上"英俊"二字，嫁给这样的人似乎没有什么不好的。

她拿着帕子捂着嘴咳嗽了两声，待咳嗽声平息后，对父亲说："父亲的话女儿明白，只是女儿这身体又有几日好活的，何苦拖累了人家。"

"你说的是什么话？"闻朝易眉头紧皱，"前些日子袁家送来了不少药材，看看陈大夫能不能再配几服药出来，而且为父看你这段日子也比从前好了不少，你这身体会慢慢好起来的。"

闻灯的脸上露出一点笑："那让女儿再想想吧。"

闻家家主嘴唇微动，好像还有什么话要对闻灯说，但最后不知怎的，只是轻叹了一口气，嘱咐闻灯说："我先回去了，你早点睡吧，别想太多。"

他抬起手，想要摸摸闻灯的头发，只是那手刚伸出半截，就收了回去，他若无其事地从房间出去。

闻朝易离开后，打小在闻灯身边服侍的侍女茶茶走上前来，小声问闻灯："小姐不喜欢袁家的那位二公子吗？"

闻灯想了想，对茶茶说："谈不上不喜欢，也谈不上喜欢，只是一个从没有见过面的陌生人罢了。"

茶茶挠了挠头，不太明白她的小姐到底在担心什么，她说："我为小姐打听过了，袁家的那位公子不仅在修行上极有天赋，还很有文采，家中无妻妾，小姐要是嫁过去，一定会很幸福的。"

闻灯轻笑了一声，漫不经心地拨弄着琉璃灯中的灯芯，白皙的手指在烛光下面如玉石一般，她淡淡开口："我这个身体嫁过去既不能侍奉公婆，也不能让他红袖添香，白占了人家夫人的名头就算了，要是嫁过去不久就死了，就更对不起那位袁二公子了。"

"呸呸呸，"茶茶连呸了好几声，"小姐可别说这样的话了，大夫都说了，只要好生调养，您一定能长命百岁的。"

"长命百岁？"闻灯将眼前的画像缓缓卷起来，送到茶茶手上，"收起来吧。"

与袁家二公子成亲确实是一桩不错的亲事，那位袁公子爱慕她，家世与闻家也匹配，甚至袁家比闻家要更强一些，倒也挑不出什么错处来。

眼前的书册被风吹过一页，她瘦削的影子映在屏风上，随着树影摇摇欲落。

她自言自语："我为什么一定要嫁人呢？"

茶茶不懂，问："那小姐如果不嫁人，想做什么呢？"

闻灯合上手中的书，怔怔地望着琉璃灯中的那一抹摇曳的烛火，她这样残破的身子，还能做什么呢？

她将了捋耳边的发丝，抿唇笑了一下，深吸了一口气，对茶茶道："确实是我想得太多了。"

茶茶劝道："小姐，您要是喜欢就嫁，不喜欢就不嫁，这有什么好想的？"

闻灯点头："确实没什么好想的。"

她起身向门外走去，茶茶连忙打开柜子拿了件斗篷跟了出来，她见闻灯站在门口，看向西墙，好半天都没动，嘴角好像还带着笑，茶茶奇怪，顺着闻灯的视线看过去，只见一个黑衣人正爬上墙，茶茶手上的斗篷

"啪"的一声掉在地上。

李浮白听到声音,本该赶紧从墙上跳下,不知怎的心下一动,反倒是回过头去。

月光皎洁,花枝扶疏,闻灯着一身鹅黄长裙,站在石台上面,正抬头望向他,唇边噙着若有若无的笑意。

2

李浮白愣愣地坐在墙头,他的一条腿已经跨过去,另一条腿还支在墙头。

他好像喝了一坛子陈年的烈酒,脑子晕乎乎的,什么也想不起来,只想在这里这样一直看着她。

他知道自己现在的样子看起来一定很傻、很滑稽,但是没有办法,此时他的身体、他的思想已经不由自己控制了。

她站在纹银一样的月光下面,仰头看向他,李浮白恍惚间觉得自己怕是要疯了。现在他是来偷东西的小贼,被主人家抓个正着,竟然不想着逃跑,还在这里被姑娘迷得连东南西北也分不清了。

迷迷糊糊间,说书人说的那些精怪惑人的故事在李浮白的耳边响起。他初听这些故事的时候,只觉得故事中的主角心志不够坚定,如今却明白,自己也不过是俗人一个。

清风徐来,明月如酒,他仿佛醉在浮水宫花了几十年才酿就出来的几坛好酒中,不知何年何月才能醒来。

茶茶见这个黑衣人竟然痴痴呆呆地坐在墙头,也没有初看到他时候的那般害怕了,她将地上的斗篷捡起来,抖落上面的灰尘,披在闻灯的身上。闻灯问他:"你还打算在那里待多久?"

听到闻灯问话,李浮白终于回过神儿来:"啊?"

闻灯歪了歪头,对李浮白说:"等会儿府里的护卫也该发现你了吧,你要一直坐在这里吗?"

"我……我……"李浮白在那里"我"了半天,不知道该对这个姑娘说些什么,也忘了自己现在是在高高的墙头,他想要站起来对着下面的姑娘好好展现一下自己的潇洒风姿,结果却直接从墙头摔下去了。

他的身影消失在高墙的另一侧了。

茶茶"扑哧"一声没忍住笑了出来，闻灯侧头看向茶茶，茶茶立刻将笑声止住，装作一本正经的模样，但紧接着就听见闻灯轻笑了一声。

茶茶便又笑起来，不多时，外面响起"咚咚"的敲门声，护卫们随着那贼人一路来到这里，担心闻灯会遭到不测，匆忙过来询问。

闻灯拢了拢身上的斗篷，对茶茶说："开门去吧。"

茶茶将门打开，护卫们见到闻灯后齐刷刷地单膝跪下，闻灯问："发生了什么事？"

秦统领抱拳道："禀告大小姐，属下发现有贼人夜闯闻家，盗取盘龙草。"

闻灯"嗯"了一声，点头说："不过是一株盘龙草罢了，偷了便偷了吧。"

"可是——"

"大晚上的，不必为了这么点小事兴师动众，都回去吧。"秦统领的话被闻灯打断，"对了，找时间在府中围墙外种些笼夜草。"

闻府内部设的这些阵法是专门针对修行之人的，之前也没想到会有普通人这么不要命来府中偷东西，更让人没想到的是，最后还让他成功了。

笼夜草就是专门对付普通人的。

"是，大小姐。"

秦统领和其余护卫走后，茶茶扶着闻灯回到房间里，她感到疑惑，问闻灯："小姐怎么不跟秦统领说您看到那个人了？"

闻灯道："有什么好说的，人都已经走了，既然拿到了盘龙草，以后就不会再来了。"

"那盘龙草是给您治病的，您怎么一点都不上心？"

"我的病我自己知道，盘龙草本来也是没用的，要是被他偷走，能救谁一命，也不失为一桩好事。"

茶茶还想再说什么，看见闻灯有些倦了，将那些到了嘴边的话全部咽回去，帮她收拾床铺。

闻灯因为身体不大好，所以没有办法正常修炼，注定要做一个普通人，还极有可能没有普通人活得长。

茶茶服侍闻灯睡下，安慰她说："小姐，您的病一定会好起来的。"

闻灯没应声，闭上眼，没来由地想起今天晚上看到的那个从墙头摔下去的青年，青年的眼睛很好看，像天上的星星。

李浮白那一摔可摔得不轻，刚爬起来走路的时候都一瘸一拐的，不过很快他就忘了疼，脑子里只剩下闻灯的身影。

好在他的理智没有完全落在闻府，还记得回去的路。夜已经很深了，月光照在眼前的小巷中，像是铺了一层薄薄的冰雪，小巷在温柔的月色中沉睡，只是偶尔会响起几声犬吠。

徐琏听到外面的响动，连忙出门把李浮白迎了进来。

徐琏看到他的样子，吓了一跳，李浮白身上看不出有什么伤，但是状态很不对劲，徐琏眉头紧皱地询问他："你这是怎么了？被人下药了？"

李浮白笑着摇头说："没怎么啊。"

徐琏"啧啧"两声，对李浮白说："你瞧瞧你瞧瞧，还没怎么？你现在走路都是飘的，我都怕你等会儿出去的时候掉到水沟里头。"

李浮白心中清楚自己现在是怎么回事，听到徐琏这样说，还有一点心虚，不过嘴上是不会承认的，只说："哪有你说的这么严重啊。"

徐琏还是觉得李浮白现在整个人都有点不太对劲，询问他："你到底怎么了？"

"你别管了，盘龙草在这儿，快点给你妹妹熬药吧。"

李浮白将怀中的盘龙草交到了徐琏的手上，徐琏无暇管他，将各种药材都拣好去了厨房，李浮白一个人坐在外面，两只手托着下巴，时不时地笑一声。

徐琏人没在这里，但是厨房离这儿也不远，他一边看着灶上的火，一边听李浮白在外面傻笑得没完没了。

徐琏忧心忡忡，很想知道李浮白今天去闻府偷盗盘龙草的时候到底经历了什么。

徐琏煎完药后从厨房中出来，在李浮白的对面坐下，想要与李浮白好好谈谈今天晚上他在闻府遇到什么，然而李浮白硬是一个字都不说，到最后徐琏也没招儿了，由着他去了。

只是他心中难免叹息——好好的一个青年，怎么去一趟闻府就有点傻了，闻府果然不是寻常地方，要是带点看得到的伤也就罢了，这精神出了问题可怎么办？这才是杀人诛心啊。

翌日清晨，徐琏再见到李浮白的时候，发现他总算是恢复正常了，他摸着鼻子，有些不好意思地对徐琏说："昨天晚上让你见笑了。"

徐琏追问他昨天晚上怎么了，是不是被人暗算了，李浮白却不愿再说，只笑着摇头说自己没事。他前些日子答应了一个瘫痪在床的老人家，今天帮对方给过世的儿子送一坛酒。

徐琏要照顾自己生病的妹妹，不能陪着李浮白一起出去，李浮白倒也不介意，他给徐琏的妹妹把了脉，知道她的病已经大好，稍放下心来，这才离开。

李浮白从坟地回来的路上听到路旁的茶馆中有人说起闻灯，他的双腿不受控制地拐了进去，茶馆中的两位客人正在争论闻家大小姐到底配不配得上"星云十三州第一美人"这个称号。

李浮白坐在旁边的桌子旁忍着，一直没有说话，其实他觉得闻姑娘比他见过的"天下第一美人"吕姬还要好看，可是他们都没有见过她，这些话他说了也没有说服力。

眼看着那两位客人要说完了，李浮白厚着脸皮端着酒水凑过来，问道："二位能不能跟我再说说闻家大小姐的事？"

两位客人十分热情，当即就着这个话题你一句我一句地说了下去："闻家大小姐啊，其实她的事我们知道得也不多，毕竟这位大小姐一年到头都难得出一次门。"

"说起来闻家大小姐即将要和袁家的二公子结亲了吧？"

"说是这么说的，可一旦闻小姐不同意呢？"

"这有什么不同意的，袁家掌管沣、渝两州，与闻家算是门当户对的，而且袁家背后还有个老祖宗撑腰，细细计较起来，是闻家的大小姐占了便宜的。再者说，袁家二公子相貌堂堂，颇有文采，闻家的小姐实在没有理由拒绝这桩亲事。"

若是在昨天，李浮白听了这番话，多半会连连点头，觉得这两人说的甚有道理，但是今日与往日不同。

他喜欢上一个姑娘，而这个姑娘就要嫁给别人了。

他原本是想听到更多关于闻灯的消息，结果却听了一堆刀子，全往他的心上戳。

李浮白有些失落，一颗心像是被丢进了黄连水里。

他道谢后从茶馆中离开，莫名想起之前好像有人说那株盘龙草是献给闻灯治病用的，昨天晚上看到她的时候，她的气色确实不大好，李浮白心头猛地一跳，或许他应该再去闻府一趟，看看闻姑娘到底怎么样。

若是……若是闻姑娘也需要盘龙草，他得想个办法，看看能不能再找一株盘龙草。

只是闻姑娘定然知道是他盗走了盘龙草，李浮白抬手使劲敲着自己的脑袋，他昨天晚上至少应该蒙面的。

3

闻灯坐在绣架前，手中拿着一根银针，低头认真地绣着屏风，她不能修炼，闻家家主又不让她出门，她就只能看些杂书，绣点小玩意儿打发时间。

茶茶端着厨房刚做好的燕窝走进来，见闻灯还在做绣工，她将手上的燕窝放下，劝道："小姐别太累了，歇一会儿吧。"

"再等一会儿，就快绣完了。"

茶茶站在闻灯的身后，歪着头打量绣架上的屏风，上面绣的是两只凤凰，火红的尾羽上还闪着亮光，栩栩如生，茶茶赞叹说："小姐绣得真好。"

闻灯抿唇没说话，手上的动作没停，直到将其中一只凤凰的尾羽全部都绣完了，才停下来。

桌上的燕窝也凉了，茶茶不得不把燕窝拿去厨房再热一下。茶茶走后，闻灯起身想到院子中走一会儿，结果一抬头，便看到门口多了一道影子，看轮廓应该是个男人。

她冷声问道："谁在那里？"

对方像是个第一次见人的大姑娘一样，畏畏缩缩地从门后面走了出来，正是昨天晚上来闻府盗盘龙草的青年。

青年穿着一身浅黄色的长袍，令人微醺的日光落在他的眉间与肩头，他表情有些局促，又有些羞涩。

闻灯见到是他，莫名松了一口气，这个青年倒是越来越大胆了，她让府中的护卫在墙外种下笼夜草，防止再有人夜闯闻家，没想到白天他也敢出现在这里。

闻家的护卫们都是干什么吃的？闻灯不得不认真考虑给闻府再招募些人手。

李浮白见她似乎要出声叫人，连忙道："闻姑娘，你别喊人，我没有恶意。"

闻灯知道自己现在叫人没用，也知道青年没有恶意，只是看到他这样，就忍不住想要逗逗他，问他："那你想做什么？"

李浮白有些心虚地小声说："我昨日偷拿了府上的盘龙草，想过来问问闻姑娘，盘龙草对你是不是很重要？"

李浮白的声音越来越低，到最后垂下头，像个做了错事的孩子。

闻灯震惊地看着面前的李浮白，仿佛刚刚得知此事。

"原来是你偷走了盘龙草，原来——"她话没说完，就捂着胸剧烈咳嗽起来，半佝偻着。

李浮白顿时手足无措起来："对不起闻姑娘，我……"

他想说"我不知道"，但是这话说出来违心，他在去闻府盗盘龙草之前就听说那些人是听说闻家大小姐有病才献上盘龙草的，只是他没有将此事放在心上，而且徐琏的妹妹命悬一线，若是因为他盗了盘龙草而让旁人受苦，李浮白这一生恐怕都不能原谅自己。他忙对闻灯说："你等一等，我这就去再摘一株盘龙草，你等一等我。"

闻灯一边咳一边说："那盘龙草在万松山后山的秘境中，还有凶兽看守，岂是那么容易拿到手的。"

秘境外面倒是也有盘龙草，但是每三年才长那么一株，昨天晚上李浮白盗走的就是前不久成熟的那一株。若是想要在短时间内再拿到一株盘龙草，就必须击败凶兽，进入秘境当中，那凶兽凶猛异常，就连她的父亲闻家家主也不敢轻易去招惹，而且秘境中同样危机四伏。

李浮白对闻灯安抚性地笑笑："没关系的，闻姑娘你等着我，我很快就回来。"

说罢，他转身要走。

闻灯的咳嗽声戛然而止，她直起身，刹那间房间中变得无比安静，李浮白感到奇怪，转过头来看她。

闻灯面容平静地回望着他，好像刚才在这里撕心裂肺咳嗽的是另外一个人，半晌后，她笑了起来，对李浮白说："我骗你的，盘龙草对我来说并没有什么用处，它能帮到你，我也很高兴。"

李浮白眨眨眼睛，听完闻灯的话后松了一口气，他的脸上没有丝毫被欺骗的恼怒，他庆幸地说："那就好，那就好。"

李浮白的反应让闻灯有些意外，她看着眼前的青年，脸上的笑缓缓消失。

李浮白不知道她为什么突然又不笑了，他试探着开口问："闻姑娘，我能为你把个脉吗？"

刚才在李浮白面前演的这两声咳嗽也耗费了闻灯不少的力气，而现在闻灯莫名不想在这个青年的面前表现出自己的虚弱，她装作若无其事地背对着李浮白坐下来，侧头看他："你也懂医术？"

李浮白摸摸后颈，不太好意思地点点头说："略懂一点。"

闻灯淡淡道："那谢谢你，不过不用了，我的病没什么。"

李浮白"哦"了一声，他听得出闻灯语气中的冷淡，心中不免有些失落，他想让这位闻姑娘变得开心一点。

"对了，我来的时候看到街上有卖这个的，看着挺可爱，不知道你喜不喜欢。"他从怀里掏出一个小小的布包，将布包在闻灯的面前打开，那里面有一个陶制的小人，小人只有拇指大小，白白胖胖，眉眼弯弯，抱着圆鼓鼓的肚子，憨态可掬，确实可爱。

等茶茶端着刚刚热好的燕窝回来的时候，李浮白已经离开了，只有他留下来的陶瓷小人笑眯眯地坐在桌子上，而闻灯趴在一边，正歪头打量着它。

茶茶看到桌子上突然多出来的陶瓷小人，奇怪地问道："小姐，这怎么会有这个？哪儿来的？"

"有人送的。"闻灯语气间带着一丝笑意，她问茶茶，"可爱吗？"

可爱倒是可爱，茶茶疑惑地挠头，问道："有人来过吗？"

闻灯没有说话，茶茶盯着那陶瓷小人看了一会儿，不知道什么人会给小姐送这种东西，能到小姐这儿来的除了她，就只有家主和府里的下人，这些人都不像是能给小姐送这种东西的。

晋水河畔，绿柳涛涛，红纱摇摇，亭台楼榭绵延数十里，河上有座石桥，桥上人来人往，桥下扁舟往来如织。

远处的水面上一艘大船正招摇而过，周围的小船不敢靠近。

这艘豪华大船的船身用的是上好的启灵木，散发异香，能够提神醒脑，就连皇室中人也只是用它做些香料。船身上面是孔雀羽毛做的华盖，浅色的流苏垂下，随着微风左右摇摆，上面的明珠映着日光，异常耀眼，晃得人眼睛疼。

那船上有人弹琴，有人吹箫，又有歌女相和，声音空灵，好似来自天外。

船里坐着三位锦衣华服的公子，推杯换盏，谈笑风生，其中白衣的公子正是向闻家求亲的袁家二公子袁钰章。

三人聊了半天，最后聊到了闻灯身上，他们都好奇闻灯这个"星云十三州第一美人"的名号到底是真是假。

"一个病秧子能有什么好看的？"蓝衣青年是青州王家的公子，名叫王津，与袁二公子是多年的好友，摇头不屑道，"什么'星云十三州第一美人'，还不是闻家那个老头一张嘴吹出来的，这么多年来见到她的人就没几个，见过的又描述不出来，我看多半长得吓人，所以才不敢出来见人。"

王津身旁的一位黄衣公子与袁二同出自袁家，不过他是旁支的，身份比不得袁二贵重，他托着下巴，笑嘻嘻道："是不是第一美人，等二哥把人给娶回来不就知道了吗？"

王津抬眼打量着自斟自饮、置身事外的袁二，感叹说："我真搞不懂你，你好好的，娶个病秧子做什么？别说那些你喜欢闻家小姐的糊弄人的话了，他们不知道你，我们还能不知道？你见都没见过那位闻小姐，能喜欢她什么？"

袁二极好美色，但是他这人与一般在青楼流连的好色之徒不一样，世间入得他眼的美人屈指可数，直到后来他在帝都见了"天下第一美人"吕姬，自此便念念不忘。

只是那吕姬性情高傲，就算是出身名门的袁二公子也不能打动她，袁二对吕姬是有足够耐心的，可袁家并不希望袁二娶这么一个出身普通的女子。

袁二心里清楚地知道这一点，于是退让后选择了闻灯，袁家的长辈其实同样不满他选了这么一个缠绵病榻的女子做妻子，但是考虑到与闻家结亲带来的种种好处，便同意下来。

王津叹道："纵然那吕姬拒绝了你，你也不必这样自暴自弃，想娶个病病歪歪的女子回去，你回去是要把她当成祖宗供着吗？"

袁二听到王津这番话，嘴角勾起一抹讥诮的笑，他说："我早就找人查过了，闻家的那位大小姐身体确实是不大好，看过不少的大夫，大夫们都说她活不了几日，她与我成亲后便是死了，闻家也不会说什么。"

王津皱眉道："闻家是不会说什么，但是你这如果刚成亲新娘就死了，外人说起来总不太好听吧。"

"好不好听有什么关系？"袁二将手中的杯盏放下，"不是常说男人一生中的三大喜事就是升官、发财、死老婆？我刚一成亲就能遇上一件，我为什么不好好把握呢？"

看着好友目瞪口呆的模样，袁二轻轻一笑，继续道："她要是嫁进门就死了那再好不过，家中看在闻家的面子上，断不会逼迫我在短时间里再娶妻，而这段时间我正好可以用来陪吕姬。"

4

王津听袁二说了这么多，鬼迷心窍地竟然也想找个一过门就能归西的姑娘做妻子，王家在知道袁二准备向闻家提亲后，就常常催他该抓紧找个媳妇了，最过分的是他们还把"看看人家袁二，马上就要成亲了，你怎么一点不着急"这种话给挂在嘴边。

不过王津心中也清楚，像闻灯这种天不假年的女子，王家是不会同意其进门的，除非家世能够与他的相匹配，但是星云十三州可只有一个闻灯。

等袁二真把闻灯给娶回家后，王家催他成亲定然要比从前催得更加厉害，王津有点心疼自己，但也觉得袁二的这个法子或许不是很妥当，这种几乎关了自己后半辈子的大事，若是没有十足的把握，还是得再谨慎一点。

王津又问："要是那位闻家小姐并不像传闻中那样体弱多病，是个河东狮，你娶进门后那不完蛋了？"

袁二摇头，自信道："不可能，我问过很多给她看诊过的大夫，他们都说她活不了几年。"

"那万一呢？"

"万一……"袁二轻蔑一笑，晃着手中的酒杯，"闻家说她不能修炼，总不可能也是假的，一个普通人罢了，神不知鬼不觉地死了不是很正常吗？不必担心。"

王津动了动唇，袁二这个法子听起来很不错，但是要想万无一失地顺利进行，恐怕不是很容易，以他的脑子，还是别学了，到时候被王家和姑娘的娘家知道了，还不把他的皮给剥了。

"放心，毕竟是闻家的人，该给的体面我都会给的，只要那位闻家小姐不惹事，老老实实地做着袁家的二夫人，我会等她自己死的。"

袁二说这话的时候脸上的笑分毫不减，他似乎已经见到自己将来坐拥"天下第一美人"吕姬的场景了。

船舱外面，歌女的声音越来越高昂，如同众鸟清啼，绕梁三日，余音不绝。

李浮白从闻府回来。他那陶瓷小人买了一对，送了闻灯一个，自己还剩下一个，一想到自己现在和闻姑娘有一样的东西，他就忍不住弯起嘴角。

花生大小的陶瓷小人坐在他的手心上，在日光下蒙着一层莹润的光泽。

闻姑娘现在会不会也像自己一样，这样看着这个小玩意儿，想到这种可能，李浮白眼中的笑意又多了一些。

徐琏过来找他，见他这个样子，一边叹气一边摇头，还以为李浮白今早已经恢复正常了，原来他这毛病还是间歇发作的。徐琏在李浮白的对面坐下来，问他："你这到底是怎么了？昨天晚上从闻家回来后就一直不对劲。"他说着还伸出手探向李浮白的额头，想要看看对方是不是发烧了。

"没事，"李浮白侧身躲开徐琏的那只手，看着徐琏明显不相信的表情，他又强调了一遍，"我真没事。"

他只不过是第一次喜欢上一个姑娘，然后有点不知道自己该怎么做。

他的喜怒都被这个姑娘牵扯住了。

徐琏将信将疑，目光从他的脸上移开，随后就看到李浮白掌心的陶瓷小人，笑着道："欸，这小人不错，晓萝应当会喜欢，给我看看。"

"这个不行。"李浮白连忙将小人握进手里，装进了荷包里，连看都不给徐琏看了。

徐琏啧啧道："你太小气了吧，这玩意儿外面大街上有的是，你让我看一眼怎么了?"

外面大街上是有卖陶瓷小人的,但那些都没有他这个好,李浮白不管徐琏打趣的话,道:"要买你自己买去,反正这个就是不行。"

他攥着荷包,手心将荷包里的陶瓷小人焐得温热。

徐琏盯着李浮白的脸,觉得对方现在这个状态自己好像在另外一个好友的身上也曾见到过,而不久后,那个好友就让家里的长辈帮他去一个姑娘家里提亲了。他脑中一道灵光闪过,李浮白所有的异常都是那天晚上去闻府偷盘龙草后出现的,那李浮白是想向哪个姑娘提亲……

他开口问道:"你不会是被闻家的那位大小姐给迷得丢了魂儿吧?"

李浮白抿着唇没有说话。

徐琏看他这个反应,还有什么不明白的,昨天在白日还对李浮白说了句戏言,现在这戏言倒成了真,徐琏一时间都不知道该说什么好。

他希望只是自己猜错了,但是李浮白越不说话,他这希望就越渺茫了,他继续问道:"还真是因为那位闻小姐?她给你下药了?"

李浮白总算是吱声了,抬头看他一眼,吐出两个字来:"乱说。"

徐琏更好奇了,问他:"闻家的小姐果真当得上是星云十三州的第一美人?"

不等李浮白开口,徐琏就自顾自地把话给接了下去:"算了,你不用说我也知道,如果那位闻小姐长得不好看,你也不能是现在这个样子。英雄难过美人关。"

李浮白想要反驳,但想了想,自己确实对闻姑娘一见倾心。

自己难道真的只是一个好色之徒?只是爱慕闻姑娘的皮囊?

事情好像就是这个样子的,然而李浮白还是觉得自己不应该是这样肤浅的人。

那他喜欢闻姑娘什么呢?

徐琏见李浮白发呆,在他眼前打了响指,把他的魂儿给叫回来,随后长长地叹了口气,对李浮白说:"只是李兄你应该明白,你要是看上别的姑娘,我还能帮你使使劲,但是闻小姐的话,我是真的一点办法都没有了。你与她根本不可能在一起,且不说你们两个人的身份、地位相差太多,闻家绝对不可能同意你娶她,就说闻家马上要跟袁家结亲这件事,你也没有机会了。"

李浮白低着头，不说话，很多人都跟他说过，闻灯要嫁给袁二公子了，李浮白也知道自己与闻姑娘今生或许并没有那个缘分，但是他希望她能过得幸福。

长风拂过檐下的茅草，袅袅笛声伴着夕阳缓缓落下。

闻灯在绣架前已经坐了一下午，偶尔会停下来，看一眼那个青年送来的小人。

在一边伺候的茶茶不明白那陶瓷小人有什么好看的，到底是谁送给小姐的。

外面天色暗下，茶茶在屋子里掌了灯，正想开口劝闻灯停下来休息，闻朝易从外面的院子里走进来。

他径直来到闻灯身边的凳子上坐下，接过茶茶倒的茶，喝了一口，问闻灯："与袁家的亲事你考虑好了吗？"

闻灯放下手中的针线，抬起头来，烛火掩映下，她的面容比白日更动人些，她问闻朝易："我从没有见过袁家的那位二公子，他为何会说爱慕我？"

"他说自己在前两年曾见过你一面，只不过你不知道。"闻朝易对自己女儿的容貌很有自信，男子见了她想要求娶她，再正常不过了。

闻灯垂下眸，手指在凤凰火红的尾羽上轻轻抚过，没有开口。

闻朝易见她这样不说话，心中烦躁，他这个做父亲的总是搞不清楚她心里到底在想什么，问她："你心里到底是怎么想的？"

闻灯收回手，说："我想要亲眼见见袁家的那位二公子。"

"这个好办，"闻朝易说，"我明日就通知袁家，让袁二来一趟，你们两个说说话，培养一下感情。"

"不，"闻灯拒绝道，"我不想让袁家知道。"

闻朝易皱起眉头："那你想怎么见？"

"我想到沣州去。"她想亲眼看看那位袁二公子是个什么样的人。

闻朝易一口拒绝："你不能出门。"

三年前闻灯到严华寺上香，结果在路上遭遇意外，她受到惊吓昏迷过去，连续高烧了好几日，好不容易才醒过来。

这些年来，闻朝易对闻灯不够关心，可他就闻灯这么一个女儿，身为闻家家主，身上责任重大，不能只顾着闻灯一个人，而让其他人护送闻灯外出，他又不放心，种种原因之下，他只能将闻灯拘在家中。

"我可以把袁二叫到家中，到时你想怎么见他，自己决定。"

闻灯没有说话，像是在无声地拒绝闻朝易。

闻朝易心中恼怒，本想再劝劝她，可是看她这副油盐不进的样子，干脆撂下一句"你自己好好想想吧"，便起身离开了。

闻朝易走后，闻灯也从屋子里出去，她坐在院子中的秋千上，仰头望着夜空中那轮明月，袁二突然向闻家求娶她这件事从头到尾都透着古怪。她不是不能嫁，但总要知道袁二真正的目的是什么。

她闭上眼睛，靠着身后的靠背，像是睡着了一样。

夜风轻轻吹来，月光下，随风飘动的衣裙的影子映在地上，好似一朵盛开的芙蓉。

李浮白坐在墙头，他犹豫了好久才决定过来看一眼她，想着只看一眼就马上离开，然而现在看闻姑娘一个人睡在风里，身边的侍女不知道哪里去了，李浮白难免忧心起来——她一直在外面这样睡着，会不会生病。

他想将自己的外袍脱给她，又怕她会嫌弃自己，而且他的衣服盖在闻姑娘身上，若是被他人看到了，对闻姑娘的名声恐怕也不好。

她可能很快就要成亲了，若是因为自己让她的夫君对她有了嫌隙，他的罪过可就大了。

要是他能化作一座为她遮风挡雨的小屋就好了。

李浮白忽地想起自己灵物袋里好像有一颗定风珠，他连忙将定风珠找出来，从墙头一跃而下，轻手轻脚地来到闻灯身边，将定风珠放在闻灯手中，闻灯周身的风倏地停下，裙摆静静地垂落，李浮白终于满意了。

他本该转身就走，但到了此时此刻，他又忍不住再多看一眼这个他喜欢的姑娘，她生得这样好看，比天上的明月还要皎洁。

李浮白从来没觉得自己有哪里不好，可面对这个姑娘的时候总忍不住自惭形秽。

现在这个姑娘睡着了，他才能正常地同她说说话，加上现在他两日见她三回了，可还没有告诉她，自己的名字，李浮白低低地清了清嗓子，轻轻地说："那个闻姑娘，我叫李浮白，我——"

他话没有说完，熟睡中的闻灯突然睁开眼，她仿佛带着星星的眼睛与李浮白对了个正着，李浮白瞬间手脚僵硬，不知道该往哪里放，过了好半天，才干巴巴地向闻灯打着招呼说："闻、闻姑娘，好巧啊。"

闻灯："……"

如果这不是在闻府，闻灯应当也会回李浮白一声："好巧。"

她眨着眼睛，长长的睫毛像是一把小扇子在他的心上撩拨，如泉水一般清澈的眸子倒映着他的身影，李浮白心中一荡，下意识地偏过头去，有些不敢看她。

闻灯低头看向李浮白塞进她手里的珠子，光线昏暗，李浮白看不清此时她脸上的神情，等了一会儿，闻灯抬眼问他："你怎么过来了？"

闻家就这么好进吗？不管是白天还是黑夜，这个青年都能来去自如。

"就……顺路，想过来看一眼。"李浮白这话说完自己都不信，但是闻灯却没有再问，李浮白想着自己既然已经被发现了，干脆破罐子破摔，不着急走了，正好四下无人，他向闻灯问，"闻姑娘，你要成亲了是吗？"

闻灯手扶着秋千的绳子，问他："听谁说的？"

"城里的好多人都说你要嫁去袁家了。"

闻灯"嗯"了一声："可能吧。"

李浮白抿了抿唇，又问道："那闻姑娘喜欢那个袁家的二公子吗？"

闻灯仰头看向站在自己面前的李浮白，目光中带着三分戏谑，挑眉反问他："你问这个做什么？"

李浮白不知该如何回答，他想要告诉这个姑娘，自己喜欢她，可是他怕自己的喜欢对闻灯来说会是一种困扰。

他低下头，望着脚下的落花、落叶，低声说道："太晚了，我该走了，闻姑娘好好休息。"

闻灯将手伸到他面前张开，掌心里赫然是他的定风珠，闻灯道："你的东西别忘了。"

"这是我送给闻姑娘的，闻姑娘收下吧。"

闻灯直直看向李浮白，李浮白缓缓抬眸，对上她的目光，视线交错，院中一片寂静，一切声音都被夜色吞没了，李浮白转身要离开，闻灯忽然开口问："你能带我出去吗？"

5

"啊?"李浮白一时没太听清她说了什么。

闻灯重复一遍:"我想出去看看,你能带我从府里出去吗?"

李浮白问她:"现、现在吗?"

闻灯点点头,从秋千上站起来,来到李浮白的面前,微微仰头看着他的眼睛,问他:"可以吗?"

李浮白虽然喜欢这个姑娘,可是也知道自己现在只是一个无处可归、四海为家的游侠,他怎么能带着姑娘出去?出去后,他又能带着这个姑娘去哪儿呢?

李浮白的理智告诉他,这件事需要再细致地询问与筹划,才能决定,然而现在他这样被闻灯看着,好像她的整个世界里突然就剩下他,李浮白根本说不出任何拒绝的话来。

他问闻灯:"不需要跟你的父亲说一声吗?"

若是说了,闻朝易定然不会让她走。

闻灯摇头:"不需要,所以你能带我走吗?"

李浮白不太敢立刻回答她,闻灯笑了一下,有些失望地垂下眼睑,轻声说:"你若是不愿意就算了。"

她浓密而卷翘的睫毛在月光中投下一片阴影,像是一把小刷子,在李浮白的心上来来回回地刷个不停,让他心痒难止,恨不得凑到她的眼前去数数她究竟有多少根睫毛。

他不想让她失望,最多,多护着她一点就是了,他对闻灯说:"我带你走。"

闻灯抬起头,看着李浮白,缓缓绽开一个笑容:"谢谢你。"

李浮白一见到她笑,脚下轻飘飘的,仿佛踩在云彩上,一脚深一脚浅,为她做什么都值得了。

"那个闻姑娘,我能抱你吗?"

闻灯大大方方问他:"要怎么抱?"

"你抱住我的腰就好了,我带你出去。"

闻灯上前一步，双手揽在李浮白的腰上，问他一句"是这样吗"，李浮白虚虚地应了一声，然后抬起手揽住闻灯的腰，腾空跃起。

晚风从耳边拂过，长发飘扬在空中，有些白色的花瓣随风在空中飞舞，落在他们发梢、肩头，李浮白心神激荡，甚至不敢低头看自己怀中的姑娘，想着能够一直这样下去就好了。

只是闻姑娘太瘦了，应该多吃点补一补的。

他做饭的手艺还算不错，以后有机会可以为她下厨，不知道闻姑娘会不会喜欢。

李浮白早已从墙头跃下，他的胳膊还紧紧地揽在她的腰上，闻灯抬头看他，发现他竟然在发呆，魂儿都不知道丢到哪里去了，闻灯哑然失笑，轻声叫："公子？公子？"

李浮白下意识地"啊"了一声，低头看向闻灯。

"该松手啦。"闻灯提醒他说。

李浮白总算彻底反应过来，连忙放开怀中的闻灯，还一连往后退了好几步，不住地同闻灯道歉。

他第一次痛恨自己武功这么好，能这么快带着闻灯从闻府中出来。

闻灯不以为意，对李浮白笑笑，仰头看着头顶星河灿烂的夜空，明明只有一墙之隔，可头顶的月亮好像都不一样了，她有多久没有从那个笼子里出来了，自己竟是也记不清了。

远处灯火朦胧，眼前长长的街道上铺着一层雪白的月光，闻灯漫不经心地向街道走去，走两步，回过头去，问走在自己后面的李浮白："对了，公子，你叫什么名字？"

刚刚在闻灯睡着的时候，李浮白可以在她的面前泰然自若地说话，现在被她直视，立刻变得结巴起来："……我叫李、李浮白。"

闻灯点头："多谢李公子了。"

李浮白亦步亦趋地跟在闻灯的后面，问她："闻姑娘你想去哪儿？"

闻灯倒也没有瞒他，直接说："我要去沣州。"

李浮白虽然从浮水宫中出来，入世不久，但是也知道沣州是袁家的地界，闻姑娘现在去沣州，是想要见见那位袁二公子吗？

李浮白心中钝痛，若是他早知道闻姑娘从闻家偷偷出来是要到沣州见袁二公子，他就……他心中默默叹气，即便是他早知道了，一样没有办法拒绝这个姑娘。

沣州距离鲸州虽不算远，但若是普通人坐马车，怎么也得花费一两日的工夫。闻姑娘的身上有带灵石和银两吗？

这让李浮白怎么放心让她一个人到沣州去？他道："那我陪闻姑娘一起去吧。"

"李公子没有其他事要忙吗？还是不麻烦李公子了。"

李浮白连忙道："没事没事，我正好要去沣州，顺路的。"

"是吗？"闻灯不太信。

李浮白为表现自己话中的真实性，对着闻灯使劲点头。

闻灯微笑："那好吧，麻烦李公子了。"

李浮白心道"不麻烦"，一点也不麻烦，如果可以的话，他想要带着闻灯走遍这天下的每一个地方。

天色已晚，寥落的街道上偶尔有一两个行人路过。有人注意到他们两个人的时候，整个人都傻了，直愣愣地看着闻灯，李浮白立刻反应过来，闻灯的容貌对其他人来说是个很大的冲击，他将闻灯拉到一旁的暗处，避开那人的视线。

那人揉了揉眼睛，他刚才看到的果然是天上的仙子吧。

李浮白对上闻灯疑惑的目光，小声说："闻姑娘你这样走在街上有点……"

李浮白曾见过吕姬过街时的场面，人山人海，掷果盈车，闻灯如果就这样走在街上，即便不会引起吕姬那样的轰动场面，但是定然也会遇到很多的麻烦。

虽然他不知道闻灯一个人去沣州要做什么，可低调一点总没错。

闻灯歪着头，问李浮白："李公子觉得应该怎么样？"

李浮白被她的动作可爱到了，胸膛里跳动的心脏好像被毛茸茸的小兔子猛地撞了一下，他想要建一座很大很大的园子，将闻姑娘放在里面，她要什么自己就给她什么，只希望她能永远快快乐乐地生活在里面。

他意识到自己这个想法很危险，连忙将它从脑海中清除了出去。

"等到客栈里我给闻姑娘变个样子。"李浮白建议说，"现在闻姑娘披件斗篷遮一下样子，可以吗？"

皎洁的月光下，李浮白黝黑的眼睛亮晶晶的，带着些讨好，莫名有点像闻灯小时候养的那条小狗，那条小狗是她的父亲从外面带回来给她的，她很喜欢，可有一天晚上小狗跑丢了，她带着府里的下人找了它很久，之后便病了，在床上躺了一个多月。等她好起来的时候，才知道那条小狗已经被她的父亲送人了。

闻灯点点头，听话地站在原地。

李浮白取下挂在自己腰间的灵物袋，从中取了一件斗篷，完全没有避讳闻灯的意思。

闻灯看着他的动作，心下思量，能够使用灵物袋的人应当是个修行者，可他在进入闻府的时候完全没有惊动府中的阵法，而且避过了府中所有护卫，这个青年到底是什么人？

李浮白将黑色的斗篷抖了抖，披在闻灯的身上，怕她嫌弃，解释说："我没有穿过，闻姑娘放心。"

闻灯倒也不介意这个，不过李浮白这样顾及她的感受，她不是木头人，心中不可能一点触动都没有。

李浮白的斗篷带着兜帽，闻灯微微低下头，李浮白便伸长胳膊将兜帽扣到她的头上。

"好啦。"

斗篷尺寸比起闻灯的体形大出不止一圈，不过现在对闻灯来说却是正好的，她只要低下头，大部人就只能看到她的下颌。

李浮白带着闻灯回到他落脚的客栈中，帮闻灯要了一间上房，对她道："闻姑娘先好好休息一晚上，明天早上我给你换一副样子，然后再动身前往沣州，可以吗？"

闻灯点头："听你的。"

"夜里如果有什么事，闻姑娘就叫我一声。"

李浮白说完后仍觉得不够保险，他从腰间掏出一颗红豆，送给闻灯："对了，闻姑娘要是遇到危险，将这颗福豆捏碎就好了，闻姑娘如果捏不动——"

李浮白的声音陡然停下。对呀，闻姑娘柔柔弱弱的，如果捏不动可怎么办？

是谁把福豆做得跟石头一样？

"我会用牙咬的，"闻灯灿然一笑，"多谢李公子了。"

李浮白："你叫我的名字就行了。"

"李……浮白？"

李浮白听到自己的名字从闻灯的口中被叫出来，忍不住笑起来。

闻灯将门关上很久后，李浮白沉浸在那一声中，眉眼间全是笑意。

第二天早上，李浮白早早地起来，徘徊在客房外的走廊里，等着闻灯醒来。

等闻灯醒了，他进了她的屋子，询问完意见后，闻灯扮作样貌普通的男子模样，这样走在街上绝不会引起任何人注意。

闻灯端详着镜子里自己的新模样，还挺新奇，她开口想夸夸李浮白的手艺，却先咳嗽起来。

李浮白忙给她倒茶，她咳嗽平息后，欲言又止地看向他，闻灯知道他想要说什么，提前解释说："没事，刚才呛了一下。"

李浮白没说话，只是静静地看着闻灯，闻灯竟被他看得生出一丝心虚，她转移话题问："我们什么时候离开这里？"

李浮白果然跟着闻灯思路走，他略带歉意地对闻灯说："闻姑娘你等我一下，我去跟一个朋友道个别。"

闻灯想了想，起身说："把房间退了吧，我陪你一起去。"

李浮白口中的那位朋友就是徐琏，徐琏以为他能在鲸州多待一些时间，没想到竟然这么快就要离开，不过在听到李浮白说要去沣州的时候，立刻笑起来，道："那正好，我跟你一起去。"

"你去沣州做什么？"李浮白问。

徐琏促狭地挤了挤眼睛，道："'天下第一美人'吕姬要去沣州了，我想去看看，凑个热闹。"

6

李浮白问道："那你妹妹怎么办？"

徐琏看了身后的小姑娘一眼，笑着对李浮白说："晓萝的病已经大好了，等会儿我把她送去我爹娘那里。"

小姑娘这两年被病痛折磨得不轻，看起来只有七八岁的样子，干干瘦瘦的，浑身上下全是骨头，抱起来都硌手，后来被徐琏接到鲸州，悉心调理着，脸上这才多了点肉。

"这位公子是？"徐琏看向跟着李浮白一起过来的人，这段时间以来，李浮白有什么事都一直跟自己在一起，从来没听他说过还有其他的朋友。

"是我的一位朋友，姓邓，叫邓无。"

徐琏拱手叫道："邓兄。"

闻灯回礼："徐兄。"

待徐琏将他妹妹送到父母身边后，一行人就出发前往沣州。

闻府中看起来一切如常，但是昨天晚上闻朝易已经派出去好几队人马寻闻灯。

昨天晚上，茶茶端着汤药从厨房回来，却哪里也见不到闻灯的身影。她深吸了一口气，告诉自己要冷静，冷静，然而端着托盘的两只手不住地抖动，托盘掉在地上，发出清脆的声响，她好似才回过神儿来，对着院子外面大声叫道："不好了！不好了！小姐不见了——

"小姐不见了——"

府中的下人立刻被惊动，一时间，上上下下几百个护卫都聚在闻灯的院子外面，茶茶带着秦统领，与他讲刚才的事发经过。

在书房中处理事务的闻朝易很快得知了消息，他连忙赶来，看着闻灯空荡荡的房间，转头问秦统领："府里搜过了吗？"

秦统领答："回家主，已经搜过了，并不见小姐的踪影。"

闻朝易又问茶茶："到底怎么回事？"

茶茶刚才哭了一场，现在眼睛还是红的，她对闻朝易说："奴婢给小姐端了药来，小姐说药有点凉，让奴婢去厨房把药再热一热，等奴婢回来的时候，小姐就不见了。"

说着说着，她的眼泪像是断了线的珠子一颗接一颗地掉下来。

闻朝易此时已经平静下来了，闻灯离开闻家无非就两个可能：一是被迫，二是自愿。联想到闻灯在之前跟自己说她想要去沣州，私下见见那位袁二公子，闻朝易现在更偏向后者。

他走进闻灯的房间，在梳妆台前停下，拉开第二层的抽屉，原本放在这里的他送给闻灯护身的小金刚杵已经不在了。那金刚杵是认了主的，除了闻灯，其他人拿了也没用。

况且除了他和闻灯，也没有人知道这里放着智恒大师所赠的法器。

她走的时候还知道拿着金刚杵走，可见果然是早已准备好的。

只是闻府中处处都是护卫和限制修行者的阵法，她又是怎么出去的？

闻朝易唇上的胡子抖了抖，她定然有帮手。闻家大小姐现在跟人跑了，那人还不知道是男是女，是好是坏，他气得抬手在桌子上重重一拍，连地面好似都跟着震动起来，他怒道："胡闹！真是胡闹！"

房间中众人屏住呼吸，噤若寒蝉。

过了一会儿，闻朝易的情绪渐渐平复下来，他问茶茶："你知道小姐最近都跟什么人接触吗？"

茶茶的脑中蓦地闪过自己在闻灯那里看到的陶瓷小人，自己问小姐那个陶瓷小人是谁送给她的，但是小姐一直没说。

不知为什么，茶茶下意识地觉得自己应该将此事瞒下来，她对闻朝易摇头道："奴婢不知，小姐一直待在院子里，并未见过外人。"

并未见过外人？闻朝易抿着唇，府中的下人都在这里，他们已经被秦统领审问过一遍了，今天晚上都没见过闻灯。

不过无论如何，如今断不能让袁家知道闻灯失踪的消息，要是中间出了什么岔子，这桩婚事就只能告吹了。

闻朝易很满意这桩婚事，他认为这桩婚事不管是对闻灯，还是对闻家来说，都是有利无弊的喜事。

闻朝易道："你们暗地里在鲸州仔仔细细地给我查查小姐的下落，鲸州要是找不到就去沣州，找到后立刻把她给我带回来。"

"是。"

闻朝易不放心，又叮嘱道："切记不要让任何人知道。"

"属下明白。"

闻朝易起身，拂袖离去。

一想到闻灯一个人在外面可能受苦，不知道什么时候才能回来，茶茶就忍不住小声抽泣起来，她当时应该早点从厨房回来的，那样或许就能劝小姐留下来。

秦统领在旁边站了一会儿，见她哭得越来越厉害，将一块帕子偷偷塞到茶茶手里。

茶茶愣了一下，抬起头时，秦统领已经带着府中其他护卫离开了。

茶茶攥着手里的帕子，默念着："上天一定要保佑小姐，让小姐平安归来。"

李浮白为这趟沣州之行做了充足的准备，充足到连徐琏都有点看不下去了。

从前他和李浮白出行的时候，要么御剑，要么骑马，哪里像现在这样，先是买下一辆豪华的马车，在马车里垫了好几层的垫子，这还不够，又在马车底部镶嵌灵石，做了个小阵法来防震，马车里放着桌椅，桌椅上放着各种小食。

他将每一处都考虑得细致妥帖，保证坐在马车里的人不会有任何不舒服。

徐琏觉得他这快赶上皇帝出巡了，至于吗？三个臭男人整这么多花里胡哨的。闻灯也觉得不必如此，但是李浮白完全陷在一种难以形容的快乐之中，谁的话都听不进去，他想把自己最好的都给闻姑娘。

但是这一幕看在徐琏的眼里就很诡异，李浮白对这个邓兄殷勤得是不是太过分了？这要是不知道的，还以为那个邓无是他儿子。

本来他们两个用不上半日工夫就能到沣州去，如今多加了一个人，这一段路程生生让他们走了三日。

这一路上，闻灯确实增长了不少见识，也尝了许多她从前都没有吃过的东西，那些书本里看到的描述现在生动形象地呈现在她的面前。

她有时候忍不住会想，自己如果不是闻家的大小姐，是不是能比现在更自由一些。

可如果她不是闻家的大小姐，恐怕早就死了。

闻灯坐在马车中，侧头望向外面，表情平静，不知在想什么，李浮白装作低头看书的样子，只是他的心根本不在眼前的书本上，大半天过去一个字都没看进去，还时不时地抬起头，偷看闻灯一眼。

徐琏将一切收入眼底，不禁对李浮白与邓无的关系更加好奇。

暮色四合，夕阳残照，穿过前面的镇子，明日他们就可以抵达沣州。

徐琏本以为自己对李浮白讨好邓无的行为见怪不怪了，但是看着看着，心里怪不是滋味的，他从李浮白与邓无的对话中能够听出这两个人认识还没多久，至少肯定没有他与李浮白相识的时间长。

徐琏安慰自己，或许是这位邓公子看起来弱不禁风、身体娇弱，所以李浮白才比较照顾他。

吃饭的时候，李浮白坐在闻灯的对面向她介绍镇上的风土人情，还将螃蟹剥好了放在小碟子里，送到闻灯的面前："邓兄你尝尝这个螃蟹，小二说是他们楼里的招牌，挺不错的。"

徐琏："……"

虽然已经经历了很多遍，但此时徐琏依旧看得眼红，他清了清嗓子，朝身边的李浮白道："李兄啊。"

李浮白转头看他，问："怎么了？"

徐琏对李浮白说："我也想吃那个螃蟹。"

李浮白觉得徐琏挺莫名其妙的，直接对他说："你自己拿啊。"

"……"

徐琏哭丧着一张脸。这都是兄弟，怎么还差别对待呢？

说什么衣不如新、人不如故，都是假的！假的！

李浮白不再管他，问闻灯："味道怎么样？"

螃蟹性凉，闻灯不敢多吃，只吃了一点，她点点头，对李浮白说："挺不错的，不过我更喜欢这个玉米烙。"

这是个新奇的菜式，是从海外传来的，并不常见，李浮白暗暗记下，晚上的时候偷偷跑到这家酒楼里磨着大厨学做玉米烙。等他学成后，从后厨出来，就见徐琏抱臂站在楼梯口，挑眉问他："你大半夜的找那厨子做什么？"

李浮白当然不会告诉徐琏自己去学做菜了，敷衍说："你别管啦。"

徐琏心里痒得不行："你跟那个邓公子到底是什么关系？"

李浮白一口咬定他们只是普通的朋友，徐琏心想，信你个鬼。

可李浮白不说，徐琏拿他也没有办法，只能跟他上楼，问他其他问题："你是见过那吕姬的，她果真有传闻中那样好看？"

李浮白想了想，都有些记不清那吕姬的模样了："还行吧。"

从前徐琏听了李浮白的这番评价觉得可能是他的眼光太高，现在却有了不一样的看法，忍不住要说道说道："我现在怀疑你之前见到的是不是真正的吕姬了，天下第一美人你都不动心，却对星云十三州第一美——"

徐琏的话没有说完，就被李浮白猛地伸出手给捂住了嘴。

他瞪大眼睛，不明白这有什么不能说的。

楼梯的转角处，闻灯静静地站在那里，昏黄的光映在她平平无奇的脸庞上。

李浮白微微恍神。

他小心地打量闻灯的神色，见她低头看着脚下的木梯，好似根本没有听到自己与徐琏的对话。

李浮白当即松了一口气，心中莫名又多了一丝失落。

7

闻灯抬头，看了李浮白与徐琏一眼，轻声询问："李兄刚才干什么去了？"

"他呀，去跟厨子——"徐琏的话还没有说完，又被李浮白把嘴巴给捂上了。

李浮白回答闻灯说："没什么，就是晚饭没吃饱，问小二拿点吃的。"

闻灯没有多问。

徐琏受不了，他小声问李浮白："你干吗啊？"

李浮白凑在他的耳边，恶狠狠道："你现在不说话没人把你当哑巴。"

徐琏完全没意识到自己刚才想说的话有什么不能说的，李浮白这几天就是有毛病，他从闻府偷来盘龙草后，整个人都不正常了。

徐琏忍了又忍，还是没能如李浮白所愿当个可爱的哑巴，他问李浮白："你是不是真的被闻家大小姐下了——"

在这一瞬间，李浮白恶上心头，真的想把徐琏给毒成哑巴，他的手紧紧捂在徐琏的嘴巴上，但总觉得闻姑娘或许已经知道刚才徐琏要说什么了。

闻灯轻轻笑了一声："大家都累了，回房休息吧，明天应该就能到沣州了吧。"

徐琏蹭着李浮白的马车一路来到这里，完全不觉得累，但是他现在的嘴巴还被李浮白捂得死死的，不给他任何发表自己看法的机会。

李浮白叮嘱闻灯说:"你也早点休息,有什么事叫我就行。"

闻灯"嗯"了一声,转身上楼回房去了。

见到闻灯离开,李浮白终于将徐琏的嘴放开。

徐琏呼了一口气,他现在越来越好奇李浮白与邓无之间的关系,但是李浮白对这件事守口如瓶,任由他怎么威逼利诱,也撬不出一个字来。

李浮白对徐琏说:"你不要在邓无面前提闻姑娘。"

"怎么了?"徐琏疑惑问道,"他也喜欢那位闻姑娘?"

李浮白刚要反驳,徐琏抢先道:"你们两个都别想了,也做不成情敌,最多就是一对难兄难弟,还能相互安慰,挺好的。"

他越说越来劲,抬手拍拍李浮白的肩膀。

李浮白头疼不已:"让你不要说就不要说啊。"

"好好好,我不说。"徐琏脸上一副"无论你要我做什么,我都会答应"的表情。

他们二人一前一后上了楼,徐琏不回自己的房间,趁着李浮白不注意的时候,钻进了他的房间里,坐下后一点不把自己当外人,给自己倒了一杯茶,喝下后问李浮白:"到了沣州以后,我们还和那位邓公子一起走吗?"

李浮白倒是想和闻姑娘一起走,但是闻姑娘看完袁二公子后或许就要回鲸州去了,再或许那时候送她的人就是那位袁家的二公子了。

他轻叹了一口气,对接下来种种都不能确定,只能回答说:"看她的意思吧。"

徐琏放下手中茶杯,摸着下巴,端详着李浮白的这张脸,李浮白被他看得极不自在,问他看自己做什么。

徐琏好半天都没说话,眼看着李浮白面露不耐烦,准备赶人了,他突然低低地叫道:"李兄……"

像是要说悄悄话,怕被外人听到。

"还有什么事?"李浮白问。

"你不会是对邓公子有什么想法吧?"

李浮白:"……"

他现在只想扯断徐琏的舌头。

李浮白把徐琏从凳子上拉了起来,将他往屋子外面推搡:"赶紧走赶紧走。"

徐琏被推到外面的时候还不忘问李浮白："到底有没有啊，给句话呀。"

"有你个鬼啊！"

夜间风起，落花簌簌，明月盛辉，遍地葳蕤。

他们在第二天成功抵达沣州，知道"天下第一美人"吕姬要到沣州的人不止徐琏一个，这些人也纷纷来到沣州，有一些是吕姬的爱慕者，而更多的则是和徐琏一样想要凑热闹，一睹天下第一美人芳容的人。

沣州一下子就热闹起来，熙熙攘攘，人群挤满一条又一条的街道，叫卖声、喧闹声、嬉笑声，种种声音交织混杂，好似过节一般。

李浮白他们寸步难行，不得不将马车寄放在城外，步行进城，李浮白怕闻灯在路上被人撞到，在旁边盯得紧紧的，一刻也不松懈。

徐琏都替他累得慌，可是李浮白看起来却是乐在其中的样子，虽然李浮白用"有你个鬼啊"来极力否认了，但是此时徐琏还是觉得他很奇怪。

前不久李浮白不是还跟他说，自己看上闻家的大小姐了吗？这变得可真是有点快，要是单单变心也就罢了，但他这变化也太大了。

徐琏赶忙摇摇头，还是觉得自己想多了。

沣州城内大部分的客栈都已经满了，李浮白找了好久才找了家还剩下两间空房的客栈，闻灯一间，他和徐琏住一间。

李浮白犹豫许久，来到闻灯的房间中，问她："闻姑娘，你来沣州是为了见袁家的那位二公子吗？"

闻灯点头，没有否认："是有这个打算。"

纵使早已有心理准备，可此时听到闻灯亲口承认她来沣州是为了见袁二，李浮白心里还是有一点委屈的。

他问闻灯："那我们明天去袁府吗？"

闻灯摇头："我想找人打听一下袁二公子最近常去什么地方，私下里看他一眼，不要让他知道。"

李浮白马上对闻灯说："这个交给我好了，我明天帮你找人。"

他不禁带着恶意地想，最好那个袁二公子是个五毒俱全的富家公子，且长得十分丑陋，能把小孩都吓哭。

可是如果不管怎么样，闻姑娘都必须嫁给那位袁二公子呢？

那还是让袁二长得好看点，做个好人，能爱护这个姑娘一生一世。

闻灯有些不好意思，从鲸州来沣州这一路上李浮白已经为她做了太多，她说："是不是太麻烦你了？还是我自己找人去吧。"

李浮白摇手道："不麻烦不麻烦，举手之劳。"

他怕闻灯会拒绝自己，抢着说道："就这么说定了，我明天就帮你问那位袁二公子平时常去什么地方。"

闻灯"嗯"了一声："多谢你了。"

徐琏听李浮白说要找袁二的下落，登时吓了一跳，他完全想不到现在李浮白有什么需要找袁二公子的理由，除了关于那位闻家的大小姐的事。

李浮白找袁二要干什么？总不会是要去跟人家说，他看上闻家的大小姐，想要跟对方来一场公平的决斗。

徐琏一想到这个场面，觉得李浮白马上就要完了，抓住李浮白的袖子，对他说："你可别乱来啊，袁家可不是你我能够惹的。"

李浮白敷衍地点头："知道，我就是查一下他最近都在什么地方落脚。"

徐琏："那你没事找那个袁二公子做什么？"

"我就看看。"

徐琏将信将疑地看了李浮白半天，很想知道他口中的"看看"到底是怎么看看，拦不住李浮白，就再三叮嘱他："你可别被美色冲昏了头，有没有袁二公子，你与闻家大小姐都是不可能的。"

"知道，我都知道。"李浮白垂下眸，心中对徐琏这话并不是十分认同，他想只要闻灯还没有成亲，他就总是有一点机会的。

或许老天垂怜，他能与闻姑娘成就一段姻缘。

可是老天什么时候才能看看他呢。

袁二的下落并不难寻找，他是袁家的公子，在沣州城内一现身就会有很多人关注，很快李浮白就得知，袁二现在和王家的公子在望月楼中听小曲儿。

李浮白与闻灯一同前往望月楼，徐琏本来想去打听下吕姬到什么时候来，可是一听李浮白要去找袁二，为防止他回来的时候李浮白只剩下一具冰凉的尸体，立刻表示要跟他们一起到望月楼去。

闻灯踏进望月楼，看着这楼中盛景，对李浮白感叹说："这里可比鲸州热闹多了。"

李浮白道："可能是因为吕姬要来了吧。"

闻灯点头，同意李浮白的说法，他们在一楼找了张空桌坐下，前边台上有乐师弹着琵琶，乐声泠泠，身穿红衣的舞女随着乐声起舞。

闻灯看了一会儿台上，突然出声对徐琏说："我看徐兄你眼睛和舌尖发红，气色不佳，这是有心火啊。"

徐琏最近确实因为李浮白的事上了点火，问闻灯："邓兄你还会看病啊？"

"略懂一点，"闻灯点点头，忽然笑起来，"说起来我之前还给闻家的小姐看过病。"

正专心剥瓜子的李浮白猛地抬起头，看向闻灯，他隐约察觉到闻灯想要做什么，抿了抿唇，没有插话，继续手上的动作。

徐琏太阳穴一跳，难不成李浮白想通过讨好这个为闻小姐看过病的邓无，进而讨好闻小姐？

这也太复杂了。

袁二与王津听到三人是从鲸州来的，多留心了些，现在听到他们其中一位说他曾给闻家小姐看过病，袁二心头一动。

他其实找过不少给闻灯看病的大夫，询问闻灯的病情，不过关于闻灯的信息他也不嫌多。

知彼知己，百战不殆。

王津说的没错，这是关乎他后半生的大事，他必须得慎重行事。

8

闻灯与徐琏就上火的问题展开了简单的探讨，袁二与王津一起来到闻灯他们这一桌的旁边。楼中的大部分人是认识这位袁家二公子的，纷纷噤了声，看他想要做什么。

等到闻灯与徐琏聊得差不多后，这位袁二公子突然开口向闻灯问道："你给闻家小姐看过病？"

闻灯好似被他的声音吓了一跳，转过头去看向袁二，目光中透着警惕，问道："你们是什么人？"

李浮白作为修行之人，五感极好，他听见大堂里众位客人的小声议论，知道眼前此人便是袁二公子，而对方身边的则是王家的公子。

想来闻姑娘也是知道的。

这位袁二公子剑眉星目，相貌堂堂，出身世家，故而身上带着寻常人家难以养出的气度，站在人群中，尤其显眼。

自己与他相比并不差什么，但是在这人世间，众人只会艳羡袁钰章的家世，而自己是天地间的一片浮萍，没有根脚。

在浮水宫的时候，李浮白何曾想过自己作为浮水宫的少宫主，有一日竟然也会自卑起来。

闻姑娘会喜欢这位袁二公子吗？

袁二公子这般模样的人，应该会得很多姑娘的喜欢吧。

李浮白小心观察闻姑娘此时的神情，却什么也看不出来，闻姑娘像是一个普通的小大夫，李浮白还觉得她这样有些可爱。

袁二笑着说："我只是对闻小姐有些好奇的路人罢了。"

闻灯摆着手，羞愧道："我医术不精，只看过一次，后来闻府就没用我了。"

袁二到现在找过的大多大夫也都是只给闻灯看过一次病的，因为他们对闻灯的病束手无策，有些胆子大的，或个性足的，甚至还让闻家家主提前给她准备后事。

也不知道现在给闻灯看病的是哪一位神医，硬生生地将她那条命吊了这么多年。

袁二点头："原来是这样。"

站在袁二身边的王津脸上倒是透出八卦之色来，他向闻灯问道："你有见过那闻家小姐长什么模样吗？我听人说她是星云十三州的第一美人，你看她与这望月楼中的清九姑娘相比如何？"

望月楼中的清九姑娘是沣州城里有名的美人，王津问这话的时候，清九姑娘正站在二楼的楼梯口，身穿一袭浅蓝色长裙，唇角带着一抹温柔的笑意，垂眸望向他们。

她其实站在这里有一段时间了，只不过从鲸州来的这三位都没注意过她。

闻灯听到身后有人说"清九姑娘下来了"，抬头看过去，她好像被击中一般，双眼发直，好一会儿才回过神儿来，清九姑娘见她像个呆子一样，掩唇轻笑起来。

闻灯有些惭愧地低下头，小声对袁二道："这……我也不曾见到那位闻姑娘长什么模样，没办法比较。"

"没见过？"

闻灯"嗯"了一声："我去给闻家大小姐诊脉的时候，隔着好几层的纱帘，根本看不到她的样子。"

此时袁二与王津对闻灯的话又信了几分，他们之前找过不少大夫，询问他们闻灯长相的时候，他们都是这番回答。

而且此人瘦瘦弱弱，不是修炼之人，他话中的可信度要更高一些。

李浮白手里的瓜子都剥完了，他低头看着小碟子里颗颗饱满的瓜子仁，知道自己是为谁剥的，但是要他现在把这些剥好的瓜子送到闻灯的面前，他还是觉得挺难为情的。但徐琏一点也不难为情，直接把李浮白剥好的瓜子端到自己面前，哗啦啦全部倒进嘴里，一口吞下后，还冲着李浮白露出两排小白牙。

李浮白："……"

好想打人。

袁二与王津随便问了两句后就离开了，徐琏两只手撑在桌子上，一副看好戏的模样看向闻灯，笑吟吟问道："你知道刚才问你话的那位黑衣的公子是什么人吗？"

闻灯很给面子地顺着他的话问道："谁呀？"

"袁二公子啊！即将要跟闻小姐成亲的那位袁二公子啊！"

"啊？"闻灯茫然地眨了眨眼睛，问道，"闻家已经同意与袁家的亲事了吗？"

"这有什么不同意的？袁家与闻家也算是门当户对的，听说闻家小姐的身体不好，不能修炼——"

"你捅我干什么？"徐琏斜了李浮白一眼，"你捅我，我也要说，你跟闻家——"

徐琏的嘴巴张张合合，发不出一点声音，他意识到这一点后，猛地转过头去，瞪着李浮白，他指了指自己的嘴巴，想让李浮白将上面的禁制解开，然而李浮白根本不理他，将装着桂花糕的小碟子送到闻灯的面前："这个桂花糕的味道不错，你尝尝。"

徐琏的小拳头在李浮白的肩膀上如同急雨乱砸一通，李浮白皮糙肉厚，不痛不痒，等徐琏捶完了，他还轻飘飘地说了句："别闹。"

气得徐琏差点从凳子上跳起来。

他们三个在望月楼中听了清九姑娘唱了两段小曲儿后就离开了，回到客栈中。闻灯在回来的路上买了两本美人图，据那卖书的说这两本美人图上画了天下最美的上百位女子。

闻灯回到客栈后闲着无事翻看这两本美人图，只是看了几页后，不知是画师的问题，还是她的眼睛出了问题，这些美人好像都长着同一张脸，只是衣服和妆容换了一下。

她快速往后翻了几页，发现自己在里面竟然也有姓名，排在第八十多位，给了个"病美人"称号，与"天下第一美人"吕姬的那一串长长的称号比起来，相当没有牌面。

不过闻灯倒也不介意这个，这两本美人图中除了前五六个画得不错，后面的画得都很敷衍，可见画师对这些美人也都只是听了个名号，并没有亲眼见过。

李浮白敲门从外面进来，闻灯以为他来找自己有事，但是等了很久都没有等到李浮白开口，她抬起头，正好对上李浮白的眼睛，她笑问："你怎么一直这样看着我？"

李浮白有些不知该怎样开口，他今天在望月楼中听衷二与闻灯的对话，才知道闻府请了很多大夫给闻灯看过病，究竟是什么样的病能让那么多大夫都束手无策，他忍不住问闻灯："闻姑娘，你身上的病怎么样了？"

闻灯笑了一下："小病罢了，是我父亲小题大做，不必担心。"

李浮白嘴唇紧抿，是闻家家主小题大做，还是闻姑娘不愿意告诉自己，如果不能亲自给闻灯诊脉，他始终放不下心。

但他看得出来，现在闻灯并不愿意与他透露自己的病情，李浮白又问："闻姑娘现在要回鲸州去吗？"

今天已经见到那位袁二公子了,闻姑娘若是为了见袁二公子来的沣州,那么现在她的目的已经达成了。

"先不急着回去,再等几日吧。"闻灯将手中的美人图放到一边,"他们应该还会再来的。"

闻灯口中的"他们"指的自然是袁钰章与王津两人,今日他们三个从鲸州来的人在望月楼中恰好遇见袁二两人,其中闻灯又自称给闻家小姐看过病,但凡袁二有点脑子,就不会不怀疑他们的来历。

"李兄你不必管我,忙自己的事情吧。"

"我没什么事。"

李浮白说完后,听见闻灯问他:"徐琏说你曾见过被誉为'天下第一美人'的吕姬,她长什么模样?"

"记不太清了。"李浮白摇头说,他顿了一顿,低声说道,"她没有你好看。"

闻灯似乎并没有听到李浮白后面的那句话,她托着下巴,指尖在桌面上轻轻叩着一支说不出名字的曲子。

楼下的街道上行人往来匆匆,有人用彩色的绸布装饰着街道两旁的树木,又以各种名贵的花卉作点缀,迎接"天下第一美人"吕姬的到来。

天色渐暗,如血的残阳在天际抹去最后一抹鲜红,沉沉坠入黑暗之中,银白的月亮从东方升起,挂在高大的桂树上。

王津斜靠在身后的栏杆上,仰头望着天上的月亮,手里晃着酒杯,问袁二:"吕姬明日就该来沣州了吧?"

"应该是。"

王津将杯中的那点酒喝干净了,转头看着袁二,问他:"你说吕姬到底怎么想的,怎么突然来沣州了?"

袁二低头没说话。

王津便自顾自地继续说道:"她要是突然想开了,想跟你好了,那你与闻家小姐的亲事是不是就得告吹了。"

袁二淡淡道:"不可能。"

王津猛地坐直,瞪大眼睛,以为依袁二对吕姬的迷恋,只要吕姬稍稍给他一点甜头,他立刻就会屁颠屁颠地朝着吕姬跑过去。

袁二抬起眼皮，看着王津，说："这桩亲事无论如何都是一定要成的，就算真像那些大夫说的，闻灯活不长了，我就算是抬也要把她抬到袁家来。"

"不是吧？"王津震惊地看着袁二，"你这会让我觉得你爱惨了那位闻小姐。"

袁二笑道："就是要让所有人都以为，我对那位闻家的大小姐爱慕得不得了，就算她是个将死之人，我也不在意。"

王津嘴角抽搐："我看你脑子有病。"

袁二道："不过今日在望月楼中那三个人来得太巧了，你找人查查他们三个的身份。"

"你怀疑他们是闻家派来的？"

"不排除这种可能。"

"若是查到了你要如何？"王津问。

"自然是要将我对闻小姐的一片真心全部展现出来，让他们知道我对闻小姐情根深种，为她辗转反侧，为她魂牵梦绕。"

王津听着袁二的描述感觉自己起了一身的鸡皮疙瘩："你太恶心了。"

9

过了一会儿，王津又好奇问道："那如果这次吕姬想开了，答应跟你在一起了，你也钓着她？"

大概是王津这话让他想到了什么美妙的场景，袁二抿唇笑了起来，举着手中的酒杯，悠哉地说道："她钓了我那么久，现在我钓她一会儿怎么了？"

王津蹙眉道："所以你是真的要和闻家小姐成亲？"

"那是自然。"袁二笑了笑，挑眉道，"即便我不娶闻家的小姐，你也不会天真地以为家里会让我娶吕姬吧？"

王津动了动唇，不知自己现在还能同袁二说什么好，他算是明白了，自己与袁二在终身大事的问题上，很难达成统一，怪不得家里的长辈总说他这些年只长个子，不长脑子。

他要是喜欢谁，就算是家里的长辈不同意，也得闹得他们都应承下来，断不会做到袁二这般步步算计、事事筹划的地步。

素月流天，河面波光粼粼，河两畔的熠熠灯火映在河中，仿佛在水下又建造了一个热闹街市。

房间中，徐琏早早地睡去，李浮白却望着头顶的木梁，久久不能入睡，他总忍不住想起白日里在望月楼中见到的袁二公子，还有闻姑娘在看到对方时露出的神情。

其实闻灯待袁二与待他并无不同，只是想到自己现在只是个无根无脚、无家可归的游侠，李浮白心中忍不住自惭形秽，甚至有些自暴自弃地想，要不干脆把闻姑娘抓起来，关到一个谁也找不到的地方，那里只有他们两个。

可李浮白舍不得这样做，他喜欢她，所以想让她过得比谁都幸福快乐。如果自己的存在会给闻灯带来任何不幸，他会毫不犹豫地离开。

他终于睡去，梦中闻姑娘着一身浅黄长裙坐在秋千上，微微垂首，神情寥落。

李浮白就站在她不远处的地方，想给她翻跟头，想给她表演个杂耍，想让她笑一笑。

而隔壁房间中，闻灯在黑暗中睁开双眼，她从床上坐起身，随后就捂着嘴咳嗽起来，这种事她大概做过太多次了，只发出微弱的声音。

咳嗽渐渐平息，她的掌心多了一点鲜红，闻灯眸光一暗。

她知自己说不定哪一日就要见阎王去了，这样残破的身体就该老老实实地待在家里，听从父亲的安排。

但是她做不到，自己不是木偶，不能毫无思想地被人操控。

今日在望月楼见到的那位袁二公子与袁家送来的画像上的人倒是没有太大的差距，这样的人为什么一定要娶一个他从来没有见过的，随时都会一命呜呼的病恹恹的女子？

纵然袁二声称他与自己有过一面之缘，但闻灯心中清楚，他们两个不曾见过，她今天见到袁二后，更加肯定这一点。

他所求为何？

今天那位袁家的二公子回去后多半会找人来查他们三人的身份，说不定明日他还要来到这家客栈中再见他们一面。

闻灯想了想，忽地笑了起来。他当然要来，连天下第一美人的到来都不在意，只为了关心闻小姐的细微琐事，这不更能显示出他对闻小姐的情深义重?

袁二若是有点脑子,就绝不会错过这个机会。

不过他不想见那天下第一美人,闻灯却想要看一看,她在闻家被困了这么多年,见到的人除了府中的下人,寥寥无几了。

闻灯再无半分睡意,就这么在床上一直坐到天亮。

早上她梳洗后推门出去,李浮白已经在外面的长廊上等着她了,见到她后,出声道:"闻姑娘,我看你脸色不大好,要不要再休息一会儿?"

"不用了,"闻灯摇头笑着说,"等会儿该有人过来了。"

李浮白"嗯"了一声,徐琏却是一头雾水,问道:"什么人?"

什么人……

闻灯没有开口回答,只说:"等会儿你就知道了。"

他们从楼上下来,便看到袁二与那位王家的公子站在客栈的大堂中,徐琏猛地转头看向李浮白与闻灯——他们两个早知道袁二公子会来这里。

袁二公子这一回不再隐瞒自己的身份,如实相告:"在下袁钰章。"

虽心中早已预料到这个场面,但闻灯依旧很自然地流露出吃惊的表情,讶然道:"袁二公子?"

袁二颔首,道:"我曾有幸与闻家小姐见过一面,对闻小姐一见倾心,所以忍不住想要对闻小姐多了解一些,昨日瞒着几位,实在不好意思了。"

李浮白抱着剑站在一旁,暗嗤袁二为人肤浅,见了一面就想着把人家姑娘给娶到手,一看就是个老色坯了。

若是徐琏能知道李浮白此时的心中所想,定然会嘲一句"李浮白这是五十步笑百步",他不也是见了人家闻姑娘一面就失魂落魄,茶饭不思。

至少袁二公子看起来可比他那几天的样子正常多了。

徐琏好奇闻灯究竟长什么模样,昨日见闻灯买了两本美人图,他也跟风买了一套,闻灯与第一页的吕姬比起来实在是平平无奇,李浮白是瞎了眼,还是审美异常,竟然觉得吕姬长得只是"还行"。

如果不是见过李浮白为了闻灯辗转反侧的模样,他一定会觉得李浮白真乃圣人也。

袁二公子表达了一下自己对闻姑娘的爱慕之情后,向闻灯问道:"对了,你是什么时候给闻姑娘看的病?"

闻灯答:"去年秋天。"

"那时闻姑娘的身体怎么样?"

闻灯摇头道:"不太好。"

站在一旁的李浮白听到这话,握着长剑的那只手下意识地收紧了一些。

袁二叹息:"需要什么药材,尽管跟我说,我能帮的一定会帮。"

闻灯只道自己才学浅薄,袁二若是真想要为闻家小姐的病做些什么,还是得亲自到鲸州去看看。

袁二笑着说,等他有时间了,自然是要去的。

闻灯他们在大堂中等了好长时间也没有等到吕姬来到沣州的消息,倒是临近中午的时候,袁府中的下人前来找袁二,不知在他耳畔低语了什么,只见袁二的脸色一变,对闻灯他们道:"家中有急事,我先失陪了。"

袁二与王津匆匆离开后,闻灯在大堂里找了个靠窗的位子坐下,等着"天下第一美人"吕姬到来。

袁二从客栈中离开后立刻赶到望月楼中,在楼里姑娘的带领下上了三楼,推开了那间常年都不会打开的房间,白衣的女子站在浅色纱帘后面,身姿绰约,风流窈窕。她听到脚步声,缓缓转过身来,正是被誉为"天下第一美人"的吕姬。

见到袁二,吕姬微微一笑,百花失色。

"你怎么来了?"袁二问道。

"袁公子不会是不欢迎我来吧?"吕姬在榻上坐下,靠着一侧,语气中略带失落道,"早知这样我就不来了。"

袁二没有理会吕姬口中的埋怨,看了眼她的身后,蹙眉问道:"就你一个人来的?"

"带了两个侍女,可现在要跟袁公子私会,总不能让她们跟着来吧,袁公子你说呢?"

袁二此时却像个正人君子一样,对吕姬的种种挑逗不为所动,对吕姬说:"星云十三州这边修炼者众多,不比你在帝都的时候,你自己小心点。"

吕姬"扑哧"一声笑出来,挑眉问他:"你关心我?"

袁二没说话,吕姬便继续问他:"我来沣州的路上听说你要和闻家的小姐成亲,此事是真是假?"

"和你有关系吗？"虽然袁二的计划不会为吕姬更改，但是此时他发现自己对吕姬的态度依旧很重视。

"自然是有的。"吕姬道，"若是你们二人真要成亲，我这个朋友怎么也要送上一份贺礼。"

这个回答与袁二心中预想的差不多，她总是这样，忽远忽近，先给人一点微渺的希望，然后又将这点希望戳破，告诉你，是你自己想多了。

袁二对她的性情早有了解，如今听她这样说倒也不至于太过失望，他问道："你来沣州到底是为了什么？"

"我要什么，袁公子就会给我什么吗？"

袁二皱了皱眉头。

"跟你开玩笑的。"吕姬敛起脸上的笑，"我听说药老来了沣州，要举办一场比试大会。"

"你怎么会知道？"

吕姬对着袁二狡黠地眨了眨眼睛，说道："这没什么，用不了多久天下人都会知道的。"

"所以？"

"我还听说为第一名准备的奖品中有一种叫霜雪伽蓝的药材，服下之后可以使凡人容颜不老，我想要它。"

吕姬虽是天下第一美人，可是并没有修行的天赋，必然要经历凡人要经历的生老病死，作为一个美人，吕姬最害怕就是自己有一天会衰老，容颜不再，众人说起她时就剩下一句唏嘘。

10

"袁公子会帮我的吧？"吕姬抬起头来直直地看向袁二，目光中带着让人无法拒绝的信任。

袁二别过头去，躲开吕姬的视线，淡淡说道："即使我不帮你，也应该会有很多人帮你拿到霜雪伽蓝吧。"

"话是这样说的，"吕姬毫不隐瞒这一点，点头道，"但是袁二公子如果愿意出一份力的话，我会更高兴的。"

袁二抿着唇没有说话，他现在正在筹谋与闻灯的亲事，若是贸然插手吕姬之事，被闻家的人知道，多半会生出一些不必要的事端来。

一方面，若是他什么都不做，又会觉得自己在吕姬的众多追求者、爱慕者中矮了一头，日后即便闻灯死去，他也不一定能够在众多竞争者中抱得美人归。

另外一方面，作为一个好色之徒，他也希望这张容颜能够永远鲜活，若是岁月在上面留下了什么不可磨灭的印记，袁二也会觉得遗憾。

他思量一番后，说道："我看看吧。"

吕姬听到这话，仿佛已经得到了袁二的承诺，她脸上的笑更加真诚几分："那麻烦袁二公子了。"

她从榻上起身，脸上笑意温柔，道："好了，我也该出去见见沣州的百姓了，他们应该等我很久了。"

袁二知道吕姬要出城去，他实在不放心她一个人，对她道："我送你去吧。"

吕姬笑着说了一句"多谢"，同袁二一起出了望月楼。

客栈中，徐琏在楼下大堂等得不耐烦，一个人跑出去逛街，闻灯不太舒服，趴在桌子上，半合着眼，好像已经睡去。

李浮白始终坐在她的对面，安安静静地看着她，偶尔抬手帮她挥开扰人的虫子。

细碎的阳光从琉璃瓦片上跳跃下来，落在闻灯浓密的睫毛上，无数细小尘埃在光束中缓慢飘浮，顺着她的呼吸进入她的肺中。嗓子泛起密密麻麻的痒，闻灯捂着嘴咳嗽起来。

她咳得厉害，一声接着一声，声音不大，只是听起来让人更加难受。

李浮白一边给闻灯倒水，一边轻轻拍打她的后背，等到闻灯咳嗽声渐渐停下，他小声叫她："闻姑娘？"

闻灯刚才咳得头有点晕，好一会儿才恢复过来，她抬起头，望着李浮白，目光温柔，摇头道："我没事。"

"闻姑娘，"李浮白抿了抿唇，直视着她的眼睛，"我医术其实还可以，但闻姑娘如果不放心我的话，我们去城里找其他的大夫看看也行。"

闻灯刚要开口，李浮白继续说道："你别用风寒骗我了，风寒什么样我知道的。"

他作为修炼之人，五感比常人好出许多，加上他对闻灯总是下意识地多关注些，晚上他经常能听到从隔壁闻灯房间中传出来的异响，只是闻灯到底是个姑娘，深夜里他也不好去打扰人家。

闻灯见着眼前的李浮白露出类似委屈的表情来，竟是没忍住"扑哧"一声轻笑出来："只是一些小毛病罢了，不碍事的。"

"闻姑娘觉得哪里不舒服跟我说，好不好？"李浮白语言恳切，"我不是坏人。"

恍惚间，闻灯以为他是跟在自己身边的茶茶，她当然知道李浮白不是坏人，不然也不会跟着他来到沣州，闻灯"嗯"了一声："我知道。"

李浮白等了好一会儿，也没有等到闻灯同自己说说她现在的病情，他兀自坐在那里生着闷气。

闻灯侧头看向窗外，她离开鲸州也有几日了，不知道茶茶现在怎么样了。

她走的那一日原本该同茶茶说一声，只是茶茶演技实在太差，到了她爹面前说不了两句话就得露馅，到时候反而要害了她。

不如什么也别让茶茶知道。

闻灯沉浸在自己的思绪当中，只过了一会儿，她的眼睑缓缓垂下，单手托住脑袋，她有些困倦。对面的李浮白见她这样，也忘了自己还在生气，对她说："闻姑娘要是累了，先上楼休息一会儿吧，等会儿吕姬来了我再叫你。"

闻灯正要点头，外面平静的街道上猛地喧闹起来，一时间人声鼎沸，街旁的商贩们一边跟着人群奔跑，一边口中喊着："吕姬来了吕姬来了。"

而原本气氛有些懒怠的客栈也一下子活了过来，许许多多的客人连衣服都没有穿好，就从楼上跑下来，冲到街上，随着人群一起向城外跑去。

徐琏气喘吁吁地从外面跑进来，对他们道："吕姬要进城了，你们还不赶快出去。"

闻灯起身，她在这里坐得太久，这样突然站起来有些晕眩，她按着额头，李浮白连忙上前一步扶住她，叮嘱她说："小心点。"

徐琏看到这一幕啧啧出声，这是把一个大男人当成了瓷娃娃，真搞不懂他这个李兄的脑子里在想什么。

大街上兵荒马乱、摩肩接踵、推搡声、翻倒声、惊叫声，各种声音乱作一团，李浮白紧紧护着身边的闻灯，防止她被人撞到。

徐琏木着一张脸跟在他们两个的身后，明明是三个人的出行，他却根本没有姓名，说起来让人笑话，他堂堂七尺大汉，看到李浮白对姓邓的关怀备至，也想感受一下被人呵护在掌心里是个什么滋味。

三个人好不容易来到了城门口，几条街道上均是人头攒动，熙熙攘攘，只留下一条通往望月楼的主路，路上铺着崭新的红毯，上面落着各色花瓣，人群自动分开在两侧，口中呼喊着吕姬的名字。

远处，城门之外，一辆装点得金碧辉煌的花车正缓缓而来，吕姬就端坐在花车之上，花车四周有轻纱垂下，朦朦胧胧，很难看清她的模样，只是轻纱被风吹起时偶尔惊鸿一瞥，也足够让围观的众人心神荡漾。

徐琏看得魂儿都要丢了，随着人群和花车同步移动，许久之后才回过神儿来，感叹道："如果能够让我到她面前，亲眼一睹这天下第一美人的芳颜，我愿意一年不吃肉。"

徐琏说完这话后就等着李浮白来嘲笑自己，但是许久都没听到李浮白应声，转过头去，就看着李浮白正跟邓无说着悄悄话，好像是在问邓无能不能看到吕姬的模样，如果看不到，他们换个高一点的地方。

徐琏："……"

不是啊兄弟，就算你觉得这"天下第一美人"吕姬长得很一般，也不用这么不给面子吧。

至少还是比这位邓兄弟好看点吧。

由于李浮白与闻灯两人的异常表现，这一路上徐琏的神经都在看吕姬还是看他们两个的拉扯中，到最后两边都没看清。

到了望月楼外，花车停下，有人上前挽起车上的白纱，又有侍女过来将吕姬扶起，围观的人终于可以看清她的模样。

众人噤声，屏住呼吸，生怕在这位美人面前失态，吕姬朝望月楼中走去，走到门口时，回眸看向众人，抿唇一笑，四周吸气声此起彼伏，甚至还有心理素质差了点的，当场晕倒。

闻灯也终于看清传说中"天下第一美人"吕姬的模样，她本人比昨日那本画册上的确实要好看许多，画师也在画册的后文中写道"自己只画出吕姬的一二风韵"，如今看来倒也没有说错。

确实是个很好看的美人。

吕姬进了望月楼后，街上的众人许久后才散开，他们离去时还在议论着吕姬的绝色容貌。

徐琏对这位天下第一美人同样念念不忘，回去的路上叨叨个不停，闻灯偶尔应声，李浮白完全不理会。之前徐琏怀疑李浮白见到的人根本不是吕姬，今日他们是一起见了人的，可李浮白情态如常，丝毫没有被吕姬的容颜吸引到，徐琏倒有些好奇让李浮白失魂落魄的闻家小姐到底长什么模样。

夕阳西下，三人的影子映在铺着青泥板的长街上，渐渐拉长。

望月楼中，吕姬与侍女进了三楼的房间中再也没有出来，楼下的王津喝着小酒，对袁二道："他们三个确实是从鲸州过来的，李浮白是个四海为家的游侠，徐琏家住鲸州，跟闻家没有联系。"

他顿了顿，放下酒杯，继续说道："那个叫邓无的，我倒是没有查出什么来，好像是凭空出现的一个人。"

袁二思索片刻后问道："有查到他是不是真的给闻小姐看过病吗？"

"这个倒是没有查到。"王津等了一会儿没有等到袁二开口，便将自己的结论说出来，"那他说不定就是闻家的人了。"

袁二"嗯"了一声："不管是不是，在他们面前都要谨慎点。"

王津又问："对了，吕姬找你做什么？"

袁二道："她想要霜雪伽蓝。"

"她要霜雪伽蓝做什么？"王津此话一出口便意识到自己问了一个很愚蠢的问题，他虽然对药理研究得不深，但是霜雪伽蓝的功效他还是知道的。

"女人啊，"王津感叹一声，紧接着问袁二，"所以你要帮忙吗？"

袁二垂眸，半晌后回答王津道："看情况吧。"

药老不日就会抵达沣州，不知到时会有多少人来争这个第一的名头。

第二章 玲珑心

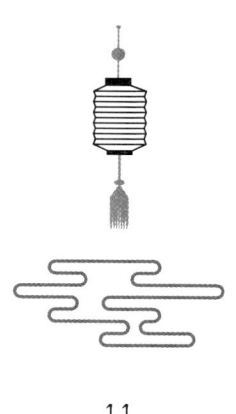

11

到了客栈里,徐琏嘴里还念叨着自己刚才见到的吕姬,不过此时客栈中的客人们大都在议论这天下第一的美人,也不免拿吕姬与其他的美人做比较,这比来比去,众人发现吕姬这个"天下第一美人"的名头算得上是名副其实。

他们说着又不免说起了星云十三州的第一美人闻灯,只是提到闻灯的时候众人用词都比较委婉,毕竟闻家即将要与袁家结亲,若是让袁家的人听到了,很难收场啊。

闻灯也是这回出了门,才知道自己还有个"星云十三州第一美人"的称号,她在鲸州的时候极少出门,即便是出了门,也难见到外人,不知这个名头是怎么传出去的。

徐琏盯着李浮白的那张脸看了好长时间,最后试探问道:"对着吕姬那么一个大美人,你就一点不动心?"

李浮白眼皮都没动一下,看得出来他确实是毫不动心的。

徐琏啧声道:"你练什么剑啊?你去敲木鱼啊!"

李浮白抿着唇没有说话,在关于美人的这一话题上,徐琏深知自己与李浮白没有共同语言,他将视线投到闻灯的身上:"来来来,邓兄你来说说吕姬怎么样。"

闻灯点头道:"自然是极美的。"

虽然闻灯也夸了吕姬的美貌,但徐琏依旧不够满意,觉得她的反应也有些平淡,他向前倾了一些,问闻灯:"你真没见过那个闻家小姐长什么样子吗?"

闻灯笑着摇头。

徐琏失望地叹气，可想想自己连天下第一美人都见过了，对闻灯也就没有那么好奇了，他自言自语道："就算传言是真的，那闻小姐也只是这十三州的第一美人，而吕姬则是天下第一美人，吕姬姑娘这天下第一的美人，定然要比闻小姐漂亮，我看了昨天买的美人图，里面的闻小姐比起吕姬差得远了。"

李浮白动了动唇，似乎想要反驳徐琏的这番话，但是顾及闻灯还在这里，又将到了嘴边的话都给压了下去。

倒是闻灯不住地点头，似乎对徐琏的话很赞成。

"李浮白他眼神儿不大好使，你可别被他给带偏了。"徐琏抬起手想要拍拍闻灯的肩膀，被李浮白伸手给拨开。

徐琏道："我今日出去的时候，听说药老也要来沣州城了，还要弄一个什么比试大会，要是能够夺得头筹，药老可以答应对方一个请求。"

"药老？"李浮白从浮水宫中出来，入世的时间不到半年，对世间的局势有一个大概的了解，但是对那些不常出现在人前的名人不怎么熟悉。

徐琏介绍道："药老是天下有名的神医，生死人肉白骨都不在话下，而他制药的手法更是出神入化，他亲手制出来的丹药千金难求，故而被尊称为'药老'。"

李浮白后面的话没怎么听，只听了一个"神医"的名头，他下意识地抬头看向闻灯。闻姑娘不放心自己来医治，但如果是药老的话，她是不是就能同意了。

闻灯垂眸，并不插话。

闻朝易是请过药老给她看病的，几年前有一次她高烧昏迷了几日，偶尔清醒过来也一直咳嗽吐血，闻朝易请了不少大夫都束手无策，最后求了药老过来，结果药老给闻灯诊完脉后，直接撂下一句："准备后事去吧，就算熬过这一次，也活不了多久。"

在闻朝易的再三恳求下，加上闻家库房里数十种珍贵药材作诊金，药老终于出手，吊了闻灯两年的命，让她一直活到现在，临走的时候留下话，若是以后再犯病，也不用再找他了。

"我还听说吕姬姑娘此次来沣州是为了药老。"徐琏摸着下巴，脸上满是憧憬道,"吕姬说谁要是能在药老的比试大会上得个第一,就能和她泛舟同游,共赏明月。"

徐琏一边说一边对李浮白挤眉弄眼,可李浮白根本不理会他,只是无声地望向闻灯,想知道闻姑娘需不需要让药老来给她看一看病状。

徐琏顺着李浮白的视线盯着邓无看了好一会儿,他真不懂邓无有什么好看的,就算李浮白想通过邓无来讨好闻家小姐,也不至于殷勤到这个地步。

徐琏不死心地问李浮白:"你就不想跟天下第一美人泛舟赏月?"

李浮白:"没兴趣。"

徐琏算是明白了,除了闻灯,其他美人在李浮白的眼中恐怕都算不得美人,他又转头问闻灯:"邓兄你呢?"

闻灯笑道:"我连点拳脚功夫都不懂,去了也是让人笑话。"她起身,"我有些累了,先上楼去歇一会儿了。"

暮色四合,城中升起袅袅炊烟,随着轻风直直上去,闻灯坐在桌旁,捂着胸口咳了一会儿,鲜红的血溅在桌面上,她拿着帕子将桌上的血擦干净,帕子上染了血,像是开了一簇簇红梅。

药老当年说了不会再来给她看病,而现在闻家也没有什么能够打动他的。

闻灯起身走到窗前,将窗户推开,窗外夜色朦胧,繁灯如昼,月光如水,长街上人来人往,商贩们收拾工具准备回家吃饭。有人喝得醉醺醺的,拉着同伴说着"天下第一美人"吕姬;有人与家中妻儿吵了架,刚刚被赶出来,气急败坏地跟邻居解释自己不是被赶出来的,是主动出来的;还有人提着灯笼,叫在外面玩耍的孩子回家吃饭……

闻灯的脸上露出一丝笑意,但转瞬即逝。

世间如此喧闹繁华,而她好像总觉得自己格格不入。

闻灯将窗户关上,却没有合上,留了一条二指宽的细缝,她回到床上躺下,烛火摇曳,帘下流苏的影子在墙壁上晃动,她闭上眼睛,徐徐风声在她耳畔回响,恍惚中,她好像看到李浮白坐在墙头,表情滑稽。

她忍不住轻笑了一声。

红烛燃尽,房间陷入了一片黑暗,虫蚁爬过的细小声响在黑夜中格外地清晰。

翌日清晨,李浮白早早地起来,见闻灯的房间没有开门,便提前去楼下将早饭端上楼。

平日里这个时候闻姑娘应该已经醒了一会儿，但今日不知怎么回事，一直没有出来，徐琏问了一句"还没醒呢"，李浮白不知道该怎么回答，徐琏便自己猜测道："那可能是睡过头了。"

李浮白在门外等了半个时辰，端来的早饭也都凉了，可闻灯仍没有出来，他心中担忧，将托盘放到徐琏的手上，来到门前敲门叫道："邓兄？邓兄？"

他连叫了几声，里面无人回应，徐琏在一旁道："或许他早上出去了。"

"不可能。"

"怎么不可能？"

李浮白自然不会说自己一晚上都注意着隔壁房间里的响动，如果闻灯其间有开门出去，他断不会毫无察觉。

"那可能是出了什么事吧。"徐琏道，不过他倒是不觉得邓无一个大男人会出什么事。

李浮白犹豫良久后，推开眼前的这扇门，不等徐琏跟上来，便将门关上，徐琏摸了摸差点被撞到的鼻子，越来越搞不清李浮白与邓无之间的关系。

房间中闻灯好好地躺在床上，好像仍在熟睡，李浮白松了一口气，只是当他走近时，才看到闻灯的脸色煞白，嘴唇青紫。

李浮白吓坏了，连忙冲上去，口中叫着"闻姑娘"，可闻灯始终没有睁开眼看他一眼，李浮白抓着她的手，手指搭在她的手腕上。

脉象虚无，细若游丝，是将死之状。

李浮白怔在原地，有些不敢相信眼前这一切，他知道闻姑娘的身体不太好，可从来没想过会严重到这个地步。

他虽总在人前说自己对医术只是略懂，但其实研究得颇为精深，然而现在他对闻姑娘的病情同样束手无策，想不到治好她的办法。

闻姑娘还能活多久呢？

李浮白不知道。

这是他这辈子第一次喜欢上的姑娘，也可能是唯一一个，他必须想尽一切办法留住她，即使她这一辈子都无法与自己在一起，他也希望她能够好好地活在这个世上。

李浮白向闻灯的身体输了一些灵力，然后急匆匆地跑去药铺抓了药，用灵力将药煎好，给闻灯喂了小半碗，闻灯的脸色渐渐红润起来。

　　李浮白悬着的那颗心并未放下，他静静地望着昏迷中的闻灯。以后每一次自己都能救回她吗？

　　不知过了多久，闻灯睁开眼，便看到李浮白坐在床边，手中端着汤药，一副要哭不哭的模样看着自己，闻灯忍不住想笑，沙哑着嗓子问他："你怎么这副表情？"

　　李浮白没回答闻灯，反倒是低头说了一句："抱歉。"

　　闻灯歪着头，笑问他："怎么了？"

　　他不该答应闻姑娘带她来沣州的，她的身体经不起半点劳累。

　　"我没事啊。"

　　李浮白抬头直直地看向闻灯，也不出口反驳她的话，就这么看着她。

　　闻灯的笑容有些维持不下去了，她扬起的嘴角压下去，对李浮白说："我这身体本就这样，好不到哪里去了，可坏也坏不到哪里去，现在还不到我死的时候，我这一辈子都被困在闻家那座小小的院子里，想到别的地方看看。"

　　李浮白欲言又止，他曾经幻想过有一日可以与闻姑娘走遍这天下的每一处地方，只是如今更希望闻姑娘能待在家中养好身体。

　　可他到底又舍不得让她难过。

　　闻灯略带歉意道："让你担心了。"

　　李浮白放下手中的药碗，蹲在地上，仰头看向闻灯，对她说："我一定会想办法治好闻姑娘的。"

　　闻灯笑着没有说话，她的病就连药老都无药可救，李浮白能怎么办呢？

12

　　闻灯垂眸看向眼前的这个青年，青年眼中的赤诚毫不掩饰，他的眼眸中清晰地映出她的身影，好像透过他的眼睛，一眼就能看穿他的内心。

　　"闻姑娘愿意相信我吗？"李浮白定定望着闻灯，灼灼目光中似有繁星闪动。

闻灯素日并不在意旁人的长相，也不会多加关注，此时被李浮白这样看着，便不由自主地多打量了他一会儿，闻灯见过的男人不算多，不好比较，不过李浮白在其中算得上是十分出众的了。

他长得有些像闻灯从前看的话本插图里的那位神君，鼻子高挺，眸若星辰，亭亭若竹，清新俊逸，越看越觉得好看。

闻灯点头说："我信你。"

她话音落下，便看到李浮白的脸上瞬间爬上一抹红晕。不知道听到这话有什么好害羞的。李浮白从地上起身，将桌子上剩下的一半汤药拿到闻灯的面前，对闻灯道："那闻姑娘，你先把这药喝了。"

药碗中的汤药被李浮白用灵力重新加热过，那种苦涩的味道飘散在空气当中。

闻灯喝惯了这些东西，不觉得难以忍受，她接过药碗，将剩下的汤药一饮而尽。李浮白拿出油纸小包放在床边，对闻灯道："这是我回来时顺手买的蜜饯，闻姑娘若是觉得药苦，可以吃点这个。"

"谢谢。"

闻灯现在好像除了这两个字，也不知道自己还能说什么。

虽然一切都在她的预料中，但是此时青年这样，闻灯心中多少是有些不自在的。

李浮白见闻灯喝了药，让她再休息一会儿，还问了她等会儿想吃什么，就端着药碗从房间中出去了，丝毫没有提及自己在闻灯昏迷的那段时间如何慌乱，为她抓药而奔波了多少家药铺。

闻灯靠着身后的枕头，见他出去了，抬手按在额头上，心想自己是不是太坏了。

窗外，清风徐来，路旁两侧的杨柳随风摇摆，一夜过去，沣州城的很多百姓仍然陷在"天下第一美人"吕姬的美色中，不能自拔，不想自拔。

药老已经抵达沣州，不过他来得低调，除了袁府的人，没有其他人知道。

如果不是接下来的比试大会需要袁府的人帮忙，恐怕他连袁家都同样瞒下。

袁二得知几年前药老曾为闻灯诊治过，立刻来到药老这里，向他询问闻灯的消息。

"你要娶闻家的那位小姐啊……"药老笑起来，意味深长地看了袁二一眼，"那你可得快点把她给娶进门，再晚一点，你恐怕得抬一具棺材进门了。"

袁二听到这话眉头紧锁，他担忧问道："闻姑娘的病没有救治的方法吗？"

药老笑着说："反正我这里没有。"

袁二面上担忧的神色更重几分，但是悬着的那颗心却是彻底放了下来，若是其他的大夫说闻灯天不假年，他还会怀疑，担心有朝一日有神医能够将闻灯医治好，现在药老都这样说了，闻灯肯定是没有几日能活了。

这样的人对他来说再合适不过，就如同之前他与王津所说的，他很需要一个身份高贵又不会碍着他以后与吕姬在一起的妻子，就目前来看，在这星云十三州中，没有比闻灯更合适的人了。

袁二对药老道："这件事还望您不要与我家中的长辈提起。"

没有人会愿意自己的孩子娶一个快死的人过门，袁家之所以能够答应袁二求娶闻灯，是因为对闻家很满意，还有就是，他们始终以为闻灯的病情应当没有有些人传的那样厉害，用个天材地宝总能把命续住，活个一二十年总归是没有问题的，到时候袁家与闻家的关系已经紧密相连，闻灯死或不死也无关紧要了。

药老看了袁二一眼，对他不免高看一分，不是每个人都能愿意把一个将死之人给娶回家的，药老对袁二说："看来你很喜欢那位闻小姐啊。"

袁二没说话，只略带羞涩地垂下头，像极了一个情窦初开的青年。

"见过她了？"药老又问。

"见过一面。"

药老点点头，没有说话，既然袁二已经见过闻灯，那他如今这副情根深种，知道人活不长了，也要给娶回家的模样，就也说得过去了。自己若是年轻个几十岁，恐怕也要为闻家小姐魂牵梦绕，无法忘怀。

可惜了，可惜了，那样好看的一个美人，却活不了几日。

"天妒红颜"这话用在闻灯的身上非常合适，从他见到她的时候便知晓她活得不容易，能活到今日，已经算是很了不起了。

她又是一个姑娘，这些年怕是不大好过。

不过药老对此也只是惋惜两声罢了，作为一个大夫，他见过太多生死，闻灯与他人相比也只是多了一副好看点的皮囊，再无其他的不同。

药老知道被誉为"天下第一美人"的吕姬来沣州后会吸引更多的少年豪杰来这里，也知道她想要从自己的手上拿到什么，但药老对这些并不介意，甚至还是乐见其成的。他想要找到最合适的几个人，自然是来的人越多越好。

袁二得到他想要的消息后便拱手告退，他刚从药老的院子中离开，嘴角就压不住地上扬起来，药老的那番话更加坚定了他要把闻灯娶回袁家的心。

他仰起头，仿佛已经看到未来闻灯身死，而自己与吕姬做一对神仙眷侣的画面。

此次比试大会，他既要帮吕姬拿到那霜雪伽蓝，还要让药老再为闻灯诊治一番，一箭双雕，袁二好不得意。

李浮白在房间中咬着笔杆，他将浮水宫中的医书看了个遍，现在对闻姑娘的病束手无策，但是他相信总会有法子的。

他平生未曾做过一件亏心之事，上天安排他见到闻姑娘，总不能是为了让他有一天亲眼看着如何失去她。

上天不该对他如此残忍。

李浮白从书坊中拿了不少的医书，可是能够在市面上流通的医书大都只记录了一些浅薄的医术，对李浮白毫无用处。

自己不行，被称为"神医"的药老或许会有办法，他原打算看个热闹，现在却动了要参加那比试大会的念头。

徐琏听说李浮白打算参加药老举办的比试大会，戏谑地问道："你昨天不是还说对吕姬没有兴趣吗？今日怎么又动了心？"他边说边用胳膊碰了碰李浮白，今日怎的突然开窍，难不成是审美恢复正常了。

李浮白直言道："我想让药老给闻姑娘看病。"

徐琏："……"

徐琏实在忍不住翻了个白眼，他早该知道现在如果有什么能够让李浮白变得反常，那肯定与闻家的那位小姐脱不开关系。

真应该想办法回到李浮白去盗盘龙草的那一日，他一定会千叮咛万嘱咐，不要李浮白去看那个闻家小姐，一眼都不要看，闻家小姐可比故事里摄人魂魄的妖精厉害多了。

对天下第一美人都不屑一顾的李兄,竟然会栽倒在闻家小姐的手上,而且两人只有几面之缘,徐琏实在不懂他究竟喜欢那位闻姑娘的什么。

徐琏说不动李浮白,不过李浮白与闻灯注定无甚缘分,倒也不必太过在意,等过些年月他就会将闻灯放下了,徐琏歪头问道:"对了,邓无怎么样了?好点了没?"

"好了一点,还在楼上休息。"

"什么病啊?"

李浮白抿着唇,好半天回答了一句:"不好说。"

"这有什么不好说的?"徐琏皱着眉头,邓无又不是个姑娘……难道那方面不行了?要真的是这样,那确实是不好说的。他往李浮白的身边凑近一些,小声询问:"很严重吗?"

"有点严重。"

徐琏轻叹了一口气,邓无长得柔柔弱弱,若说有这种病倒也不奇怪,奈何医者不自医,他拍着李浮白的肩膀感叹:"告诉邓无不能讳疾忌医啊。"

李浮白不知徐琏脑补了些什么,只低头将纸上的药材名字一一划去。

袁二来了闻灯等人落脚的客栈当中,由小二领到二楼闻灯的房中,李浮白听到响动,撂下笔,跟了过来。

袁二没想到不过一日未见,这人竟病了,询问原因,闻灯只道:"昨日去看了吕姬,太过激动,睡觉的时候没留神,忘记把房间的窗户关上,谁知这被风吹了一晚上就病倒了。"

袁二心道:邓无作为一个大夫应当不容易生病,多半是为吕姬失了心神。

闻灯又道:"袁二公子昨日没去见见那天下第一美人吗?"

袁二摇头。

闻灯:"那可惜了。"

袁二笑道:"对我而言,天下第一美人再美,也比不上闻姑娘。"

袁二说完这话,发现姓邓的看向自己的目光有些古怪,忍不住问道:"你怎么这样看我?"

"我在想,情人眼中出西施,吕姬被誉为'天下第一美人',您竟然说她比不上闻姑娘。"

袁二笑道："可能是吧。"

闻灯一直怀疑袁钰章在自己身上别有所图，如今这番对话，她更加肯定袁二没有见过自己。

袁二道："我打算参加比试大会，若是有幸得了第一，我想请药老为闻姑娘瞧瞧病。"

闻灯笑道："若是闻姑娘知道袁二公子有心，一定会很感动的。"

李浮白在一旁听着，心底漫出点点滴滴的苦涩，自己也有此心，闻姑娘如果知道，能否也记着他一点。

13

袁二将自己对闻灯的心意有意无意地都透露出来后，又闲扯了两句，见闻灯有些困了，就说"不再叨扰"，起身离开。

临走之前还留下话来，若是他们有什么需要，找人去袁家说一声就可以了。

闻灯心中明白他的想法，只点头应着，至于日后如何，到时再做打算。

送走了袁二，李浮白站在门口，低着头好像不太开心，有些可爱。

闻灯马上意识到自己这个想法似乎幸灾乐祸了些，她将唇角笑意掩去。

李浮白见闻灯似乎困倦了，走到窗前将窗户关上，劝闻灯再睡一会儿，就从房间中退了出去。

闻灯躺在床上，闭上眼睛，眼前渐渐浮现出一团团花花绿绿的光点，这些光点聚集在一起，又好似被一阵风吹散。闻灯的胸口泛起一阵尖锐的疼痛，她过去的十几年常常要忍受这种锥心之痛，故而早已习惯，脸上的表情依旧平淡，仿佛什么都没发生。

睡意席卷而来，闻灯陷入光怪陆离的梦境，那些熟悉或陌生的面孔出现在她的面前，他们对她做出各种千奇百怪的表情，她却始终反应淡淡，只是在后退的时候，一脚踏空。闻灯从梦中惊醒过来。

可能是因为刚刚病了一场，她醒来时还有点迷糊，茫然看向四周，过了一会儿才反应过来自己此时并不是在家中。

李浮白与徐琏正在楼下的大堂里吃花生米就酒，徐琏已经得知袁二要参加那比试大会。袁二要迎娶闻家的小姐,而现在有传言说闻家小姐病重,他想要为闻灯请药老给她瞧个病是在情理之中的。

徐琏问李浮白:"你真的要参加比试大会啊?"

李浮白点头:"真的啊。"

徐琏挠挠头,看着眼前的李浮白,欲言又止,他相信李浮白的能力,只是这种比试只靠他的相信是没有用的。

药老不仅会为这场比试大会的第一名获得者送出许多珍贵药材和药方,而且若是他愿意答应药老一个条件,还能得到药老一个承诺。

天底下有多少人都盼着能拿到这个承诺,毕竟从某种程度上来说,得到药老的承诺相当于多了一条命。

到时得有多少人为这一条命趋之若鹜,况且还能与"天下第一美人"吕姬一同泛舟,比试大会的场面不必想也应该猜得到。

李浮白在这些人中能够排在什么位置徐琏暂时不得而知,他只想感叹美人乡英雄冢,可问题是李浮白根本躺不进那美人乡中,也要为那美人博一把,徐琏就替李浮白很不服气。

大堂中的许多客人也在议论沣州城中这场即将举行的比试大会,他们中的很多人虽然没有修炼的天赋,只懂一点拳脚功夫,但想着站在台上就能让吕姬看到自己,不免也想掺和一脚。

闻灯从楼上下来,她刚从房间推开门的时候,李浮白就立刻停下手中的动作,徐琏奇怪地看着他,顺着他的目光沿楼梯往上看去,不一会儿就见着闻灯扶着栏杆从上面走下来。

李浮白连忙起身去接她下来,这好几天过去了,徐琏依旧看不懂他与闻灯间的关系。若说李浮白有那方面的倾向,可他偏偏又喜欢那位闻家小姐;若说他们是父子关系,但年龄也对不上。

闻灯掩唇轻咳了两声,李浮白担忧地看向她,问她:"怎么下来了?不是说有什么事叫我一声就行了。"

闻灯道:"我觉得好点了,想出来透透气。"

李浮白不好再说什么,带着闻灯另找了一张靠窗的桌子,又不知从哪儿弄来一张垫子,垫在凳子上,徐琏见他们两个是不打算来找自己了,只能厚着脸皮跟过来。

闻灯好奇问道："你们刚才在说什么？"

她声音中还带沙哑，李浮白的耳朵酥酥麻麻的，通红得好像要滴血，徐琏见到，心想自己这个李兄弟真是奇奇怪怪，他开口回答闻灯说："他说自己想去参加——"

徐琏的话没说完，被李浮白掐了一把。

李浮白心中的矛盾不便与人言说，他既想要闻灯记得自己，又不希望闻灯因为自己的付出而有任何压力。

闻灯接着徐琏的话问道："你也要去药老的比试大会吗？"

李浮白一抬眼便对上闻灯的眼睛，他无法欺骗她，点点头。

闻灯抿了抿唇，没有说话。

徐琏看不懂两个人之间的氛围，他自以为通过李浮白的只言片语对闻灯的病情已经有所了解，凑到闻灯的身边坐下来，小声叫道："邓兄啊。"

闻灯转头看他，听到徐琏问自己："你这病是什么时候有的？"

闻灯轻声道："一生下来就有了。"

徐琏脑袋中缓缓生起一个疑问来，这种病刚生下来时就能看出来吗？可能他们是医学世家，与普通人家不太一样。

徐琏又问："找大夫看过吗？"

闻灯不知道李浮白是怎么跟徐琏形容自己这病的，只是隐约能够看出来徐琏的表情透出两三分古怪，而剩下的七八分都是同情，闻灯道："看过很多大夫了。"

徐琏忍不住叹气，一个男人嘛，别管是多大的男人，肯定是不想遇到这种事的，邓无这可有点惨。

徐琏还想再问，眼睛余光看到李浮白正直勾勾地看着他，有点瘆人。

李浮白把邓无看得死死的，有时候徐琏会觉得他简直是把邓无当成他的儿子，自己就是那个会趁着他不注意的时候拐卖他儿子的人贩子。

徐琏摇摇头，自己都在想什么呢！

外面天色有些暗，闻灯托着下巴，看向窗外街道一侧卖糖画的小摊子，卖糖画的是个上了年纪的老大爷，将糖液随手一倒，便是一幅精致的糖画，在夕阳中映出琥珀一样的光，李浮白见闻灯目不转睛地盯着那糖画看了很久，轻声问她："想要吗？"

闻灯"嗯"了一声。

"想要什么样的？"

闻灯想想，一时间也说不出来："都行吧。"

李浮白起身出了客栈，到街道对面给闻灯买糖画去了。

徐琏心中酸溜溜的，他盯着客栈角落里那几坛好酒好长时间了，李浮白从来没有注意到过，他感叹说："李兄待你可真好。"

闻灯认同道："是很好。"

徐琏叹道："我有时候都觉得他是在把你当成儿子养了。"

闻灯："……"

倒也不必。

李浮白很快就回来了，手里拿着三个糖画，奔月的嫦娥、腾飞的巨龙，还有可可爱爱的小兔子。

徐琏看到他手里举着三个糖画，心情略微好转一些，心想"李兄虽然比较照顾邓无小兄弟，不过也没有完全忘了自己"，刚想开口客气一下，就见李浮白将三个糖画都给了闻灯。

徐琏："……"

这究竟为什么？还有天理吗？

李浮白的"天理"根本不在意徐琏的感受，他像是一条小狗一样围着闻灯乱转，见她拿着糖画发笑，便问她喜欢吃糖吗，他会做各种各样的糖，还有水果味的。

一旁的徐琏恨不得自戳双目，从此不认李浮白这个兄弟。

比试大会就定在明天，袁二对自己很有自信，他天赋卓绝，在袁家这些年轻一辈中，算得上是数一数二的。况且这是在沣州的地界上，大家都会给他袁家一个面子，所以袁二怎么想都觉得这个第一名是他的掌中之物。

徐琏跟着李浮白一起报名了，他想着说不定自己瞎猫撞见死耗子就能夺得第一，而且这场比试大会吕姬也会关注，看到自己英武的身姿，也许会一见钟情。

也不是一点可能没有，徐琏认真想了想，赶忙回到房间里从自己的灵物袋中掏出一些胭脂水粉，对着镜子，往自己的脸上胡乱地抹了一番。

出来的时候见到李浮白，立刻向他炫耀了一下自己的新形象。

李浮白嘴角抽搐，表情嫌弃。

徐琏不忿，邓无那小子的脸不就是他这样煞白煞白的，李浮白怎么不嫌弃！

可能是李浮白表情的攻击性实在太大，徐琏回去将脸上的白粉都洗干净，才同他们一起出门。

到了比试开始的这一日，高台之下已是人山人海，好在药老对参加比试大会的人限制了年龄，否则，估计已经没有地方能够落脚了。

闻灯被李浮白安排在西边的一座小楼中，不用担心拥挤。

参加比试大会的每个人领取一张号码牌，两两比试，也不知道是怎么排的，水平差不多的两人总能排到一起。

前边上台比试的都是会些普通拳脚功夫的人，而李浮白也是其中之一，普通人的打斗实在没什么看头，下面的人看了一会儿，昏昏欲睡。

袁二看着比试台上上上下下的比试者们，目光游离，他还不至于将这些普通人放在心上，他稍微抬起头，目光越过高台，看向对面雕梁画栋的小楼，吕姬就坐在那座小楼之中。

14

李浮白前边遇见的对手都是不懂修炼的普通人，他便也用普通人的武功与他们对招，闻灯知道他武功不错，不然也不会偷溜进闻家几次都没有被发现，还成功盗走了盘龙草。

今日算是她第一次看到李浮白同他人对打，与他人比较起来，李浮白展露出来的优点更加突出，他本来就长得好看，动作行云流水，干净利落，十分具有观赏性。

台下那些本对这些拳脚功夫不感兴趣、昏昏欲睡的百姓也有了点兴致，忍不住叫好。

这场比试定的规矩是生死不论，但李浮白总是点到为止，颇有侠者风范。

同他比试的几人感激他手下留情，顾全他们体面，输得都很痛快。

高楼上的吕姬眼前架起一面镜子，比试台上的情形都清清楚楚映在这面镜子当中，她能够看清这台上的每一个人。她起初对这些只有些拳脚功夫的普通人同样不太关注，只是在李浮白上台的时候多看了一眼，问身边的侍女："台上的那个穿灰色衣服的是什么人？"

侍女低头看了一眼手中的册子，回答吕姬道："好像叫李浮白，是个四海为家的游侠。"

吕姬摸着下巴："长得倒是挺好看的。"

侍女没有说话，吕姬低头将自己额前的长发拢到耳后，抬头继续看着镜中的灰衣青年，青年一招一式间带着一股从前的吕姬很向往的潇洒气度。

她想，若是自己在五六年前遇见这样一个青年，说不定能将一颗心都许给他。

紧接着不知想到什么，她笑了笑。

如今她看得更多，青年好看是好看，可惜到底是个普通人，差了点。

袁二不知什么时候来到闻灯所在的楼中，在闻灯对面坐下，问道："你怎么没去啊？"

闻灯目光仍然留在台上的李浮白身上，嘴上随口回答袁二说："我身体不好，连拳脚功夫也不会，上台去也是丢人。"

袁二顺着闻灯的目光看去，发现台上的人是李浮白后，向闻灯问道："李兄这次参加这个比试大会，是想请药老为你看病吗？"

闻灯笑着道："袁二公子可真会说玩笑话，我就是感了风寒，自己也就顺手治了，哪里至于劳烦药老为我看病。"

台上的李浮白又胜了一场，随着对手一起下台去了，剩下的比试在下午和明日，闻灯顿了顿，收回视线，朝袁二道："我听说比试大会的第一名可以与吕姬泛舟同游，袁公子可有艳福了。"

袁二心想"来了，他果然是来试探自己对闻灯的心意的"，他笑着对闻灯道："邓兄弟说笑了，我心里只有闻姑娘一人，就算有幸夺了第一，也只是想要请药老为闻姑娘看个病，对吕姬我是一点兴趣也没有的。"

"这样啊。"闻灯视线从袁二的眼睛上移开，垂眸轻笑，她倒了一杯茶，小抿了一口，没有再说话。

袁二想要在她的面前将自己对闻灯的真心再表现一番，只是他越是这番表现，闻灯越能感觉到他的心虚。

他心中的想法终有一日她会明了。

李浮白回来的时候，看到袁二坐在闻灯对面，两个人似乎相谈甚欢。

袁二现在并不知道闻灯的真实身份，只当他是一个与李浮白同行的普通大夫，还是个男的，所以对闻姑娘应当不会生出其他方面的心思来。

然而此时看到他们二人这般亲近，李浮白心中多少会有一丝不痛快，可是他没有表现出自己不满的立场，心知自己与闻灯没有多少缘分，而袁二公子日后说不定却是闻灯的夫君。

一想到这里，李浮白的心就好像被人揪起来，疼得不行。

"我回来了。"他走过去，对闻灯轻声说。

闻灯闻声转过头去，见到李浮白，眼睛微微一亮，比之刚才多了几分特别的神采。李浮白的额头上带着汗，他在台上同人比试没有费太大力气，刚才从人群中挤出来却是费了不少工夫。

闻灯将雪白的帕子递给李浮白，对他说："擦擦汗。"

李浮白拿着帕子竟有些手足无措，这是闻姑娘送给他的，要让他用来擦汗真有点舍不得，可闻姑娘正看着他，李浮白拿着帕子轻轻从自己的额头上掠过，然后用其他办法将自己细细的汗珠都除去，看起来像是他用帕子擦了汗，可实际帕子上面没有沾染半分汗水。

李浮白表面淡定，胸膛当中的那颗心脏却几乎要跳出来了，他装作漫不经心地将帕子收了起来，又听到闻灯对自己道："他们这里的桂花糕味道不错，我知道你快打完了，刚刚给你点了一份，等会儿就送过来了，你尝尝。"

李浮白一时间受宠若惊，心中因袁二生出的那点不愉快立刻就消散了，他在闻灯旁边的长凳上坐下，袁二夸赞他道："李兄功夫不错。"

对着袁二毫不知情的双眼，李浮白攥紧手里的帕子，谦虚道："哪里哪里。"

闻灯对李浮白道："你刚才踢走对方长剑的那一招我看着很好看，那是什么招式？"

"是飞狐踏雪，我——"李浮白本想说"你若是喜欢，我可以教你"，但是想到闻灯现在的身体，只能变成，"以后等你病好了，我教你。"

闻灯点头应道："好啊。"

袁二的目光在两人间转了又转，总觉着李浮白与邓无之间的关系跟他想的好像不太一样，之前他以为他们两个只是普通朋友，如今却有些怀疑，他说不上来哪里不对，可就是觉得有些奇怪。

李浮白回来不久后，徐琏也回来了，作为一个修炼之人，徐琏其实没太明白，同样是修行者，为什么李浮白遇到的对手都是普通人，而自己遇到的都是修士。徐琏那几场比试胜得都不容易，下午若是遇上再强悍些的对手，他估计就应付不来了。

实在太令人费解，难道这个东西也看脸的吗？

袁二在这里小坐了一会儿便起身告辞，马上就轮到他上台比试了。

这是袁二第一次参加这样的比试，在这里并没有表现出他作为袁家二公子的任何特权，不过对上这些修行者，似乎也不需要特权的加持。

毕竟他终究是袁二，是袁家悉心栽培的袁家未来的支柱之一，幼年时候就有名师教导，比起那些自学成才的修士，自然功夫要高明许多，少走许多弯路，况且药老对比试者的年龄也有所限制，他是同一辈中的佼佼者，很多人都认为这次比试大会袁二拔得头筹应该是一件很容易的事。

袁二刚一到那比试台上，台下便响起一片呼声，袁二的对手心道自己倒霉，这第一场比试就遇上了袁二，两人都还没动手，他自己就先露了怯，在袁二的手下没过上几招，就已落了下风，不到一盏茶的工夫便主动认输。

李浮白看了袁二的几场比赛，如果袁二仅仅如此，再没有其他后手，自己应当是可以打得过他的。

一旦……一旦他侥幸赢了袁公子，闻姑娘……真的会开心吗？

如果日后袁二公子知道邓无即是闻灯，又与自己有些联系，会不会因此对闻姑娘生出嫌隙来？日后他们成亲了，他会不会待闻姑娘不好？

李浮白控制不住地越想越多，想要在闻灯的面前展现出最好的、最强大的、最值得信任的自己，但是更希望闻灯日后过得幸福，他需要为她考虑周全，其中也包括了未来她和她夫君间的琐事。

闻灯将视线从比试台上移开，落在李浮白的身上，见他在发呆，不由得多看了他一会儿，等李浮白回过神儿后一抬头对上闻灯的眼睛，不禁吓了一跳，差点从凳子上摔下去。

"刚才你在想什么？"闻灯问道。

李浮白抿着唇，又看了一眼仍站在台上的袁钰章，不知该怎么同闻灯说出自己心中的纠结。

似看出李浮白心中所想，闻灯对李浮白道："我希望你能赢。"

李浮白微微恍神，竟有些不确定自己是不是出现了幻听，心脏处裂开一道小小的口子，从那里生出柔软藤蔓，阳光一照，便欣欣然生长，开出两三朵米白色的小花，他整个人如喝醉了一般，飘飘欲仙。

正在吃花生米的徐琏看他这样，心中疑惑，这李兄刚才还好好的，怎么说出问题就出问题了。

比试大会仍在如火如荼地进行，只会些寻常武功的普通人已经所剩无几，午时过去，李浮白与徐琏又该准备接下来的比试。

闻灯撑着下巴在想另外一桩事——药老举办这场比试大会的目的究竟是什么？他应该不至于闲着没事就想看这些人打一架。

若有所求，就总要暴露出来。

下午的比试中李浮白终于遇上了正经的修士。

纵然李浮白在上午的比试中表现得很出色，但是众人都认为他获胜的可能性并不大，可以说是几乎没有的，毕竟普通人就算武功再高强，对上这些能用灵力呼风唤雨的修士，就显得很不够看了。

不过徐琏却知道，在场的这些人中，少有人会是李浮白的对手。

15

太阳从头顶渐渐西移，李浮白站在原地耐心地等待着接下来的比试，他的目光一直落在远处闻灯所在的那座小楼之中，长久地凝视着那里。

徐琏与其他新结交的朋友聊完后，见李浮白竟然还维持着刚才的姿势，像是一块望夫石，眼睛一眨不眨地看着那座小楼。

徐琏伸出手在李浮白的面前摇了摇，见李浮白回过神儿来，问他："你看什么呢？"

李浮白垂下眸，回答说："没看什么。"

徐琏啧啧道："得了吧，还没看什么，你看得眼睛都直了。"

其他的人围过来，纷纷附和："怕是在看吕姬吧？"

"可别看错了呀，吕姬姑娘在那边最高的那座楼中，你该往那边看。"

徐琏心中感觉好笑，李浮白能看吕姬，那可真是出了鬼，李浮白刚才多半是在看邓无，只是不知道邓无现在好好地坐在那里，有什么好看的。

他总也猜不明白李浮白的心中在想什么。

袁二从闻灯那里离开后，百无聊赖看了一会儿比试，到现在为止他还没能遇上能让他认真对待的对手，看来到沣州参加比试大会的修士们也不过如此了。

此次比试的头筹他已然视作囊中之物，袁二在星云十三州年轻一辈当中虽算得上是比较出众的那一拨，但若说是第一，那应该还算不上，只不过他对外称自己要为闻家的小姐请药老治病，这么一来袁二相当于是与闻家捆绑上了，就让星云十三州的其他几个世家不太好动手。

这里总共就只有十三州，袁、闻两家加一起就管了四州，他们倒也不至于为了药老的一个承诺同时得罪袁家与闻家，他们以后若是有求于药老，还可以想其他办法，不过倒是可以让家族里的子弟过来试一试身手。

袁二趁着无人注意，来到吕姬的楼上，吕姬正靠着身后的坐垫，看向镜中的李浮白等人。

袁二微微不解，若是她在看台上的人也就罢了，可为何会在这里看一群无关紧要的人，其中的李浮白与徐琏两人他还是认识的。

袁二向来心思重，为人多疑，吕姬看到他的表情就大致知道他心里在想什么，笑笑说道："只是觉得这人有点眼熟罢了。"

她说完伸手在镜上轻轻一抹，镜中的场景便换到了比试台上。

袁二也不知道自己来吕姬这里是为了什么，坐了一会儿便觉得没什么意思，只有吕姬的这张脸能让他稍稍欢喜几分。

袁二起身欲离开，却又被吕姬叫住。

"袁二公子不留在这里多看一会儿？"吕姬对袁二促狭地眨一眨眼睛，"还是说二公子怕自己被闻家的人发现，所以不留在这里？"

袁二知道吕姬在激自己，却不知她此番意图，他来得隐蔽，倒也不怕被人发现，干脆在旁边的椅子上坐下。

李浮白出现在镜中的比试台上，一个只凭凡间武功能打到现在的年轻人着实很不一般，不过比起修炼之人那还是差了很多的，袁二回想了一下上午李浮白使用的招式，自己只要轻轻一弹指，李浮白必输无疑，纵使他轻功再好，也终究敌不过灵力。

不过既然是从鲸州来的，自己不好让对方太难看，若是真能遇上，得给他留几分面子。

不过应该是遇不上的，袁二唇边扬着一抹浅笑。这一场比试李浮白对上的便是一个修炼之人，普通人与修炼之人间的差距犹如一道长长的天堑，李浮白这一场比试恐怕就要输了。

在场围观的众人中九成九都抱着与袁二相同的想法，这一次李浮白对上的修炼者也不是浑水摸鱼的无能之辈，对李浮白有些好感的围观者为他心道一声"可惜"。

不过他能够打到这个地步，在普通人中算是绝顶的高手了。

李浮白看着对面的青年，同对方拱手抱拳，对方根本不理他，眼神轻蔑不屑。想到自己被排到与一个普通人比试，总觉得受到了侮辱，青年抬起手，一股灵力化作疾风骤雨向李浮白浩荡而来。

李浮白向上一跃，步伐轻盈，灵力化作的风雨都被他一一避开，手中长剑击碎冰凌，发出清脆声响，对方见他能躲过自己这一招，眼中不禁多了几分郑重，或许此人并不像自己想象中那般无能。法器在半空中旋转，白光大盛，将李浮白包裹在其中，众人眯起双眼，只能隐约看到李浮白在其中打斗的身影。

青年抬眼看向自己半空中的法器，唇角下意识地扬起，认为这一场比试自己已经赢了，然而下一刻他的法器停止旋转，他的笑容同样僵在了唇角，只听到一声巨响，烟尘四散，破碎的冰凌落了一地，很快融化成冰水。

烟尘散开后，台下众人再往台上看去，只见李浮白好好地站在原地，身上的衣袍无风自动，而他的对手被他手中的长剑指在咽喉处，只要李浮白再往前一步，此人便会身殒在此处。

今日这数百场比试当中死者不下数十，但是李浮白没有夺取任何一人的性命，那人作为一个修行之人，自然有办法从李浮白的剑下逃走，但李浮白在他无知无觉的情况下把长剑指到他的喉前，却没有夺他性命，他再纠缠下去未免有些难看，故而也痛快认输。

台下众人响起一片热烈的掌声与欢呼声，李浮白是今天唯一一个以武功击败修士的普通人。

吕姬连同围观的众人都着实没有想到李浮白能够胜得这一场比试,不过这却是在徐琏与闻灯的意料之中的。

闻灯唇角噙着一抹微笑,果然是能夜闯闻府还能全身而退的人,她示意李浮白参加这场比试大会时主要是想看看他的功夫究竟如何,如果能够得到第一的话,说不定还能让袁二也露一点马脚来。

她对药老的承诺和那些奖励都没兴趣,药老当年就说她这病好不了,如今想来也不会再有其他的办法。

吕姬则着实吃了一惊,她以为这个青年这场比试后就该退场了,没想到又胜了一场,这世上若是没有修行之人,等这个青年再长些年纪,成为一代宗师也不是不可能的。

可是这对吕姬的诱惑仍然不够,她虽然对这个叫李浮白的青年有些兴趣,但是深知自己想要的到底是什么。

在这世间,只有美色是自己的资本,待她年华老去,还有几人能如现在一样倾心爱慕她?

她身边的人常常不明白吕姬为何要这样一直吊着那位袁家的二公子,可是袁二究竟喜欢自己什么,吕姬是一清二楚的。

她年少时还会奢望能得到一心对她之人,不管她变成什么样子,那人都会一如既往地爱着她,后来她遇见的男人越来越多,也就明白了若是让男人不好美色,那比让母猪上树都要难。

她想要让这些人永远喜欢她、永远为她所用,就必须让自己永远保持这副姣好的容颜。

霜雪伽蓝她势在必得,她也相信这个世上应当没有哪个男人能够拒绝她。

而李浮白虽不错,却不可能拿到她想要的。

今天的比试刚一结束,李浮白就跑到了闻灯的面前,徐琏今日下午还有两场比试,他们等徐琏比试结束,再一起回去。

徐琏在最后一场比试中落败,还受了伤,虽然看起来严重,但是要不了性命。

日薄西山,天气转凉,晚风吹拂远处长幡,飒飒作响,比试台上修士们各显身手,亮光冲天,气势逼人。

见徐琏回来，他们准备先回客栈休息了，只是闻灯起身的时候跟跄了一下，一阵晕眩袭来，她病虽好了一些，但是身体仍旧虚弱，她用手指按住额头，想着这一次从沣州回去后，说不定又要大病一场。

"怎么样了？"李浮白在旁边关切地问道。

"我没事，等一会儿就好了。"闻灯说这话的时候带着颤音，胸口急促地起伏，似乎喘不过气。

李浮白看到闻灯的脸色越来越苍白，他上前一步抓住闻灯的手腕，手指搭在上面。他面色凝重，看了一眼闻灯，道："失礼了。"

没等闻灯反应过来，她便被李浮白打横抱起。

李浮白抱着她，往客栈走去。

徐琏站在后面呆呆看着他们两个人离去的背影，李兄难道没看到他的胳膊正滴答滴答地流血吗？徐琏表情麻木地从灵物袋中找出止血的药粉，随手敷在伤口处，当时他去摘盘龙草身受重伤，李浮白好像也就把他扔在飞剑上面送回去，怎么偏偏对邓无就关怀备至？

闻灯没有挣扎，乖巧地任由李浮白这样抱着，温热的体温从李浮白的身上传过来，让她觉得暖和许多，她能听到街道上人群的吵闹声，也能听到李浮白胸膛中传来的沉稳的心跳声，闻灯睁开眼，映入眼中的是李浮白有些坚毅的神情。

她又闭上眼，靠在李浮白的胸膛上，日头昏沉，即将坠落，她亦有些困倦，昏昏欲睡。

袁二无意间看到李浮白抱着闻灯从街上走过，心中疑惑两个男人这样未免过于暧昧……

16

暮色四合，街道两侧亮起一盏盏昏黄的灯，他们两人的影子叠在一起，在灯光下忽远忽近地变化。

闻灯好像置身在一场长长的梦境中，梦里有着温柔的歌声与醉人的花香，这条路仿佛总也走不到尽头。

徐琏跟在二人的身后，他胳膊上的伤口还在隐隐作痛，心中不住叹气,都是兄弟,为什么人与人的差距就这么大呢。

李浮白走得很快,他心中确实想要能够一直这样抱着闻姑娘,但又舍不得让她有一点不舒服,虽然闻灯手中握着定风珠,晚风吹不到她,李浮白仍会有很多顾忌。

沣州城中的百姓在白日里大多去看比试大会了,所以晚上的街市比白日的要格外热闹,各种小吃的香气混合在一起,在空气中弥漫开,烟火喧闹,闻灯半睁开眼睛,盯着李浮白的下巴看。李浮白似乎是察觉到她的视线,耳朵通红一片,映着街道两旁的灯火。闻灯不知怎的突然想到"娇艳欲滴"这个词,便忍不住轻笑了一声。

李浮白听到她的笑声低下头看她,闻灯对他眨一眨眼睛,灯火与星光一同坠入她的眼中,李浮白有些恍惚。

闻灯对他笑了笑,然后伸出手指着路边对李浮白说:"我想要那个。"

李浮白顺着闻灯手指的方向看过去,那是卖面具的小摊子,李浮白抱着闻灯走过去,低声问闻灯:"想要哪一个?"

"那个兔子的。"闻灯说。

兔子面具带着长长的白色耳朵,涂着红红的眼睛,有着粉色的三瓣嘴,两侧脸颊上面带着夸张的红晕,整体看起来十分滑稽可笑。

李浮白让老板将架子上面的兔子面具取下来,眼睛的余光却看到角落里那个半遮面具,面具整体是金色的,上面镶嵌了几颗绿色的宝石,映着灯火,绿莹莹的光闪烁。这个小巧的面具根本遮挡不了什么,但李浮白却觉得它莫名很适合闻灯。

他对老板说:"这两个我都要了。"

老板看了一眼李浮白指着的那个金色的半遮面具,笑了一声,道:"小伙子眼光不错啊。"

李浮白抿着唇没有说话,他两只手抱着闻灯,没办法付钱,他有些不好意思地开口,对闻灯说:"那个……钱袋在我腰上挂着,你拿一下。"

闻灯想问问他为什么不先把自己放下来,最后把这话忍了下来,她伸手探向李浮白腰间的钱袋。能够感觉出来,她刚一有动作,李浮白浑身都僵硬起来,像是一只奓开刺的刺猬,闻灯顿觉好笑,弄得自己倒像是个无礼的登徒子似的,她从钱袋中拿了钱,递给老板。

然后从老板手中接过递过来的两个面具。

"你们兄弟俩感情真好。"老板的目光在两个人的脸上转了转，问道，"这个小兄弟腿脚不方便？"

李浮白敷衍地"嗯"了一声："她有点不舒服。"

一直像个透明人跟在他们身后的徐琏听到这话，心中很是憋屈——自己也不舒服，李浮白为什么不抱他！为什么！

老板则是笑眯眯地目送他们三个离开。

闻灯打了个哈欠，李浮白对她说："累了就先睡一会儿吧，我们很快就会回去的。"

闻灯合上眼，耳边喧闹的人声渐渐远去，她的意识不再清晰。

再醒来时，耳边的声音倒有些熟悉了，闻灯将眼睛睁开一条窄窄的缝隙，只能隐约看到一些昏黄色的光影与大体的摆设，她眼皮又垂下，小声问李浮白："到客栈了吗？"

李浮白低头看她，目光中满是柔情，他"嗯"了一声，对闻灯说："我抱你上楼吧。"

闻灯没说话，好像又睡了过去，只是睫毛微微颤动着，像是刚刚破茧而出的蝶。

李浮白无声笑笑，抱着闻灯踏上楼梯，来到二楼。

徐琏一直跟在他们两人的身后，李浮白怀里抱着人不太方便，他便从身后上前一步将门推开。李浮白走进去，将闻灯放到床上，闻灯睁开眼，似乎有点奇怪自己怎么这么快就回来了，眼睛中带着茫然。李浮白安抚她说："你先睡一会儿，我去给你煎药，等会儿把药喝了。"

她听到李浮白说"药"，微微皱起眉头，好一会儿低低地"哦"了一声，又闭上眼睛，手里还攥着他们刚刚买来的兔子面具，有点可爱。

李浮白将床头的被子拉开，盖在闻灯的身上，把边角都拉平后，来到床边将窗户关紧。

站在门口的徐琏摸摸下巴，目光在李浮白与闻灯之间来回游移，等到李浮白出来后，他拉着李浮白的胳膊，小声问："你告诉我，邓无到底是你什么人？"

李浮白回答说："一个朋友。"

"一个朋友？"徐琏稍微提高了声调，他是真的觉得李浮白最近开始学坏了，现在竟然能够睁着眼睛说瞎话，而且眼睛还不眨一下，徐琏又问，"那我是你什么人？"

李浮白看着面前徐琏期盼的眼神，心虚道："也、也是朋友。"

徐琏呵呵笑了，同样是朋友，差距还挺大的，他把袖子撸起来，将自己今天在比试的时候受的伤展示给李浮白看。

李浮白不明所以地看着徐琏这一通莫名其妙的操作，疑惑地问他："你干吗啊？"

"我受伤了！"

"就这么点小伤算什么。"李浮白面带嫌弃，说道，"你再等会儿跟我说，你这伤差不多都能愈合了。"

徐琏："……"

他叹了口气，胸中陡然生起一股要把李浮白给捶进土里的冲动，好不容易平复了心情，他小声对李浮白说："你跟我说句实话，你是不是对那邓无有别样的感情？"

李浮白双唇紧抿，将需要的药材一一挑拣出来，但是没有回答徐琏的问题。

他可以说"不喜欢邓无"，因为邓无并不是真的存在的。

但是邓无与闻灯又是同一个人，他这话便无法说出来了。

徐琏本以为李浮白会立刻反驳自己，可现在看他的样子竟是在认真思考，徐琏一时无语，抱着手臂靠在身后的柱子上，看向李浮白的目光就像是在看一个令人唾弃的渣男，问他："你不是喜欢闻灯闻小姐的吗？"

李浮白不知该怎么同徐琏解释，他是喜欢闻灯，可闻灯与邓无是一样的，只是他人不知道邓无的身份罢了，他将药材都放入炉中，对徐琏说："你别问了。"

"行，我不问了。"徐琏将袖子放下，戳在那里，做个安静的哑巴。

徐琏个人觉得，李浮白无论跟谁好，也比他眼巴巴地奢望那个得不到的闻小姐好一些。

李浮白将熬好的汤药送到闻灯的房间，见她喝下，又为她把了脉，如今李浮白总算明白闻家家主为何会将她困在闻府中，很少让她出门了。

闻灯喝了药，精神的确好了一些，脸上也多了一抹血色，她对李浮白说："麻烦你了。"她确实觉得自己有些拖累他和徐琏了。

"不麻烦的。"

闻灯看着李浮白，李浮白被她这样看着，有些局促，一只手端着药碗，另一只手则攥着袖子不停摩擦。闻灯哑然失笑，故意恶劣地盯着李浮白看了很久，直到李浮白一张脸都涨得通红，低下了头，闻灯才收回目光，出声叮嘱李浮白说："明天的比试你小心点，注意安全，能不能得第一都没关系。"

"我知道。"李浮白点头。

夜间下起绵绵小雨，早上起来的时候，外面青泥砖缝中生出碧绿的青苔，远处群山浮出欣然绿意。

李浮白今日的第一场比试对上的便是王津，王津虽说比不上在这星云十三州中声名显赫的袁二，但也是从青州王家出来的正经修士。

众人见李浮白对上的是王津，便知他今日是必输无疑了。

而李浮白同样心知如果自己仍然不动用灵力的话，应该不会是对方的对手，闻姑娘希望他能赢得这场比试，他也不会做逞能之事，于是在比试开始前对王津拱手说："在下也是修炼之人。"

对面的王津心想"这人有毛病吧"，既然也是修炼之人，那之前为何不用灵力，恐怕还是修行不到家，所以不好显露。

倒是药老听到李浮白这话，点着头，露出意味深长的笑容来。

徐琏今日没有比试，本想要到台下去看的，结果被李浮白留在这里，让他照看闻灯。

台上李浮白的话音落下，徐琏转头看向闻灯，闻灯正单手撑着下巴看着远处的比试台，片刻后察觉到徐琏的视线，转过头问他："徐兄这样看着我做什么？"

"没什么没什么。"徐琏摆手道，他只是困惑李浮白为何会看上这个人，想要看看邓无究竟在哪一方面有过人之处。

现在与邓无对视，他倒是发现邓无的这双眼睛确实漂亮。

徐琏没有近距离看过吕姬，但是天下第一美人的眼睛应该也不会比眼前这个邓无的差，他实在搞不明白李浮白为什么会觉得吕姬的相貌普通。

明明邓无的相貌才是真正普通的，徐琏心中感叹，李浮白果然审美异常，想来被他喜欢的"星云十三州第一美人"闻灯应该也只有普通姿色。

17

徐琏又抬头看了一眼比试台，李浮白现在还想请药老为闻小姐看病，不知道邓无兄弟清不清楚，他这个李兄真的学坏了，现在都会吃着锅里、望着盆里这种高难度的动作了。徐琏忍不住笑了一声，又觉得自己不该笑，用余光偷偷看了闻灯一眼，见她目不转睛地看着远处的比试台，徐琏轻咳一声，按下自己心中这些乱七八糟的想法。

比试台上，王津看着自己对面的李浮白，心中真没把对方当回事，即使对方跟自己说他是修炼之人，王津也觉得李浮白在修行方面会差很多。一个人如何能够在知道自己有修行天赋后还专心武学？

那人定然是修行天赋不高，比不得在武学上面的天赋，不过现在他对自己如实相告，王津对他不免多了一丝好感，至少能说明此人是个正人君子。

如果在等会儿的比试中，李浮白突然用灵力暗算他一下，就算伤不到他，恐怕也能让他出个丑。

所以现在，王津知道对手与自己同是修炼之人，但是他依旧觉得这场比试最后获胜的人会是自己。

毕竟自己怎么说也是从青州王家出来的，在比试中他输给袁二也就算了，如果连一个不知道从哪里冒出来的游侠都打不过，那他不如找根柱子一头撞死好了。

李浮白的心里没想其他的，他只想要赢，想要闻灯可以开心，想要她身上的病能够快点好起来。

王津率先出手，他想要将李浮白一击致命，所以一出手便是大招，磅礴灵力化作飓风向李浮白狂卷而去。

李浮白抬起手，一道银光射出，急速撞向那飓风，台下围观的众人愣了一下，他们很多人并没有听到李浮白对王津说的那句话，所以此时看到李浮白竟然可以动用灵力，不免吃惊。

银光与飓风在半空中交会，碰撞在一起，发出巨大的轰响声，随之泛起一阵浓雾，随着李浮白轻挥衣袖，那浓雾很快散开，无数银白色的光芒在半空中四散，落在四周，如同陨落的流星一般。王津愣神，他以为自己只要这一招就能让李浮白落败，李浮白竟是接下了。

紧接着，白光不等落地，便在李浮白一个抬手间化作尖利的冰凌向王津刺来，王津大惊，之前生出的那些轻慢的心思也都收了起来，他用尽全力才勉强接下了李浮白这一招。

他不愿承认，但现在不得不承认，自己很有可能不是眼前这个青年的对手。

王津心中庆幸，幸好自己还准备了不少的宝贝，虽然在这种比试中动用这些法器有点不太体面，可如果输了，那就更丢人了，他也没脸回家了。

王津将自己的法宝一一祭出，可李浮白表情镇定，对王津的任何招式都能够从容应对，挥袖间有说不出的风流写意。

徐琏的表情，随着比试台上李浮白与王津两个人的出招而变幻莫测，跟一个调色盘似的。

即便闻灯不懂修炼，可李浮白与王津两人现在谁占上风她还是看得出来的，就算看不出来，还有徐琏的表情给她解释。

李浮白果然很厉害，闻灯愈加好奇他究竟从何而来、师承何处。

她的手指在桌面上轻轻敲着，轻微的声音被楼中众人的惊呼声压得几乎听不到。

比试台上王津有些慌乱，他的那些法宝被李浮白一一破解，他心中疑惑，这样的人在星云十三州不应该连个名字都没有出现过，他与袁二查了大半天就查出"无名游侠"这四个字作结果。

眼前这个青年是从哪里来的，难不成是某个世家公子改名换姓来体验普通人的生活？可是世家的年轻一辈他与袁二大都见过，并没有哪一个能与眼前的这个李浮白重合上。

王津这一走神，李浮白以灵力化作的长剑已经指在他的眉心处，王津落败。

比试台下响起一片掌声，幸好这场比试大会没有人开赌局，不然他们得在李浮白的身上输不少钱。

李浮白拱手道了一句"承让"，便跳下比试台，留着王津愣愣地站在台上，开始怀疑人生——刚才是不是做了一场梦？输了也就算了，竟然还输得这么快，他已经能想到这件事被他爹知道后，他爹会拿着多么粗的大棒子把他轰出家门了。

怎么就输了呢？

这人既然这么牛，之前干吗装没有灵力啊。

王津仔细想想，这人可能也没装，只是之前的时候他不需要动用灵力，那这么看起来的话，自己也不是那么废物了。

袁二没有想到王津会输了这场比试，在此之前，他们对李浮白的印象都只是一个武艺高超的普通人，看到他对上王津都要带着惋惜地说上一句"可惜"，可现在他赢了与王津的比试。

王津垂头丧气地从外面进来，看来这一场比试对他的打击不小，袁二向王津问道："那个人怎么样？"

王津抿着唇，回忆自己在比试台上与李浮白过招的场景，如实道："很厉害。"

袁二拨弄手中玉佩的流苏，问王津："很厉害是多厉害？"

王津想了想，说："你可能不是他的对手。"

袁二嗤笑一声，抬头看着王津，笑问他："你不会是在诓骗我吧？"

王津一时也说不清楚，只能叮嘱袁二说："反正如果你遇上他了，要小心些。"

袁二"嗯"了一声，说了一句："我知道。"反正接下来李浮白还有几场比试，他到时候自可以看看这个李浮白的水平到底如何。

吕姬本来只当这个叫李浮白的青年是个普通人，如今看到他竟然赢了王津，心中的震惊不比在场的任何人少。

不知道这个李浮白背后是不是有什么高人，或者有什么家世背景，吕姬是真的挺喜欢这个青年的，他眼睛清澈，带着一种天真，她很喜欢这样的人。

但是一般来说，世家之中很难培养出这种人，吕姬轻笑一声，自己真是想得太多，还是先把袁二安抚好吧。

李浮白比试结束后立刻就去找闻灯，闻灯见他回来，夸他说："你刚才很厉害。"

李浮白腼腆地笑笑，谦虚道："还行吧。"

徐琏心想：幸好这话没让王津听到，他要是听到得当场气疯了吧。

闻灯抬手倒了一杯茶，送到李浮白的面前，叮嘱他说："总之要注意安全。"

"我知道的。"李浮白连连点头，他会将闻姑娘的每一句话都放在心底。

李浮白的修炼者身份一显露出来，原本没有将他视作对手的修士们现在也不得不对他多关注些，尤其他刚刚还打赢了王津，可见他的本事确实不一般，他们得谨慎对待。

虽说这场比试的第一名多半是袁二的囊中之物了，但是前几名同样可以从药老那里拿到奖赏，且可以有与吕姬一同参加宴会的机会，所以每一个名额都很宝贵，没人想退让。

但是这种事不是心里想着不退让就可以做到的，接下来的比试李浮白无一落败，且表现得仍有余力，如果说与王津的那一次可以以王津轻敌来解释，那么现在他们能意识到李浮白比他们想象中的强出许多。

只是他们此时已经没有机会再试探李浮白的深浅，剩下最后一场比试，众人知道最后的两人中肯定会有袁钰章袁二公子，但起初的时候谁也没有想到另外一个人会是李浮白。

最后一场比试安排在明日的上午，众人看过李浮白与袁二的水平，一时间竟分不出这两个人的高下，甚至还有人觉得李浮白似乎更厉害一点，只不过如果李浮白脑子好使的话，应该会给袁二一个面子吧。

袁钰章对李浮白也终于忌惮起来，如果让他得了第一……袁钰章能看出来吕姬对这个李浮白也有些兴趣，但吕姬利益至上，在没弄清楚李浮白的来历前，不会对李浮白表示出什么。

只是袁钰章仍旧不放心，除了吕姬占一部分原因，还有他个人的面子问题，他纠结许久，干脆来到闻灯他们落脚的客栈中，见闻灯一个人在房间内，询问道："李浮白兄弟呢？"

闻灯放下手中的书，抬头看袁二，对他道："在楼下煎药吧。"

袁钰章道："我去看看他。"

闻灯看着袁钰章离开的身影，无来由地笑了一下。没过半个时辰，李浮白端着药从楼下上来，不等闻灯开口询问，他便主动将袁钰章的来意说明。

袁钰章其实也没说什么，他毕竟是袁家的二公子，若是主动让李浮白给他开后门，那他自己也会觉得是一种羞辱，他只是在李浮白的面前说了说自己对闻灯深深的热烈爱慕，以及闻灯的严重病情。

闻灯接过药碗，歪着头，问李浮白："那你是怎么回答他的？"

李浮白被她可爱到了，感觉身上的好多地方痒痒的，手指无意识地弯了弯，他回答说："我说袁二公子对闻姑娘的情意太让人感动了，若是我得了第一，得了药老的承诺，我会让药老给闻姑娘看病的。"

闻灯没忍住，"扑哧"一声笑了起来。

18

闻灯喝了药，将药碗放在一旁，仰头看着李浮白，她想告诉李浮白即使请来药老恐怕也治不了她的病，又觉得此时说起好像也没什么必要。

李浮白垂眸对闻灯说："闻姑娘好好休息。"

闻灯"嗯"了一声，拉了拉身上的被子，闭上眼睛，好像已经睡着了一样。

耳边是李浮白离开时的脚步声。他将房间中的门窗关好，吹灭了烛火，然后，一切陷入寂静之中，她只依稀能够听到楼下有人在向小二要酒。

五脏六腑泛起一阵尖锐的疼痛，闻灯的脸色在刹那间变得煞白，喉咙间涌出一股血腥味，她咬着唇，没有发出一点声音。

隔壁房间中，李浮白坐在榻上，十根手指绞在一起，一副心神不宁的模样，徐琏放好被褥，见他还在那里戳着，问他："你怎么还不睡啊？"

李浮白没有回答，徐琏走过来，见对方的脸色难看得厉害，吓了一跳，他很少看到李浮白这样，连忙出声问道："怎么了？担心明日比试打不过那袁二？"

李浮白没有回应，双手攥成拳，表情焦急，看起来好像是要出去打人一样。

徐琏皱眉问他："你这到底怎么了？"

隔壁房间中闻灯胸口的疼痛渐渐消退，急促的喘息同样平复下来，李浮白好似才回过神儿来，对徐琏摇头说："没事。"

徐琏呼了一口气，道："……你真是越来越怪了。"

李浮白没说话，静静地躺在床上，他没有办法完全治好闻灯，如果药老也没有办法呢？

不会的，这世上总会有能救下她的办法。

这一夜袁二同样没有睡好，他真正想要的是吕姬想要的那一株霜雪伽蓝，而请药老给闻灯看病不过是顺带着的事。

结果李浮白说自己要是得了第一，也愿意请药老为闻灯看病，这倒是让他没有话说了。

只是这话也不得不让袁二深想——一般人若是有幸得了药老的承诺，定然会留到日后自己来用，怎么会轻易将此许给闻灯，李浮白果然与闻家有些关系，如此，袁二想要那株霜雪伽蓝可就有点麻烦了。

袁二问了教导过他的一位师父："李浮白与我相比，如何？"

那位师父回答道："恐怕不在公子之下。"

袁二知道对方说的是实话，而且可能还顾及他的面子，将李浮白的水平压着说。

李浮白啊李浮白，这人到底是从哪块石头里蹦出来的，袁二长长叹气，本来计划得天衣无缝的一件事，因为这个李浮白，偏偏生出了乱子来。

他是袁家的公子，就算可能会输给李浮白这个不知道来历的游侠，也万不能在众目睽睽下使出什么下作手段，观看比试时高手云集，就算他都能瞒过，可自己心里也过不去，袁二很快就打消了这个念头。

而且如果对方是闻家派来的，那他更不容易出手了。

他就算是输也得输得坦荡。

王津知道袁二的担忧，给他倒了一杯酒，拍拍他的肩膀，安慰他说："你不就是为了那个霜雪伽蓝吗？若是吕姬为了一株霜雪伽蓝就移情别恋，看上李浮白那个小子，那这个女子不值得你为她付出这么多。"

袁二笑着摇头说王津不懂，吕姬这个人没有心，只有利益，即便真的让李浮白拿到了霜雪伽蓝，她在不知道李浮白的底细前，也不会对李浮白做什么。

袁二对吕姬也不见得有多少真心，他只不过也是个觊觎吕姬美貌的凡夫俗子罢了，对吕姬更多是征服欲，想要看这个天下第一美人有朝一日死心塌地地爱上他。

王津确实不懂袁二的这些弯弯绕绕,他只觉得喜欢就是喜欢,不喜欢就是不喜欢,有时候会觉得袁二活得太累。

"你觉不觉得那个李浮白和他那个姓邓的朋友之间有点怪?"王津闲聊道,"我那天,好像就是昨天,去望月楼的路上,看到李浮白抱着姓邓的走了好长一段路,我在后面远远看着,还以为他怀里抱着个女人。"

袁二点头道:"是有点怪。"

若说两人是同宗的长辈和晚辈,倒还说得过去,可是他们二人年龄看起来相差无几,作为朋友的话,实在太亲近了,而且李浮白对邓无表现紧张,态度又暧昧。

王津小喝了口酒,对袁二道:"我怀疑他们两个关系不简单。"

袁二笑了一声。

吕姬就算真的对李浮白有点兴趣,他们两个也成不了。

袁二仰头将杯中酒水一饮而尽,明日就算不能拿到第一,他也得想个办法帮吕姬将霜雪伽蓝拿到手,不过现在操心这些还为时尚早,一切等明天的比试结果出来后再说吧。

翌日,比试台下来的人比之前两日多了不少,袁钰章与李浮白这场比试袁家并不插手,袁二向来有主意,只是在自己的婚事上的主意太大,不过他选了闻家的姑娘,倒也凑合了。

至于这种小打小闹,袁家只当是给袁二的一场历练,他能夺得第一更好,当不成第一也没有关系,药老的那些东西和承诺对袁家来说,暂时都是可有可无的。

袁二与李浮白的这场比试,最后以袁二落败结束,李浮白的脸上看不出胜利的喜悦,似乎这场比试对他来说,与之前的每一场比试并没有区别,他对袁二拱手道:"承让了。"

对于看了李浮白每一场比试的人来说,这个结果算是意料之外、情理之中的。

袁二与他从比试台下来后,向李浮白打听:"不知李兄师承何人?"

李浮白来自浮水宫,他作为浮水宫的少宫主,自然是要遵守浮水宫的规矩,不能向任何人报出自己的真实来历,等三年期满,若是想要留在人间，他便再也不能回去。

袁二通情达理道："既不便说，那便不用说了。"

李浮白抿着唇，没有说话，迎面走来一个白衣的少女，她在李浮白的面前停下，看了一眼走在李浮白身边的袁二公子，对他微微颔首，而后对李浮白道："吕姬姑娘请李公子到楼上一叙。"

少女的话刚一落下，四周便响起一片羡慕的呼声，还有人吹着口哨，暗道李浮白艳福不浅。

李浮白听到吕姬邀请，脸上亦没有出现类似惊喜的表情，只是淡然道："抱歉，我还有其他事，恐怕没有时间见吕姬姑娘。"

周围的人震惊地看着李浮白，甚至有人想上前摸摸他的额头，看他现在是不是发烧了，竟然有男人拒绝了与"天下第一美人"吕姬见面，他是不是脑子不好啊。

只有徐琏露出一脸"我就知道"的表情，要是让这些人听到李浮白那番认为吕姬相貌普通的言论出来，李浮白恐怕得挨揍。

白衣的少女也愣了一下，她完全没想到自己会被李浮白拒绝。

那可是吕姬啊，多少人散尽家财想要见她一面都没有门路，而现在吕姬主动邀请他一见，他居然不同意。

"李公子要不再想一下？"

"不必。"李浮白说完就急急向人群对面走去，好像有什么洪水猛兽追在他的身后。

这搞得众人困惑不已。

药老很痛快地将之前答应好的东西分给众人，至于他的承诺，药老需要他们再完成一件事。

他的目光扫过众人，开口缓缓说道："我有个女儿，她离开我很多年了。"

众人有些吃惊，药老所求之事不会是让他们帮他找女儿吧？他们并没有听说过药老有个女儿，更别说见过她了。

药老停顿片刻，继续说道："她已经死了很久了，我找了很多年才知道她在死前去了语落谷，然后再也没有出来，我希望你们能帮我把她的尸骨带回来。"他说这话的时候脸上并没有任何悲伤之意，仿佛口中的女儿只是一件寻常的物件。

语落谷，顾名思义便是进入之后不能发出任何声音，其中凶险异常，九死一生，而且能进到语落谷中的必须是三十岁以下的青年和少年，怪不得药老对参加这场比试大会的比试者设置了年龄限制。

也就是说现在李浮白必须去语落谷中取回药老女儿的尸骨，才能让药老给闻姑娘看病。

而药老更是立下誓言，若找不到女儿的尸骨，以及她去语落谷的原因，他不会再给任何人看病。

如此，李浮白必须去语落谷不可了，而袁二同样知道语落谷危险，但是他之前也放出话说想请药老为闻灯诊治，此时退缩就有些可笑。

所以他也是必须去的，剩下几位中有人退出，有人想要赌一把，到最后剩了五个人。

药老对这个结果勉强还算满意。

徐琏一听李浮白要到语落谷去，立刻阻拦他道："你不能去。"

李浮白道："我想去。"

徐琏觉得这个人真是疯了，问他："那是什么地方你不知道吗？"

李浮白"嗯"了一声："我知道。"

徐琏恨铁不成钢，怒道："你知道个啥啊！"

19

徐琏念叨着"你疯了你疯了"，这唠唠叨叨的声音像是一只苍蝇在李浮白的耳边没完没了地嗡嗡响个不停。

然而李浮白似乎根本听不进徐琏的话，一副"我意已决"的模样。徐琏知道李浮白修为高深，不然也不能在这场比试大会中得到第一，但是语落谷可不是闲杂人等能够进去的地方。

他劝不动李浮白，只能指望着跟李浮白之间有一种奇妙联系的邓无能够说动对方，所以刚一同闻灯见了面，便叫她："邓兄邓兄！"

闻灯倒了茶，送到他们面前，问道："怎么了？"

"你可劝劝他吧，他想去——"徐琏的话没有说完，李浮白又想故技重施，伸手将徐琏的嘴巴给捂上，但不想徐琏早有准备，直接避开李浮白的那只手,对闻灯喊道:"他想去语落谷。"

闻灯虽然外出的次数屈指可数,但是语落谷是个什么样的地方她还是知道的,她侧头看向李浮白,疑惑地问他:"好好的怎么要去语落谷?"

"别听他乱说,我——"

"你不要说话了。"闻灯直接打断李浮白的话,对徐琏说:"徐兄你说吧。"

李浮白抿了抿唇,乖巧地坐在凳子上,不敢插话,徐琏见他这个老实的样子,暗道:"这还真是一物降一物。"

"还不是因为药老。"徐琏叹道,"药老的女儿死在语落谷中,他想让人将他女儿的尸骨从语落谷中带出来。"

"那与李兄有什么关系?他与药老是亲戚?"

"哪是什么亲戚?"如果真有点血缘关系,徐琏也不至于反应这么大,李浮白与药老那明显八竿子都打不着,他去那语落谷就是为了跟他同样八竿子……不,是八十竿子都打不着的闻家小姐。

徐琏对闻灯解释说:"药老之前不是说他会给一个承诺吗?只有将他女儿的尸骨带回来的人才能得到他的这一承诺。"

闻灯顿时心中明白李浮白还是为了自己,她抬手按着有些发疼的额头,问李浮白:"你知道语落谷是什么样的地方吗?"

李浮白"嗯"了一声,对闻灯道:"我知道。"

徐琏嗤笑一声,道:"他知道个啥!"

李浮白:"……"

徐琏今日火气怎么这么大?

到了这一步,闻灯已不需要再问下去了,再问下去只会显得自己虚伪,她深吸一口气,胸口隐隐作痛,直接对李浮白道:"不要去了。"

李浮白直直看向闻灯,道:"必须去,药老立下誓言,弄不清楚他女儿的死因,他不会再给任何人看病。"

这应该是李浮白第一次拒绝闻灯。

闻灯轻笑了一声,李浮白的执着确实让她有几分动容,只是语落谷这种地方李浮白还是不要去的好,她端起眼前的茶,小抿了一口,看向徐琏,对他微微笑了一下,说:"徐兄,我有些话想要单独与李兄说说,你能先离开一下吗?"

徐琏倒也痛快，直接从凳子上站起来："没问题，你好好劝劝他啊，真是疯了，连命都不要了。"

见徐琏走了，闻灯开口对李浮白说："几年前我父亲曾为我找来药老，给我看病，看完之后，他留下话说以后不必再找他了，只能这样了，所以你不必为了我，去语落谷那样的地方冒险。"

李浮白不想放弃，他对闻灯说："或许现在药老有其他办法了呢？又或许他这几年医术比从前更精进了呢？"

闻灯摇摇头："我的病我自己心里清楚，没用的，听天由命吧。"

闻灯的话仿佛是一把刀子狠狠戳在李浮白的心脏上，他抿了抿唇，表情有些悲伤，劝慰闻灯说："闻姑娘你不要这样，天底下不会有治不好的病。"

天底下治不好的病可多了去了，李浮白为了让她宽心，这都开始睁着眼睛说瞎话了，闻灯笑笑，说："你我萍水相逢，你能帮我到这里，我已经很感激了，至于我身上的病，你也不要太执着了，这世间的事都是冥冥中已注定好的。"

李浮白动了动唇，想说，若是冥冥中都已注定好，那么不管是他遇上闻灯，还是现在要为闻灯到语落谷中，也应该是注定好的。

他反驳说："这不是执着，我只是……我只是希望闻姑娘你可以像个普通人一样，过得开心一点。"

李浮白的眼睛又透又亮，里面清晰地映出闻灯的模样，闻灯突然低下头，有些不敢看他，她轻轻摩挲着眼前的白瓷茶杯，对李浮白说："算了，就这样吧，你不要去找药老，更不要去语落谷。"

就这样吧。

她与这个青年不能牵扯再多了。

李浮白没有应声，心意已决，他早就告诉自己一定要治好闻姑娘，谁也不能阻止他，闻姑娘也不可以。

回去的路上李浮白一直没有开口说话，只有徐琏叽叽喳喳地问闻灯她把李浮白劝得怎么样了。

对此闻灯也说不准。

徐琏见闻灯没怎么说话，就大概知道刚才她与李浮白两人并没有达成共识，李浮白那头犟驴是真的没人能管得住他。

他们回到客栈的时候，有不少人前来看望李浮白，说是看看这位高手长什么模样，但其实都想看看那个拒绝了天下第一美人的傻子是什么样的。

李浮白不想理会，把自己关在房间当中，看着纸上写满的各种药材名不断地敲着脑袋，痛恨自己的医术为什么不能再精湛一些。

夜色笼罩繁华的都城，李浮白悄悄从客栈中离开，来到药老落脚的地方。

他来到时故意弄出一点声响，使药老察觉，药老开口沉声问道："不知李公子深夜来老夫这里有何贵干？"

李浮白从树后现身，拱手赔罪道："深夜叨扰前辈十分抱歉，晚辈今夜前来只是想向前辈了解闻家大小姐闻灯的病情。"

"她的病……"药老眉头微蹙，抬起头来端详着面前的李浮白，银白的月光下，可以看出这个年轻人长得着实不错，药老莫名笑了一下，目光中夹带着两分促狭，对他说："你竟然也是为了她来的。"

李浮白注意到药老话中的这个"也"——除了自己还有其他人向药老询问过闻姑娘的病情，那人或许就是袁二公子了。

李浮白抿唇没有说话。

药老继续道："说实话，她竟然能活到今日，其实是出乎我意料的。

"……她的病我是没有办法治好的，最多就是能让她再活两年，但是我已经立过誓了，不会再给任何人看病了。"

李浮白："晚辈知道，晚辈会去语落谷中为前辈寻找令爱的尸骨。"

"不错。"药老点头，对李浮白这个回答还算满意，"对了，如果你在语落谷中遇到青蛇藤，你可以顺道带回来，正好给她配个药，应该会比我现在拟好的药方好一些，能让她再多活几日。你知道青蛇藤长什么样子吧？"

"晚辈知道。"

"连青蛇藤都知道，你也懂医术？"药老有些惊讶道。

李浮白谦虚道："只懂一点皮毛。"

能知道青蛇藤并知道它长什么样子，那医术估计就不是懂一点皮毛的程度了，药老长叹了一声，颇为感慨道："不过说句实话，她这样的病，死了倒是比活着舒坦。"

李浮白淡淡说道："您不是她，怎么知道她想要怎么样呢？"

药老不生气，问李浮白："喜欢她啊？"

李浮白又不说话，但是看他的那副表情药老也知道答案，啧啧笑道："那你可晚咯，我看闻家那小姑娘多半是要嫁给袁家的那小子了，你这忙活来忙活去都是白忙活一场，何必呢？"

李浮白笑问道："怎么能是白忙活呢？"

"就算你为她拿到了青蛇藤，她又多活两年，你跟她之间多半也是成不了的，小子。"

李浮白淡笑说："我跟她不能在一起，与我希望她能活着，并不是一件事，晚辈告辞了。"

李浮白对药老拱手行礼，然后转身离开。

见李浮白离开，药老摸着下巴上的胡子，看着夜空中的那轮明月，皎洁的月光中，依稀地映出他那女儿的面容。

本以为自己已经忘记得差不多了，可近些时候，那些过去的记忆却是愈加清晰地出现在他脑海中。当年她爱上一个浪荡公子，一心想要与那人在一起，药老不同意，威胁她："你若是跟那人走，便再也不要回来见我了。"

后来，她果然再也没有回来。

他以为这个不孝女真的为了一个男人而不要自己这个父亲，却不想她早早死在了语落谷中，药老想到这里，眼眶不禁有些湿润了，他长长地叹着气。

生老病死都是人之常事，作为大夫，他在年轻时候就已经见识过各种各样的生生死死，比常人更能看开许多，然而当这种阴阳两隔、此生不复相见的事情发生在自己的身上，他比自己想象中的要脆弱得多，不能接受、不想接受。

或许她并没有死去，仍然活在语落谷中的某一个角落，等着他去救她。

若是知道她那一去，就再也不会回来，他当日如何能狠下心赶她离开。

这世间的事中，已经发生的，都已没有挽回的机会，只剩下绵绵余恨，让人在无尽的梦境与痛苦的记忆中受尽折磨。

翌日清晨，晨曦的光落到房间中，闻灯睁开眼，起床梳洗，然后推开门。门前的长廊光线昏暗，有客人从这里匆匆走过，闻灯觉得好像少了点什么，然而一时间却想不出来。

她转过头,见到徐琏端着药从楼梯下面走上来,她眨了眨眼睛——原来是少了那个每天在门口等着她起床出来的青年。她问徐琏:"李浮白呢?"

徐琏对她说:"他去语落谷了。"

闻灯站住,久久没有说话。

20

眼前昏暗的长廊尽头有两三个客人正趴在窗边,看着外面的景致,闻灯回过神儿来,接过徐琏手中的药碗,似乎有话要说,然而最后却是什么也没有说。

她趁热将碗中的汤药喝下,冰凉的身体中似乎生出一股暖意来,她端着空空的药碗,问徐琏:"他什么时候能回来?"

"不知道,不好说。"徐琏摇头说,"去语落谷的,能够平安回来的少之又少,我就说李浮白他有病,闲着没事去什么语落谷。"

有病的不是李浮白,而是自己,所以他才会去语落谷,闻灯垂下眸,又问道:"有谁和他一起去的吗?"

徐琏语气中带着埋怨,道:"还有袁家的袁二公子和其他三个道友,袁家保命的宝贝有的是,袁二公子最后肯定能好好出来,李浮白他们算什么!真是不要命了。

"你说说,他是不知道那语落谷是个什么地方吗?非要去非要去,连命都不要了,他以为自己是谁啊?当年梁州谢家派了二十多个年轻的道友,结果就回来一个,李浮白他以为自己是什么人?他以为自己无所不能?"

闻灯微抿着唇,站在原地静静听着徐琏的这些唠叨,徐琏说的这些闻灯都知道,甚至比徐琏知道的还要多些,她很明白"语落谷"这三个字代表着什么。

徐琏说得口干舌燥,但事已至此,他也不能去语落谷中把李浮白给抓回来,现在只能为李浮白祈祷了。

徐琏打算去望月楼看一看,运气好的话说不定能够遇到吕姬姑娘,问闻灯"要不要一起去",闻灯摇头拒绝。

徐琏下楼走了,闻灯回到房间当中,刚一坐下,就好像听到有人叫自己"闻姑娘",她转过身去,门口却是空荡荡的,并没有人在那里。

她无声地笑了一下,抬手揿着眉心。自己是不是做错了什么?

她闭上眼,似乎睡了过去,不知过了多久,她被楼下的吵闹声惊醒,打开门想要出去看看,却发现徐琏已经回来了,告诉她楼下死了一个人。

生死之事在修炼者众多的星云十三州同样常见,不过对周围的人来说依然算是一件大事,闻灯走到楼梯转角处,垂眸看着大堂里慌乱的人群,表情并没有出现任何紧张或者怜悯。

"人是怎么死的?"她问。

徐琏摇头,他也是刚刚回来的,对这件事还不清楚,他想下去问问,结果刚到了大堂,就有人叫他去游湖,徐琏冲着楼上的闻灯挥挥手,跟着他新认识的朋友就出去了。

不过徐琏刚一出门,脚步就停下了,朋友问他:"怎么回事?再不抓紧点可能就看不到吕姬了。"徐琏只是突然想到自己那个跑到语落谷,不知道这辈子还能不能再见一面的李兄,心中有些感慨。

李浮白在离开前,嘱咐徐琏要好好照看邓无,每天要看着他吃药,盯着他吃饭,若是他再病发,就尽快把他送到鲸州的闻府去。

徐琏虽然不懂为什么要把他送到闻府,但也都一一应下,现在李浮白刚走,自己就整天不着家,有些过分。

于是徐琏干脆推托说自己有事,就不跟这些道友一起游湖了。

虽然见不到吕姬了,徐琏这心里却是轻松不少,他转身回了客栈中,路过闻灯的房间外面时忽然注意到屋子里好像多了个人。他停下脚步,敛住气息。

偷听不是君子所为,但他从来没有自诩过是君子,听听也无妨,李浮白在临走前千叮咛万嘱咐让他照顾好邓无,现在若是邓无遇到了危险,他也好及时进去相助。

刚才闻灯从外面回来,她推开门,就看到自己的房间中多了个人,这人身材高大,五官端正,看起来似乎不像是坏人,只是这么突然出现在别人的房间里,着实有些吓人。

闻灯表情不变,淡淡问道:"来了?"

这人立刻在闻灯的面前单膝跪下,道:"小姐,家主要我们带你回去。"

闻朝易会在自己离开闻家后派人来寻找自己,这是在闻灯的意料之中的,不过人来得比她想象中的晚了许多,她也不着急,在椅子上悠悠坐下,看了一下跪在地上的闻家派来的属下,淡淡说道:"先起来吧。"

小姐竟然这样好说话。男人心中暗想:这件事应当比他们设想中的容易许多,自己马上就能带着小姐回鲸州去了,小姐来沣州这么久,应该也见过那位袁二公子了,现在自己来得也正是时候。他一边起身,一边向闻灯问道:"小姐现在就跟我们回去吗?我们的马已经备好了,现在就可以——"

闻灯打断他的话:"我不回去。"

闻朝易的属下听到这四个字,啪地一下又跪下去,面露难色,对闻灯说:"小姐,请你不要让属下们为难。"

闻灯笑了一声,对这种威胁并不放在心上,说道:"若是跟你们回去,我就很为难,所以还是你们多为难一点吧。"

"这……"那属下的眉头皱得紧紧的,对闻灯道,"小姐,家主交代,一定要将您带回去,若是您不配合,不要怪属下们无礼了。"

"我近来身体不大好,不能动气,如果你们想要硬带我回去,"闻灯笑得愈加灿烂,"尽管无礼试试。"

那属下的手僵在半空中,半天后悻悻收回去。

闻府中的上上下下都知道,大小姐闻灯是瓷人,稍一遭遇点意外可能就要在床上躺几个月,她这样说了,还有谁敢动手。

带不回小姐,最多会被家主痛骂一顿,挨点惩罚也就过了,若是闻灯有个三长两短,他们的小命那都得没了。

"你既然已经找来了,便先留在这儿吧。"

"是。"

两人的对话到此为止,站在门外的徐琏却是傻眼了,半天都没挪地方,他万万没有想到,邓无竟然就是闻灯……是闻灯……

其实他早该想到的,李浮白不是那种轻佻之人,只是他哪里敢这么想,闻家的小姐无论如何也不应该跟着一个只见了几面的游侠走在一起,还跟对方一同来了沣州,她就不怕李浮白是个坏人吗?

徐琏回忆起这一路上的各种异常,每当自己想要在邓无的面前提起闻灯的时候,李浮白都表现得很不对劲,怪不得李浮白叮嘱自己说,若是邓无出了意外，将他送到鲸州闻府。

原来是这样，原来如此啊。

徐琏轻手轻脚地回到自己房间当中，他坐在房中看着李浮白写满了各种药材名的簿子，心里琢磨着闻灯是否知道李浮白的一片心意。应该是知道的，李浮白待她这样上心，几乎是把一颗心、一条命都要给她，她若是一点不知道，那她估计就是脑子有病了。

闻灯并不知道徐琏已经回来了，她对来找自己的那位属下说："我要去见一见药老。"

她不是在询问这位属下的意见，而是通知，好在今日药老不在袁府中，见他一面并不困难。

药老看到闻灯走过来，在对面坐下，他眯着眼睛打量了大半天，后来把视线落在跟在闻灯身后的属下身上，又停了许久，犹疑问道："闻姑娘？"

闻灯应道："正是。"

"闻姑娘怎么来了？"药老脸上添出两分笑意，问闻灯，"你这脸上的东西不错，老夫差点都没看出来，谁为你做的？"

"药老不如猜猜？"

药老摸着胡子，能做出这玩意儿的人必定精通医术，而闻灯身边精通医术的人又不在少数，他莫名想到昨天晚上来找他的那个青年，问道："那个叫李浮白的小子？"

闻灯笑笑，没有说话。

"看来是他了。"药老仰头往后靠了一些，问闻灯，"闻小姐来找老夫有什么事吗？你应该知道，老夫已经说过不会再给人看病了。"

"我来找前辈是想知道袁家二公子是否曾单独来找过前辈，他有问过前辈什么吗？"

"原来是为了这个。"药老目光中带着促狭，回答道，"他问我，闻姑娘你的身体怎么样。"

"您怎么说的？"

"如实说啊。"

也就是说袁二知道她活不了几日，他没见过她，在知道这件事后却依然想要娶她，袁二的用心不得不让闻灯多想。

他想要自己做什么呢？

药老见闻灯不说话了，又把身子往前倾了些，八卦地问道："你是喜欢姓李的那小子，还是袁家的？"

闻灯但笑不语。

药老的笑容不变，颇有一副过来人的姿态，对闻灯说："闻姑娘，老夫给你一句劝，不要玩弄人心。"

闻灯手中把玩着刚刚折下来的花枝，挑眉问道："我有吗？"

药老摇头："有没有，你自己心里应当清楚，不过闻姑娘你向来聪明，比起我那个蠢女儿可好多了。"

闻灯道："您何必这样说。"

药老冷笑一声，道："被个见几面的小子说几句好话就拐走了，说她一句'蠢'都是看得起她，若不是她身上流着我的血，我才懒得管她，她死在哪里都跟我没关系。"

若是真的没有关系，药老也不会这么兴师动众弄了人到语落谷中寻找她的尸骨，甚至为了她不再给人看病，可现在他只能这样嘴硬，好像只有表现得不在意她，她的死对他来说就不是不可以接受的了。

第三章 风满楼

21

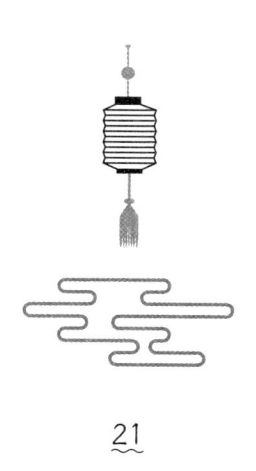

闻灯从药老这里得到自己想要知道的答案后,便离开了。

药老还坐在自己的椅子上,仰头看着头顶的这片天空,他想着,如果他那女儿还能够回来,即便她仍要跟那个风流浪荡子在一起,他也不会反对了,更不会再说那些让她再也别回来的话。

药老无来由地笑了一下,自己当年若是能这么想,若是能早日知道她会一去不回,也不会发生今日这种事了。

他不免又想起闻灯来,知道自己对这个小姑娘常常说得很难听,但是也希望这个闻家的小姑娘能够多活些日子,毕竟爱美之心人皆有之。可现在闻灯活得并不容易,有些时候药老会觉得,死去对她来说未必不是一种解脱。

药老摇摇头,那个叫李浮白的小子说得也没错,自己又不是这个小姑娘,怎么会知道这个姑娘心里在想什么、想要的又是什么。

见过药老后,回去的路上闻灯的脸色一直不大好,属下提心吊胆,生怕小姐出了意外,到了客栈后,连忙问她:"小姐您怎么样了?"

闻灯按着太阳穴,摇头说:"我没事。"

属下还想再问,恰好徐琏端着汤药在外面敲门,属下得到指示,立刻将身形隐藏起来,消失在房间当中。

徐琏将手中的药碗送到闻灯的面前,对上闻灯看过来的视线时,眼神躲避,表情没有往日那般自然,话也十分少。

闻灯只看了一眼,便猜到徐琏应该是知道自己的身份了,或许是他曾听到自己与那个属下的对话,又或许是其他的原因,不过这些也不必在意，她本来也没有想要一直瞒着徐琏。

徐琏从进门到出去，说的字加在一起没超过十个，他整个人陷入一种纠结当中，一方面想到李浮白正是为了这位闻家小姐而去了语落谷，另一方面，李浮白在临走前又不厌其烦地对他再三叮嘱，让他一定要照顾好这个人。

若邓无只是邓无，那也没什么，看着李浮白平日里对他紧张的态度，徐琏权当是给兄弟照顾在意之人了，可她偏偏是闻家的大小姐。

徐琏觉得自己快要疯了，烦躁地抓着头发不停地叹气，李浮白啊李浮白，你说说，你好好的一个人，怎么就为了一个姑娘疯魔到这个程度？徐琏虽然觉得吕姬长得好看，但也不会为了吕姬连自己的性命都不当回事。

人家袁二公子进语落谷是为了自己的未婚妻，他李浮白又算是什么呢？

同时徐琏对闻灯有了埋怨，她明明知道那语落谷是个什么样的地方，还放任李浮白进去，她能给李浮白任何承诺吗？她敢说如果李浮白能够得到药老的承诺，她就愿意嫁给他吗？

李浮白恐怕到最后什么也得不到，徐琏心疼自己这个兄弟。

他转过头盯着房间中西侧的墙壁，闻灯就住在墙的另一侧，徐琏知道，闻家的小姐断不可能是他现在看到的这副样子，可她究竟长什么样子，能够让李浮白和袁二公子同时为她涉足语落谷那样的险地。

可能是因为忧思过重，闻灯这几日脸色越来越难看，明显能看出来她身上的病情正在不断加重。

属下担忧地劝她："小姐我们回鲸州去吧，您的病看起来不太好。"

闻灯拒绝道："还能撑几日我自己心里有数，况且到了今日，即便回了鲸州又如何呢？天底下最好的大夫都在沣州。"

属下还想再劝，又不知道自己能说什么，伴随着闻灯的一声声咳嗽，属下琢磨要不要让家主来沣州，只是家主身上公务繁多，恐怕腾不开时间，最后也只派几个同伴来，而他们又能把小姐如何？

小姐柔柔弱弱，但其实比家主都要倔强，她决定的事，没有人能够更改。

现在只能盼着小姐的病不要再恶化了，或是那些去了语落谷中的人早些回来，让药老给小姐看一看。

闻灯这几日的精神不大好，一天十二个时辰至少有一半的时间是睡过去的，她才喝了药，不久后昏昏沉沉地睡去。她做了一个梦，梦里青年死在语落谷中，他的手中握着曾经送给她的小瓷人，鲜红的血涂满陶瓷小人的肚子，从他手中落下，摔得粉碎。

闻灯从梦中惊醒。

外面的天还没有亮起，李浮白他们已经离开五天了，不知道他究竟什么时候才能回来。

此时的语落谷中，李浮白穿着一身玄色长袍站在崖边，凌厉剑光破开茫茫长夜，巨兽在李浮白的面前轰然倒下，李浮白踏过巨兽的尸体，摘下巨石后面的青蛇藤。

袁二根本没有打算用自己的性命来冒险，所以刚一进了语落谷后，就撇下众人单独行动，看起来好像是怕被这些人给拖累到，但其实袁二在进入语落谷前已经得到消息，在语落谷中有个地方是绝对安全的，他打算在那里躲两天，然后直接从语落谷中出去。

他努力过了，最后没有找到药老想要的东西，也怪不了他。

而其他人也在途中与李浮白渐渐分开，最后只剩下李浮白一人了。他按照临走前药老给他们这些人的交代，去到他女儿当年失踪的地方，找到她的尸骨。之后他为了去找闻灯的药中需要的青蛇藤，寻遍了语落谷中的每一个角落，才在有吃人的白猿看守的崖顶发现了一株青蛇藤。

现在他来语落谷的两桩事都完美解决，他终于可以从这个地方出去了。不知道闻姑娘这几日的病怎么样。李浮白出语落谷的时候顺手救了一位道友，出谷后，他没有耽搁，赶忙御剑回到沣州。

早上，闻灯起得比昨天又晚了一些，她知道自己身体不行，大概撑不了多久，不过作为一个凡人，总有一日是要死的。

只是想起李浮白，闻灯心中不免泛起一丝悔意来。

若是没有让他带着自己离开鲸州，如今这一切便也不会发生。

闻灯梳洗好，推开门，一抬头，便看到那个刚刚出现在她梦中的李浮白此时就站在门口，阳光落在他的身后，尘埃借着徐风在空中飞舞，他的左手背在身后，右手手指紧张地搓捏，见闻灯出来了，对她挥手，小声问候："早上好啊。"

闻灯嘴角抑不住地上扬,眉眼间的笑意疏懒,晨曦从她的裙角一点点爬上,她轻声问他:"你回来啦?"

李浮白一见到她笑了,自己也忍不住傻笑起来,他"嗯"了一声:"回来了。"

"回来就好。"

李浮白将藏在身后的那只手伸了出来,他的手里是一束白色山茶:"这是我在语落谷中摘的,喜欢吗?"

山茶在星云十三州并不少见,不过眼前这一束山茶确实比闻灯从前见过的开得都要好,闻灯从他手上接过来,低头看着手里的山茶,笑着说:"喜欢。"

她话音落下,身体里的力气仿佛被抽空,眼前一黑,紧接着失去意识。

李浮白被吓到了,连忙从她身后接住她下滑的身体,将她抱进房间里。

徐琏在隔壁的房间里听到动静,趴在门缝偷看,看到是李浮白的时候着实是松了一口气,结果紧接着就看到他见到闻灯的憨模样,气都不打一处来。

再然后看到闻灯晕过去,徐琏在心中冷笑,肯定是装的,李浮白这个傻子,有一天被人卖了还要帮忙数钱。

徐琏推开门,来到隔壁房间,看到李浮白正在将一颗药丸喂到闻灯嘴里,又用灵气帮她将药力激发出来,等到闻灯的状况看起来好一些后,徐琏将李浮白拉出房间。

出来后徐琏第一句便问:"你知道邓无是闻灯对不对?"

李浮白微微有些惊讶:"徐兄你知道了?"

"你知道她是闻家大小姐,还将她从闻府中带出来,你脑子被驴踢了吧!"

李浮白低下头,回答道:"闻姑娘说她想来沣州看一看。"

"她是在利用你知不知道啊!"徐琏恨铁不成钢道,"她利用你离开闻府,利用你到沣州来,利用你让你参加什么比试大会,到最后她嫁给袁二公子,你什么都得不到,你就是在为别人作嫁衣裳!"

李浮白抿着唇不说话,徐琏长叹:"李兄,你不是个蠢人,这么简单的事怎么就看不明白?"

李浮白倒是笑了起来,徐琏皱着眉:"你还笑得出来?"

李浮白说:"我知道她在让我帮她做一些力所能及的事情,这有什么关系呢?我也没有损失什么,能帮到她,证明我对她来说还是有用的,我很高兴。"

"力所能及?没什么损失?"徐琏简直要被李浮白给气笑了,"你差点死在语落谷,还说没什么损失?"

李浮白不以为意,只道:"没那么严重,语落谷也没什么。"

徐琏气得一口气差点没上来,他眉头紧皱,看着眼前的李浮白,不住地摇头,纳闷地问道:"你是被人给下蛊了吧?"

李浮白拿出从语落谷中带出来的青蛇藤,抿唇沉默了半天,给了徐琏四个字:"你不明白。"

徐琏呵呵冷笑,有什么不明白的?李浮白他就是色迷心窍,就是想骑着老虎看美人,要色不要命。

22

李浮白回头看了眼身后的房门,对徐琏说:"你帮我照看一下闻姑娘,我去找药老。"

徐琏算是知道自己刚才的那些话都是白说了,李浮白一个字都没有听进去:"你无药可救啊你。"

李浮白淡淡说道:"本来就没病,要什么药?"

他说完后就下楼去了,在楼梯上遇见一个素净打扮的年轻人,李浮白没有在意,径直离开客栈,找药老去了。

那位素净打扮的年轻人正是闻朝易派来的某位属下,他估算小姐该醒了,提前去让小二准备早饭,听到楼上有响动,担心小姐有危险,连忙又上来,结果站在楼梯上时就听到这样一段对话。

看得出来,青年很喜欢小姐,可惜了,小姐若是要嫁人,定然是要嫁给袁家的那位二公子的。

在闻府中为小姐辗转反侧的同伴不在少数,但是他们都知道自己的身份,所以从来不敢有妄想,过了一两个月,或者长一点的一两年,也都能将小姐放下,希望这位道友也能快点认清自己。

属下见闻灯这里没有危险，转身下楼继续叮嘱小二做饭时什么东西能放、什么不能放。

小二听完后，问属下："这是送给天字三号房的客官的吗？"

属下有些惊讶："你怎么知道的？"

小二"哎呀"一声，道："前几天我们每天给天字三号房的客官做饭的时候，都会有人在旁边叨叨着那客官这也不吃、那也不吃。就是个傻子，这几天下来也该记住了。有时候他还会亲自下厨，他做的东西我们没有尝过，不过闻起来味道应该是不错的。"

"不过这几天，那个年轻人都没来，但是他的要求我们都记在心上的。"小二笑得有些炫耀，仿佛是在说看看他们多么贴心。

属下心中疑惑，会是刚才看到的那个青年吗？那他对小姐确实是挺上心的。

可现在有多上心，日后恐怕就要有多伤心。

不过眨眼之间，李浮白已经来到了药老面前。听闻袁二昨日回来了，不过并没有把药老要的东西带回来，他声称在语落谷中遇到了怪兽，费了一番工夫，好不容易才死里逃生。

李浮白对袁二的故事不感兴趣，他从灵物袋中取出一封信和一颗唤灵珠，一同交给药老，这就是他从语落谷中带回来的东西了。

药老接过李浮白手中的信件，上面字迹是他认识的，是他手把手教她的，每个"之"字的后面都带一个翘起来的小尾巴，是其他人模仿不来的。信中大多是一些琐事，让药老好好照顾自己，后院药田里的药材以后她不能浇水了，药老自己多看着点，她要跟自己的心上人一起去魔渊，以后恐怕不会再回来，药老最好趁着年轻多收两个徒弟，别以后老了没人给养老了。

药老看着气得胡子都被吹起来，若不是想着这是她留给自己的最后一样东西，恐怕能当着李浮白的面就将这封信给撕个粉碎。

将那信看完之后，药老又打开了唤灵珠，唤灵珠中留下一段他女儿的影像，应该是她临走前给药老留下的，在这颗珠子里面，她好像还是当年离开时的模样，一点都没有改变。

少女坐在石头上面，像是刚刚剧烈运动过，脸上布满红晕，她微微歪着头，唠家常般与药老说着分别的话，这些话很多在信上已经写过一遍了，如今再被少女以玩笑的口吻说出来，药老气得手都哆嗦。

他未尝不怀疑这些都是伪造的，但是这样的想法并没有在脑海中存在太长的时间，他更愿意相信这是真的，只有这样他才能安慰自己，她没有死去，只是陪着那个他很讨厌的青年人去了一个地方，去了一个自己没有办法抵达的地方。唤灵珠中的影像已经全部消失了，药老气得五官狰狞，吹胡子瞪眼，他骂道："果真是个不孝女！"

只是这一句骂完之后，药老又陷入了深深的无力，他找了她这样久，最后还是得到了这样的一个结果，他心里是不愿意接受的："她怎么就跟那个小子去了魔渊，不知道魔渊是什么地方吗？她怎么就舍得扔下我这个将她一手抚养长大的父亲？她到底有没有心？"

李浮白看着面前的药老，动了动唇，欲言又止。

他最后还是选择将那些秘密都埋藏起来。

这些东西其实是李浮白在一具雪白的尸骨旁边找到的，尸骨下面压着个盒子，盒子里放了两封信，一封是留给她父亲的，而另一封是留给他这个有缘人的。

信中写明当年的真相，少女与青年在一个烂漫的春天相爱，少女第一次喜欢上一个人，眼里和心里都被这个人给塞满了，可是少女的父亲并不同意他们两个人在一起，硬是要拆散他们，少女不愿放弃爱人，一气之下同爱人离开了父亲。

她以为等一段时间过去，她的父亲会愿意接纳他们两个人在一起，结果却让她发现了另一桩真相。

她的爱人并不是真心爱慕她的，而是因为当年的一桩旧事来向他们父女寻仇的。

他想要用她的性命来威胁她的父亲，让他痛不欲生、生不如死，少女想要从这个来自魔渊的爱人身边离开，然而几次尝试都未能如愿，最后在听到对方计划用她做诱饵，使她的父亲身败名裂的时候，少女决定为自己的父亲做些什么。然而她实在是太弱小了，也太笨了，她从小到大在父亲身边学的最多的都是药理知识，对各种阴谋诡计并不熟悉，只能用自己的办法来消除父亲因自己可能受到的伤害，于是最后他们一同死在语落谷中。

语落谷中生长了大片大片的山茶，每到春夏之时，漫山遍野地盛开，像是铺了一层花毯。

少女坐在石头上，七色的光点落在她的身上，她既然要死在这里了，那些真相，便也不必让她的父亲知道了。

她不知道她的父亲会在什么时候知道她已经不在了，不知道他会不会原谅自己，但若是有个人能够找到这里来，或许能够将她的话都带回去。

她不希望她的父亲得知她已不在人世的消息。

只是，她也依旧希望有个人能够将她的尸骨带回多宝山上去，埋在那棵枣树下面。

她在那里长大，还想回到那里去。

等秋天的时候，树的叶子都黄了，风一吹过，整座山上的树叶都哗啦哗啦地响，有红彤彤的枣子从树上落下，落在她的头顶。

惊醒树下她的一场清梦。

药老渐渐平静下来，他长叹了一声，似乎也接受了这一辈子见不到女儿的结果，他抬头问李浮白："你想要什么？"

"我想让您看看闻姑娘的病。"

药老没好气地道："闻姑娘闻姑娘，除了闻姑娘，你就没有其他想要的东西了？"

"其他的东西，我如果想要应该都能得到，即便得不到，我也不会有太强的执念。"可是闻灯不一样，只有闻灯，他想要得到她，却又束手无策，他总是怕自己会留不住她。

药老深深吸了一口气，从药匣子中拿出一沓纸来，对李浮白说："药方给你了，她还能活多久，看她自己了。"

李浮白接过来，俯身道谢："多谢前辈，晚辈告辞。"

"你就这么走了？"药老突然开口。

"前辈还有其他吩咐？"

药老玄乎地说了一大堆，李浮白勉强总结出主旨来，药老似乎是打算收个徒弟。

李浮白若真是个无名的游侠，今日说不定能当场跪拜药老为师，可他身为浮水宫的少宫主，若是三年后选择回到浮水宫中，此生便不得再出。

他只能拒绝药老。

药老恶声恶气赶他道:"走吧。"

李浮白离开没多久,袁二也来了,药老淡淡问道:"有事?"

袁二开门见山道:"晚辈想请前辈去一趟鲸州,为闻家小姐看病。"

药老摆手道:"不必了,姓李的那小子已经找过我了,药方我也给他了。"

袁二有些吃惊,不过随即想起来之前李浮白就同他说过,若是能得到药老的承诺,也会让药老为闻灯看病的,他以为李浮白只是随口说的,没想到竟是真的。

那霜雪伽蓝他不会也一起送给闻灯吧?

闻灯同样是个不能修炼的普通人,常人的生老病死她都会经历,应该没有哪个凡人女子会抗拒永葆青春的诱惑。

袁二有一种置身在迷雾当中的感觉,但其实只要他能忽略掉吕姬,眼前的这一团迷雾与他就没有任何关系,可他偏偏放不下。

他本就是个好色之徒,看见美人就想把美人据为己有,不管是身还是心,他都想要。

客栈中,闻灯醒来时身边只有那位属下了,闻灯问他可有看到一个着玄衣的青年,属下答,他听着那人似乎是去找药老了。

闻灯问他还听到什么,那位属下将早上听到的李浮白与徐琏的对话,在她的面前重复了一遍。

闻灯"嗯"了一声,许久都没有再开口,属下也看不明白小姐此时的态度,若是寻常女子,听到有人这样爱慕自己,而且不索求回报,应当会有一丝欣喜的,然而小姐脸上的表情自始至终好像都没有什么变化,不管是欣喜、为难,或者是其他的情绪,通通看不到。

23

见闻灯很久都没有反应,那位属下小心翼翼开口问她:"小姐?"

闻灯"嗯"了一声,抬头看他,对他说:"这件事不要告诉任何人,包括我的父亲。"

属下有些犹豫,但是现在被闻灯看着,也生不出要反抗的心思,点头说:"是。"

李浮白从药老那里回来,敲门进到房间中,看到那位属下,他稍作犹豫,问闻灯:"闻姑娘,这位是?"

闻灯道:"是我父亲派来找我的。"

李浮白心中有些慌乱,他问道:"闻姑娘要回去了吗?"

闻灯没有说话,李浮白从语落谷中带回来的那束山茶被她插在窗边的瓶子里,微风吹过,雪白的花瓣在风中微微颤动。

李浮白道:"闻姑娘你稍等一下,我这就去煎药。"

闻灯"嗯"了一声,看着他离开的背影,神色不明。

李浮白很快就煎好了药,连带药方和青蛇藤一起拿到闻灯的面前。

闻灯喝了药,看看那药方与青蛇藤,又看看面前的李浮白,她开口叫了他一声:"李浮白。"

"啊?"正在给窗边山茶喷水的李浮白立刻转过头来,看向闻灯,手里举着小喷壶问,"闻姑娘有什么事吗?"

闻灯的嘴唇几乎抿成一条直线,她看着面前的这个青年,轻薄的光影落在他的肩头,他的身后是窗外喧闹的街市,闻灯垂眸对他说:"过两天我就回鲸州了,到时候可能要与你分开了。"

李浮白"哦"了一声,心情有些低落,说不出来自己此时的感受,他知道闻灯的病要多在家中休养才好,但是又希望自己可以陪在她的身边,他努力挤出一点笑容,对闻灯说:"那我送闻姑娘回去吧。"

"不用了,阿七会送我回去的。"

闻灯口中的阿七便是此次从鲸州来找她的那位下属。

李浮白愣了愣,他能听出闻灯语气中带着的那一丝冷硬,将手中的喷壶放在窗台上,有些不自在地抓了抓自己的头发。他向床边走过来,半蹲在地上,看着闻灯,轻声问她:"闻姑娘,你是不是有点不高兴?还是我哪里做的不好?"

闻灯直视他的眼睛,有那么一瞬间,她好像看到了自己当年养过又被父亲送走的那条小狗。她移开视线,对李浮白冷淡地开口说道:"李公子应该知道,我父亲可能就要答应闻家与袁家的亲事了,到时我就要嫁人了,此番沣州之行,我心中已经忐忑非常、惴惴难安,若再与你还有其他牵扯,被袁家的人知道了,这桩亲事恐怕不能顺利,所以李公子,你我二人终须一别。"

李浮白张了张唇,却又不知道自己该说什么,他拿闻灯没有办法,而闻灯心中也清楚这一点。

闻灯看到他这副样子,心中生出绵密的涩意,只是表面上仍保持着得体的微笑,像是在应付一个突然找上门来的陌生人,她对李浮白说:"若是日后有机会的话,我与袁二公子成亲时,会请李公子来喝杯喜酒的。"

这话像是一把锐利的匕首,在李浮白的心上缓缓插下,没有血流出来。他怔怔地看着闻灯,神情可怜。

闻灯看不下去了,移开视线,看向窗外,她对李浮白说:"李公子,日后你一定会找到喜欢的姑娘。"

李浮白没应声,他已经找到了那个喜欢的姑娘,然而上天给他的运气也只到这里,那个姑娘不喜欢他,他好像无论做什么,都没有办法讨得她的喜欢。

李浮白端着空空的药碗从房间中离开,回到隔壁的房间。徐琏见他垂头丧气、快快不乐,好像被人抛弃的流浪狗,忍不住开口问他:"你这是怎么了?"

李浮白在榻上坐下,他早知道闻姑娘要离开自己,只是今日听到闻灯亲口说出来,依旧心痛难忍,就是放不下她。

李浮白回答说:"闻姑娘要回鲸州了。"

徐琏愣了一下,随即问道:"这就要回了?"

李浮白"嗯"了一声。

"她有跟你说什么吗?"李浮白这怎么说也算是为她豁出命了,就算闻灯对李浮白没有那方面的意思,也应该安抚安抚他吧。

其实是说了,只是那些话李浮白现在说出来只会更加让人难过。

李浮白摇头,徐琏见状,气得几乎要跳脚,他压低了声音对李浮白道:"不是,她卸磨杀驴、过河拆桥的手法是不是太熟练了?你就一点也不生气?"

李浮白反倒被徐琏给逗笑了,他反问:"有什么好生气的?"

这一切的结果他都预料过,确实不觉得生气,他只是觉得悲哀,是他没有办法打动闻姑娘，是他还不够好。

徐琏看他这副任人揉捏的面团模样就来气，知道自己说什么李浮白也听不进去，干脆闭了嘴，反正闻灯已经打算回鲸州去了，这对李浮白来说未尝不是一件好事，他知道自己撞了南墙，这回总该要回头吧。

徐琏猜测李浮白今日的心情恐怕不太好，其实也不必猜，看他的脸色也看出来了，干脆拉着李浮白往望月楼中去。李浮白并不想去，徐琏拉扯了他大半天，把各种威胁、诱惑都加上，可后来却是李浮白在听说闻灯已经睡下了时，才答应徐琏只出去一小会儿。

徐琏莫名觉得自己是跟李浮白出去偷情的，他赶紧把这个奇怪的想法从自己的脑海中清除出去，同李浮白道："行了行了，赶紧走吧，或许你去了望月楼突然就发现吕姬的美呢？"

李浮白承认吕姬是个难得的美人，只是吕姬在他眼中，与这世间的普罗大众都一般模样，自己在闻姑娘的眼中，想来也是如此。

他没反驳徐琏的话，让徐琏以为李浮白终于有点动心，一回头又见李浮白停下脚步，徐琏见状，跟着停了下来，看着李浮白手中拿着一块没有加工的玉石，然后抬头问徐琏："这块玉怎么样？"

徐琏不懂这个，敷衍道："可以是可以，但你闲着没事买这个做什么？你要是想要玉坠、玉镯什么的，到前边的首饰铺子里买一个就成了。"

"我想雕个小玩意儿。"

徐琏双眼眯起，打量眼前的李浮白："你别告诉我，你雕完之后还打算给那闻家小姐送过去。"

李浮白虽没有说话，但是脸上的那副表情已经告诉了徐琏，他现在就是这样想的。

徐琏像是看傻瓜一样看着自己面前的李浮白，可至少傻瓜被人打了一下，知道疼，下回也就知道躲开了，李浮白怎么就不知道疼，怎么就硬是把自己往上送呢？

他对李浮白道："人家都要回鲸州了，再过几日可能就要嫁给袁家的二公子袁钰章了，你这凑什么热闹啊？你雕块玉给她？你就是买一间玉器店送给她，她也不会在乎的。"

"我……"李浮白顿了顿，缓缓说，"我就是觉得这块玉很适合闻姑娘。"

李浮白没有理会徐琏的叨叨，从口袋中掏出银钱将这块玉料从老板的手上买下来，好像看到了闻灯戴着玉簪的样子。

只是他之前在这方面没有研究，可能需要练习几天，希望能够来得及。

徐琏叹了一口气，想把李浮白痛骂一顿，让他清醒一点，这种事自己也不是没有干过，但李浮白就像是被人给下了蛊，他要多久才能放下闻灯呢？

徐琏轻叹了一口气，最怕李浮白这一辈子都放不下，可应该也不至于，毕竟他们二人认识的时间并不是很长。

回去的路上，李浮白低头看着手里的玉料，琢磨着该把它雕刻成什么样子，有点走神。黑夜中有个黑衣人突然从身后袭来，徐琏见到立刻挡在李浮白的身后，然而他水平有限，不是来人的对手，三下两下就被来人劫持。

当李浮白回过神儿的时候，徐琏已经被擒住，对方的长剑横在徐琏的脖子上，对李浮白说："交出霜雪伽蓝，不然我就杀了他。"

看得出来对方不是在吓唬李浮白，话音落下，徐琏的脖子上就多了一条血痕。

李浮白本是想将霜雪伽蓝一同送给闻灯的，但是以闻灯现在的身体情况，若是贸然服下霜雪伽蓝，可能会受不住。

所以霜雪伽蓝此时在他手中没有用处，李浮白痛快地将霜雪伽蓝交了出来，那人拿到霜雪伽蓝，立刻放了徐琏。

徐琏摸了摸自己的脖子，问李浮白："你就直接给他了？"

李浮白"嗯"了一声，反问他："不然呢？"

不然……徐琏想了想，不然自己的命就没了。

黑衣人已经离开这里两条街，他看着手中的霜雪伽蓝，目光含着温柔。

当年吕姬离开他时，表情冷酷，不带一丝一毫留恋，对他说："我想要的，你都没有办法给我。"

他努力修炼，也不过二三流的水平，他的家世更是难以与星云十三州中的这些少爷公子相提并论，可至少现在他能把这一株霜雪伽蓝送给她了。

眼前银光一闪，一把银刀穿破他的胸膛，黑衣人应声倒地。

银白的月光铺满身后的这条长街，远处青山连绵起伏，还有萤火在半空中飞舞。

望月楼中有人高唱，吕姬对着镜子梳妆。

月光下，那只染了血的手努力抬起，像是想要抓住什么，却在半空中颓然落下。

24

李浮白过来的时候，地上只剩下黑衣人的尸体，他刚刚从自己手上拿到的霜雪伽蓝已经被其他人取走了。

徐琏在一旁抱臂皱眉，问道："你现在怎么办？"

刚才李浮白不知怎的，又突然转了念头，想要将霜雪伽蓝拿回来，结果当他们赶来的时候，就是这一幕了。

李浮白蹲下身，查看黑衣人身上的刀口，刀口有些眼熟，但是只凭一道刀口并不能确定是何人所为。

徐琏在旁边提着灯笼，问道："你还要查下去吗？"

霜雪伽蓝已经没有了，这件事跟李浮白其实也没有什么关系，他回："看看再说吧。"

徐琏又问："那这尸体怎么办？"

李浮白也没想好该如何处理眼前这具尸体，他抬手将尸体脸上的面巾扯下来，徐琏看到黑衣人的长相，吃了一惊："这不是陆同之吗？"

陆同之在这场比试大会中是前十，后来与李浮白一起去语落谷，机缘巧合下，李浮白还救过这人一命，竟然是他想要那霜雪伽蓝。

"不对。"李浮白从徐琏的手上接过灯笼，照在这人的脸上，伸手细细摩挲一番后，从这人的脸上抓下一张人皮面具，黑衣人露出了他原本的面目来。

"这个是……这是……"徐琏使劲挠头，想要记起眼前这个人的身份，他指着尸体说，"这人不是已经死了吗？那天我们住的客栈里死了个人，就是这张脸，我不会认错的。"

"那天你们看到的尸体应该是易容过的。"李浮白道，"眼前才是那人，他应该先杀了陆同之，然后易容成陆同之的模样，与我们一同去了语落谷。"

说到此处，李浮白停下，他忽然记起来在语落谷的时候，此人应该是想要偷袭自己的。

徐琏快要被搞糊涂了，问道："这是要干什么呀？"

"为了霜雪伽蓝。"

"这玩意儿又不能让人死而复生，这么抢手吗？"对于修士来说，他们想要保持自己现在的容貌，有各种各样的驻颜丹可以达成目的，甚至修为再精进一些的话，不用驻颜丹，同样可以永葆青春。

李浮白淡淡说道："对不能修炼的人来说，确实是很大的诱惑。"

"那你接下来要干什么？要查清楚这件事吗？"徐琏问。

李浮白没有说话。

徐琏叹了一声："那先把尸体一起带回客栈去吧。"

"也行。"

月黑风高，长街寥落。

望月楼中轻歌曼舞，众人品着好酒，欣赏美人，乐不思蜀。

虽然吕姬在楼上不愿露面，但是只要想到自己现在与天下第一美人在同一座酒楼当中，这些客人就格外开怀。

袁钰章举着手中的霜雪伽蓝，得意道："这叫螳螂捕蝉，黄雀在后。"

王津嫌弃道："行了行了，你都炫耀一晚上了，赶紧把东西拿去给吕姬吧，吕姬看到了，一定非常感动，当场以身相许。"

袁二嗤笑一声，虽然他现在顺利拿到了霜雪伽蓝，但并没有被冲昏头脑，如果吕姬能为了一株霜雪伽蓝就以身相许，那她就不是吕姬了，他对王津道："现在还不急，我要让吕姬再等一等、急一急，她不是对那个李浮白很感兴趣吗？我要让她竹篮打水一场空，等到彻底绝望的时候，再出现在她的面前，将这一株霜雪伽蓝送给她。"

"你啊你啊。"王津叹气，不知道自己该说什么，袁二总是一副将所有人都玩弄于股掌之中的姿态，他总怕有一日袁二会自己玩完了。

"我啊，就是个好色之徒罢了，你还不知道我吗？"

王津心里琢磨，这世上像他心眼这样多的好色之徒，估计也没有几个。

李浮白与徐琏回到客栈后，闻灯已经睡下了，李浮白在门口站了一会儿，才回到房间中去，徐琏叹气，劝他说："你还不如早点和那闻姑娘分开为好，等几个月，就能忘了她。"

李浮白一个人垂头坐在那里，没有吱声，他忘不了闻灯。

第二天早上，李浮白刚从房间中出来，就有一个白衣少女找到他，站在他面前，说："李公子，我们姑娘请公子到望月楼中一叙。"

"你们姑娘？"

"是吕姬姑娘。"

李浮白身后还在打着哈欠的徐琏听到"吕姬"这两个字，哈欠也不打了，两只眼睛瞬间瞪得有铜铃那么大，整个人都来劲儿了。

"这个……"李浮白抿了抿唇，委婉拒绝道，"抱歉，我今日没有时间。"

不等少女开口，徐琏在后面摇手道："我有时间啊，吕姬姑娘请不动他，可以请我啊。"

少女对徐琏笑笑："抱歉，姑娘只想见李浮白李公子一个人。"

"李公子不再考虑一下吗？"

"不用了，今日真的有事。"

"那好吧。"少女不再纠缠，从客栈离开。

徐琏像是看傻子似的看着自己面前的李浮白，但仔细想想这种事也不是第一次发生了，实在没有必要大惊小怪。

吕姬在李浮白的心中估计跟自己没啥两样，徐琏想了想，又觉得这个描述并不恰当，吕姬在李浮白的心中应当是比不上自己。

这么比较起来的话，徐琏心中竟然还会生起一丝隐秘的骄傲来。

闻灯服下从药老那里新拿到的药方煎的药，精神和气色都好了许多，只是仍旧不太愿意出门。

李浮白给她送药的时候，听她说："我脸上好像有点奇怪。"

李浮白听到这话，赶紧将药碗放下，来到闻灯面前，将闻灯脸上的东西卸下来，露出本来的面目。

她的右边脸颊红了一片，像是一块巨大的深色胎记，上面还有浅色的细纹若隐若现，有点可怕。

李浮白为闻灯诊脉，只是他的医术仍是不够火候，隐隐约约知道是怎么回事，但是不能确定，只能去找药老，问对方闻灯的脸是怎么回事。

"这事啊……"药老倒是不怎么在意，他笑呵呵对李浮白说，"我忘记与你说了，那药本来下得就有点猛，后来换成青蛇藤，就更猛了，不过也是小事。

"你不是有一株从我这里拿到的霜雪伽蓝吗？把那株霜雪伽蓝磨成细粉，再加上净竹草，每日给她服用半钱即可。"

李浮白抿了抿唇，对药老说："霜雪伽蓝昨日被人抢走了。"

药老没想到是这么个结果，他沉默半晌，对李浮白说："……那它丢得挺及时的。"

"前辈您这里还有吗？"

"没有了没有了。"有他也不给李浮白。

"没有其他办法吗？"李浮白又问。

药老："把药停了就好了。"

李浮白："……"

李浮白知道在这里得不到其他的结果，正要告辞，又被药老叫住，他问："前辈还有什么吩咐吗？"

药老脸上的笑都已消失，看起来万分疲惫，他对李浮白说："把她给我吧。"

"前辈在说什么？"

"我知道她已经不在了。"他在唤灵珠中看出了异常，到底是没有办法一直这样自欺欺人下去。

李浮白只得将从语落谷带回来的少女尸骨交给药老，对他说："她在信上说，希望能够将自己埋葬在多宝山上。"

"这孩子……"药老叹了一口气，他最激烈的感情已经在刚发现她死去的时候消耗光了，此时对着李浮白也能淡定地说着关于少女的往事，然而在看到少女尸骨的那一刹那，眼泪还是盈满了眼眶，他对李浮白说："把另外一封信也给我吧。"

李浮白将少女留下来的东西都还给药老，药老一一收好，见李浮白要离开，又问了他一遍："你真不考虑拜我为师？"

李浮白摇头。

药老摆摆手，对李浮白道："行吧，赶紧滚吧。"

李浮白离开后立刻回了客栈，有些羞愧地垂着头，叫道："闻姑娘……"

闻灯坐在镜子前，看着脸上这一大片像是胎记的东西，问李浮白：

"怎么样了？"

"药老说，得用霜雪伽蓝才可以，但是霜雪伽蓝昨日被我弄丢了。"

"就这啊。"闻灯对自己现在这个样子并不在意，反正常年被困在闻府中，长得好看与不好看对她来说也没有区别。

李浮白安慰闻灯说："闻姑娘你别担心，我肯定会想办法治好你的。"

闻灯转过头来看他，问他："李公子是嫌弃我现在这样子吗？"

李浮白连忙否认："没有没有！"

闻灯笑道："净会说好听的。"

她说完后便察觉自己有些失言，想要与李浮白断个干净，实在不该又与他玩笑起来。

李浮白不知道自己怎么说才能让闻灯相信，她现在这样虽然没有以前好看，但是他好像也没有因此消减对她的喜欢。

"不管怎么样，我待闻姑娘的心是不变的。"他话说完后，自己也略觉羞赧，红晕布上面颊，耳垂被染得红红的，他想要低头，又怕闻灯会不信自己。

闻灯看向他的眼睛，清澈得好像一湾清泉，里面倒映出自己的身影。

他没有说谎。

但是她好像更讨厌了些。

25

虽然闻灯说并不介意自己现在这个样子，但李浮白还是希望自己可以帮闻灯拿回霜雪伽蓝，隐隐中又怕闻灯觉得他是因为看重她的容貌。

这真的是冤枉他了，闻灯现在是不如之前好看了，但是看到她时，他的心脏依旧会咚咚跳得像有人在擂鼓一般，那沉重的声音从心脏一直传递到他的四肢、他的耳膜上面。

他是真的喜欢闻姑娘。

之前他一直在想，如果闻灯换一副样子，那日自己在闻府，会不会还会喜欢上她，自己究竟是不是一个浅薄之人，如今倒是有了答案——无论她变成什么样子，只要是她……只要是她，他都会喜欢。

人世间的缘分就是这样奇妙。

"有没有其他不舒服的地方？"李浮白问道。

闻灯摇头，李浮白笑了一下，安抚她说："要是觉得哪里不好，就赶紧叫我一声，我去翻翻医书，找找有没有其他解决的办法。"

闻灯轻轻"嗯"了一声，李浮白隐约觉得闻灯今日待自己的态度好像比昨日的温柔了一些，这样他已经很满足了。

他从闻灯这里离开，细细翻看起药老送给他的医书。

他正看得入神，徐琏推门进来，挤眉弄眼地对他说："有人来找你了，兄弟。"

"谁？"李浮白抬起头来，徐琏将门推开，他身后走上一个人来，来人身披一袭黑色的斗篷，脸庞都隐藏在兜帽下面，进了屋以后，来人才缓缓揭开自己头顶的兜帽，正是"天下第一美人"吕姬。

李浮白皱眉，他看到吕姬并不感到惊喜，也没有看到美色时一瞬间的失神。

倒是徐琏吓了一跳，他并不知道此人是吕姬，只是听声音知道是个女子，以为是爱慕李浮白的小姑娘，没想到那斗篷下面竟是"天下第一美人"吕姬。

他惊得一屁股坐到地上，然后转头看李浮白，只见这兄弟仍是面不改色地坐在榻上。

徐琏猜到会是这样，但真见到这一幕，还是觉得失望。

李浮白是不是觉得这天底下只有长成闻灯那个样子的才是美人？

闻灯听到徐琏坐到地上时发出的巨大响动，翻书的手顿了一下，却未抬头，问属下阿七："隔壁怎么回事？"

阿七拱手道："属下听了两句，似乎是吕姬过来找李公子了。"

"是吗？"闻灯靠着窗，低头看着手中的书册，她翻过一页，又翻过一页，好似对这件事丝毫不感兴趣。

阿七抬起头来，偷偷打量了闻灯一眼，小姐向来是喜怒不形于色的，他也不知道小姐现在在想什么。

小姐与那位李浮白李公子是何关系呢？

李浮白待小姐如何，他是看在眼中的，只是可惜了，李公子终究是个无名的游侠，与小姐并不般配。

阿七又问："那小姐中午吃什么呢？"

"随便吧。"

阿七也不知道自己是怎么回事，总想一而再，再而三地开口询问闻灯，像是害怕小姐把什么心事都憋在心里，这要是再憋出病来可就不好了。

闻灯将手中的书册放下，抬头看了阿七一眼，目光中带着两三分嫌弃，她另拿了一本，然后吩咐阿七说："你出去吧，不用管我了。"

阿七"哦"了一声，乖乖从房间中退出去。

家主已经知道小姐现在在沣州，会派些弟兄过来，不过小姐这都出来这么长时间了，也该回去了。

而隔壁房间中，李浮白合上手中的医书，开口问吕姬："吕姬姑娘怎的来了？"

"李公子这是不欢迎妾身？"吕姬笑了笑，在椅子上坐下，看着李浮白，有些伤心地对他道，"妾身几次邀请公子到望月楼中一叙，都被公子拒绝，那妾身今日只好自己来了。"

除了闻灯，李浮白对待其他女子时，向来不是个会怜香惜玉的人，此时面对吕姬的抱怨，他也只是淡淡地回答道："在下确实有些急事，只是不知道吕姬姑娘找我所为何事。"

吕姬直言："霜雪伽蓝。"

李浮白微微有些吃惊，他以为那人如果得到霜雪伽蓝的话，应该会送给吕姬的。

他问吕姬："吕姬姑娘没拿到霜雪伽蓝吗？"

吕姬轻轻一笑，对李浮白说："李公子说笑了，霜雪伽蓝在公子的手上，怎么会在我这里？"

"但是霜雪伽蓝此时也并不在在下的手上。"

"嗯？"吕姬微微吃了一惊，"李公子已将那霜雪伽蓝送人了吗？"

"并不是，只是不慎遗失了。"

徐璎跟着在心里默默叹气，如果吕姬能够早来一日就好了，这霜雪伽蓝也不至于落入贼人手中，转念一想，那贼人若是知道霜雪伽蓝在吕姬手中，那受罪的可能就是吕姬了。

吕姬得到答案便要离开。

见吕姬要走，李浮白开口叫住她："吕姬姑娘等一下。"

"哦？"吕姬停下脚步，回头看着李浮白，嘴角带着玩味的笑容，她有点想要知道眼前的这个青年是在欲擒故纵，还是真的对自己的美貌不为所动。

只见李浮白从怀中拿出一张画纸，上面画着的人，正是昨天晚上从李浮白手上夺走霜雪伽蓝，后来又被人杀死在寥落长街上的那个人。

李浮白向吕姬问道："在下想问一下，姑娘是否认识这个人？"

吕姬脸上出现一抹异色，虽然很快掩饰过去了，但还是被李浮白给捕捉到了。

这人吕姬果然是认识的吗？

"应该是见过的吧，但是我每天见过的人太多了，也记不清是在什么时候、什么地方。"吕姬也知道自己刚才稍有失态，要是一口否认只会引得李浮白更加怀疑，她佯装好奇，问李浮白，"这人做了什么吗？"

李浮白对吕姬道："没什么，只是前几日客栈中死了个人，便是此人。"

吕姬袖中的双手握拳，指甲戳在掌心，轻微的痛感让她清醒，同时也让她更加冷酷，她笑着对李浮白道："是吗？生死不过是寻常之事，李公子难道还要关注这沣州城里每天都死了什么人吗？"

李浮白没有回答吕姬的问题，只是继续说道："不，死的人不是他，只是被人易容成他的样子。"

吕姬轻笑了一声，问李浮白："但是这与我又有什么关系呢？"

李浮白没有说话，吕姬接着问他："那李公子还有其他的事吗？"

李浮白摇头："没有了。"

吕姬："那妾身就告辞了。"

"我送送姑娘。"徐琏屁颠屁颠地跟着吕姬一同出去。

李浮白在房间中分析那株霜雪伽蓝究竟会被何人拿走，分析了半天也没有分析个眉目出来，倒是不自觉来到了闻灯房间的外面，他犹豫良久，敲门进去，见闻灯坐在榻上看书，低低叫了一声："闻姑娘。"

闻灯从书中抬起头来，问李浮白："有事吗？"

李浮白挠挠头，有些不好意思地说："倒也没有什么事，只是想过来看看闻姑娘。"

闻灯将手中的书本放下,微微歪头看着李浮白,问他:"刚才有人来找李公子吗?"

"是。是吕姬姑娘。"

闻灯问:"那李公子与吕姬姑娘刚才在说什么?"

李浮白如实回答说:"吕姬姑娘好像是为了霜雪伽蓝而来的。"

闻灯"嗯"了一声,没有说其他,李浮白继续同闻灯解释说:"我想查一下是谁拿走了霜雪伽蓝,怀疑有人想把霜雪伽蓝送与吕姬。"

"问出结果了吗?"闻灯问。

"与吕姬或许有些关系,但霜雪伽蓝此时不在吕姬手中。"

闻灯点点头,李浮白见她没有其他的问题了,忽然向她问道:"闻姑娘想吃玉米烙吗?"

他的眼睛亮晶晶的,看起来像是准备很久,想要好好为闻灯露一手的模样。

闻灯看着眼前的李浮白,又一次想起自己小时候养的那条小狗,打它一下,它会疼,会夹着尾巴委屈地呜呜叫,趴在小窝里用一双黑豆一样的小眼睛可怜巴巴地看着她,但是等过了一会儿,它就把刚才的一切全忘了,凑上来,冲着她摇尾巴。

这个时候绝对不会舍得再打它了。

于是她点了点头。

闻灯看着李浮白乐呵呵离开的背影,垂下眸,看着手中书册的封皮,只剩下一声叹息。

若是自己是个健康的女子,不需要什么修炼的天赋,只要能过完这一生也就够了,可自己只有一两年可活,何必拖累他。

鲸州城中,闻朝易已经得知闻灯在沣州,沉着一张脸,脸色有些可怕。

他知道自己这个女儿主意多,如果不是她的身体不好,能够稍微修炼一点,待日后将这闻家交到她手上也是可以的,只是闻灯的身体太差了,他这个做父亲的给不了更多,就只希望她能好好活着,多活一日便是一日,其他的都不求了。

他也不觉得袁二公子有什么不好的,她怎么偏偏就要弄出这么多的事来，如果发生了什么意外，谁能救她。

闻家的这些人谁也不敢得罪闻灯，生怕被她碰瓷，而自己公务繁多，脱不开身，难道就任由她在沣州胡闹？！

闻朝易思量一番，多派了些人去沣州，保护闻灯的周全。

26

有阿七给的信，闻朝易派来的这些属下很快就找到闻灯此时所处的客栈，他们过来并不是为了将闻灯带回鲸州，而是要保护好她的安全。

闻灯看着他们，叹了一口气，如此一来，估计袁二也要知道她来沣州了。不过知道也好，若是一直这样，她也查不出什么东西来了。

闻灯知道自己来沣州也有一段时间了，但是直到现在还没有弄清楚袁家那位二公子要娶自己的原因。

即使自己活不长久，也不想做其他人手中的工具。

闻家的这些动作瞒不过袁家，下一步袁钰章会做什么，闻灯也有些期待。

此事果然很快被人禀告给了袁钰章，袁钰章得知后，如闻灯猜想的一般，开始怀疑邓无的身份来，他将此事同王津说了一番。

王津露出惊讶的表情，看着袁二，不可置信地问道："你说那个邓无就是闻灯？"

"不是没有这个可能。"袁二神情平静，好像在说一件再普通不过的事情，他对王津继续说道，"这些日子闻家往沣州派了不少人来，都去过邓无的那家客栈，若邓无只是个来打听我消息的大夫，闻家断不会如此，这些人虽然行事隐蔽，但我还是能够循着他们的踪迹，找出些蛛丝马迹来。"

王津挠了挠脑袋，仍是觉得袁二说这事是在扯淡，他问道："那她那样……谁说她是星云十三州的第一美人？我都替望月楼中的清九姑娘不服。"

"即便不是星云十三州的第一美人，她应该也不至于是我们看到的模样，那张脸过于男性化了，应该是有人为她易容了。"

这些袁二都不怎么在意，只是李浮白与邓无间的关系，让他不免多想几分——两人只是普通朋友，还是有其他的关系呢？

怪不得那个时候李浮白会那么痛快地答应自己，让药老给闻灯看病，原来其中还有其他原因。

袁钰章并非心胸宽广之人，正相反，他还属于睚眦必报的那种，譬如在这件事上，他可以心里想着吕姬，但是绝不允许自己以后的女人，心里还有其他的男人。

但愿只是自己想多了。

他把玩着手中的霜雪伽蓝，这东西该在什么时候送到吕姬的手上，他还要再考虑考虑。

王津看着他手中的霜雪伽蓝，有些惊讶他怎么到现在都没有把这东西送给吕姬，催促他说："差不多就行了，你这么一直钓着吕姬，不怕吕姬跟其他人跑了？"

"这你就不懂了，欲擒故纵，若即若离，这是我与吕姬之间的周旋。"袁二虽然会担心自己在吕姬的心中所占据的分量不是很大，可知道自己一定会比其他男人要重要许多。

天底下的男人中，就连那些皇室中的公子也比不得他，他颇为自负道："吕姬如果不选我，她也不会选择别的男人。"

王津不知该怎样形容袁二的自信，但是仔细想想，他说的也并非没有道理，吕姬的那些爱慕者中真的没人能够比得过袁二了——年少有为，家世绝顶，还一心爱慕她，家中也无妻妾。能得到这样人的追求，很少有人能够忍着不动心的。

就是不知道袁二如今还想要作什么妖，关于吕姬之事他反正是看不明白，也玩不明白的，王津于是将话题从吕姬的身上移开，问袁钰章："如果邓无真是闻家的大小姐，你打算怎么做？"

"怎么做？"袁二摸着下巴思量半天，"我得好好想一想。"

王津没有再问，专注地听着楼下的歌女唱着清越的小曲儿，对面的袁二沉默许久，突然开口问了他一句："你说闻灯来沣州是为了什么？"

"为了什么？"王津将自己代入闻灯，仔细想了想，说道，"大概是想看看自己未来的夫婿长什么模样，合不合心意？"

"若是这样的话，那我应该在她的面前好好表现一番。"

王津道："那我觉得你完全不必做什么了，都看到你了，她还有什么不满意的。"

袁二轻笑了一声，王津这话说得没错，袁二向来自傲，天底下能够比得上他的男子寥寥无几，纵然那个叫李浮白的青年在比试大会中胜了他，但那又能如何？

一个没有身份、没有背景的游侠罢了，闻家怎么可能允许闻灯嫁给这样一个人。

如果邓无真的是闻灯，他们要是故意在她面前表现，反倒是会显得心虚，凡事向来都是过犹不及，现在倒不如耐心等待，看这位闻小姐要做什么。

闻灯单独一人去过望月楼，她将自己原本的容貌稍作掩饰，用白粉将脸上红斑稍微掩盖，看起来不会太吓人，但多少也会引起旁人的注意。

那时袁二与王津坐在楼上，听到楼下传来的惊呼声，往闻灯的方向看了一眼，立刻收回视线。

闻灯更加确定袁钰章是真的从来没有见过自己，不存在他说的什么一见钟情。娶一个快要死了的人对他来说会有什么好处？

如果自己一嫁进袁家就死了，袁二能够得到什么呢？

她身体本就不好，死得太快，闻家与袁家的关系不会因此恶化，但也不会因此更加紧密。

而袁二呢，他能得到什么好处？若是他的妻子刚过门就死了，他会因此感到高兴吗？

她得知道袁二现在的处境，才能做出下一步的判断来。

李浮白回忆死者身上的刀口，忽然觉得有点像是袁钰章下的手，那日的比试大会，如果袁钰章手上有刀的话，最后那一招，留下的刀口应该就是这样的，只是袁二公子要霜雪伽蓝做什么？李浮白按照自己的猜想暗中调查了一阵，那位袁二公子未曾露出对霜雪伽蓝的渴望，霜雪伽蓝好像与他没有关系。

徐琏听李浮白说起他的怀疑，觉得他是在因为闻灯而迁怒袁二公子，袁家要什么东西没有？

李浮白不知怎的，突然来句："或许是为了吕姬？"

"你这样抹黑袁二公子不好吧？"徐琏觉得自己这个李兄为了闻灯闻小姐，简直变得不像原来的他了，徐琏叹着气，反驳李浮白说，"袁二如果真的喜欢吕姬,怎么可能向闻家求亲?而且吕姬刚来沣州的那一日,他都没有去看吕姬,而是来了这里询问闻小姐的事情。"

李浮白顿时泄了气,觉得徐琏说的也有道理,或许自己确实是因为闻姑娘而对袁钰章产生了偏见。

他心中清楚这样不好,但也确实没有办法,一想到将来闻灯可能要嫁给袁二,他的心就变成了针眼儿那么大,他想要试图证明这个人配不上闻姑娘。

在他看来,应该是这世上所有的男人都配不上闻灯,其中也包括他自己。

李浮白将死者的刀口又检查了一遍,同时与徐琏一起回到案发的地方,看看能不能在这里再找到其他的线索。

地砖的缝隙中有零星干涸血迹,但是并无任何用处,李浮白蹲在地上研究半天,徐琏拍拍他的肩膀,说:"别看了,看也没用。"

"这里有几道剑痕。"李浮白的手指在青砖上轻轻抚过,这种剑痕他同样眼熟,但也不能就此断定人是袁钰章杀的,他还要找到其他的证据,比如那株霜雪伽蓝的下落。

李浮白在药老给的那些药典中发现有一种蝴蝶可以追寻霜雪伽蓝的味道,只是那蝴蝶很少见,恰好李浮白在浮水宫的藏书阁中曾看到有书上提过这种蝴蝶,在星云十三州就有,距离沣州也不远,他御剑的话应该用不上一个时辰就到了。李浮白同闻灯留下句话,就去抓蝴蝶了。

这一趟倒是顺利,只是蝴蝶并不适应沣州这边的气候,必须以李浮白的灵力相护,此事了后,他还得将这些蝴蝶给拿回去放生。

李浮白眼睁睁地看着这些蝴蝶飞到望月楼去,之后又跟着袁二回到袁家,许多巧合凑到一起时,那就不再是简单的巧合了。李浮白此时说不清自己心中的感受,一方面,他是应该高兴的,毕竟闻灯肯定不愿意接受袁二公子做出这样的事来,但是另一方面,李浮白很怕闻灯会难过。

他也在纠结此事是否要告知闻灯,直到闻灯亲自来问他的时候,李浮白才告诉闻灯:"霜雪伽蓝可能是被袁钰章拿走的。"

袁二要霜雪伽蓝做什么?袁家应该没有什么人需要那霜雪伽蓝,此事若是能够见人,袁二大可以坦坦荡荡来与李浮白交易,但是他并没有这样做。

他不希望旁人知道霜雪伽蓝在他的手中。

他想要把霜雪伽蓝送给谁呢？

吕姬？

若是袁二的心上人确为吕姬无疑，就像闻家可能不会愿意闻灯嫁给李浮白一样，而袁家也不会同意袁二娶吕姬，如此，似乎一切都能解释得通。但是为了吕姬而大费周章，娶一个快死的女人过门，闻灯还是觉得袁家的二公子的脑子不大好使。

然而这些只是她一个人的猜测，她需要想个办法验证此事的真实性，袁二若是与吕姬真的有纠缠，不可能一点风声都没有。

但是即便查出什么来，袁二只要声称自己与吕姬只是朋友，她也无可奈何，好在闻家现在还没有正式答应这桩亲事，至于其他，可以徐徐图之。

27

闻灯心下思量许多，若是想让袁二主动退了这桩婚事，可行之计便是让袁二知道从自己的身上得不到他想要的东西。

他想在自己身上图什么呢？图自己是闻家家主闻朝易唯一的女儿，还是图自己活不了几日，大概这两者都有。前者闻灯改变不了，她若是放言说自己不是闻朝易的女儿，她爹估计得气疯，那就只剩下后者。可是袁二曾专门去向药老打探过她的病情，如果说自己的病突然好了，袁二估计也不能相信。

闻灯琢磨一番，若是真想要试探出袁二公子的心意，那恐怕还得需要药老帮忙，这件事要操作起来恐怕并不容易。

他们现在也不能确定袁钰章拿到那霜雪伽蓝就是为了送给吕姬，或许另有其他见不得人的原因。

闻灯揉了揉自己有些发疼的额头，此事究竟如何，她恐怕需要劳心试探一番了。

袁钰章只要有点脑子，现在应该知道自己的身份了，自己在沣州估计也待不了几日，这几日也不能总是待在客栈里。

袁二想从她身上得到什么,她便让他看不到这样东西的影子,到时候袁二会怎么做,她现在还是有些期待的。

李浮白将今日的药给她送来,闻灯喝完后,托着下巴看着要离开的李浮白,忽然开口叫住他:"我们出去玩玩吧。"

"啊?"李浮白愣了一下,他听到闻灯的话了,却不确定自己是否真的听清了。

闻灯重复一遍:"我说我们今天出去玩吧。"

"你的身体还没有完全恢复好,现在应该多休息休息,等过两天再好一点的时候,我再带你出去吧,而且这几日沣州城内也不太平,你看前些日子客栈里死了人,还有……"

李浮白化身小唠叨精,在闻灯耳边絮絮叨叨个不停,话题围绕着闻灯需要休息的主旨展开,从自身到环境各个方面都进行了一番论述,结论就是闻灯现在不适合出去。闻灯从来不知道李浮白这样能说,想起他们初见时候,李浮白结结巴巴的,与眼前这个说个没完的青年简直不像一个人。闻灯打断他的话,对他说:"你如果不想去的话,我就跟阿七出去了。"

反正闻朝易也派了不少属下过来。

"那……"李浮白果然没有办法了,他问闻灯,"闻姑娘想玩什么?"

"什么都行。"闻灯托着下巴,她来沣州已经几日了,但是去过的地方屈指可数,仔细数来,好像只有望月楼与前几日的那场比试大会。她年幼时看了不少关于星云十三州各处风土人情的书籍,但是看书与亲身经历还是相差许多,闻灯想了想,对李浮白说:"游湖、看戏,或者是看看还有其他什么好玩的。"

"一定要今天出去吗?"

"今天怎么了?"闻灯不解地问道,"今天你有什么事吗?"

李浮白答道:"其他事倒是没有的,但是我想提前准备一下。"

他得提前规划好去什么地方,在哪里休息,可能会发生什么样的意外,而他应该如何规避等问题。

闻灯道:"不用这么麻烦,今天天气不错,我们出去少玩一会儿就回来。游湖怎么样?"

李浮白拒绝的话卡在喉咙里面,看着面前的闻灯,最后只能无奈道:

"我去安排一下,你稍等我一会儿。"

李浮白从闻灯这儿离开,先去楼下同徐琏说了等会儿要去游湖的事,徐琏听了,嗤笑了一声,对李浮白说:"我可听说袁二公子与王家的那位公子今日也要游湖,你确定今天也要带着你的闻姑娘到那里去?"

李浮白倒是不清楚这件事,想来闻灯也不知情,不然也不会让他来安排这件事,他对徐琏说:"不一定能撞见。"

"不一定那就是有可能啊,让你的闻姑娘看到袁二公子的——"

李浮白打断徐琏的阴阳怪气,直接问他:"你到底要不要去?"

徐琏轻轻咳嗽一声:"去。"

李浮白很快将一切都安排妥当,带着徐琏、闻灯,还有阿七一同去游湖。风和日丽,晴空万里,偶尔微风吹过,头顶的枝叶飘摇,带着微微的花香。

李浮白站在船头,将闻灯拉到船上,看了眼她身上的衣服:"你该多穿点。"

闻灯笑着说:"不冷啊。"

在后面上来的徐琏听到他们两人的对话,撇了撇嘴,自从知道邓无便是闻灯后,邓无在徐琏心中的形象瞬间被蒙了一层阴影。他对闻灯原本是没有偏见的,但是在知道她想利用李浮白来达成她的目的的时候,徐琏对闻灯的厌恶感一瞬间到达顶峰,他看不惯这种人。

她是闻家的大小姐,想要什么东西没有,何苦让他这个兄弟来为她忙前忙后,为她差点豁出命去。

李浮白这个傻子,一天天还乐在其中,实在搞不懂他心里在想什么。

如果闻灯给过李浮白什么承诺倒也好些,可偏偏她连饼都没画,就让李浮白为她冲锋陷阵,这天底下哪里有这样好的买卖。

徐琏心中对闻灯再是不满,面上却也没有表现太多,他倒不是看在闻家的面子上,而是因为李浮白。李浮白同闻灯本来就缘分稀薄,机会渺茫,他就不必上去雪上加霜。

闻灯坐在船上,欣赏着岸上的风雅景致,阿七守在她的身边,他同样不赞成小姐在这个时候出来游湖,但是在闻家除了家主,没有谁能说得动小姐,就连家主的话其实也不是那么好用,不然的话他们也不会在沣州找到小姐了。

闻灯看风景，李浮白便看着她，他的目光长久地停留在闻灯的发髻上面。上回他与徐琏去望月楼的路上买的那块玉料已经被他打磨好了，图样也画了，但一直没有把东西雕出来，他买了大量的玉石用来练手，可一次次雕刻出来的东西总是不尽如人意。

他们到湖中心的时候倒是真的看到了袁二与王津，两人站在船头，向他们这边远望。闻灯从船舱中出来，笑着与他们打招呼，袁二想要邀请闻灯他们去望月楼中一聚，被闻灯以"等会儿要去爬山"为由给拒绝了。

与袁二他们的船错开以后，李浮白担忧地问闻灯："你等会儿真的要爬山？"

"不行吗？"

李浮白想说"不太行"，但是对上闻灯的眼睛，这话就怎么也说不出来了。

闻灯今日的精神确实不错，回来后也没有病情加重的迹象，她兴致勃勃地说着明日要去什么地方玩，后日又要去哪里，李浮白见她说得高兴，没有打断她。

到了第二日，闻灯在李浮白的陪同下去了戏园子听戏，台上咿咿呀呀地唱着出折子戏，闻灯不太习惯听这个，只听得昏昏欲睡。

闻灯这两日的行动都在袁二的监视之中，他知道她昨日去游湖爬山，今日听了戏，听说明日还要去哪个庙里上香，看起来与普通人根本没什么两样，一点也不像是快要死了的样子。

王津甚至怀疑是不是他们猜错了，他问袁二："如果邓无真的是闻家大小姐，我看她那样子也不像是快要死了，你确定你自己的计划真的没有问题？如果闻灯死不了的话，那你可就真的完了。"

若是娶了普通人家的小姐，以后出了什么事，袁家随便就能摆平，可闻朝易就闻灯这么一个女儿，如果让闻灯受了委屈，那相当于是得罪了闻家。

"如果闻灯死不了，你还要娶她？"

袁二表情平静道："我之前问过药老，药老明明说了闻灯的病他治不好。"

王津摸着下巴，问："难道还能是回光返照不成？"

袁二皱眉道："乌鸦嘴。"

如果闻灯现在回光返照,那她就是快要死了,那他到时候娶谁去。

"那会不会是闻家怕你反悔,所以才故意弄出这个样子给你看的。"

袁二点头:"也不是没有这种可能。"

王津:"那他们可想错咯,咱们袁二公子不想娶个长命百岁的,就想找个快要死了的病秧子。"

他停顿了一会儿,忽然认真问道:"如果,我是说如果,闻家大小姐的病真的好了,你到时候怎么办?还要娶她吗?"

袁二不以为意:"到时候再说吧。"

"到时候可别晚了。"

袁二笑道:"若是闻灯身上的病真的能治好,那这桩亲事便成不了。"

王津问他:"你要找什么理由同闻家退了这桩亲事?"

"理由有什么不好找的?反正直到今日闻家也没有给我正式答复,我可以说是不想让闻小姐为难,也可以说我自己的问题。"

"倒也是。"

王津心中叹气,自己以后一定得好好做人,要是整天像袁二这般算计这个算计那个,他最后不仅不明白,而且头发都得全掉光。

邓无表现得越来越像个正常人了,就像他自己说的,之前只是感染了风寒,现在风寒好了,他就活蹦乱跳起来,弄得本来很放心的袁二心里也没了底。

他突然想到,当日从语落谷回来去找药老的时候,药老说已经把药方给李浮白了,难不成药老真的能够治好闻灯了?

28

袁二抱着这样的怀疑找到药老,询问他关于闻灯的病情。

药老坐在摇椅上,见到袁二来了,抬手示意他坐下,听到他问起闻灯,便对他说:"之前闻灯那病确实是有些棘手,但是我这两年一直没有放下她的病,翻阅古籍研究了一番,加上李浮白那个小子从语落谷中带回了青蛇藤入药,她的病已经大好了。"

看着袁二仍然面露担忧,药老笑着说:"你若是实在担心,可以去鲸州闻家看看那位闻小姐。"

袁二面上点着头,却知道自己已经看过了,就是看着她现在能蹦能跳,担心将来嫁给自己死不了,所以才过来问药老是怎么一回事。

谁知道前一段时间还说治不好的药老,今天就说他能治了。

袁二忍了忍,还是没有忍住,出言问药老:"您上回不是说治不了吗?还是说她的病以后还会再犯?"

"我不是没想到还有人能从语落谷中拿到青蛇藤吗?有了青蛇藤入药,闻小姐的病自然也就大好了。青蛇藤药力强盛,需要以霜雪伽蓝作为辅助,不然有损容貌,不过这个没什么,霜雪伽蓝就在李浮白那个小子手上,他应该会把霜雪伽蓝一同交给闻家的。"

听到药老的这一番话,袁二的那张脸差点都绿了,也就是说现在闻灯不仅死不了,还得用那个霜雪伽蓝,要是没有霜雪伽蓝就要变成一个丑八怪。袁二听药老继续说道:"至于以后她那病会不会复发,我此时也说不准,不过你也不必太过担心,也许日后老夫就能想到彻底根治她的法子了。"

袁二的脸上勉强挤出一点笑来,他对药老拱手道:"多谢药老。"

药老摆摆手,不以为意:"小事小事,治病救人,本就是老夫这个做大夫的分内之事,而且看到什么疑难杂症,老夫自己也手痒。"

"晚辈在这里多谢前辈。"袁二说完后,声称自己家中还有事,便迅速离开了。

虽然袁二极力隐藏,但药老还是看出自己在说能救回闻灯的时候,他眼中的那一丝抗拒,这可就奇怪了,他明明是想要娶闻家那个小姑娘的,怎么听到闻灯能活着的消息,还这样一副表情。

他们这些个世家子弟啊,心都脏,脏得没边了。

"好了,老夫已经按照你说的跟那个袁家的老二说了,老夫这一世的英明说不定就要毁在这件事上了。"药老转头看向自己身后的房门,一个着蓝衣的青年从里面走出来,正是李浮白,药老笑道,"你那蝴蝶该拿给我看看了。"

李浮白将自己抓来的用来寻找霜雪伽蓝下落的蝴蝶拿了出来,药老略有兴致地研究了一会儿,询问李浮白:"你是从哪儿知道这蝴蝶下落的?"

"晚辈曾在一本古籍上面看到过这蝴蝶的生活习性，还有一些离奇故事，从而推测出它的所在。"

药老点头道："有了这蝴蝶你便不用操心霜雪伽蓝的下落了。"

李浮白抿着唇没有说话，药老问他："你真的不愿拜我为师？"

"不是晚辈不愿，只是有些不可说的原因，三年后晚辈可能要到一处秘境中静修，不知要何年何月才能出来，如果前辈……我可能要三年后才能给前辈一个明确的答复。"

若是在之前，他可以肯定地说自己在三年后是要回浮水宫去的，但是现在遇见了闻灯，三年后究竟如何，李浮白自己也说不准了。

药老笑了一声，调侃李浮白道："你真是好大的架子，竟然一出口就要老夫等三年，等你考状元吗？"

李浮白惭愧地低下头。

药老沉默了一会儿，忽然说道："我这儿还有些药典和多年积攒下来的笔记手札，你若是感兴趣，便拿去看吧。"

李浮白眼睛一亮，连忙抱拳道谢："多谢前辈。"

王津前来找袁二的时候，便看到袁二拉长了一张脸，整个人似乎有点萎靡不振。

王津在他对面坐下来，好奇地问道："怎么回事？"

袁二道："药老说闻灯的病情已经大好，说不定可以像个常人女子一样。"

王津啧啧道："那你可倒霉了。"

说完这话便觉得不妥，他这个语气似乎有点幸灾乐祸了，这样不太好。

袁二抿着唇没有说话，他真正想要得到的人只有吕姬，而如果闻灯有朝一日会成为他达成这个目的途中的拦路石，那么他也只能放弃。

这桩亲事可能要因为闻灯身体好转而放弃掉了，这话听起来好像还有点可笑。

"你是要退婚？"王津问。

袁二"嗯"了一声，紧接着补充说："闻家还没有正式答应这桩亲事，不能算作是退婚。"

幸好闻家没有答应，他们若是答应了，现在他再找些理由来搪塞恐怕就不那么容易了。

袁二虽然已经有了退婚的意思，但是对闻灯的病情又总是抱有怀疑，所以犹豫不决、踌躇不定。

闻灯猜出袁二的心思，再往火上浇一把油，这事应当就能成了。

她让人打听这几日袁二都到什么地方去，那些从鲸州来的保护她的属下还以为她对这个未来夫婿十分满意，所以这事办得尽心尽力，闻灯也不点破，任由他们误会。

袁钰章也发现最近出门的时候会频频遇见闻灯，他心生厌烦，又不好表现，还有王津在一旁拱火，说是那闻家的小姐看上他了，这桩亲事不太好解决。

即便在这种情况下，袁二依旧心生疑窦，总觉得这件事并不像自己现在所看到的这样简单，他找人打听闻灯这几日与什么人接触过，吃的什么药，结果却听到闻灯身边的护卫们说他们小姐已经派人回鲸州，准备让闻朝易同意与袁家的这桩婚事。

这话一传回来就吓得袁二一个激灵，不敢再耽搁下去，只得赶紧找托词反悔，但他想要反悔，且不说闻家愿不愿意接受，就是袁家也看不懂袁二到底想要干什么。前一段时间是他坚决要娶闻灯，现在又反悔了，不知道他到底在想什么。

袁钰章便将自己打听到的闻灯病重的消息同袁家的人说了，为防止这些人不知道她的严重病情，还称自己询问过药老，闻灯的确是命不久矣。

如此一来，袁家的人再满意闻灯的身份，也不愿让自己家的孩子跟一个快要死了的女子定亲，要是刚一过门人就死了，那可就太不吉利了。

"那与闻家……"

袁二的父亲对袁二说："我来说吧。"

闻朝易知道自己的女儿快要死了，也不可能硬塞给他们，他们这些世家的人结不成亲，但也不能结出仇来。

听到袁二到望月楼中与吕姬见面时，闻灯便知道袁二放弃与自己结亲了，这桩事算是彻底了结了。

李浮白这几日却过得不太好，每日看着闻灯不停地打听袁二的下落，然后往他眼前凑，李浮白的心上就像是爬了一千只一万只蚂蚁，将他的心脏啃咬得千疮百孔。他有时候会忍不住恶意地想：闻姑娘之前没有答应袁二的求亲是在担心自己的身体会拖累袁二吗？现在她好了一些，所以便决定要与袁钰章在一起了吗？

若是以李浮白正常时的智力，应当能够很容易看明白闻灯做这一切的意图，但是关心则乱，况且他自己也身在局中，理智终究要受到情绪的摆布，更可悲的是，今日他听说袁二大张旗鼓地到望月楼中见吕姬的时候，心中还在担心闻灯会不会难过。

他去客栈后面的厨房里做了玉米烙，往里面添加了一些鲜奶，使它的味道更好一些，然后端着刚出锅的玉米烙与煎好的汤药一起上楼。看到闻灯喝了药后，他却没有像往常一样离开，叫道："闻姑娘。"

叫完之后，他又不知道自己该同她说什么。

闻灯看了他一会儿，问他："你怎么这样一副表情？"

李浮白抬头与闻灯对视半晌，终于开口问她："闻姑娘，你想要做什么呢？"

他想要闻灯给自己一个明确点的答案，如果她告诉自己她想要与袁二公子在一起，他也愿意帮她。

"李浮白……"闻灯轻轻地叫了他一声。

从前在闻灯还没有暴露身份的时候，有徐琏在场的情况下，她会跟着徐琏一样，称呼他"李兄"，而只有他们两个的时候，她会略带疏离地称呼他"李公子"。

她很少这样连名带姓地叫他。

"啊？"

"我身体的情况你是知道的，能活个一两年已经实属万幸，你在我身边也只是白白地耗费时间罢了，"闻灯说着笑起来，"而且我现在这样也不好看了。"

李浮白抿了抿唇，走过来，在闻灯的面前半蹲下身，仰头看着闻灯，对闻灯轻轻说道："闻姑娘，我从来没有想要在你身上得到什么。"

闻灯眨眨眼睛，问他："你不想得到我吗？"

李浮白没想到闻灯竟然会把话说得如此直接，一瞬间脸涨得通红，说话也结巴起来，不过他很快就镇定下来，深吸了一口气，对闻灯说："我希望你能爱我，但是爱不爱这种事，从来不是强求。"

他的笑容随之又扩大了两分，他对闻灯说："闻姑娘你不需要有任何负担，我在为你付出的时候，也得到了快乐，这对我来说，已经足够了。"

29

闻灯静静地垂眸看着面前的李浮白，或许眼前的这个青年说的都是真心话，又或许他真的不在意。

但是越是这样，越是让闻灯于心不忍，如果青年心怀鬼胎，她还可以没有任何心理压力地利用他，可他将一颗心都剖给了自己看，闻灯便不忍心对他下手了，她怕自己只会给他带来痛苦，怕自己到最后还是要让他失望。

闻灯侧头看了一会儿窗外，清风徐徐，吹动街道两旁的垂柳枝条飞舞，她轻声叫着李浮白的名字："李浮白，你应该知道，你我二人不会有结果的，即便我不嫁与袁家的二公子，日后同样可能会嫁给别人，况且我也活不了多久。"

李浮白心脏钝痛，这是他第一次亲耳听到闻灯对自己说他们两个没有结果，虽早有预感，但此时听闻灯这样说出来，依旧心痛难忍。

他深深吸了一口气，对闻灯说："闻姑娘说的这些我都知道，如果有一天，你遇到了真心喜欢的人，需要的话，我可以帮你与他在一起，只是希望闻姑娘你可以过得开心。"

至于这开心，有一部分是李浮白给予的，他会感到满足，若是都与他无关，那也没有关系。

徐璇因为闻灯的事情常常骂他脑子进水了，或者是脑子坏掉了，其实都不是的，他只是喜欢上一个姑娘罢了。

喜欢上一个人不是一定要得到她，如果她跟别人在一起过得比跟自己在一起好，他应该放手。

闻灯收回视线，看向自己面前的李浮白，她看了很久很久，歪了歪头，有些疑惑地问眼前的这个青年："李浮白，你到底喜欢我什么呢？"

她现在已经不好看了，身上还带着病，说不定哪一日就突然去了，她不能修炼，琴棋书画学得也一般，她的身上实在没有什么值得让人为她要生要死的地方了。

李浮白挠挠头,他也曾不止一次问过自己,到底喜欢闻姑娘什么。

从前他经常会怀疑自己其实也是个肤浅之人,因为闻姑娘长得好看,所以才会想要和她在一起,但是现在闻灯已经不像他们初见时那样好看了,然而当她长久地凝视自己的时候,他的心脏同样会忍不住怦怦跳动,仿佛要从胸腔中跳出来。

他还是一如既往地喜欢她,想要把自己的全部都送给她。

这与她的样貌并没有太大的关系。

"我也不知道……"李浮白脸上布满红晕,他有些羞涩地低下头,"我不知道,我就是……"就是喜欢你。

这话说起来实在肉麻,李浮白说不出口。

"闻姑娘,一定可以有办法治好你的。"李浮白安慰闻灯说,"你看,之前药老说你的病没有办法治,但是现在他也开了方子出来,也许再过两年,他还能想到新的方子。"

李浮白这话有些道理,她能活几年,谁也说不定。

但是如果下一回药老开出的方子里面有什么需要到更凶险的地方才能拿到的药材,他们要怎么办?

她真的很不想再拖累眼前的这个青年了。

李浮白的天赋很好,如果他离开自己,这星云十三州可以任由他闯荡,日后他可以在这世间再遇到一个让他喜欢的姑娘。

那个姑娘聪明、美丽、善良,可以陪着他看遍这世间的大好河山。

那个姑娘不会是自己。

闻灯有些难过地想,老天为什么要给她一个这样的身体,她其实已经过了怨天尤人的年纪,然而此时不免又一次痛恨起命运的安排。

她对李浮白说:"我有些累了。"

李浮白"嗯"了一声,站起身:"你好好休息,有事叫我一声。"说完便从屋子中离开了。

闻灯坐在桌子旁边,脑袋枕在胳膊上,怔怔地望着桌子边缘处的那个小小的烛台,上天既然给了她这个残破的身子,为什么要让她遇见李浮白这样的人呢?

袁家的效率很高，仿佛生怕再晚一点，闻家那边考虑好答应了这桩亲事，到时候会不好收场。

闻朝易接到袁家的消息时，五官皱成一团，看起来有点滑稽，袁家当然没有提闻灯的病情，只说是自己家的袁二配不上闻小姐，至于是哪里配不上，多半也是说些托词。

做父亲的，尤其就这么一个女儿的，当然是觉得全天下的男子都配不上自己的掌上明珠，但是这话别人说出来就很虚伪了。

他就知道闻灯去了沣州后，这桩亲事多半要黄，只是不知道其中有何原因，能够让袁家突然反悔。

闻朝易委实是不明白，那位袁家的二公子到底哪里入不了闻灯的眼。

画像她也看了，长得仪表堂堂。论天赋，他是星云十三州中杰出的少年天才；论家世，他也是世间少有的能配得上她的人。

如果不是自己身上公务繁忙，闻朝易真的很想去沣州找到闻灯亲自问一问，她对袁钰章究竟有何不满。

现在……鲸州距离沣州倒也不算太远，他挤出点时间去一趟也是可以的，正好闻灯去沣州的时间也够久了，闻家的那些手下念她是大小姐，不敢对她动手，只能自己这个做父亲的来动手了。

闻灯睡了一会儿，醒过来的时候天还没有完全暗下，她从床榻上起来，走到窗边，看着楼下的街道，街道两侧的店家稀稀落落地亮了几盏灯，不久后阿七敲门，与李浮白一同进来。

李浮白想要问问闻灯关于霜雪伽蓝她有什么想法，霜雪伽蓝现在仍在袁二的手上，是否要他想办法将这株霜雪伽蓝给弄回来。

闻灯看着镜子中的自己，脸上的那块红色印记看起来似乎比昨日扩大了一些，有些可怕。闻灯第一次能在自己的脸上看出"可怕"这个词来，还有点新奇。她对李浮白说："先看看吧，不用着急。"

在听说袁二前往望月楼中拜访吕姬的时候，闻灯就好像隐约明白袁钰章想要什么了。

如果袁钰章将这一株霜雪伽蓝送给吕姬，她就可以更加确定自己的这个猜测了。

袁二想要得到"天下第一美人"吕姬，只是吕姬的性情高傲，断然不会委身做妾，而袁家也不会同意袁二娶这样一个女子做二夫人。

可若是中间加了一个闻灯，她嫁给袁二，然后早早地死去，袁二再做出一副心如死灰的模样，最后在吕姬的帮助下重新振作起来，如此，袁家多半是会对吕姬松口的。

劳累那袁二为了这么一桩事筹谋了这么多。

望月楼中，吕姬坐在屏风后，弹奏古琴，看到袁钰章从屏风的另一侧走过来，她抚琴的动作停下，抬头问道："袁二公子怎么了？怎么突然来找妾身了？"

袁钰章没有说话，只是将霜雪伽蓝送到吕姬的面前。

"这是……霜雪伽蓝？"吕姬有些吃惊，李浮白说霜雪伽蓝不在他的手上，被人拿走了，她问道，"它怎么会在袁公子的手上？"

"这个吕姬姑娘就不必管了，只是此事，希望你不要同他人说起。"

吕姬顿时明白袁二定然不是通过什么正当手段拿到的霜雪伽蓝。

她将霜雪伽蓝收下，待袁二走后，将这花拿在手中细细打量。袁二是从谁的手上拿到这一株霜雪伽蓝的呢？

第二日吕姬找到李浮白，向他问道："你上回曾给我看了一幅画像，你说画上的人已经死了，后来又说死的人不是他，而是被易容成他的模样的，你能告诉我，他现在人在哪里吗？"

李浮白没有回答吕姬的问题，反而问她："吕姬姑娘与那人是什么关系？"

吕姬抿了抿唇，回答道："算是旧识。"

李浮白叹气道："他已经死了。"

吕姬瞳孔微微缩了一下，沉默了半晌，似乎正在消化这个突然的消息，问李浮白："……怎么死的？"

李浮白将那天晚上发生的事一五一十与吕姬说了一遍。

"所以拿走霜雪伽蓝的那个人就是杀死他的凶手吗？"吕姬问道。

李浮白道："这个我也不确定。"

吕姬："那他的尸体呢？"

那人的尸体被李浮白带回来检查后，一直没有人来认领，已经被他和徐琏埋葬。

他对吕姬道："被埋在乌金桥那里。"

"多谢李公子了。"

吕姬从李浮白这里离开后,一个人去了乌金桥,她很快按照李浮白的描述找到那人的坟墓。

她站在坟前,直直地看着那墓碑,上面空荡荡的,什么字也没有,多年前她曾对这个青年说:"你什么都给不了我,也保护不了我。"

那时青年愤恨的目光在吕姬的脑海中常常浮现。

现在青年死了,为了一株霜雪伽蓝死了。

他果然什么也给不了她。

吕姬知道自己不必难过,当日离开那个青年时,就已经预料到今日了。

她作为一个故人,上一炷香,烧两张纸钱,已经算是仁至义尽了。

吕姬笑了一声,眼泪蓦地从她的眼眶中滚落。

他从李浮白手中拿到的霜雪伽蓝,最后却到了袁二的手上,其间究竟发生了什么,这件事要说与袁二一点关系都没有,吕姬是绝对不会相信的。

30

吕姬回到望月楼中。袁二将霜雪伽蓝送给自己,这件事对她来说已经算是难得的圆满了,她不需要再去想其他的东西,但只是一闭上眼睛,青年的身影就会出现在她的眼前。

原本,这株霜雪伽蓝应该是由青年送到她手上的。

但是并没有,青年死在他刚刚得到这一株霜雪伽蓝的那个晚上,他在死前想着什么呢?是不是还在想着她?

吕姬睁开眼,精美的镂空床帘映着明亮的烛火,其实当年她明白,自己会给青年带来厄运,最终青年也确实因为她而死去了。

她拥有这般容貌,本就需要强大的力量才能守护,只是她出身平凡,也没有修炼的天赋,只能依托那些更加强大的人来为自己争取利益。

她与那个青年注定是没有可能的,除非她愿意抛弃自己的这副容貌,但是凭什么呢?她如果抛弃了容貌,到最后只能做一个普通的乡野村妇,与青年平凡地过完一生。

而且,她也不能保证当自己失去引以为傲的容貌时,青年是否还会一一如既往地爱着她。

她与青年终究没有办法走到一起去。

药老前段时间举办那场比试大会，她以为青年会来，但是并没有在那比试台上看到他，却看到了让她想起一些当年与青年在一起时的往事的李浮白。

有些时候，吕姬忍不住会去想，如果那个青年也有李浮白这种在武学和修行上的天赋，当年他们二人是不是有机会能够在一起。

这世间的"如果"多半都是不存在的，现在青年已经死了。

吕姬将床头柜子中的那一株霜雪伽蓝拿了出来，她盯着花苞看了许久，想知道上面有没有沾染一点青年的血，而很快她会将这株霜雪伽蓝服下，来保证自己的容貌永不凋零。

吕姬不知怎的，忽然觉得有些恶心。她扶着柜子，干呕了许久，却什么都没有吐出来。

她的脸色苍白，惹人怜爱，但是那个人却是再也看不到了。

袁二其实对闻灯的情况仍有些不放心，但是袁家已经找闻家说明了情况，就算闻灯之前的一切都是装的，他也不好再让人给闻家提亲去。

王津看着袁二的计划破灭，问他："那你下一步打算怎么办？"

"没有了闻灯，还有张灯、李灯，不着急，慢慢找吧。"他话虽然说得容易，但心中也明白想要再找个像闻灯这样合适的女子却是不大容易了。

王津忍不住笑道："我还以为你要说张灯结彩。"

闻灯这样身份的女子的确不太容易再找，想要找个像她之前一样缠绵病榻的那更难了，对袁二来说最好的办法其实就是说动袁家让他将吕姬给娶进门，但且不说袁家不会同意，吕姬恐怕也不会答应。

即使他将霜雪伽蓝亲自送到吕姬的手上，依然拿不准吕姬在心中是怎样看待自己的。

这事得怪药老，要不是药老突然治好了闻灯，也不会有这么些麻烦了。

袁二越想越觉得憋气，他费尽心思安排到这一步，结果都没用了。

王津看他不住地叹气，聪明地选择沉默，袁二现在的心情肉眼可见的不太好，还是不要往枪口上撞了。

他之前就说这事不靠谱，就算闻家那位小姐病得厉害，又如何能够确定她会在什么时候死去呢？与其等成亲后发现她与自己计划中的不一样，倒不如现在早点吹了好。

就是不知道袁二自己能不能想开这个问题了。

客栈中，闻灯看着突然出现在自己房间中的闻朝易，露出微微惊讶的神情来，她以为闻朝易事务繁忙，根本不可能到沣州来找自己。

闻朝易看到闻灯易容后的长相，皱眉问道："你怎么这个样子？"

怪不得他派出去的人过了那么久都没有将她找到，她这易容的手法还挺高明，不知道是谁帮她做的。

闻灯将脸上的东西洗去，露出原本的样子，她脸上那块巨大的红斑自然也落入了闻朝易的眼中，闻朝易被吓了一跳，当即问她："你的脸怎么回事？"

"没什么事。"闻灯抬手摸摸红斑所在的地方，对闻朝易解释说，"药老开的方子药力有些猛了，便成这个样子了。"

闻朝易皱起眉头，对闻灯道："把方子给我看看。"

因为闻灯的这病，闻朝易在医术方面也学了些皮毛，可也只是点皮毛罢了，那药方里的药材他都认识，但是用在一起是什么作用，就不太能知道。他把那药方放下，问闻灯："你脸上这个东西能弄掉吗？"

"暂时恐怕没有办法了。"那霜雪伽蓝已经被袁钰章送到吕姬的手上，吕姬说不定现在已经将它服用下去，短时间里想要再找上一株新的霜雪伽蓝恐怕不是一件容易的事。

况且，闻灯对此事也并不在意。

"那个叫李浮白的是什么来历？"闻朝易问道。

闻灯道："我知道的不多，他大概是个寻常的游侠罢了。"

闻朝易的眉头皱得更紧了："什么来历你都不知道还跟人家来了沣州，闻灯啊闻灯，你脑袋里到底在想什么？"

闻灯半垂着眸子，低头看着桌上的烛台，不知心里在想些什么。

闻灯这些日子既然在沣州过得不错，还有人给她求了药老，带回治病的药方，可见那个叫李浮白的人应该不坏，但是还是小心点好，谁知道这人是不是在图谋更重要的东西。不过这个暂且先不必去管，闻朝易此次来沣州就是为了将闻灯给带回去，他继续向闻灯问道："那袁钰章是怎么回事？"

"什么怎么回事？"

"你别跟我装糊涂，袁家给我来了信，说这桩亲事他们不求了，到底是怎么回事？"

闻灯一下笑了起来，她猜到袁二在知道她的病情有所好转后，会退了这桩婚事，只没想到袁二的速度如此之快，生怕她会答应下来这桩亲事。

这事从头到尾都只是闻灯的一个猜测，她拿不出确切的证据来，故而也无法与闻朝易说个清楚，她只道："或许是吕姬来了沣州城，袁二公子对'天下第一美人'吕姬一见钟情，所以就推了与闻家的婚事。"

"那袁二之前在帝都的时候应该就见过吕姬，若是对吕姬有什么想法，也不会向闻家求亲了。"

"父亲既然知道袁二见过那'天下第一美人'吕姬了，怎么还信他说对女儿一见钟情的话。"

"他见过吕姬又怎么样？那吕姬比起你……"

闻朝易话说到这里忽然停下，看到闻灯现在的样子，将剩下的话给咽了回去，如果袁二看到闻灯现在这个样子，突然反悔那倒也说得过去了。

闻灯笑笑没有说话，闻朝易叹气道："这桩亲事你到底有哪里不满意，这样费尽心思要让袁家的那个小子反悔。"

闻灯确实不满意这桩亲事，不管袁二是不是别有所求，她都不太想嫁去袁家，偏偏闻朝易又很看好这桩亲事，迟迟不肯拒绝，她就只能自己来沣州解决此事。她抬起头，看着闻朝易："我为什么要嫁人呢？"

"你——"闻朝易一时间回答不上来，最后只能反问她一句，"你怎么能不嫁人呢？"

闻灯轻叹一声，对闻朝易说："我想不明白父亲的想法，我这个病已经这样，嫁给个好人家，就是拖累人家，若是嫁给个别有用心的，怕是不用半年，我就得被人给磋磨去了。"

"你是我闻家的姑娘，是我闻朝易的女儿，谁敢磋磨你！"

闻灯笑着说道："我在闻府中，父亲尚不能事事顾及我，我若是嫁出去了，怕是过不了几日，父亲就要忘了我。"

闻朝易抿着唇没有说话，从某方面来说，闻灯说的话日后绝对是有可能发生的。闻朝易沉默良久，对闻灯说："我希望你能够像个普通的姑娘家一样，有一个疼爱你的夫君、一个圆满点的人生。"

"难道嫁人就是圆满了吗？"闻灯觉得可笑，她又问，"而且父亲如何能够确定为我找的就是疼爱我的夫君？"

闻朝易说不出话来，摆摆手妥协说："罢了罢了，既然你不愿意，那这件事就算了。不过你在沣州待的时间也够长了，明天便跟我回去吧。"

闻灯应了一声"好"，即便她现在拒绝了闻朝易，明日照样要被他强制带回鲸州去，倒不如自己听话点。

第二日早上，李浮白站在外面的长廊上，听到推门声，抬头看去，见闻灯推门从屋子里出来，阿七等人也上前来，询问她："准备好了吗？"

李浮白愣了一下，问道："闻姑娘要回鲸州了是吗？"

"是，这些时间谢谢你了。"

"那我现在就去收拾东西，跟你一起回去吧。"

李浮白说完后，还没来得及转身，就见闻朝易从后面的楼梯上来，来到李浮白面前，将他上下打量一番，对他说："老夫替小女多谢李公子，只是接下来的事，就不劳烦李公子了。"

李浮白站在原地，不知该说什么。

第四章 起相思

31

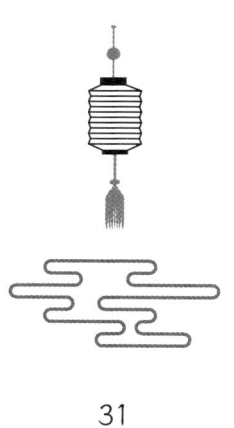

直到徐琏在身后戳了戳李浮白的胳膊，他才回过神来，对着闻朝易拱手道："晚辈李浮白，见过前辈。"

闻朝易"嗯"了一声，他听阿七说过李浮白，说这段时间闻灯都是受他照顾的，可是这也代表着，很有可能就是这个青年将闻灯从闻府中带出来的，所以在见到他以前，闻朝易对李浮白这个年轻人并没有太多好感。

现在见了真人，闻朝易倒是觉得这个青年或许有点可取之处，至少他的女儿在他身边这么多天，被他照顾得也还算可以。

他向李浮白问道："你也要回鲸州去？"

李浮白摇了摇头，他是想陪着闻灯一起回去，因为闻灯脸上痕迹还没有完全消除，虽然闻姑娘自己好像并不在意这个，李浮白也不是注重皮囊的肤浅之人，但是姑娘好好的脸成了现在这个样子，而他明明有办法可以让她恢复，却什么都不做，李浮白没办法做到这样无动于衷。

他得想个办法将霜雪伽蓝拿回来，或者问问药老有没有其他可以解决的法子。

现在是闻朝易亲自过来将闻灯带回鲸州去，李浮白至少也可以放心点，不用担心她在路上会发生什么意外。到了外面后，李浮白将自己同闻灯来时的车驾取了出来，对闻朝易道："这是晚辈之前准备的车驾，前辈需要的话先拿去用吧。"

徐琏在后面看着心中止不住地冷笑，李浮白就算是再讨好闻朝易这个老家伙也没用，他就是普通的游侠，如何能配得上闻灯这位闻家的大小姐，他与闻灯注定有缘无分了。

徐琏在心中又默默叹气，觉得李浮白有点可怜，为什么会喜欢上这样一个姑娘呢？为什么偏偏就喜欢上闻灯呢？

有时候徐琏觉得他即便是喜欢上了"天下第一美人"吕姬，可能胜算都比同闻灯在一起要大上一些。

闻朝易看着眼前突然出现的车驾，检查一番，发现这车驾着实做得不一般，做这车驾的人尽最大可能保证了里面的人的舒适。李浮白对闻灯倒是够尽心尽力。闻朝易倒是没有不好意思，当即收下李浮白的好意，对李浮白道："那多谢李少侠，日后若是有空，可以来闻府坐坐，这段时间小女多亏少侠照顾了。"

李浮白红着脸摇手，说自己没做什么。

徐琏听着猛翻白眼，若是去语落谷中取了青蛇藤来给闻灯治病还不算做了什么，那什么才能显示出他的心意呢？

闻朝易带着闻灯与一队属下乘着李浮白备好的车驾离开沣州，车上闻灯坐在一侧，手里捧着一本医书，然而不大能看进去。

闻朝易坐在闻灯的对面，盯了闻灯一会儿，忽然开口向她问道："你喜欢那个叫李浮白的小子？"

闻灯放下书，抬头看向闻朝易，没有说话，闻朝易便继续说下去："我见他长得倒是还行，听说就是他在比试大会上赢过了袁二，看来天赋不错，他还去了语落谷？能够活着出来，日后大有可为。你知道他家中有何背景吗？"

闻灯等着闻朝易都说完后，开口问他："您说这些想要做什么？"

"也没什么，随便问问罢了。"闻朝易抿了抿唇，作为一个父亲，对女儿身边出现的年轻男子保持一种警惕又好奇的心理不是很正常的吗？只不过这话闻朝易没有说出来，他近来发现闻灯似乎有点叛逆了。

算了，随她喜欢了。

说句实话，闻朝易依旧有些可惜同袁家的这一桩亲事，若是能够与袁家联手，星云十三州中他们就掌管了四州，可闻灯如此抗拒，袁二又不知因为什么突然反悔，这桩亲事是真的成不了了。

闻灯将放下的医书重新拿起来，看了一会儿便觉得有些困了，若是李浮白在这里，或许会开口让她睡一会儿，或者出去走一走。

可李浮白不在。

闻灯无来由地笑了一下，那笑容又很快消失。

沣州城门口，李浮白还怔怔看着闻灯一行人消失的方向，徐琏拍拍他的肩膀，问他："你怎么没有跟闻家的大小姐一起回鲸州去呀？"

李浮白没有说话，徐琏继续问道："你想开了？知道你们俩没有可能？"

"不是，"李浮白对徐琏说，"我想看看还能不能把霜雪伽蓝找回来。"

徐琏无话可说，像是看傻子一样看了李浮白半天，无奈地问他："你怎么找那个霜雪伽蓝？你确定现在那玩意儿还在吗？"

李浮白不确定霜雪伽蓝还在不在，所以只能靠蝴蝶来寻找它的下落。他将蝴蝶放出来，蝴蝶飞往了望月楼，李浮白隐蔽身形，同蝴蝶一起进入楼中，蝴蝶却变成了一只没头的苍蝇，到处乱飞，最后它在吕姬的房门外面停下，翅膀扇动渐渐迟缓，看起来似乎有些萎靡。

李浮白猜测那霜雪伽蓝可能不在了。

确实如同他猜想的这样，吕姬为了防止夜长梦多，已经将霜雪伽蓝服下，她可以永远保持住这一副娇美的容颜了，但奇怪的是，她的心中没有任何喜悦，只觉得空了一块，像是被人挖出一口深井来，有人时不时往里面投去一块石子，便有声音在那里无休无止地回响。

她将霜雪伽蓝服下后，做了一个梦，梦里青年站在她的面前，穿着麻布衣裳，还是旧时模样，看着她，似乎有很多话想要对她说。

吕姬对着他笑起来，问他有没有为她现在这样感到快乐，于是青年哭了。

吕姬笑得愈加快意，然而眼泪从她的眼角滑落，泅湿了枕头。

她睁开眼，从梦中醒来，有些茫然地环顾四周，当年她与那青年分开，便想着这一生不复相见也没有关系，现在得知青年的死讯，其实对她的人生也不该产生任何的影响。

她从床榻上起身，来到镜子前坐下，看着镜子里自己娇美的容颜，一股莫大的悲哀席卷她的心头，是袁二给她送来霜雪伽蓝的，是他杀死了青年，而现在自己还要因为这一株霜雪伽蓝对他感激不已。

什么天下第一美人，到头来不过是那些男人手中取乐的玩物罢了。

吕姬笑了一声。

吕姬身边的侍女隐约察觉到这几日吕姬有些异常，有一天她进了屋子里面，看到吕姬姑娘不知道从哪里弄来一具男人的尸体，放在一副冰棺当中，她吓得差点尖叫起来，却被吕姬的一个眼神所慑，将所有声音都吞噬在喉咙间。

那具尸体已经有些腐烂，看起来有点可怕，可不知吕姬用了什么方法，将尸体散发出来的腐臭味道全部消除。

侍女不知道这尸体是谁，与吕姬姑娘是什么关系。

她猜测应该是吕姬姑娘的亲人吧，但就算是亲人也应该让人入土为安，这么从土里刨出来算个什么事！

吕姬并不害怕有人知道自己的身边藏了一具有些腐烂的尸体，反正也没有人会认出这个青年来，即便是亲手杀了他的袁钰章，也会很快忘记这个人。

等到有一日，她能够彻底放下这个青年，将他重新埋入土中，到那时候，她才是无所畏惧、无所牵挂的"天下第一美人"吕姬。

闻灯回到闻家后，精神还算不错，闻朝易感叹药老这次开的方子确实不错，若不是时间匆忙，他应该好好去谢谢药老。

闻灯懒得说他，那药方是李浮白求来的，闻朝易在沣州对着人家李浮白也没有多客气。

闻灯回到自己的院落中，生活再次归于无聊乏味，茶茶抱着闻灯，嘴里念叨"小姐您可算回来了"，闻灯拍拍她的后背，安慰了她两句。

茶茶的哭声渐渐停下，她擦擦脸上的眼泪，问闻灯："小姐要吃什么？我让小厨房去给您准备。"

"随便。"

茶茶有些失落地"哦"了一声，去了厨房。

闻灯站在院子中，抬头看着头顶的这一方天空，不知道什么时候才能再从这里出去，她正要转身回去，忽然听见有人叫她："闻姑娘。"

闻灯循着声音抬起头来，就见李浮白坐在墙头，对她挥挥手，身上披着万里彩霞。

"你什么时候回来的？"她问道。

"就在刚刚。"李浮白说。

闻灯与闻朝易是乘着李浮白赠予的车驾回来的，所以慢些，李浮白御剑，半日就从沣州回到鲸州，徐琏嘴里叨叨着"李浮白脑子有病，脑子进水了"，却还是跟他一同回到鲸州来。

闻灯道："坐在那里干什么，下来吧。"

李浮白"哦"了一声，从墙头飞身而下，带着歉意对闻灯说"抱歉"，他没能将霜雪伽蓝拿回来。

闻灯摇头说"没事"，本来她也不在意。

"或许还有其他的办法，等我将从药老那里拿到的药典再研究研究。"李浮白说完后，将手里的花送到闻灯的面前，问她，"给你的，喜欢吗？"

闻灯接到手中，是和他上一回从语落谷中拿来的一样的巨大山茶，她点点头，有些好奇李浮白是从哪里弄来这个花的。

"我在语落谷中摘了一些，找了地方种下，长得还不错。"李浮白有些羞涩，对闻灯说，"我每天过来给闻姑娘送一束新鲜的山茶，好吗？"

每天送一束，他就可以每天都见到她了。

32

闻灯低头看着手里的花，花开得很好，可以看得出来是悉心照料过的，她抬手拨弄了一下有些卷起来的花瓣，笑着对李浮白说："谢谢你了。"

李浮白摸摸头，闻灯随口的一句夸赞，都能够让他兀自乐上好半天："对了，还有这个。"

他将一包糖炒栗子从怀中拿出来，递给闻灯，被油纸包着的栗子还带着余温，应该是刚出锅不久的。

李浮白在茶茶回来之前离开，茶茶端着汤盅从外面进来，见到闻灯正坐在桌边，剥着开了口的栗子，茶茶疑惑问道："这是哪里来的栗子？"

她问完后，看到桌上的花瓶里不知道什么时候又多了一束山茶，便又顺嘴问了一句："这里怎么还有山茶？"

闻灯拿着帕子擦擦手，抬起头来看向茶茶，笑着对她说："你猜。"

茶茶摇摇头，将手中的汤盅给放下，噘嘴冲闻灯抱怨说："小姐就会打趣我，我哪里能猜到？要不小姐给我点提示？"

闻灯笑了笑，没有答应她。

茶茶"哎"了一声，看了闻灯一会儿，小声问她："小姐，你的脸什么时候能好起来？"

闻灯抬起头，挑眉问道："怎么，害怕了？"

"害怕倒是没有，只是有点可惜。"

"有什么可惜的？"闻灯轻笑了一声，"能看到我这样的只有闻府的几个人罢了。"

"当然可惜呀！"茶茶微微提高了声音，对闻灯说，"小姐原来长得那样好看，现在这样了，谁都会可惜的呀。"

"随缘吧。"

茶茶不好再说什么，只能守在一边，看着闻灯拿着勺子，将汤盅中的补汤喝了几口，便不愿意再喝了。

闻朝易从外面走进来，进到屋子里后，一眼就看到了花瓶里的新鲜山茶，虽然他对闻府中种的那些花花草草并不怎么关注，可也能认出这花是闻府里没有的，他问闻灯："这花是哪儿来的？"

闻灯听到闻朝易的问询，转过头与他一起看向那花，回答闻朝易："有人送来的。"

闻朝易眯着眼，盯着闻灯，看了半天，问她道："是李浮白那个小子送过来的？"

闻灯没说话，只是点点头。

只有茶茶又迷惑了，李浮白是谁？小姐这回从闻府出去认识的新朋友吗？

闻朝易笑了一声，怪不得是能从语落谷中全身而退的修炼天才，闻府设下的这些阵法竟对他完全没用，让他来去自如，这样一个年轻人对闻灯倒是不错，就是不知道他想从闻灯身上得到什么。

闻朝易开口问闻灯："你与他到底是怎么认识的？"

闻灯倒也没有将当日李浮白前来闻府中偷盗盘龙草的事说出来，只说是出去后新结交的朋友。

"那你是怎么出的闻府？"

闻灯张了张唇，短时间倒是找不到合适的理由。

"你也不必骗我，是那个小子带你出去的吧。"闻朝易顿了顿，继续说道,"那天晚上来偷盘龙草的就是他吧。"

闻灯抿着唇,默认了。

在一旁的茶茶总算知道他们口中的李浮白是什么人了,原来就是那天晚上从墙头摔下去的那个青年,听起来那个叫李浮白的青年好像还挺厉害的,茶茶仔细回忆了下那天晚上自己看到的青年,着实看不出来厉害在什么地方。

闻朝易叹了一口气,语重心长地对闻灯说道:"做父亲的,只是不想你被人骗了,你连他有个什么身份背景都不清楚。"

闻灯看着瓶子中雪白的山茶,问道:"他能骗得了我什么呢?"

闻朝易半张开嘴,想了半天没想好该怎么说,若是之前,他可以一口咬定李浮白是贪图美色,但是现在……

闻灯脸上的红斑比在沣州的时候更扩大几分,看着有点可怕,纵然这是闻朝易的亲生女儿,他面对这样的闻灯,也实在是说不出李浮白是为了闻灯的美色来的话。

闻灯开口问闻朝易:"他当日为了我进到语落谷中,父亲应该也知道,那是九死一生的地方,他带着药老要的东西回来了,父亲觉得他想从我身上骗什么呢?"

闻朝易哑然:"你喜欢他?"

闻灯张口想要否认,但是看着对面闻朝易那种好像已经看透一切的目光,那些话便有些说不出来了。

闻朝易问道:"他能给你什么呢?我承认,他的天赋不错,但是在星云十三州中只有天赋有什么用?他能给你什么呢?你的身体必须得用各种天材地宝珍贵药材将养,这些东西,他一个游侠从哪里弄来?他要每天奔波在外面为你找这些药材吗?"

闻灯本想反驳,听着闻朝易将这一番话说完,却笑了一声,点点头,对闻朝易说:"对,我活不了多久,本就不该拖累他人。"

闻朝易皱着眉头,他并不是这个意思,只是想让闻灯为自己的未来多考虑考虑,若是有朝一日他有什么不测,那个人可以好好照顾闻灯。

可他那话听起来确实有几分那个意思,闻灯这个身体……想要好好地活下去,必然要付出极大的心力,闻灯不会不明白这一点。

闻朝易剩下的那些话都化作一声长长的叹息。

之前他让闻灯考虑与袁家的亲事，除了袁钰章确实是个不错的对象，他还听闻袁家有一本功法，或许能够救得了闻灯，但是这件事他也只是听了一点风声罢了，不能确定。这种情况下他也不能直接去问袁家这事是不是真的。

他本想等着这桩亲事定下来后，再细细打听，可现在亲事吹了，就算他打听出来个结果，那本功法恐怕也不能轻易拿到手。

闻朝易有时会觉得闻灯不懂事，但更多时候又会觉得她太懂事了，作为一个父亲，闻朝易自然是希望闻灯能够过得幸福，只是这说起来容易，该怎么做，能怎么做，闻朝易这个做父亲的同样为难。

他在这里小坐了一会儿，起身离开。

闻朝易离开后，闻灯将自己面前的汤盅往旁边推开一些，趴在桌上，看起来精神不大好，茶茶在一边担忧问道："小姐？"

"你出去吧，我一个人待一会儿。"

茶茶应了一声，将已经凉了的汤盅一起端了出去。

闻灯闭上眼，眼前似乎又浮现出李浮白的身影来，她有点想笑，又笑不出来，眼前的李浮白化作泡影在她的眼前消散。

他在她的生命中原本就该是这样的。

闻灯不知不觉间睡了过去，不知过了多久，茶茶过来轻轻推了推她的肩膀，对她说："小姐喝了药再睡吧。"

闻灯喝了药，到床榻上躺下，却好像已经没有了睡意。

她的脑中一直回荡着今天晚上闻朝易来时同她说的那些话，这一次李浮白去语落谷中为她取了青蛇藤，以后呢？以后他还会到更危险的地方去吗？

她不该给李浮白任何希望。

闻灯合上双眼，再醒来时便已经是第二天了。

李浮白果然又送了花来，口中叫着："闻姑娘，闻姑娘！"

他把花送给闻灯后，又拿出一个窄窄长长的首饰盒，首饰盒不知是用什么木料做成的，上面雕刻着几枝栩栩如生的山茶，李浮白将它打开，一根白玉的山茶簪子出现在闻灯的面前。

他说："还有这个。"

他雕废了几百斤的玉料，终于学有所成，能够雕得像模像样，才在那块打磨好的玉石上下了手，昨天他拿着这根做好的玉簪，激动得半宿都没睡。

"喜欢吗？"他小心地问闻灯。

闻灯将手里的山茶玉簪举起，阳光透过其间，看得出来玉的质地不错，只是做工算不上精美，做这根簪子的人技法还有些笨拙。

她当下就知道，这根玉簪恐怕是李浮白自己做出来的。

"哪里来的？"闻灯问道。

李浮白支支吾吾，不敢说这是他亲手雕的。

见他这样，那些让这个青年不要再来的话就这样卡在了闻灯的喉咙间，再也说不出来。

"我很喜欢，谢谢你，李公子。"她最后只是这样说道。

李浮白立刻摸着脑袋傻笑起来。

闻灯见他这样，不知为何眼眶忽然有些湿润，把李浮白吓了一跳，手足无措地问她："闻姑娘，你、你怎么哭了？"

"没事。"闻灯摇头说。

李浮白从闻家离开后，听到徐琏说闻家与袁家的亲事可能成不了了。

他愣怔了一下，连忙问原因。

原因徐琏也不清楚，可纵然闻家与袁家成不了，闻朝易那个老头也不会把自己唯一的女儿嫁给李浮白这个四海为家的游侠。

李浮白澄清，他本也不是为了得到闻灯。

徐琏呵呵冷笑："是是是，李兄你真是胸怀宽广，大爱无疆，小弟佩服佩服。"

李浮白平静道："你不用这样阴阳怪气，我听得出来。"

徐琏撇嘴，听不出来怎样？听得出来又怎样？反正李浮白也听不进去，他就是想要为闻灯舍生忘死，谁也拦不住他。

徐琏叹了一声，李浮白算是彻底陷进去了。

李浮白不管他怎样阴阳怪气，转身照看自己的花。

33

徐琏见他这样，除了叹气也说不出其他的话来，早知道李浮白为了闻灯已经有些疯魔得不像他自己了，偏偏他对此还一无所觉，甚至乐在其中。

徐琏在一旁的木墩子上坐下来，看着李浮白这一片山茶，李浮白把这花照顾得确实不错，听李浮白说等到秋冬的时候，要弄个阵法，让这些花像现在一样盛开。徐琏知道他向来说到做到，盯着李浮白看了一会儿，叫了他一声"李兄"，问他："以后你打算怎么办？"

李浮白正在检查这里哪一朵山茶开得最好，他要挑出来明天送给闻灯，听到徐琏的问题后，随口反问道："什么以后？"

"你和闻家的大小姐闻灯的啊。"

李浮白笑了笑，回答说："我以后每天给她送花啊，她都答应我了。"

闻灯那时并没有点头，但也没有让李浮白以后不要来了，对李浮白来说，她没有反对那就是同意了。

徐琏看着李浮白乐呵呵地将开得好的几朵山茶挨个检查，实在忍不住翻了个白眼。每天都去送花？这也叫以后？

还有，你送个花脸红什么呀！

李浮白真真是魔怔了，徐琏也更加好奇闻灯究竟是长什么模样，才能够让李浮白心荡神迷至此。

他从木墩子上起身，来到李浮白的身边，抬手戳了戳李浮白的胳膊，问："我记得你会画画是吧？画得还不错。"

李浮白"嗯"了一声，盯着眼前的花，随口问徐琏："怎么了？"

徐琏嘿嘿笑了一声，对李浮白说："你画个闻灯给我看看，我到现在还不知道她长什么样子。"

"我……"李浮白"我"了半天，抿了抿唇，对徐琏说，"我画不出她来。"

徐琏："啊？"

"我画不出她，不敢画她。"李浮白声音轻轻的，好像一阵风来就能吹散了。

徐琏迷惑地看了李浮白很久，搞不懂他是怎么想的，他究竟在喜欢那个姑娘什么。

徐琏这个问题倒是让李浮白想起来,闻灯的脸也需要他再想个办法给治好。

霜雪伽蓝如今已经被吕姬服下,再培育出一株霜雪伽蓝至少得用上三十年的时间,这个时间对于一个修行者来说,不过是一眨眼、一弹指般短短的一瞬,但是对于一个普通的凡人来说,尤其对于闻灯身上的病情,这三十年可能就是小半辈子。

但应该还会有其他的法子,他得把药老送给他的那些药典仔细地翻一翻。

夜色缓缓降临,闻灯坐在榻上,把李浮白送给她的那些小玩意儿在榻上摆成一排,有白白胖胖的陶瓷小人、精致的面具、稍微简陋一些的玉簪,还有一些其他的她叫不上名字的小玩意儿。

陶瓷小人摆在最右边,两只小手抱拳,好像要给闻灯作揖,闻灯低笑了一声,拿手指轻轻往陶瓷小人的脑袋上戳了一下,小人便啪嗒一下倒在枕头上。

闻灯脸上的笑意不禁更多出几分。

李浮白像他自己说的那样,每天都会给闻灯送花,茶茶起初觉得奇怪,小姐花瓶里的山茶好像永远不会凋谢一样,直到后来才慢慢反应过来,这花可能是在自己不在的时候,有人给小姐送过来的。

那给小姐送花的又是谁呢?

李浮白如往常一样,挑选了开得最好的山茶给闻灯送来,他抬头看着眼前的高墙,正要跃起,听到身后有人叫他:"李少侠。"

李浮白转过头去,只见闻朝易正站在他身后不远的地方。李浮白有些尴尬,自己爬人家的墙,现在被抓了个正着,此时都恨不得能找到一条地缝让自己钻进去。

但是地缝是没有的,李浮白只能通红着一张脸,向闻朝易拱手道:"闻家主。"

闻朝易看起来似乎并没有生气,笑着向李浮白问道:"李少侠现在有时间吗?"

"有的。"这是闻灯的父亲,就算李浮白此时没有时间,也得专门为他挤出时间来。

闻朝易点点头，道："行，那就陪老夫走走吧。"

"是。"

李浮白跟在闻朝易的身后，向闻家的正门方向走去，这还是他第一次从正门进到闻家中来，他心中惴惴不安，总是担心会有不好的事发生。

闻朝易打量了李浮白一会儿，对他说："在沣州的时候，小女多亏李少侠照顾了，日后李少侠若是有什么需要，尽管来闻府找老夫就是了。"

"我其实也没做什么。"就是把闻灯从闻府中带了出来。这话现在跟闻朝易说出来，闻朝易恐怕要打他。

"少侠你能够为灯儿到语落谷中去，说实话，老夫非常感动。"闻朝易这话说得不假，虽然说袁二也进了语落谷中，但是袁二在语落谷中到底做过什么，根本没人知道，而且袁家定然会给袁二准备很多可以保命的东西，所以李浮白与他的情况不同。

便是让闻朝易这个做父亲的去那语落谷中，他恐怕也要犹豫，不是说他不爱闻灯，只是作为闻家家主，他身上的担子太重。

他问李浮白："对了，不知李少侠家住哪里啊？"

浮水宫之事他不便与闻朝易说起，李浮白只能说："四海为家。"

闻朝易"啊"了一声："李少侠年少有为，不知是师承何人？"

这个问题李浮白同样没有办法回答，闻朝易看了他一眼，对他说："若是提起为难就不必说了。"

李浮白抿着唇，自己这样的回答一定不能让这位闻家的家主满意，但是他不想撒谎，也不能违背浮水宫的规矩。

闻朝易又随口问了李浮白几个无关痛痒的问题，只要是与他来历无关的，李浮白都一一回答，但是闻朝易最想要知道的就是李浮白的身份背景，想要知道如果有朝一日闻灯真的与这个青年在一起了，李浮白是不是有足够的能力保护好闻灯，但是李浮白目前给出的答案都不能让闻朝易满意。

闻朝易轻轻叹了一口气，这个青年哪里都好，更难得的是对闻灯一片真心，即使闻灯现在这个样子了，他待她仍旧同往日一样，但是他没有家世、没有背景，闻朝易总怕他将来不能护好闻灯。

闻朝易话锋一转，对李浮白道："只是李少侠日后还是不要爬墙找灯儿了，若是被人看到，对小女的名声不好。"

"我……"他想说自己行动隐蔽，不会让旁人发现，但是今天他不就被闻朝易给看到了？

闻朝易话说得委婉，虽然也不算太委婉，但已经是非常清晰的了，他不希望李浮白来见闻灯，不希望李浮白与闻灯在一起。

闻朝易语重心长地对李浮白说："少侠你有什么事，只管来找老夫就是了，要是遇见什么困难，老夫定然会尽力相助，绝不推辞。"

李浮白心中苦笑，他找闻朝易做什么呢？

他此时只能同闻朝易道歉，说是自己考虑不周，然后灰溜溜地离开闻府。

他的花也没能送到闻灯的手上。

风乍起，落叶铺了一地。

闻灯站在外面的廊下已经好长一段时间了，茶茶走过来，向闻灯问道："小姐，你怎么一直站在这里啊？外面都起风了，进去吧。"

闻灯说："我再看一会儿。"

茶茶歪着头问她："小姐您在看什么呢？"

闻灯沉默一会儿，对茶茶说："我也不知道。"

茶茶顺着闻灯的视线看过去，能看到的只有院子中的这一堵高墙。今日的墙与昨日的墙也没什么不同，茶茶看了好久，不明白这有什么好看的，屋子里花瓶中的山茶已经有些萎蔫了，她洒了水，也不能让它开得如昨日那般好了。

天色渐渐暗下，下沉的夕阳将自己留在天际上的最后一抹橙红也给收了回去，远处的西山山顶剩下一层薄薄的光辉。

天气愈加冷了，茶茶正要开口再催一催闻灯，却见闻灯自己转头回到了屋子里。

花瓶中的山茶花托耷拉着，有微微泛黄的花瓣掉在花瓶外侧。

"小姐，把这花扔了吧。"茶茶将枯萎的花瓣收起来，对闻灯说，"你要是喜欢，我去过后面的小花园，见月季开得不错，明天摘两朵回来。"

"不用了。"

"哦。"

茶茶看着花瓶里的山茶也感觉有些可惜，她之前在府里府外也找过几轮，都没有找到开得这样好的山茶。

"小姐等会儿想吃什么夜宵？我让厨房提前给准备好。"

"不想吃了。"

茶茶"哦"了一声，没有劝她。

外面天色已经完全暗下，闻灯坐在榻上看书，茶茶在一旁绣着手帕。

"闻姑娘？"闻灯突然听到外面有人轻轻叫着自己，从书中抬起头来，一旁的茶茶还在绣花，对这个声音半点没有察觉。

闻灯开口对茶茶道："我想喝碗红豆粥，你让厨房去准备下吧。"

"好嘞。"茶茶立刻放下手中的绣活，起身出去。

屋子中陷入一片沉寂，闻灯放下手中的书卷，对门口道："既然来了，就进来吧。"

"今天来得晚了一些，抱歉。"李浮白小心地推开门，携着半扇琥珀月色从外面走进来，手中有一束新鲜的白山茶。

34

闻灯嘴唇微动，似乎有话要说，到最后她只是向李浮白问道："怎么了？遇见什么事了吗？"

"也没什么事，出了点小意外。"李浮白并不想告诉闻灯，自己与闻朝易今日见面的事。

李浮白回去后仔细思考过，自己总是这样偷偷过来看闻灯，是不是真的对她不太好，但是他怕自己直接向闻灯问出来，闻灯会碍于面子，不好与自己明说。

李浮白想了半天，也没有想好究竟该怎样与闻灯开口，他想着即便日后不再来闻府了，今日也该与闻灯道个别，所以他来了，看到闻灯后，他那些可能分别的话便说不出来了，他想要一直陪在这个姑娘的身边。

李浮白问她："闻姑娘最近身体怎么样？"

"挺好的呀。"闻灯怕李浮白不信，将手腕伸到他的面前，"你要帮我看看？"

李浮白将手指搭在闻灯的手腕上。服下药老的药后，闻灯的身体的确比在沣州的时候好上许多，李浮白收回手，一时无言。

烛火摇曳，两人的影子映在屏风上面，交叠在一起，灯下美人，向来别有一番风韵，不过闻灯现在其实算不上是美人了，她脸上的那块红斑太过碍眼。

但在李浮白心中，那块红斑好像并不存在。

闻灯看着面前这个青年，烛火掩映下，她的手指好似白玉一般。两个人静默不语。李浮白几次开口，又不知那些话该如何同闻灯说。

闻姑娘真的希望他每日都来吗？他会不会惹闻姑娘讨厌？李浮白这人在浮水宫的时候，是众人仰望的少宫主。即使出了浮水宫，他也天赋奇高，相貌堂堂。纵然浮水宫之事无法同外人言说，家世这一项上显得普通了些，但是他在众人中也算是佼佼者，更何况在沣州的时候更是打败了袁家的二公子袁钰章。

这样的人在闻灯的面前却频频感到自卑。

他其实并没有哪里不好，只是把闻灯看得太好了。

他有时候会想，如果能有读心术，可以看清一个人的心中所想就好了，他就能知道闻姑娘喜欢什么，不喜欢什么，能让她过得更开心些。

他最想知道，闻姑娘现在有没有一点喜欢自己。

"李浮白……"闻灯突然开口叫道。

李浮白立刻抬起头，看着闻灯，烛光下，他的一双眼睛显得尤其亮，好像两颗黑黑的玉石棋子。

"如果有一日，我嫁给别人，你还会像现在这样吗？"

李浮白想了想，对闻灯说："你如果嫁给别人的话，我再这样会对你造成困扰吧，但只要你需要，我什么都可以为你做。"

他所有的感情好像都给了闻灯，他这一生都无法像喜欢这个姑娘一样再去喜欢另外一个姑娘了。

只是不知闻灯为何会这样问，李浮白心中抽痛。到最后闻姑娘还是会嫁给别人的吗？

闻灯继续说道："若是我真的嫁给别人，应该也活不长久，你不必这样。"

李浮白最听不得闻灯说这样的话，他知道她的身体不好，药老这个药只是让她能再活两三年，但是李浮白坚信，一定会有办法救回闻灯，不管她最后是不是嫁给了别人，不管她究竟是怎样看待自己的，他只想让闻灯过得好一些。他对闻灯说："闻姑娘别说这样的话，你一定会好好的。"

闻灯笑了一下，对李浮白说："就算没有病，我只不过是个没有修行天赋的普通人罢了，终有一日要老去、死去，成为一抔黄土，你我二人……"

她说到此处便停下，剩下的话都落入一声轻轻的叹息当中。

"我想想办法，总会有办法的。"李浮白急切地想要向闻灯证明，她日后一定会好起来的，然而他此时并不能有力地说服闻灯，他对闻灯说，"你的病我来想办法，不管你可以活多久，我都会尽力想办法治好你，希望闻姑娘你可以开心点，不要总记挂着这件事，没事的时候到外面玩一玩。"

李浮白的目光真诚，灼灼地看着闻灯，他总是这样诱惑闻灯，她似乎无力去抗拒。闻灯有些恍神，过了片刻她才回过神儿来，垂下眸子，对李浮白说："好啊。"

这一次李浮白没有像从前那样说一定会治好闻灯，他能做的只有尽力而为，不管未来究竟如何，他都要尽自己最大的努力，让她活下去。

李浮白或许永远也不会知道今晚闻灯向他说这些话的意图，这些只要闻灯知道就足够了。

她一直都在担心自己有朝一日会拖累李浮白，但是如果她的存在就已经在拖累他了，那她为什么不能给他一点奖赏？

闻灯莫名有些想笑，对李浮白说："我明日想吃核桃酥，你来的时候给我带一点，可以吗？"

李浮白一口应下，他本来还在担心闻灯会不欢迎他，现在听到闻灯这样说，他这点担心就没有了。

茶茶快要回来了，李浮白也该离开了，他依依不舍地同闻灯道别，离开时，身后的闻灯突然开口，她道："李浮白，你要离开的时候，记得告诉我一声。"

李浮白回过头，看向闻灯，两人的目光交会，在灯火下仿佛交织出一圈别样的光，他点头说："我会的。"

但其实他似乎已经做好决定，要一直陪着她。

浮水宫……回不回去好像都可以了。

他在出来的时候，根本没有想过自己有一日会为了这样一个姑娘，而放弃自己出生长大的地方。

茶茶端着红豆粥从外面进来，她一进来就看到桌上花瓶中的新鲜山茶："这花怎么又好起来了？"

闻灯没有说话，只是低头看着手上的书，茶茶疑惑地看向她，见她脸上浮现出一丝浅浅的笑意。

李浮白从闻府回来后就笑个不停，徐琏实在是看不明白他，白天的时候他腺眉耷眼、垂头丧气，像是快要死了，这晚上就跟变了个人一样。

真该让几个月前的李浮白好好看看自己现在这副模样，徐琏保证他自己都认不出来。

这还不算，又过几日，徐琏从外面一进来，就看到屋子里坐着一个男人，男人脸上盖着一层黑黑红红的不知道是什么的东西，看起来非常吓人，要是自己那妹子在这里，估计都要当场吓哭，徐琏虽然没哭，但也差点一屁股坐到地上。

幸好徐琏在出手前总算认出眼前的人是李浮白，才松了一口气，他皱着眉头问道："你这是干什么啊？"

"没干什么啊。"李浮白拿着镜子，看了一眼，皱起眉来，他现在脸上出来的症状，与闻灯脸上的并不是完全一致的，不知道是哪一味药出了问题。

他的体质与闻灯的体质不同，所以用同样的药表现出来的症状也并不是一样的，即便他能捣鼓出来治好她的药，但考虑到闻灯的身体，还需要将其中各种药材的用量增加或者减少。

如果他有和闻灯一样的病就好了。

徐琏要被李浮白给气笑了，这还没干什么呢，把好好的一张脸祸害成现在这个样子，他要是想干点什么，那得是什么样？把脸皮给扒下来吗？

问李浮白："你是嫌自己这张脸长得不够好看，所以想要给毁了吗？"

李浮白乜斜了他一眼，有些嫌弃地说道："试个药而已，你大惊小怪做什么？"

"原来是试药啊。"徐琏点点头，突然他的动作停住，瞪着李浮白，"等一下，试药？谁病了？你这是要给谁试药才往自己的脸上抹这些乱七八糟的东西，你脑子是被驴踢了，还是被门夹了？"

李浮白没有说话，低头专心捣鼓他眼前的药材，现在他的症状已经与闻灯的很像了，只是还差了一点。

"你不会在给闻家的大小姐试药吧？"徐琏问完后就等着李浮白回答，可李浮白根本不说话。

徐琏看到他这副表情，就知道他确实是在给闻灯试药，冷嘲热讽道："你可真是情深似海、情比天高、情感动天啊。"

李浮白能听出徐琏是在阴阳怪气，最近徐琏一直喜欢这样，他怀疑徐琏可能也有点病了，有时间应该给徐琏也诊脉。

有病得早点吃药。

李浮白没弄好药，却把自己的那张脸搞得乱七八糟，走到街上，保管能把小孩给吓哭。

他这几日去见闻灯都是把各种药粉敷在脸上，今日实在藏不住了，只能让徐琏到街上给他买个斗笠。

闻灯见他头顶戴着个大斗笠，斗笠下面还垂着黑色的帷幔，她感觉有些好笑，问李浮白："你今日怎么这样打扮？"

李浮白说："看着好看，顺手就买了。"

闻灯觉得有古怪，问他："你能把它摘下来给我看看吗？"

"啊……这个……"李浮白不太想让闻灯看到自己现在的模样。

李浮白越这样，闻灯越想要知道他是怎么一回事。

她催促李浮白说："快点，我想看看你。"

闻灯一这样说，李浮白便没有法子了，他的手按在斗笠上边，提醒闻灯说："那个，出了点小小的意外，你先有点准备，看了别害怕。"

"快点吧。"

李浮白深吸一口气，将斗笠揭下来，闻灯看着他这张青色、红色交织在一起还有些肿的脸，微微蹙眉，有点心疼，问他："你脸怎么这样了？"

李浮白不在意道："没事，昨天吃错了东西。"

"吃了什么？"闻灯又问。

李浮白只说："就乱七八糟的吃了好多。"

他不太希望闻灯看到自己现在这个模样，忙又把斗笠给戴了回去。

他稍待了一会儿就离开了，走后不久，闻朝易便来了，看到闻灯花瓶里的花，问闻灯："他又来了？"

35

闻灯"嗯"了一声。

闻朝易冷笑，李浮白那小子是真当他们闻府没有人了，整日来去自如，是把这里当成他家了？

闻灯垂着眸子，看着花瓶中的那一束山茶，轻轻开口向闻朝易问道："父亲很不喜欢李浮白吗？"

闻朝易紧皱眉头，问闻灯："他有什么好？"

闻灯动了动唇，忽然笑了一下，然后抬起头，灯火下，她脸颊上面的红斑显得格外吓人，她问闻朝易："那我又有什么好呢？"

闻朝易道："你是我闻朝易的女儿，自然什么都是好的。"

"您的女儿？那除此之外呢？"闻灯问他，"若我不是您的女儿，我这样的人还有什么值得人来讨好的吗？"

闻朝易哑然，若是从前的闻灯，他至少还能说一句"漂亮"，但是现在她这个样子，这话他闭上眼睛也是吹不出来的。

他看了闻灯一会儿，忽然转移话题，问她："你喜欢他？"

闻灯抿着唇，低下头，好半天才回了闻朝易四个字："我不知道。"

闻朝易忽然觉得自己这个向来仿佛能够看穿一切的女儿有那么一点可怜，他深深吸了一口气，其实他应该明白的，以闻灯这样的身体，即使现在有了药老新开出来的方子，也活不长久。在这段时间里，为什么不能顺着她的心意，她想做什么便让她做什么。

他总觉得如果给闻灯找一个好点的夫君，闻灯在对方的保护下能够活得更久一些，但是他没有想过，那个好一点的夫君，真的会一直待闻灯好吗？

闻朝易之前一直没有考虑过这个问题，他总是对自己的身份颇为自负，觉得有他这样的一个父亲，没有人可以欺负闻灯，他也担心有一日自己不在了，李浮白作为一个四海为家的游侠，不能照顾好闻灯，却从未担心过若是他不在了，他给闻灯找的夫君会待她不好。

闻朝易长长地叹了一口气，他到底是妥协了，对闻灯说："算了，我不管你们了。"

"不过，"他顿了顿，继续说道，"李浮白的身份背景恐怕有些古怪，你自己要小心点，别被他骗了。"

"我知道。"闻灯点了点头。

闻朝易抬起手，摸了摸闻灯的头顶："你好好休息吧，要是在家待着无聊，便让府里的护卫们陪着你到外面走一走，但是不要走得太远。"

闻灯抬头有些惊讶地看着闻朝易，她以为闻朝易这辈子都不会主动放她出闻府的，今日他竟说了这样的话。

闻朝易被她看得有些不自在，轻轻咳了一声，这也是他最近想明白的，他或许待闻灯不必那样严苛，毕竟闻灯在沣州那么长时间都没有出意外，他从前那样一直把闻灯困在家中，不是一件好事。

"行了，你早点休息吧，李浮白若是再来找你，让他走正门吧。"

"不用，我觉得他翻墙进来挺好的。"闻灯笑着说道。

闻朝易搞不懂闻灯在想什么，也没有再深究，转身出去了，见闻朝易走了，茶茶从外面进来，看见闻灯望着花瓶里的那束山茶露出浅笑。

茶茶能感觉出来小姐现在心情好像不错。

已经过了山茶开放的季节，但是这些花却日日出现在闻灯这里，没有一日间断，茶茶偶尔出府的时候也找过这样的山茶，但是找遍了大半个鲸州城都没有找出一个结果来。

这花到底是从哪里来的？

李浮白的阵法已经布好，纵然天气寒冷，阵中的山茶也开得极好，徐琏看着他叹气。李浮白是个有本事的人，可他的本事越来越不用在正途上面，净弄这些奇奇怪怪的东西，让徐琏觉得万分可惜，徐琏开口对李浮白说："我听说近来袁家的那位二公子可是常常去望月楼中找吕姬姑娘。"

"与我有什么关系呢？"李浮白淡淡说道。

徐琏看了一眼李浮白现在的这张脸，与他确实是没什么关系了，吕姬要是看到他现在变成这个样子，估计得吓得三天三夜睡不着觉，以后连他的名字都不想听。

徐琏真的为他感到可惜，明明可以得到天下第一美人的青睐，偏偏他自己不当回事，还要给闻小姐试药，把自己的脸给糟蹋成这个样子。

想到这里，徐琏又忍不住叹息，李浮白既然用了这样的方法给闻灯试药，那闻灯的脸多半也出了问题，如果也是像李浮白这个样子的，那不要说什么星云十三州的第一美人了，就是排了个第一丑人，徐琏也不会太过吃惊。

徐琏抬手戳了戳李浮白的肩膀，问他："李兄，你跟我说说，你到底喜欢那位闻小姐什么？"

李浮白抿着唇没有说话，如果他知道自己喜欢闻灯什么，或许不会是现在这样了。

他日复一日地来到闻府给闻灯送花，转眼间这一年也到了尽头，他刚刚从浮水宫出来时，以为这三年会很漫长，他可能会经常回想起自己在浮水宫的日子，但是到了此时，他却担心三年太短。

其实也无关紧要。

李浮白如往常一样给闻灯送花，却没有立刻离开，他小心地开口，询问闻灯："今天晚上有灯会，闻姑娘要出去看看吗？"

"灯会？"

李浮白点点头："还有烟火，应该会很好看吧。"

这些他是听徐琏说的，他是第一次看这里的灯会，具体是什么样的，他其实也不清楚。

闻灯道："出去看看倒也无妨。"

李浮白立刻叮嘱说："今天天气有些冷，记得要多穿点。"

闻灯问他："你不和我一起去吗？"

李浮白的眼前一亮："那我在外面等你。"

傍晚时分，闻灯带着茶茶从府中出来，她的脸上还戴了一张那日她在沣州时让李浮白买下的兔子面具，闻府的护卫们跟在他们的后面，保护闻灯。

街上行人来来往往，步履匆匆，他们穿过拥挤的长街，来到最热闹的集市，茶茶在之前已经知道那个日日过来给小姐送山茶的就是李浮白，但是仍然有些好奇这位李公子的身份，曾问过闻灯，但是闻灯并没有说什么。

天色越来越暗，长街亮起千百灯火，热闹非凡，人群吵闹的声音在耳畔没有一刻歇止过，李浮白走在闻灯的身边，小声问她："有喜欢的东西吗？"

闻灯摇头，这些东西她大多在沣州的时候都已经见过了，做工花样差不多，起初看着新奇，现在也只是看个热闹罢了，她身上带着李浮白送的定风珠，寒风凛冽，她也不怎么觉得冷。

身后传来几声巨响，闻灯抬头，烟火在夜空中轰地炸开，像是万千流星簌簌而落，仿佛抬起手就能触碰得到。

李浮白站在她的身侧，专注地看着她，还要防止她被来往的行人撞到。

茶茶站在这两人的身后，一会儿抬起头看看头顶的焰火，一会儿把脑袋低下，看向自己身前的两人。

小姐应该是喜欢这位李公子的吧，不过李公子每次来找小姐的时候都戴着厚厚的斗笠，也不知道长什么样。

但是他现在这样与小姐站在一起，看起来倒是很相配。

焰火放完后，街道上亮起各色花灯，行人的手中大都也提了一盏，李浮白去到一个卖花灯的摊位前，买了三盏，将其中一盏小兔子的送给闻灯，与她脸上的面具倒也相配。

闻灯低头看着他手里的花灯，又抬头看他，虽然没有说话，但是通过她的目光，李浮白好像已经明白她要问自己什么，他笑着对闻灯说："他们都有的。"

所以闻灯也要有。

闻灯忍不住轻笑一声，低声说了句"幼稚"，但还是将李浮白手中的花灯接了过来。

远处河上冰雪还未消融，等再过两个月，冰层融化，就可以出来放河灯了。

他们绕着集市逛了两圈，大多地方都已看过了，李浮白送闻灯回家，刚走到街口时，听到身后有一个苍老的声音叫她："这位姑娘请留步。"

闻灯停下脚步，回过头去，只见在角落中坐着一个衣衫褴褛的老乞丐，他拄着拐杖从地上站起来，缓缓向闻灯走来。

李浮白下意识地上前了一步，警惕地看着对面的乞丐，老乞丐声音沙哑，咳嗽两声，对闻灯说："我见姑娘骨骼惊奇，是个百年难得一遇的修炼天才，我这儿有一本绝学想要传授给姑娘，不知姑娘的生辰八字是？"

闻灯面无表情地看着这人，心中感觉好笑，就她这样还是修炼天才？

这个老大爷不仅腿脚不好，连眼神也不太行。

"姑娘不信老夫的话？"

闻灯没有搭理他，李浮白也转身随着闻灯一起离开。

那老乞丐望着两人离去的身影，迅速写下一道符纸，符纸化作飞鹤，带着银色流光，向远处飞去。

天空中飘下细雪，像是飞舞的萤火，李浮白拿出斗篷，披在闻灯的肩头，给她戴上兜帽，将她送回家去。

李浮白回到自己家中，徐琏问他今日去灯会上玩得怎么样，他想了想，没法回答，他根本不记得在灯会上都看了什么，大多时候他的目光都放在了闻灯身上。

看他这副模样，徐琏就后悔自己干吗要问他。

李浮白经过几个月的研究，总算配出了能去除脸上红斑的药膏，他今日来的时候便把斗笠摘下，闻灯看他这样，问道："你的脸好啦？"

李浮白"嗯"了一声，点了点头，将一个白玉瓶送到闻灯的手上："这是我用的药膏，闻姑娘可以试试。"

闻灯接过那玉瓶，一时说不出话来。

她之前便有个猜测，只是每次她问的时候，李浮白都不愿意多说。

他果真是在给自己试药。

他待自己这样好，她要怎么才能回报他。

36

李浮白走后，闻灯摩挲着他送来的玉瓶，神色隐晦。茶茶进来，看着花瓶中新换的山茶，了然地笑了笑，随后又把目光落在闻灯手中的玉瓶上面，打趣闻灯说："今日李公子过来又给小姐带什么好东西了？"

闻灯抬起头，看向茶茶，她没有回答茶茶的问题，反而是看着茶茶发髻上的绒花，问茶茶："是秦统领给你买的？"

茶茶瞬间羞红了脸："小姐您问这个做什么？"

闻灯慢悠悠地说道："秦统领人不错，你们两个将来若是成亲了，我好给你准备一份丰厚点的嫁妆。"

茶茶哼了一声："我才不要嫁给他。"

闻灯微微歪着头，给自己倒了一杯茶水，抿唇笑了一下，问茶茶："那你不嫁给他，你想嫁给谁啊？"

茶茶道："我要嫁给小姐！"

闻灯"噗"的一声笑起来，放下手中的茶杯："你这一天天都想什么呢？"

"我就要嫁给小姐，"茶茶来到闻灯面前，笑着说，"到时李公子做大，我做小，小姐高不高兴？"

闻灯有些无奈地说了一声"你啊"，脸上的笑倒是一直没有消失。

傍晚的时候，闻朝易来闻灯的院子中看望她，看到闻灯今日这个样子，微微有些吃惊，开口问她："你的脸好了？"

闻灯"嗯"了一声，点点头解释说用了李浮白送来的药膏。

闻灯说的不多，只说了药膏是李浮白拿来的，但是闻朝易心中清楚，这红斑，药老当时都没有办法，李浮白现在能找到这样的药膏，恐怕没有少耗费心力。

他待闻灯确实有心，闻朝易也不止一次见过李浮白，可惜这么长时间里，却是始终都没有弄清楚这个青年的来历。

李浮白或许待闻灯没有恶意，但闻朝易总觉得这个青年有点不寻常之处。

他轻轻叹了一口气，不过闻灯喜欢，暂时便遂了闻灯的心意。说起来，这段时间闻灯的身体状况倒是比去年好了不少，如果能一直这样的话，闻朝易也能放心了。

他要求不多，只想让这个女儿能够平平安安地度过这一生。

近来，他也听闻了袁二在沣州频频去望月楼中与那"天下第一美人"吕姬相会，后来吕姬前往青城，袁钰章跟了去。

闻朝易有些庆幸，但同时又有些疑惑，袁钰章怎么突然与吕姬有了牵扯。

众人都说袁公子是英雄难过美人关，最后也为天下第一美人动了心，但闻朝易并不这样认为，袁二既然是见过他女儿的，又怎么可能会因为吕姬的美色而把持不住自己呢。

其中或许还有些他不知道的原因，但袁家已经放弃了这门亲事，不必再去探究其他。

李浮白来闻府的次数多了，府中的护卫看到他，也只当作没看到，任由他来来去去。曾去沣州与他同处过一段时间的阿七见到这一幕，心道：这位李公子与他们的小姐说不定还真能成。

徐琏也着实佩服李浮白，竟然坚持了这么长一段时间都没有放弃，明知道不会有结果，却还要走下去，李浮白的心到底是什么做的？

徐琏除了叹气什么也做不了，那些道理他给李浮白说了不下十几遍，可李浮白硬是一个字都没有放在心上，去年他们二人刚刚结识的时候，还做了各种计划，要去这世间的名山大川都看一看，可是现在呢？别说是去世间的了，就连这星云十三州的，李浮白都没去过几处。他在鲸州买了套房子，一天到晚就盯着他花园里的那几株山茶，去年的雄心壮志早就被他忘得一点影子都没有了。

李浮白给山茶浇完水后，走到花园入口的树下，他前一段时间在古籍上学了个酿酒之法，不知道能不能成功。他将酒坛从树底下挖了出来，抱着两个酒坛去了屋里，倒了一小碗酒出来，送到徐琏的面前。徐琏端起来，一口闷下。

喝完后徐琏打了个嗝，对李浮白说："你这个酒的味道倒是不错，但是没什么劲儿，有点不像酒，我得再喝喝，才能品出来点其他的味道。"

徐琏说完后就眼巴巴地等着李浮白再给他倒上一碗，却见李浮白已经将酒坛给重新封好，徐琏央求着："你再给我喝一口。"

李浮白冷酷无情地拒绝了他。

徐琏问他："你今儿个怎么这么小气？"

"我酿得不多，剩下的要给闻姑娘送去，你如果想喝，下回我多酿一些。"

徐琏一副"我就知道"的表情，什么兄弟如手足，女人如衣服，那都是假的，女人是什么衣服他不知道，那兄弟可能是蜈蚣的手足。

第二日李浮白便带着这些酒前去找闻灯，闻灯身体不好，自小就不太能饮酒，不过这是李浮白送来的，她倒是可以尝一尝。入口甘甜，带着一丝葡萄的酸，像是果汁，又比普通的果汁要醇厚许多，还有一点不易察觉的酒香，闻灯喝了两口，点头说："味道不错。"

李浮白像是得到了什么至高无上的奖赏，脸上的笑扩大许多，看起来像是个得到糖果的孩子。

他今日给闻灯送来的酒还专门找来琉璃瓶盛放，淡粉色的酒水与瓶身在招摇日光下，流光溢彩，非常好看。

李浮白见闻灯又倒了一杯出来，有些紧张地提醒她说："你一下不要喝太多了。"

闻灯拿着酒杯的手顿了一下，转头笑着对李浮白说："可是你一下子送了这么多来，我怕自己忍不住。"

李浮白想了想，说："那这几瓶我就拿回去了，隔几日再给你送来。"

闻灯笑了一声，既没有反驳，也没有同意。

这酒就像徐琏评价的那样，并没有什么劲，要是以徐琏的酒力，就算连喝上十大坛子，也不会有半点醉意，就是得多跑几趟茅房。

闻灯喝得不多，脸上还是微微染上了一抹红晕，有些微醺的神采。

她抬头看着窗外，阳光有些刺眼，红红绿绿的光点在她的眼前缓慢浮动，在某个刹那，她忽然想，如果能一直这样就好了。

李浮白在庭中舞剑，闻灯坐在秋千上，笑着看他，茶茶端着茶点过来。自从李公子摘下头顶的斗笠，露出那副英俊的面容，茶茶对他的好感又多了不少，这位李公子与小姐站在一起也是相配的。

小姐应该是喜欢这位李公子的吧，不然也不会看着李公子送来的东西频频发笑了。

茶茶觉得这样很好，虽然之前她也觉得袁家的那位二公子不错，但是小姐不喜欢，那袁二就算再好，在茶茶这里他也就没有那么好了。

而袁二陪着吕姬到了青城后，并不像众人想象中的那么快活。他们刚一到青城后，就有一个老乞丐冲到吕姬的面前，跟她说她是百年难得一遇的修仙奇才，因为经脉被毒物堵塞，所以才只能做一个普通人，他这里有修炼的法子，能够让她从普通人变成修炼之人，但是需要吕姬在青城中待上一些时日，见过他们的城主，同他们一起参加个祭礼，才能得到这份传承。

袁二以为吕姬会拒绝这个人，因为这个老乞丐的话怎么听都像是胡编乱造的，但是他没有想到，吕姬最后竟然会同意。

袁二想不明白，吕姬明明已经拿到了霜雪伽蓝，能够让她永葆青春，容颜不朽，虽然说普通人的寿命比不得修炼之人，但是她作为天下第一美人，能够求来的天材地宝不在少数，自然有的是法子来延长寿命，何必多此一举。

天赋普通的凡人纵然有机会踏入仙途,但也只是比寻常人能多出几十年的寿命来,再多的就没有了。

袁二作为袁家的二公子,自然不可能陪着吕姬在青城待那么长时间,可他也怕将吕姬一人留在这里会出现意外,故而在离去前,把自己身边的人手留下一半暗中保护吕姬。

在城门口,吕姬同他道别时看向他的目光,似乎透着些许古怪,但袁钰章没有多想。

在回沣州的路上,袁钰章又想起闻灯来,觉得惋惜,她的病怎么就突然好起来了?不然的话娶了她真是一个不错的选择。

父母在听说他放弃同闻家的亲事后在望月楼中与那吕姬频频约会,将他痛骂了好几顿,袁二对此早有预料,但是真走到这一步,还是让他很不爽。这不是他第一次精心筹谋一件事,却是他第一次失算,以至于到最后这件事全部脱离他的掌控。

见他回来,袁父找到他,对他说:"你回来的正好,闻朝易这些日子向我打听老祖传下来的那本功法,似乎有意用神兵逐雪来换,你去鲸州看看,他到底是个什么打算。"

袁钰章惊讶道:"那本功法是老祖传下的,我们袁家都没人能够修炼它,您竟然要用它同闻家做交换。"

袁父笑了一下,对袁钰章道:"这本功法可不是什么人都能修炼的,要是能用它从闻朝易那个老狐狸那里换点好处,那也是一桩不错的买卖。"

37

袁钰章有些奇怪地问道:"不过闻家突然想要那功法做什么?"

"或许是为了闻灯吧。"

袁钰章微微皱起眉头,不是说闻灯的病已经治好了吗?现在怎么还要跟袁家换这个东西?

袁钰章的父亲思量道:"若真是为闻灯求的,那闻灯的病情应该很严重了,这桩亲事幸好没成。"

听到这话,袁钰章的表情中却看不出任何的欣喜之意,如果闻灯的病情真的严重到这种地步,自己那不就是错过了这个机会?

虽然此刻还不清楚究竟是怎么一回事,但是袁钰章依旧是气得要死。他向来自负,现在却有一种被人玩弄于股掌之中的感觉,他无论如何也不能接受这样一个结果。随后他听到父亲说:"明天你就动身前往鲸州吧。"

袁钰章一口应下来,他定是要亲眼见见闻灯现在是什么模样,除了无法接受自己可能被人愚弄,他还带着一丝被人拒绝的恼怒。

若此事是真的,那这件事或许从头到尾都是闻灯一手策划出来的。

闻灯她凭什么看不上自己。

与袁家交换功法这件事毕竟与闻灯息息相关,闻朝易也没有必要瞒着闻灯,便与她说了起来。

"若是那功法真的有传说中的那样厉害,袁家定然就自己修炼了,不可能将它封存多年。"闻灯笑了一下,闻朝易实在不必对袁家的功法抱有什么希望,她继续说,"若如袁家所言,修炼此功法的人,当世无人能出其右,那现在袁家已经统领整个星云十三州了。"

闻朝易心中也清楚那功法定然是有什么蹊跷古怪之处,所以袁家根本没有人修炼,但是或许此功法对闻灯来说就是个机缘,他对闻灯说:"看看袁家的态度吧。"

闻灯"嗯"了一声,又问道:"那父亲打算用什么与袁家做交易?"

袁家绝不可能将一个传说中是他们老祖传下来的功法随随便便地相赠与人,即使他们自家无人修炼,也会用它换取最大的利益,这是人之常情。

闻朝易说出自己以逐雪剑做交换,闻灯微微皱眉,她倒是觉得闻朝易可以将条件压得再低一点,但现在闻朝易已说出来了,此时反悔也说不过去。

闻朝易道:"暂时就这样,先看看吧,究竟要如何,到时候再做决定。对了,过两日袁二就来了,你是否要见见袁二?"

闻灯摇头说:"不必了吧。"

有什么好见的,袁家的这位二公子费尽心机地想要娶她,不过就是看着她命不久矣,好给他与吕姬做一块垫脚石,这种人闻灯真的不太想与他有任何牵扯。

"父亲见到那袁二公子的时候,切记不要表现出任何的急切情绪。"闻灯嘱咐说,"若是对方有意让您继续加码,您便放弃这个交易吧。"

闻朝易点头，对闻灯道："此事为父心中有数。"

他沉默了一会儿，本应该立刻离开，想了想，又向闻灯问道："你与李浮白是怎么打算的？"

李浮白的医术精湛，加上从药老那里拿到的药典，这一身医术在医界也能排得上前列，他能根据闻灯病情的好坏，及时调整每个阶段的药量，故而把闻灯照顾得不错，至少这段时间她常常跟着李浮白出门，病情也没有加重过。

"我与他……"闻灯轻轻叹了一口气，她的影子映在身后的屏风上面，看起来有些寥落，她声音低低地说，"我也不知道啊。"

闻朝易抿了抿唇，欲言又止地看了她一会儿，最后什么话都没说，起身离开。

闻灯与李浮白日后会怎么样，他也懒得插手，反正他这个女儿向来主意大，他说了她也未必会听。

李浮白第二日来的时候，带着新酿好的酒，打开盖子后，清洌的酒香扑鼻而来，还带着一丝丝玫瑰的花香。

李浮白坐在闻灯对面，问她："明日闻姑娘可有空？"

闻灯闻着酒香，抬头看了李浮白一眼，轻声问他："怎么了？"

李浮白道："明日晚上可以到通河去放河灯，你要去吗？"

闻灯想了想，便应了下来："好啊。"

通河两岸行人熙熙攘攘，李浮白与闻灯并肩走在河岸上，头顶花枝交错，月色婆娑，两个人的影子在四周灯火的映照下，重叠在一起。

李浮白侧头望着自己身旁的闻灯，昏黄色的灯火将她头顶的发钗和步摇照射得熠熠生辉，红色的宝石光彩流转，珍珠与玉石碰撞，发出泠泠声响。

夜幕沉沉，繁星璀璨，河岸上的人群喧闹，李浮白希望这条路能够一直走下去。

袁钰章来到鲸州后并没有立刻到闻府去，而是在鲸州城中打听闻灯最近的情况，鲸州的百姓对闻灯的病情虽然知道的不多，但是也能看到从前经常会有大夫到闻府中去，今年却没怎么见到有大夫去了。

这些话同之前袁钰章派人调查出来的差不多，他心中疑惑加重，难道闻灯的病真的好转了？那闻家要这功法又是为了何事？

袁钰章想过要偷偷进到闻府中一探究竟，但是闻府之中设有各种专门针对修士的阵法，袁钰章也不能保证自己能够全身而退，这要是被人给抓住了，那他袁家的面子就全没有了，说不定他们老祖传下来的那本功法还得被当作赔礼直接送给闻家。

袁钰章思索过后便放弃了这个打算，如今只能待他进到闻府后，再图谋。

即使在得到这些信息后，袁钰章依旧没有急着到闻府中去见闻朝易，而是在鲸州又走访了几日，他想要知道这个被誉为"星云十三州第一美人"的闻家大小姐到底是怎么样的一个人。

但他这完全就是浪费工夫了，问来问去，说什么的都有，最后合在一起来看，他们说的根本不像是一个人。

除了与闻灯相关的，袁钰章还听了一桩有点意思的小事，是个普通的百姓说的，说自己有一天在回家的路上见到一个仙子，白衣飘飘，腾云驾雾而来，如梦似幻，再一眨眼，那人就不见了。

袁钰章向来对美人格外感兴趣，听对方这样说，不免好奇他所见到的仙子到底是什么模样的，可惜这人画技不好，想要将那仙子的容貌复原出来，最后却画成了一只母夜叉站在这儿。

袁钰章将吕姬的画像送到那人的面前，问他见到的仙子与吕姬相比如何，那人却是摇摇头说："不及仙子三分风韵。"

袁钰章垂眸看着自己手中的画卷，这画上的人虽是吕姬，但画像也不及吕姬本人的三分风采，此人看到的人多半就是吕姬了。

他倒是不知道吕姬在到沣州之前原来还来过鲸州，或许是为了自己与闻家的那桩亲事，这样一想，袁钰章的心中好受了不少，前些时日在青城里被吕姬拒绝的恼怒也因此消除了不少。

就算吕姬表面上几次三番地拒绝他，可还不是一样会担心他真的与闻灯成亲，他笑了一声，到最后，这个高傲的美人还不是要为自己倾心。

即便那人觉得自己见到的仙子与画上的吕姬并不相似，但是袁钰章仍旧坚决地认定他见到的人就是吕姬。

袁钰章打听了一些没用的消息后，终于去闻府拜见闻朝易，两人寒暄一番，说起袁家的那本功法，袁钰章听到闻朝易打算以逐雪剑做交换的时候，脸上露出为难的表情来，他说这是他们老祖传下来的，按照规矩来说是不能外传的。

但是如果闻朝易真的有什么必须用这本功法的地方，他们之间可以再商量商量。

毕竟规矩是死的，人却是活的。

闻朝易叹了一口气，对袁钰章说："小女的身体不好，我听闻袁家的这本功法能够延长人的性命，便想要看一看。"

袁钰章联想到自己这几日在鲸州城中得到的消息，一时间不能判断出闻朝易这话是真是假，犹豫片刻，对闻朝易道："闻姑娘现在怎么样了？不知道可否让晚辈前去探望？"

闻灯不想见这位袁二公子，所以今日一直待在院子里没有出来，但袁钰章现在主动提出来，闻朝易一时不好拒绝。

是他们有求于袁家，若是连这么小的请求都拒绝，实在有些说不过去。

袁钰章笑着继续说道："药老现在还留在沣州，如果闻家主您需要，晚辈可以将药老请来。"

闻朝易起身，对袁钰章道："袁二公子跟我来吧。"

袁钰章跟在闻朝易的身后，一同向闻灯的院子走去，这么长时间了，他今日终于可以见见那位被称为"星云十三州第一美人"的闻家小姐了，也不知道她到底配不配得上这个名号。

不过就算配得上，也无法与吕姬相比。

袁钰章怀着这样的心理，一路来到闻灯院子的外头，院子的门半开着，在外面洒扫的下人们看到闻朝易来，立刻小跑到门前敲门。茶茶听到敲门声，走到门前，看了一眼外面的人，将门拉开。

38

眼前的门被拉开，袁钰章抬头向院中看去，门前长廊下站着一个着白衣的女子，挽着鹅黄色的披帛，正看向庭中的那株梨树，雪白的梨花纷纷扬扬从枝头落下，像是下了一场茫茫的大雪。

人间绝色，不过如此。

袁钰章看得有些愣神,他向来好美人,不然也不会追着吕姬跑了这么多年,眼前这个女子似乎比吕姬还要美上几分,他没有来得及思考,下意识地开口问道:"这是什么人?"

府里的下人随着袁钰章的目光看过去。这位袁二公子前一段时间不是还向闻家求亲吗?怎么他现在连他们家小姐都认不出来了?

真是奇怪。

闻朝易同样觉得疑惑,袁钰章说自己曾见过闻灯一面,对闻灯一见倾心,现在竟然能在他面前问出这样的问题来,他压下脸上的异色,回答袁钰章说:"那是小女,闻灯。"

袁钰章愣住,一时间大脑一片空白,根本没有办法正常思考,那是闻灯,那竟然会是闻灯……

这件事对他意味着什么,他之前做过的一切又意味着什么,他全都来不及去想了,只是直直地看着廊下的女子,疯狂地想要占有她。

很久后袁钰章才找回自己的理智,知道自己刚才在闻朝易的面前有些失言,但是一时间找不到好的借口来,只会越说越乱,更惹闻朝易的怀疑。

闻灯抬起头来看向外面,看到袁钰章时也没有露出其他的表情来,好像都在她的预料之中。

而袁钰章望着闻灯,忽然想起自己前几日在鲸州城中见到的那个说自己看到仙子的男人,那人看到的或许就是闻灯了。

他随着闻朝易向闻灯走过去,心中感慨万千,若是早知道闻灯长这个样子,他说什么也不会放弃这门亲事。

真是可惜了,这样的美人如果不能拥有,那会是一生的遗憾,好在一切还都不晚,都来得及,反正现在闻灯也没有嫁给别人。他作为袁家的二公子,比起其他的竞争者来说是很有竞争力的,况且,好像除了自己,也没有听说还有其他的公子在追求闻灯。

之前他以为闻灯这个"星云十三州第一美人"的称号不过是有人为了讨好闻朝易才弄出来的,如今看来,说她是星云十三州的第一美人过于谦虚了,若是她愿意出现在人前,那"天下第一美人"的名号恐怕也不是吕姬所有的了。

袁钰章着实后悔自己在没有看见闻灯的长相前,就凭借一些刻板的印象来判断她的长相。

他也庆幸自己在沣州的时候对闻灯没有太坏,只是后来他没有向众人避讳自己对吕姬的讨好,此事或许闻灯也是知道的。

这大概就是搬起石头砸自己的脚吧。

闻灯见到袁钰章表现得既不热情,也不过于冷淡,同在沣州的时候好像没有太大的区别,倒是袁二可比从前殷勤许多,也真诚许多,不断地询问闻灯。

闻灯懒得与他说话,没过一会儿就按着额头,茶茶见状,立刻过来让闻灯去休息,袁钰章也不好再叨扰。

如此总算将袁钰章与闻朝易打发走了,闻灯打着哈欠躺在摇椅上。茶茶捧着糕点站在一边,她今日可算是见到这位一直存在于家主和小姐口中的袁二公子了,不自觉地把袁二同李浮白做了比较。

论相貌,袁钰章虽然也是相貌堂堂的,但是比起李公子来就差了些,与小姐在一起的时候,也没有李公子显得相配。更重要的是,李公子来的时候,小姐可从来没有表现出一丝的不耐烦,而且平日里只要小姐显露出一点疲惫之色,李公子就会主动离开。

只是在家世方面,李浮白比起这位袁二公子还是差了一点。

茶茶想完这些,心还是往李浮白那边多偏向了些,最重要的是,她能看出来,小姐是有点喜欢那位李浮白李公子的。

袁钰章离开不久后,李浮白便来了,如往常一样手里捧着一大束白色的山茶,轻车熟路地将那花放进花瓶中去,问了问闻灯:"今日身体怎么样?有没有哪里不舒服?"最后才问她,"袁公子今日来了?"

闻灯抬眼看他,有些奇怪地问道:"你怎么知道的?"

李浮白被闻灯这样一看,心中柔软下来,他有些不太好意思,但是在闻灯面前又不善撒谎,只好承认说:"我刚才在外面听到他的声音了。"

闻灯笑了一声,也不介意,对李浮白说:"是来了,不必管他。"

李浮白放下这一话题,同闻灯说起这几日他从茶馆中听来的故事,只是他说着说着,还是忍不住问闻灯:"袁二公子过来做什么?"

闻灯睁开眼,促狭地看着李浮白,见他羞红着脸,有些局促,又有些隐秘的担忧,闻灯对李浮白说:"袁家有一本功法,据说能够延长寿命,我父亲想要同袁家做交换，袁二来鲸州便是为了此事。"

李浮白"哦"了一声，沉默半晌后忽然又问闻灯："那功法真的有用？"

闻灯摇头："我也不清楚。"

李浮白没有再问她，只是暗暗将此事记在心上，心中对袁家的那本功法有了些许好奇。

那是一本什么样的功法？真的可以治好闻姑娘？

袁钰章从闻家离开后就一直想着自己今日见到的闻灯，他想要得到闻灯，他必须得到闻灯，若是得不到，他这一生都不会圆满，好在他还有手中的功法，可以帮助他。

袁钰章当日便联系了在沣州的父母，提出想要将袁家的这本功法白送给闻家，但是条件是他们将闻灯嫁给他。

他父亲收到这封信件的时候气得浑身哆嗦，这个儿子的脑子有点毛病，想一出是一出。去年他想要娶闻家的姑娘，他们依着他的意思，向闻家求亲，结果后来他又突然反悔，不想娶了，他们也依着他，放弃了这门亲事，现在他又来跟他们说，他还想娶闻家的闻灯。

他到底在想什么？他这回去鲸州是不是脑子被驴给踢了？

况且他之前不是说那闻家的小姐活不了多久吗？娶这么一个快死的人回家干什么？给家里多添一个牌位吗？

袁钰章的父亲毫不犹豫地拒绝了他的请求，并且让袁钰章赶紧从鲸州回来，这件事不用他处理了。

但是现在袁钰章人在鲸州，根本不听这些话，他如果将那本功法送给闻家，闻灯修炼后得以病愈，袁家与闻家结成亲家，这件事有利无弊，他不明白袁家为何要抗拒。

他父亲快要被他给气得晕过去了，那部功法岂是什么人都能修炼的？若真是这样，他们袁家的人早就自己练起来了，还用将它封存到今日？袁钰章这回去鲸州到底是被什么给迷了心窍？脑子都哪里去了？是被妖精给掏空了吗？

他再次传信，让袁钰章快点从鲸州回来。可凡间有句话说得好，"将在外，君命有所不受"，反正现在这本功法就在袁钰章自己的手上，他想要如何处置，还不是看他自己的意思。

袁钰章并没有立刻将自己的心思暴露出来，只是同闻朝易强调袁家的这本功法非常珍贵，不可外传。

他常常想去拜访闻灯，只不过大多时候，闻灯都以"身体不好"为由，拒绝同他见面。

在之前，他被闻灯这样拒绝，多半要恼怒，现在却变得大度许多，美人嘛，高傲一点也是正常的，就是吕姬也常常会拒绝他。

而且她这样冷淡，而自己却一再坚持，才能够显出自己的诚心来。

闻朝易也渐渐看出袁钰章的意思了——不能外传，若是闻灯嫁到袁家去，那就不算是外传了。

闻朝易将袁钰章的意思同闻灯说了说，闻灯感觉有些好笑。前一段时间袁钰章还追着那吕姬到了青城，现在就把算盘打到了自己的头上，这位袁二公子变心之快，可真是一点都不加掩饰的，闻灯不在意道："那便不要了吧。"

她本来就没有对那功法抱有多少希望，即便是拿到手，能够修炼的机会也很渺茫。

闻朝易轻轻叹气，闻灯能够将此事说得如此轻易，不过是因为她现在的身体勉强还算可以，若是她真到了药石无医，只能凭借那功法来救命的地步，她还能像此时这般不在乎吗？

但是闻朝易对袁钰章前些时候与吕姬的牵扯同样不满，他原本觉得袁二对闻灯来说算是个良人，如今倒也不确定了。

而且闻灯应当是多少有点喜欢李浮白那个小子的，这么长时间接触下来，闻朝易能看出李浮白是挺不错的，但是两个人想要过得长久，只靠这个是不够的。

闻朝易也希望闻灯能这样一直健健康康的，然而世事难料，谁能确定日后会如何？

袁钰章看着闻朝易开始跟自己装傻，心中不禁焦急起来，若是闻家对这本功法没有他想象中的那般在意，那他又该如何得到闻灯。

或许该让闻灯大病一场，袁二如是想到。

39

袁二虽然做好了决定,但是闻灯向来不怎么出门,也很少与他见面,纵然他想要使些手段,也找不到使手段的机会。

不管他想要做什么,总得见到那闻小姐的面才行。

他每次想要见见闻灯,都会被闻灯拒绝,最后弄得闻朝易都有些不太好意思起来。袁钰章毕竟是袁家的二公子,她这样的态度未免有点伤人,闻朝易找到闻灯,向她问道:"你就这么不喜欢袁家那孩子?"

"不喜欢。"闻灯说道。

闻朝易愣了一下,他以为依着闻灯的性子,就算是不喜欢那位袁二公子,也会把话说得委婉些,她现在能这样说,那应该是十分不喜欢他了。

不知道袁钰章是哪里得罪她了。

闻朝易在心中默默叹气,就算闻灯不喜欢那位袁二公子,也不该表现得这样明显,说不定有一日闻灯还要有求于人家。

"袁钰章可能明日就要回沣州了,离开前想要再见你一面,你也不想见吗?"

闻灯摇头:"不太想见。"

"见见吧,"闻朝易劝她说,"或许有一日真能用得上他们袁家的那本功法,现在不好把关系弄得太僵,你应该明白。"

闻灯摩挲着眼前的白瓷茶杯,她当然明白,只是袁钰章每次看她的目光都让她很不舒服,她着实不太想与这样的人接触。

"我也不劝你,只是你向来聪明,知道凡事留一线的道理,你想怎么做自己决定吧。"

闻灯抿着唇,闻朝易这话该让她怎么接?要是早知道袁钰章会到鲸州来,她该晚些再使用李浮白送给她的药膏,但现在说这些都没有任何用处,谁也不能预料到未来之事。

看在袁钰章要走的分上,闻灯勉强与对方见了一面,袁钰章想要约闻灯到府外走走,被闻灯再次以"身体不好"为由拒绝了。

袁钰章来到鲸州的时候打听过闻灯的许多事,在百姓口中,这位闻家的大小姐向来是足不出户的,所以他们只听说她有个"星云十三州第一美人"的名头,却不知道这名号是从哪里来的,她到底是什么样子的,配不配得上这个名号。

闻灯既然能在沣州爬山、听戏,回到鲸州后不可能一直不出门,她多半变装易容后出去过,只是现在她不愿与自己出去,袁钰章也没有办法强逼她。

他们二人在闻府的花园中闲逛,闻灯的话不多,大多时候都是袁钰章在旁边说话,偶尔问些问题,闻灯解答。花园南边有一个水池,他们走到这边的时候,袁钰章往里面望了一眼,各色锦鲤在水中游动,往来翕忽,袁钰章往水边靠近一些,弯下腰盯着那些锦鲤看了半天,对闻灯道:"这池中的鱼倒是不错,颜色鲜艳,比我在沣州见到的好像更好一些。"

闻灯站在旁边,没觉得府中的锦鲤比别处的好在哪里,她淡淡地说道:"袁公子若是喜欢,可以抓两条回沣州去。"

袁钰章笑了一声,道:"多谢闻姑娘的好意,只是我若是带着这么两条鱼回沣州去,家父恐怕要打得我两三日不能下床。欸?这条蓝色的是什么鱼?我怎么没有见过?"

闻灯上前一步,低头看向袁钰章指向的方向,只是她刚一上前,只觉得身后有人推了自己一把,脚下一滑,整个人扑向水中。

"闻姑娘小心——"袁钰章的声音在闻灯的耳畔响起。

小时候闻灯晚上出来曾不慎落入水中,所以闻府中的池子都填过一遍,不深,最深的地方水位也不过在她胸口以下,她落入水中后立刻站了起来,但是仍呛了两口水,浑身湿透。冷风吹过,闻灯捂着胸口咳嗽起来,府里的护卫听到动静,连忙过来,只看到闻灯站在水中,而袁二公子也跳进水中,正要将他们小姐抱上来。

闻灯推开袁钰章,她现在虽有些头疼,但是脑子还算清醒,刚才的事要说与袁钰章一点关系都没有,她是绝对不相信的。秦统领连忙让女护卫跳进水中,把闻灯救上来,抱她回到院子中。

袁钰章跟在后面连连道歉,说是道歉,其实更像是在解释闻灯落入水中与他完全没有关系。他刚才故意在岸边多等了一会儿,虽然没能将美人抱入怀中,但闻灯多半要病上一场,他就不信这种情况下闻家还能够对自己爱搭不理。

闻灯换了衣服,从屋子里面出来,强撑着精神,笑着跟袁钰章说:"没有关系,只是落水而已,没什么大事。"袁钰章见她这样,不禁怀疑起来,自己刚才的设计是不是完全没用。

将袁钰章打发离开后,闻灯仿佛耗尽所有的心力,昏倒过去。她昏倒前给茶茶留了话,此事不要声张,等李浮白来了再说。

茶茶在床边守着她,没过一会儿就要到门口看看李浮白有没有来,她从来没有这样急切地希望李浮白快点过来。

当李浮白出现在院子中的时候,就看到茶茶一脸焦急地望着自己,眼睛红红的,好像快要哭出来了。

李浮白当时心中一乱,问道:"怎么了?"

"小姐现在还在昏迷中,李公子你快看看吧。"

李浮白的脸一白,连忙跟着茶茶进到屋里,他给闻灯把脉,眉头皱得紧紧的,问茶茶:"怎么回事?怎么突然这样了?"

明明昨天还是好好的,今天她怎么就躺在这里了?

茶茶在旁边一边哭,一边同李浮白解释说:"小姐今天跟袁公子在外面的园子里闲逛,不知怎么回事,小姐掉进水里了,回来后换了衣服就昏睡过去,到现在还没有醒过来。"

李浮白没有时间去考虑闻灯与袁钰章在园子里都说了些什么,从灵物袋中翻出一颗白色的小药丸先给闻灯服下,然后拿出纸笔,在纸上面迅速写下数十种药材,递到茶茶面前,问她:"这些药府里都有吗?"

茶茶跟在闻灯的身边这么多年,闻灯常用的药材她也都认识,她将那药方扫了一遍后对李浮白点头说道:"有的,我这就去拿。"

茶茶小跑出去给闻灯取药,剩下李浮白与闻灯两人在房间中。李浮白拿着帕子将闻灯脸上的汗水细细擦干,看着她泛着异常红晕的脸庞,有些心疼。

茶茶很快带着李浮白需要的药材回来,李浮白接过药材:"厨房在哪儿?我去煎药。"

茶茶说:"我来煎就好了。"

"太慢了,还是我来吧。"

茶茶"哦"了一声，看着李浮白到了厨房后，直接以灵力将药材煎好。李浮白看着闻灯服下药后，便与茶茶一起守在这里，等闻灯醒来。

茶茶等了一会儿，问李浮白："小姐什么时候能醒？"

"快的话一个时辰就能醒了，慢一点，晚上应该也能醒。"

"麻烦李公子了。"

"没事的。"李浮白说完，沉默了一会儿，从灵物袋中取出两只纸鹤，在上面写写画画了一会儿，把纸鹤送到茶茶面前，"下次闻姑娘若是再有什么事，你把它们放到亮光下面就好，它们会自动去寻我。"

茶茶将纸鹤收下。

床上传来一点响动，李浮白像是一支离弦的箭，立刻冲过去，看到闻灯睁开眼，笑着问她："醒了？"

闻灯"嗯"了一声，声音有些干涩。

"你现在怎么样？有觉得哪里不舒服吗？"李浮白站在床边，担忧地看着她。

闻灯看他这样，心中不免有些酸涩，她知道他会来，知道他会救自己，可自己这样是否对李浮白太不公平？

她轻轻对李浮白说："已经好多了，你别担心。"

李浮白等她缓了缓，才问她："今日到底是怎么回事？"

闻灯因为身体不好，行事小心，今日怎么会无缘无故落入水中？

闻灯将当时的情形同李浮白简单地说了说，李浮白垂下眼睑，当时究竟是怎么个情况，他恐怕得到池边检查一下才能确定，但现在不必与闻灯说，省得她平白生气。

他问闻灯："等会儿想吃什么？我去厨房给你做一点。"

闻灯想了想，对李浮白说："清淡点的，甜一点的，其他的你看着做吧。"

或许是苦药吃得太多，她总喜欢吃些甜的。

李浮白去厨房炖好一份雪梨粥，又烤了两块玫瑰酥，便去水池边检查是否有灵力的痕迹。秦统领也怀疑是有人动了手脚，但是却没有调查出一个结果来。

李浮白蹲在地上，手掌在青石板上拂过，能感受到这里还有一点残余的灵力。他将此事告知闻灯，虽然没有提袁钰章，但是他们两人对谁下的手都心知肚明。

闻灯觉得好笑，这位袁二公子去年追吕姬追得整个十三州的人都知道了，现在弄出这样的事来，实在让人瞧不起。

李浮白叮嘱闻灯说："以后你若是与他单独在一起，要小心些。"

闻灯喝了一口雪梨粥，将手中的勺子放下，抬头看向李浮白，悠悠对他说道："那以后不如你陪着我？"

李浮白霎时僵在原地，他其实此时并不知道闻灯的这番话中是否还有其他的深意，但是他来不及去想这些，一股狂喜如同飓风一般在他的心上席卷而过。

40

李浮白恍恍惚惚，走起路来深一脚浅一脚的，他都不知道自己是怎么从闻灯这里离开，又是怎么回到家中的。

徐琏见到李浮白这样回来，吓了一跳，忙问他："你这是喝了多少啊？没吃点花生米啊？"

李浮白摇头说着"没喝酒"，然后又低头笑起来。

徐琏一见他这样子，便知道肯定与闻灯有关系，不知道闻灯又做了什么，或者是说了什么，才能让李浮白变成这个样子。

上回闻灯只用两三句话，就让李浮白到语落谷中为她寻找那青蛇藤，如今能让李浮白笑得跟个傻子似的，不知道他又要豁出什么。

徐琏长长地叹了一声，询问李浮白究竟遇见何事，李浮白低着头说："我觉得闻姑娘有一点喜欢我了。"

他的脸上染着红晕，一直蔓延到耳朵后面。

"有一点？"徐琏在心中不住地冷笑，她要是真有一点喜欢李浮白，就该离李浮白远一点，她就是个麻烦，李浮白与她牵扯上，以后那得有更多的麻烦。

徐琏问道："她愿意嫁给你了？"

李浮白抬头看了徐琏一眼："你说什么呢？"

徐琏意味深长地"哦"了一声，那便是没有这个想法了。李浮白在高兴什么？人家随便说两句话，他就解读出有点喜欢自己了，李浮白啊李浮白，你说说自己现在像什么样啊？

闻灯是与袁钰章在一起的时候不慎掉入水中的，闻朝易对袁钰章也有迁怒，毕竟闻灯同李浮白外出过多少次，都没有发生过一点意外，现在袁钰章在闻家与闻灯一起都能让闻灯落入水中，至少说明这人待闻灯并不细心。

只是袁钰章一脸歉意，连连向闻朝易道歉，并且说什么"如果不见到闻姑娘心中难安"。他毕竟是袁家的公子，手里还有那个闻朝易很想为闻灯求到的功法，对他的态度不好太冷淡，闻朝易于是让他见了闻灯一面。

袁钰章来时，闻灯正与李浮白在院中下棋。茶茶端着糕点站在一边，低头看着棋盘，又看了看手中拿着棋子始终不落下的李浮白，笑着说："李公子，我看你这一局又要输了。"

李浮白有些不好意思地笑笑，他同闻灯下了三局，竟是三局全都输了。

袁钰章看向这二人，心中有些诧异，李浮白这个小子竟然也在，他是不是早就见过闻灯，所以才会一直在闻灯的面前献殷勤，袁钰章越想越觉得自己的这个想法没有毛病。

可惜了，自己那个时候竟然没有看出这人的险恶用心，如果能够早点看穿，如今在闻灯的面前也不会如此被动。

闻灯将手中的白玉棋子扔进棋篓中，转过身去，看到袁钰章，开口问道："袁公子怎么来了？"

袁钰章将带来的礼物交到茶茶的手上，对闻灯说："昨日让闻姑娘受惊了，今日特来道歉。"

闻灯道："无事，是我自己不小心罢了。"

"不来亲眼见见闻姑娘怎么样了，我心里一直不安稳。"袁钰章打量着闻灯，见她确实没什么事，心中憋屈，表面却是装模作样地舒了一口气，"现在见闻姑娘没事，我这一颗心才算落了地。对了，李兄怎么也在这里？"

李浮白说："闻姑娘有些无聊，我过来陪她下棋。"

袁钰章心中不悦，他已经将闻灯看作自己未来的妻子了，此时见到她同别的男人下棋，自然生出一股妒火来，他对闻灯说："我在鲸州也无事，闻姑娘如果需要的话，我随时可以过来陪闻姑娘。"

闻灯笑笑，在沣州的时候她倒是没发现这位袁二公子的脸皮如此厚实,昨日做出那种事来,今日竟然还能够在自己面前当作什么事都没有发生,这样好的演技,不去唱戏实在可惜。她问袁钰章:"袁公子不是说要回沣州的吗?"

袁钰章道:"沣州那边的事情已经解决了,我见鲸州这边风景不错,便想要多留几日。"

他说这番话的时候眼睛直直看着闻灯,像是在告诉在场众人,自己就是为闻灯留下来的。

闻灯心觉厌烦,只想在门口挂个牌子,上面写着"袁钰章与狗免进",只是这种事她作为闻家的小姐还做不出来。之后每次袁钰章再来的时候,她都以"身体不好"为由拒绝了,闻朝易虽有些不满,但是没有再逼迫她。

袁家的二公子在追求闻灯这件事被宣扬得众人皆知,鲸州城中八卦的百姓也很奇怪,明明去年的时候他们就听说袁家向闻家求亲了,以为这喜事要成了,可后来渐渐没了消息,他们也就忘了这件事,怎么今年袁二公子又来鲸州追求闻家小姐了?

他们可还听说前些时候这位袁二公子曾跟着吕姬去了青城,到最后只有袁二公子一个人回来,众人八卦一番,怀疑袁二是被吕姬拒绝,所以才会退而求其次选择闻灯。不知道这"星云十三州的第一美人"与"天下第一美人"吕姬比起来,差了多少。

袁二不知道闻灯是否听过这些言论,他没有办法主动向闻灯提起,更没有办法同她解释,他很后悔去年在沣州的时候没有坚持到底,如果那个时候他将戏演得再投入些,或许就能打动这位闻家的大小姐了,而不是现在这样,连见她一面都不容易。

李浮白并没有理会外界的这些风言风语,那日闻灯落水之后,他便再也没有带闻灯出去过。闻灯的身体不好,不能受风,这些时日她的精神看起来虽然还好,但是脉象却是越来越乱。

一想到这件事是袁钰章故意所为,李浮白就恨不得将袁钰章扔进水中,泡他个三天三夜。

他难以想象怎么会有这样的人,他与闻灯都明白袁钰章的目的是什么,也正因为知道,所以李浮白更加看不懂袁钰章,为什么可以为了得到闻灯而不择手段,就算她过得不好,袁钰章也会觉得开心吗?

李浮白怕闻灯待在府中会无聊，每日来的时候都要给她带来许多新鲜的小玩意儿和话本，他会弹琴、舞剑，还跟一家酒楼里的说书先生学会了口技，逗得闻灯笑个不停。

比起袁钰章，茶茶可太喜欢这位李浮白李公子了。他会医术、武功，厨艺又好，对小姐的态度更是没有话说，以后若是小姐真嫁给了这位李公子，应该也会很开心。

这段时间闻灯的病情有些加重，李浮白将药方改了又改，但是作用有限，只能稍微延缓闻灯病发的时间。他在这里稍稍坐了一会儿，闻灯便捂着嘴咳嗽起来，喉咙里泛起浅浅的血腥味，她面不改色地将血咽下。

闻灯的咳嗽声渐渐停息下来，抬头看到李浮白望着自己，表情有些难过，她安抚李浮白说："没事的，你别太担心了。"

李浮白"嗯"了一声，然后直接抬起手将手指搭在闻灯的手腕上，许久都没有开口，只是面色看起来愈加凝重。

闻灯静静地望着他，每次病发的时候她都知道自己的身体是个什么情况，所以从前她听到大夫说"没救"的时候，也不会有什么特别的感想，只觉得果然如此。

可是现在，她面对李浮白，有时候甚至会想，如果李浮白不懂医术就好了。

如果不懂医术，他就不会知道她到底怎么样，也不会为她的病而担惊受怕。

许久后，李浮白将手收了回去，低着头沉默了半天没有说话。闻灯正要开口安慰他，他忽然抬起头来，开口对闻灯说："我明日去一趟沣州。"

闻灯问他："怎么了？"

李浮白说："药典上有些东西我弄不明白，我得去问问药老。"

闻灯知道他是为了自己，她怔怔地望着自己对面的这个青年，嘴唇微动，最后只是对李浮白说了一句："早些回来。"

李浮白应下，从闻府离开的当日便去了沣州，找到药老。

药老看着李浮白这些时日为闻灯的病归纳出来的笔记，一边翻看，一边频频点头。他一直觉得李浮白在医术上的天赋不错，不能把这样的青年收作徒弟，实在是人生中的一大遗憾。他对李浮白道："你的医术精进得不错，这些药典你是都看进去的了。"

"比起前辈来还是差了很多。"李浮白对药老道，"闻姑娘病情加重了几分，不知如何是好？"

"怎么这么快就加重了？"药老问道。

李浮白将闻灯落水之事同药老说了一番，药老听后长叹一声。

"她的病其实你心中应该也清楚，即便是大罗神仙来了，也没有办法。"药老顿了顿，"她这条命啊，就只能这样吊着，什么时候吊不住了，人就没了。"

"会有办法的，一定会有的。"李浮白抿了抿唇，像是说给药老听，又像是在说给他自己听。

药老看着面前这个青年，恍惚间觉得他实在是有些可怜。

他喜欢谁不好，偏偏喜欢上那样的一个姑娘。

"我这里是真的没有法子了，你……"药老想了想，对李浮白说，"你若是有机缘能见到智恒大师，或许他还能有些法子。"

第五章 恨长生

41

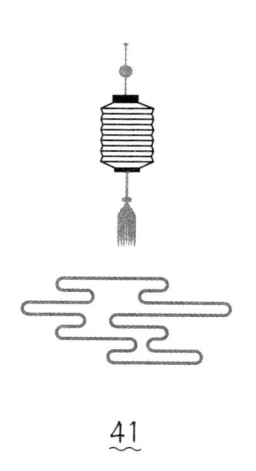

"智恒大师……"李浮白隐隐听说过这位智恒大师的名号,不过那时候他并未上心。

药老"嗯"了一声,继续同李浮白说:"不过这几年智恒大师的下落一直没人知道,要找他恐怕不太容易,能不能见到他,只能看缘分了。"

看来想要找到智恒大师不是一时半会儿就能做到的事,李浮白继续问道:"这药闻姑娘还能再用吗?"

药老叹气,看着面前的李浮白,到底是有几分于心不忍,他对李浮白说:"你且让我想一想,或许还能有法子。"

李浮白静静站在一旁,看着药老将他带来的记录闻灯病情的手札从头到尾翻看一遍,然后拿出几本药典,研究起来。

李浮白一直没有出声,药老将药典翻完,抬起头来看到他才想起自己这里还有个人,对李浮白说:"你闲着没事,去隔壁那间屋子,帮我将那些医书都整理一下。"

"好。"李浮白应下,转身去了隔壁。

青城中茶花遍地,如雪一般,清风吹过长街,漫天柳絮纷纷落下,吕姬当日选择留下,其实也不是完全相信那个人说的话,只不过她需要一个合理的借口来摆脱袁钰章。

一想到那个青年死在袁钰章的手下,她好像越来越没有办法像从前那样对待袁钰章。

她终究是不能当作什么都不曾发生,待青年终究还是没能做到她曾经以为的那样铁石心肠。

她站在青年的冰棺旁边，时常想着，这世上如果有能让人死而复生的法子就好了，她就能复活青年，能够再见他一面，让他知道自己过得这样好，即使没有他，也依旧可以得到很多的爱。

她留在了青城，参加了城主举行的祭祀大典。她原本打算在大典结束后就离开青城，离开星云十三州，但是在祭祀大典结束后，她见到了青城那位传说中的城主，并且被对方收作徒弟，以双修之法重塑自己的根骨，使她能够像修士一样修炼。

吕姬得到城主的亲自调教，修为一日千里。吕姬很喜欢这种能够掌握自己命运的感觉，如果她早知道来到青城能够有这么大的收获，应该早日来的。

或许早一点来，她有了保护自己的能力，那个青年也就不会死去了。

吕姬在青城也听闻袁钰章到鲸州去追求那位闻家的大小姐了，她坐在城主的怀中，止不住地冷笑。袁钰章杀死了那个青年，现在又想要去勾搭闻家的大小姐，他倒是过得潇洒。

无穷无尽的怨恨从吕姬的心底滋生出来，城主充满蛊惑的声音在她的耳边响起，告诉她想做什么就去做吧，他会为她达成心愿。

凭什么呢？袁钰章杀了爱自己的人，然后又毫无顾忌地抽身离开，吕姬着实觉得好笑。袁钰章不过是觉得她什么都做不了，所以可以任由他摆布罢了，就算之前他在追求她的时候，也是那样高高在上的态度，好像在施舍一般。

他现在想要那位闻家的大小姐了？吕姬咻咻笑起来，想的倒是挺美。

吕姬同城主说："那位闻家的大小姐向来有'星云十三州第一美人'的美名，可惜身体不好，从不出来见人，若是城主能把她抓来青城，让她学学我们的功法，或许她身上的病就能好起来了，城主觉得如何？"

城主笑了一声，好似看破了吕姬所有的小心思，不过倒也不在意，美人做什么都是好看的。况且他曾找人要了闻灯的生辰八字，倒是比吕姬更适合助他修炼，只要闻灯配合，便能够让他修为大增。可如果将闻灯掳来青城，必然要得罪闻家，不过若是他能练成神功，到时候自是不必在乎闻朝易。

现在……

他不得不顾虑一下闻朝易那个老匹夫。

吕姬看出城主心中的担忧，她对城主说："若是让闻家以为那位闻姑娘是被袁二公子带走的，那不就没事了吗？"

到时候袁家与闻家生出龃龉，没人会想到是他们青城下的手。

"真聪明，"他抬起手点了点吕姬的鼻尖，"那就听你的。"

要去闻府抓人恐怕不太容易，所以只能由城主亲自出手。既然是要嫁祸到袁二的头上，自然也不能放过袁二。

闻府中灯火通明，闻灯坐在门口，仰头看着夜空中的那轮皎皎明月，一阵风吹过，庭前的梨花谢尽，落了一地的残雪。

等茶茶端药回到院子中，便找不见她了。

李浮白仍在沣州同药老研究闻灯的药，一只带着流光的纸鹤飞过崇山峻岭，飞过滔滔江水，落在李浮白的手边。李浮白看到这纸鹤，脸色唰地一变，右手一抖，笔下拉长的那一横直接被甩了出去。

药老注意到他的异常，抬起头来问他："怎么了？"

李浮白捡起桌上的纸鹤，这是当日他送给茶茶的，茶茶现在将它放出来，定是闻灯出了危险。李浮白将纸鹤收起，起身对药老道："前辈，晚辈有急事要回鲸州一趟，药方来日再取。"

"去吧。"即便他现在把李浮白留在这里，对方的心也不在这儿了。

李浮白同药老匆匆道别，御剑回到鲸州，往日要两三个时辰的路程，这次他只用了一个时辰，抵达鲸州后李浮白不敢耽搁，当下去到闻府。

闻府此时差不多快要乱成一团了，府中的护卫们到处寻找闻灯的踪迹。茶茶见到李浮白，迎上前来："李公子你总算回来了！"

李浮白连忙问道："出了什么事？你家小姐呢？"

"小姐不见了！"

李浮白脸色一白，追问道："不见了？怎么会不见了？"

"我也不知道。"茶茶说着说着眼泪又掉下来，"小姐说想要将屋子里的屏风换一换，我就去找管家说这件事，回来的时候小姐就不见了，我真的只离开了一小会儿，小姐怎么就……"茶茶哭得更加难过了，小姐这几日身体还不好，可千万不能出什么事。

茶茶回来后发现闻灯不见，在最初的慌乱过后觉得眼前的这个情况有些似曾相识，小姐不是第一次失踪，只是上一回小姐是被李公子给带走的，而现在李公子在沣州找药老为小姐看病，绝不可能一声不吭就带走小姐，那这回是谁把小姐带走的呢？

闻府中的护卫们出去调查一圈后发现袁钰章同样消失了，他们将此事告诉闻朝易，闻朝易听后，眉头紧皱，他不能确定闻灯就是被袁钰章给带走的，但是这件事或许与袁钰章有些关系。

这么多年闻灯在府中都好好的，怎么今年就生出这么多的事来，闻朝易长长地叹气。

这件事得谨慎处理，闻灯现在到底在什么地方？他就这么一个女儿，虽然知道她身体不好，随时都可能离自己而去，他无法胜天一筹，却也不能容忍闻灯死在旁人手上。

最初的慌乱过去后，李浮白整个人也镇定下来，开始想方设法地寻找闻灯的下落。

她一定不会有事的，自己一定会找到她的。

闻灯睁开眼，四下灯火昏暗，她适应了一会儿才勉强看清四周的家具摆设，她这是在一间卧室当中。这间卧室的主人是什么人？又为什么将她弄到这儿来？闻灯一时间得不到答案。

卧室的门被人推开，脚步声在闻灯的耳边响起，她抬起头来，向门口看去，来人手中提着一盏长长的宫灯，身穿一袭白色银纹的长袍，长相倒也不差，五官精致，气质稍有些阴柔。他来到闻灯的面前，将手中的宫灯稍稍举起一些，掐着闻灯的下巴，打量了一眼。在闻府的时候他着急将她带出来，所以未曾仔细看她，现在终于能好好看一看她，半晌后，他感叹说："倒真是个绝色的美人，怪不得那袁二能抛弃吕姬，愿意留在鲸州。"

闻灯也不说话，面无表情地看着面前的这个男人。这位城主看着闻灯的眼睛，仿佛被诱惑到一般，稍微低下头来，喃喃说道："我很喜欢你的眼神。"

闻灯突然剧烈咳嗽起来，一声接着一声，鲜红的血从她的指间溢出。

"可惜了。"城主的动作停下，他看了闻灯半晌，抬手抓住她的手腕，面色渐渐沉重，"本来今晚就打算……"

闻灯的这副身子实在是太差了，弄一下估计就得死过去，他想要练成神功，可不能让她一次就死了。

如果不到迫不得已的时候，他并不想用那些特别的手段来对付闻灯，美人嘛，还是鲜活一点好看些。

"你得听话点，我才好想办法治好你。"

闻灯擦了擦嘴角的血，问道："你希望我怎么听话？"

"很快你就会知道了。"城主笑着说。

宫灯上印着青城专有的图样，而青城中能够在闻府来去自如的，应该只有传说中的那位城主。

其他的细节也与闻灯听过的传闻对得上，她能确定眼前之人的身份，只是奇怪对方抓自己要做什么。

城主离开后，闻灯从腰间的荷包中取出了一颗红色的豆子，这颗福豆是李浮白带着她去沣州的时候送给她的，告诉她如果遇见危险，便将福豆捏破。

42

李浮白腰间一热，连忙将挂在那里的灵物袋取出来，里面的那颗福豆正在发亮发热，这种情况只有在另外一颗福豆被捏破的时候才会发生，而另一颗正是在闻灯手中。

李浮白目前可以通过这颗福豆判断出闻灯的大致方位，但是再具体点的，得他到那里才能算得出来。

他不想再在鲸州耽搁，但是走之前还是要与闻朝易说一声的。

"闻姑娘现在应该是在东南方向。"

"东南方向？怎么会在那边？"闻朝易皱着眉问。鲸州的东南方向有方家掌管的乾、沐两州，还有一座青城。那城主长年避世不出，城中百姓也极为古怪，大多时候都是在家修炼，只有每年祭祀前后的那段时间，才会从家中出来，蛊惑路过青城的凡人留在那里。

有些人离开，有些人留下，青城年复一年，总是如此，在星云十三州当中算是个比较低调的地方，从不生事，也从不惹事，所以存在感很微弱。

至于方家……方家应该也没有理由掳走闻灯，他们之前猜测带走闻灯的是袁钰章,但他带着闻灯不回沣州去,去东南方向做什么?

　　李浮白连人都没有看到,又哪里知道闻灯为什么会在青城,他只是将福豆之事同闻朝易简单地说了一下。闻朝易对李浮白的话信了七八分,而且他们如今也没有其他的办法能够找到闻灯,只能让李浮白先试一试了。

　　他作为闻家家主,不能如李浮白一般为了闻灯不顾一切,放下鲸州的事务,可让李浮白一人前去寻找闻灯,他又不放心,便派了一队护卫随李浮白一同前去。

　　这些护卫太慢了,李浮白心中焦急,担心闻灯会遭遇什么不测,实在无法与这些人一同前去。

　　他同秦统领告别,说等找到闻灯的下落后再给他们通知。秦统领也心知他们拖累了李浮白,说实话,这已经是他们飞得最快的速度了,但是比起李浮白来总是差了一些。秦统领嘱咐李浮白说:"李公子万事小心。"

　　李浮白应了一声,连忙御剑走了。

　　天色熹微,青城中一片寂静,宛若一座死城。闻灯待在屋中,房中的蜡烛早已燃尽,她心知自己的身体不能强撑,在捏碎红豆之后,便闭上眼小憩了一会儿。其间那位城主进来过几次,看了闻灯好一会儿,都失望地离开了。

　　好好的一个美人,可惜身体太差,不能把玩,实在是一桩憾事。

　　他本想试试能不能用双修之法将闻灯的这副身子给调理好,但是她的经脉实在太过脆弱,多半承受不起。若想要扩宽她的经脉,必定会让她经受一番痛苦的折磨,她的身体仍然经受不住,恐怕没等把第一条经脉给扩宽,人就得死了。

　　城主思来想去,觉得眼下只有一条路能走。

　　闻灯靠着床边的柱子,这个时辰外面的天应该已经亮起,而房间依旧昏暗。闻灯从床上起身,摸了摸四周的墙壁,蹲下身敲了敲脚下的地面,心知此处应该是建在地下的,不知道此番李浮白找起来是不是有些困难。她走到门前,试着推了一下,没有推开。

　　她回到床上坐下,思索自己能否从这里脱身。不久后耳边又响起推门声,闻灯抬起头看过去,这次来的不是那位城主,而是吕姬。她走到闻灯的面前,停下脚步,端详着面前这位闻家大小姐的面容,半响后她带着微微的怅惘轻叹一声，说道："怪不得能让袁二公子留在鲸州，忘了妾身。"

闻灯抬起眼，看着面前出现的美人，微微歪了歪头，有些吃惊这个人如今怎么会出现在这里，她张开唇："吕姬姑娘……"

吕姬道："若是天下人能够见到闻小姐的模样，那妾身这个'天下第一美人'的名号也该让给闻姑娘了。"

闻灯没有理会吕姬这番酸溜溜的吹捧，只是问道："吕姬姑娘为何会在此处？"

"这里是青城，妾身在这里不是很正常吗？"吕姬抬起手捋了捋自己耳边的发丝，对闻灯继续道，"闻小姐难道没有听说过，袁二公子曾经陪着妾身来青城的事吗？后来妾身觉得青城不错，便留下来了，可惜袁二公子心中另有所爱，离开妾身，去鲸州寻闻小姐了。"

"吕姬姑娘说笑了，星云十三州谁不知道袁二公子为了吕姬姑娘悔了与闻家的亲事，日日到望月楼中与吕姬姑娘相会。"

听到闻灯此言，吕姬掩唇咻咻地笑了起来："闻小姐说这话，可是吃醋了？"

"吃醋？"闻灯只是觉得袁钰章这人好笑罢了，她懒得与吕姬说这些与袁钰章相关的话，向吕姬问道，"我为何会在此处？"

"城主听说闻姑娘病得厉害，所以特意将闻姑娘带到青城来，为闻姑娘治病。"

闻灯淡淡道："既是要为我看病，又何须这样偷偷摸摸，在鲸州就看不得吗？"

吕姬掩唇轻笑了一声，她本长得就极美，此时这样一笑，更是风情无限，若是寻常男人见她这样，可能当场要酥得腿软，可惜此时只有她与闻灯二人。她对闻灯说："这看病的法子不太寻常，不便让其他人知道，闻姑娘不必担心，城主一定可以治好你，让你像个普通人一样。"

吕姬安抚了她几句便从房间离开，临走时对闻灯说："我将这门开着，闻姑娘若是觉得无聊可以四处走走。"

她好似完全不怕闻灯会逃走。

吕姬走后，闻灯从房中出来，她知道这些人不会放自己离开，所以也没抱希望能够从这里出去，走了一圈后，发现唯一的入口已经被封死，闻灯心道"果然如此",又走了回去。那房间隔壁有一间书房,闻灯闲着无事进去看了看。

青城城主见到吕姬回来,笑问她:"感想如何?"吕姬想了想,叹道:"果真是个难见的美人,怪不得袁钰章见了人就走不动路了。"

"是啊,先前都说她是星云十三州的第一美人,我还不信,如今看来,说得倒是谦虚了些。"

吕姬问道:"城主舍不得?"

"哪里有什么舍不得?"美人虽好,但若是不能为自己所用,那其实也没有什么用处了。美色这玩意儿又不能当饭吃。

"那城主现在打算怎么做?"吕姬问道。

闻灯的这副身体他是势在必得的,用她来修行,对他的神功大有助益,只是目前情况下闻灯的身体还真没有办法用,他可没有那么多的时间等闻灯将身体养好,而且说不定哪天闻灯突然死了,那他就是竹篮打水一场空了。城主道:"做成傀儡吧。"

要想将人做成傀儡,首先要使她的精神完全崩溃,闻灯的身体不好,这一点在做的时候需要谨慎一点。

城主揉了揉额头。真是麻烦,如果不是闻灯的生辰八字实在太好,找不到可以替代的,他也不愿意对这个女子下手。

但事已至此,反悔也来不及了。

他修长的手指在纯金的扶手上敲了两下,轻轻说道:"动手吧。"

将她做成傀儡之后,便可以肆无忌惮地将她身体中的经脉扩宽,其他问题,到那时也都能迎刃而解。

闻灯坐在那间书房中,一本一本地翻看城主放在这里的书籍。一缕白烟从外面缓缓飘散进来,带着奇异的香气。闻灯翻书的手微微一顿,一阵剧烈的疼痛从胸口处袭来,扩散到四肢,那只拈着书页的手止不住地颤抖起来,她的脸色唰地一下变得煞白,鲜红的血从她的嘴角溢出。闻灯有些恍惚,眼前模糊一片,过了一会儿找回焦点,她看着书上最后那行字,嘴角弯了弯。

神不守,舍可夺,牵丝做傀儡。

李浮白找了整整一夜,终于来到青城,他手中的福豆已然有些烫手,闻灯应当就在这附近。他立刻给秦统领他们传去消息,让他们到青城来。

青城的城门口坐了一个衣衫褴褛的老和尚,老和尚闭着眼,四五十岁的模样,看起来像是睡着了一样。李浮白心急去找闻灯,可是看他一个人坐在这里,又担心他是不是出了事,路过时弯下腰,手指搭在和尚的手腕上,见脉象平息,转而拍拍和尚的肩膀,口中唤道:"大师,醒醒。"

和尚睁开眼,看着自己面前的李浮白,半响后笑起来,从地上起身,对李浮白道谢道:"多谢施主了,贫僧一时不察,睡过头了。"

李浮白说了句"没事",便急匆匆向青城走去,又被和尚叫住,问他:"施主来青城做什么?"

和尚慈眉善目,在初升的朝阳中仿佛周身都蒙着一层金光,像是寺庙里供奉的佛像,李浮白看着他,低声说道:"我来找人。"

"找人啊……"和尚摸摸自己光秃秃的脑袋,"正好贫僧没什么事,陪施主一起去吧。"

43

李浮白稍作犹豫,他对青城并不了解,或许这位大师能够帮助他什么,他拱手道:"多谢大师。"

和尚笑了笑:"不必谢不必谢,到时候说不定贫僧还要谢谢你。"

李浮白不解和尚话中的意思,然而此时他心中记挂闻灯,没有时间想这些,手中的福豆越来越烫,闻灯定然在这青城当中,具体在什么地方他不知还要找上多久,只希望她在这段时间千万不要出事。

城门打开,二人进到城中,此时天色已亮,街道上却已经安静得如同深夜一般,偶尔有一两个行人经过,却神色慌张,见到生人立刻转头就走。

"这青城……"李浮白走过两条街道,也没能见到一个正常的百姓,他下意识地开口问道,"为何会是这样?"

大师点头说:"贫僧也觉得古怪。"

李浮白抿着唇,看了一眼掌心的福豆,借福豆来判断闻灯的准确方位。当感觉福豆内蕴藏的灵力波动得愈加厉害时,他便知道自己的方向没错。和尚跟在李浮白的身后走了一会儿,看到街上的百姓,眼中露出几分悲悯的情绪来，只是李浮白一心牵挂闻灯，并没有注意到。

他走得极快，和尚的脚步却也丝毫没有落下，李浮白听到和尚问自己："少侠要找什么人？失踪几日了？"

"是一位姑娘，"李浮白紧紧攥着手心里的福豆，回答和尚说，"昨日失踪的。"

和尚微微有些吃惊，又问他："少侠怎知她会在这青城之中？"

"我留了点东西在她身上。"

和尚道了一句"原来如此"，然后道："这可得快点找一找了。"

李浮白没有说话，他也想要快点找到闻灯。他们匆匆穿过几条街道，最后停在青城中央这座浩大的城主府外，李浮白拈着手中的福豆。闻灯应该在这城主府中，接下来他该如何将人救出来？

城主府外站着一队士兵，眼睛炯炯有神，看向李浮白与和尚，好像若是他们敢擅闯城主府，立刻就会冲上前来，要了他们的性命。

现在他们不能确定闻灯在这座城主府中的什么地方，贸然进入只会打草惊蛇，李浮白稍作思量，打算扮作城主府中的侍卫混进去。

和尚听了他的打算，问他："少侠竟然还会易容？"

"会一点。"

李浮白偷偷打晕两个在外面巡逻的侍卫，扒了他们的衣服，换到自己的身上，然后偷偷与和尚进到府中。

书房当中只有一盏昏黄的烛火，书上的那些文字渐渐地再也看不清楚，闻灯的五脏六腑仿佛被人插进了一根根铁签，来回搅动。她的额头渗出细细密密的汗珠，脸上没有一丝血色，眼睛红红的，看起来像是要淌血一般。她坐在书桌前面，手指死死攥着衣摆，手背上面青筋凸起，自始至终都没有发出任何声音来。

"闻姑娘倒是让我刮目相看啊。"

这话音刚落，一阵脚步声紧接着而来，城主与吕姬一同走进书房当中。

吸入这黄泉烟者，一两个时辰后饱受折磨，精神崩溃，而闻灯到现在却依旧能够保持清醒，甚至还能翻看他留在这里的藏书。虽然也不排除她是在这里装模作样，但还是让他有些吃惊。

闻灯放下手中的书，抬起头看向二人，房间中那种诡异的香气似乎比之前要更加浓郁了，闻灯捂着嘴咳嗽了两声，随即大口呕出鲜血，鲜血落在地上，形成一大片暗红色的痕迹。

"闻姑娘这是何必呢？"城主"啧啧"了一声，叹了一口气，走过来，弯下腰掐着闻灯的下巴，看她此时如纸一般苍白的脸庞，轻声安抚她说，"只要你乖乖就范，以后你都不会承受这样的痛苦了，为什么不对自己好一点呢？"

闻灯抬起眼皮，看了城主一眼，动了动唇，最后什么也没说，只是唇角挑起一抹讥讽的笑。

城主问道："你笑什么？"

闻灯其实已没有多少力气来与眼前这人废话，但实在又有些忍不住，她笑道："我只是觉得城主这话说得委实有趣、委实可笑。"

声音细若游丝，带着沉重的喘息。

城主歪着头，问道："有趣在哪儿？可笑在哪儿？本城主说的难道不对？"

闻灯扬起头，轻轻叹了一口气，对城主说："我待自己不好，难道城主待我好？"

城主脸上的笑深了许多，他对闻灯说："我待闻姑娘不好吗？闻姑娘只要放下心中的执着，从此再也没有能让闻姑娘烦心的事了。世间种种的痛苦都与你无关，你想要做什么，我都可以帮你。"

闻灯淡淡说道："既然如此好，城主为何不把自己给做成傀儡，何必如此汲汲营营、费尽心神呢？"

城主叹了一口气，对闻灯说："我倒是想，可是这世间能够做傀儡的只有我一个，我成了傀儡，谁来操控我呢？"

闻灯将手中的书籍翻开，停在"牵丝篇"，她对城主说："城主若是能够信任我，我愿意一试，达成城主的心愿。"

城主没想到闻灯会这样说，停了半晌，而后感叹说："闻姑娘倒是伶牙俐齿。"

可惜再伶牙俐齿，以后也没有用了。

闻灯歪了歪头，向城主问道："要做傀儡，其实用死人也一样，但城主迟迟不下杀手，是因为我这个身体还有点其他的用处吗？"

城主稍微吃了一惊，他确实没想到闻灯在这种情况下还能将他这书房中的书给看进去,这位闻灯闻小姐着实是个妙人,可惜了,这样的妙人留不得。

"是又怎么样?闻姑娘难不成想要自尽,让我竹篮打水一场空?"

闻灯惜命,即使身患重病,她依然顽强地活到现在,不到迫不得已的情况,她并不想以命相搏。她手心握着智恒大师送给她的金刚杵,不知道李浮白什么时候可以找来。

"既然这黄泉烟对闻姑娘没什么用处,那闻姑娘也莫要怪我辣手摧花了。"

城主话音落下,手指微微一动,书房外面的长廊中响起一片整整齐齐的脚步声,他们停在门口,就要进来。城主忽然笑了起来,道:"有生人来了。"

他看了一眼闻灯脸上的表情,动了动小指,说道:"让我看看是谁。"

他闭上眼睛。青城寂静的长街上,一个青年和一个和尚一前一后地来到城主府中。城主笑了一声,他还以为是闻家的人找来了,原来是来了两个小兵罢了。他睁开眼,完全没有放在心上。

"闻姑娘,我可没有那么多的时间在你的身上浪费。"城主的手掌从闻灯的头顶轻轻拂过,语气听起来温柔得好似能够滴出水来一般,他抱怨说,"你说说,你自己主动配合点,少吃点苦头有什么不好的。"

闻灯身上的病情确实严重,他不能下猛药伤及肺腑,那么让她受些皮肉之苦、受些惊吓,总是没有问题的。

城主轻叹了一口气,装作惋惜的模样:"敬酒不吃吃罚酒,闻姑娘,这可都是你自找的。"

真是个麻烦,老老实实崩溃了不好吗?非要承受更多的折磨,城主看了闻灯一眼,带着吕姬从书房中离开。

被操控的傀儡不断地向闻灯逼近,他们看起来似乎与常人无异,只有靠近时才能发现他们呼出的气息都是冷的。书房中的空间不大,况且闻灯刚刚吸入了黄泉烟,现在即使让她逃跑,她也跑不到哪里去。

城主看看眼前转动的齿轮,目光中透出三两分的惊讶,不禁开口问道:"这两人是什么身份?竟然还真让他们混入城主府来了。"

"什么人?"吕姬在一旁问道。

城主化出一面水镜，落在吕姬的前方。

"李浮白？"

"你认得他？"城主问。

吕姬微微一笑："在沣州的时候曾有过几面之缘罢了。"

那时候她看着李浮白，便想起了她的青年，可她的青年已经死了，是被袁钰章杀死的。吕姬垂下头，轻笑了一声，不过等到将来的某一日，她可以将青年做成傀儡，此后他就能长长久久地陪伴着她了。

"他是什么人？"城主又问。

"我知道的并不多，只听说他是个四海为家的游侠。"

"游侠呀。"城主听了这话便放下心来，他差点以为是闻家的人找过来了，不过即便他们知道是自己动的手，来得应该也不会这样快，"这个青年做成傀儡应该会很好用吧。"

李浮白并不知道他和老和尚已经被人发现，此时他们正陷入一处阵法，他能够确认闻灯就在这附近，可想要找到她，就要先破了眼前的阵法。

李浮白精于此道，眼前阵法对他来说并不困难，只是阵法刚被破解，眼前便迎上许多青城的百姓。

"这些人……"李浮白握剑的右手有些微微颤抖。

"都是傀儡。"那和尚说道。

44

"傀儡？"李浮白低声重复道。

老和尚看了眼前的这些傀儡一眼，双手合十，低头道了一句"阿弥陀佛"，随后对李浮白解释说："这世间有邪术，名叫傀儡术，以生人或死人来做傀儡，以灵力牵丝，只要是彻底失去意识的人，都会沦为操控者手中的工具，这位少侠你要小心了。"

李浮白看着眼前这些行动不见丝毫僵硬的傀儡，面色愈加地沉静，他该怎么做？虽然这些人都已经成为傀儡，被幕后之人操控，但是他们的表现与正常人相比似乎并没有太大的差别，伤害他们，他们的伤口也会流出鲜红的血。

李浮白后退一步，他并不想伤害这些人，只是这些傀儡与他的想法却不一样，他们会听从幕后之人的命令，杀死他和和尚。李浮白敛去脸上的所有表情，转头向和尚问道："如果我杀死幕后操控之人，这些人还能活下去吗？"

"不能了。"老和尚摇头说，"这些人早已没了意识，即便幕后之人今日死在这里，他们也要如行尸走肉一般，浑浑噩噩，不日而亡。"

此话倒是与李浮白在浮水宫藏书阁中看到的差不多。他握紧手中的长剑，眼前这些人已经不算是人了，他们只是工具，即便是斩断他们的手筋、脚筋，他们也没有痛觉，会继续被背后的主人操控。

既然如此，便只能杀了他们。

和尚坐下，双手合十，口中低声念诵经文。

凌厉的剑光在空中闪过，天色昏沉，日光都隐在乌云之后，伴随着轰隆的雷声，下起雨来。冰冷的雨丝落在李浮白的脸上，他抬起头来，目光清冷，长剑银光划过长空。

血是冷的，与雨水融在一起，迸溅在李浮白的脸上。李浮白手中长剑如同穿梭的鬼魅，剑光与闪电同在雨中交错，傀儡一个个倒在他的面前，不多时便倒下了一堆。尸体积累在一起，恍若一座小山。

好在这些傀儡并不是杀不尽的，渐渐地便来得少了。李浮白收起手中的长剑，转过头去，见和尚已经从地上站起来了。和尚看着这一地的傀儡，神色透着些微悲悯。李浮白隐约能够察觉到眼前的这个老和尚是位高人，他恭敬叫了一声："大师。"

和尚看向李浮白，忽然向他开口问道："这位少侠要找的可是闻家的小姐？"

李浮白有些吃惊，问道："大师如何知道？"

和尚没有回答李浮白的问题，只是对他道："闻小姐恐怕是遇见危险了，我们尽快赶去吧。"

李浮白也知道要尽快赶去，他手中的福豆烫得厉害，他明明知道闻灯就在这附近，却无法立刻找到她。

既然已经被人发现，李浮白与和尚便也不必伪装，眼前这偌大的城主府中竟是真的一个活人都没有，所有人都成为被人操控的傀儡，那人将闻灯带到这里，是想要将她同样做成傀儡吗？

李浮白虽不知道这傀儡是怎样制成的，但是从这些傀儡的身上也能看出，这些人在被做成傀儡前经受了怎样惨无人道的折磨。一想到这些折磨可能被施加在闻灯的身上，李浮白的心都揪起来了。他手中长剑如虹，雪白剑光在雨中如同一条蜿蜒长龙，所过之处，建筑崩塌，烟尘四起。

他站在雨中，面色清冷，眸中没有丝毫往日见人时的笑意。

老和尚捻了捻自己手中的佛珠，对李浮白说："恐怕是在这地下……"

李浮白听闻此言，并不寻找城主府中开启地下空间的机关，只与老和尚算了闻灯的大致方位，他举起手中的长剑，将灵力注入其中，将脚下的青石地板猛地劈开，随后及时收力，下面的地道丝毫未损。

站在他身后的老和尚点了点头。

"倒是有点本事。"城主低声说道。

吕姬跟在城主的身后，李浮白有本事，她在沣州的时候便已经知晓，不过在她看来，李浮白就算是再有本事，也不会是眼前这位城主的对手。

可惜了，吕姬心中暗暗叹道，可惜这个李浮白到最后恐怕也要沦为城主手中的傀儡。

想到他要与自己的青年一样，从此听从城主的命令，吕姬的心中又生起一丝诡异的快感。

"他们到了地下也好……也好。"城主轻轻说道。

书房中，闻灯看着桌角将要燃尽的烛火轻轻叹气，这些傀儡根本不怕疼，不怕受伤，他们就像是用木头泥土做出来的假人，没有感情，没有理智，只能听从幕后之人的操纵，除非斩断控制他们的灵丝。

傀儡们不断地向闻灯靠近，他们的脸上露出最狰狞的表情，喉咙发出如同野兽一般的低吼声，这些声音混合在一起，在房间中回荡。他们伸出苍白的手，不断撕扯闻灯身上的衣服，或者将手中的工具重重地敲打在闻灯的身上。

城主这一次确实是下了狠手。

闻灯刚刚在书房中吸了太多的黄泉烟，加上她的身体本就不好，此时走起路来都有些踉跄，更别说要逃开这些傀儡。如果她有灵力，可以修炼，就有办法将城主的这些傀儡全部都转到自己的手中，但是她是个废人，活着都已经很不容易，哪里还能修炼。

早在这些傀儡过来的时候，闻灯就已经将金刚杵放出来，只是这金刚杵没有灵力支撑，也不能一直护着她。

李浮白什么时候会来？

闻灯有些恍惚，看着金光逐渐变得薄弱的金刚杵，轻轻地叹了一口气。若是到时候让他看到自己死在这里，会白白让他伤心难过。

闻灯抿着唇无来由地轻笑了一声，笑声在这个时候不免显得有些古怪。她仰起头，看着头顶漆黑的穹顶，她有些害怕李浮白亲眼看着她死在这里，又想要再见他一面。

闻灯紧紧攥着智恒大师送她的金刚杵。金刚杵中的灵力几乎要全部耗尽了，闻灯咬着牙从地上站起来，笼罩在她身上的金光若隐若现，很快就会消失。那些傀儡又可以碰到她了，他们手中的木棍敲在闻灯的脊背上，疼痛好像扎进了骨头里一般，闻灯擦了擦嘴角鲜红的血迹，拿起桌子上的蜡烛，在书房中绕着书架与这些傀儡周旋，将他们全部挤在狭小的过道中，不过应该用不了多久他们就会挣脱。

闻灯深深吸了一口气，将溢到喉咙间的血腥味全部都咽下去，随后她将手中的蜡烛扔到书架上，转身从书房出去，关门，落锁，书房内瞬间燃起大火来。傀儡不觉得疼，他们哪怕被烧死，也要完成主人的任务。

闻灯不知道自己能逃到哪里去，眼前的这条长廊她走过一遍，没能找到出口，远处传来轰响，闻灯稍作犹豫，扶着墙向声音传来的方向走去。之前紧闭的密室在震动中裂开了一条长长的缝，闻灯伸手将眼前的密室门推开，然后她竟在里面看到了袁钰章。

这位青城城主竟然把袁钰章也给抓来了。

她愣了愣，有些混沌的头脑清醒了一下，如果自己与袁钰章同时消失，闻家很有可能会以为袁钰章带走了她，袁家与闻家会因为此事而生出嫌隙来。

袁钰章坐在密室中央，身上也不见什么伤口，脸色不差，看起来那位城主并不打算杀死袁钰章，大概是不好同时得罪闻家与袁家。

袁钰章听到声音，抬起头来，看到是闻灯，显得有些吃惊，张了张嘴却是说不出话来。他指了指闻灯，又指了指自己，大概是想问他们为什么会在这里。"

闻灯没有说话,她刚才为了躲避后面要追上来的傀儡们,走得极快,以至于现在喉咙像是被人用刀子划开,鲜血从那刀口不断淌下,浓郁的血腥味让闻灯有一种整个人都浸泡在血池中的错觉。傀儡们的脚步声越来越近,闻灯别无他法,只得将眼前的密室门关上。

看到这一幕的城主发出一声轻笑,手指在扶手上轻轻敲了一下,闻灯所在的密室地面瞬间裂开,他们掉落到下面的血池当中,闻灯猝不及防,吓了一跳,猛咳了一口血。

血池不算深,闻灯站起身来环顾四周,只见头顶上吊着四五十具已经有些腐烂的尸体,下肢微微摆动,在四周绿色烛火的影子下,显得极为阴森恐怖,如同话本里描述的惨烈地狱。

还不等闻灯从血池中爬出来,那些吊着的身体猛地睁开双眼,向闻灯与袁钰章看过来。他们发出嗜嗜的怪笑,落进血池中。

闻灯的金刚杵早已没有了用处,他们一拥而上,将她按在血池中,等到她快要坚持不住的时候再松开手,如此反复折磨。

袁钰章本想要救走闻灯,然而他身体中的灵力都被限制了,他一上前,那些傀儡就紧紧盯着他。袁钰章心中不免有些害怕,好在他此时已经能够说话了,对闻灯说:"闻姑娘你稍等一下,我这就叫人来救你。"

闻灯听不清袁钰章都说了什么,她整个头颅被浸泡在鲜血之中。这些鲜红的血顺着呛入她的肺腑之中,针扎般的疼痛从胸口一直绵延到四肢。她没有半点力气了,只觉得浑身发冷,任由这些傀儡折腾,傀儡们发出一阵欢呼。

望着面前这些苍白的、恐怖的人脸,闻灯的胸口剧烈起伏,然而呼吸却已经变得异常艰难,嘈杂的声音渐渐消失,意识开始涣散,或许她今日就要死在这青城当中。

闻灯轻轻叹了一口气,这一生,到底是难得长久。

只是,到底心有不甘。

"闻姑娘。"她好像听到有人这样叫她。

她闭上了眼。

45

"闻姑娘……"

那声音在她的耳边如同一团氤氲的雾气，缓缓荡开消散。闻灯死死咬住嘴唇，攥着早被鲜血浸透的裙摆，抬起头，看向那声音传来的方向，恍惚中她好似看见李浮白携长剑飒沓而来。他踏过茫茫的血河，脚下踩出血印，像是开了一朵朵红色的小花，莹绿色的烛火映着他的面颊，他恍若神祇一般。

傀儡在剑光下纷纷倒下，扑通扑通坠入那血河之中，闻灯不知怎的忽然有些想笑。

她分不清自己此时看到的究竟是真实的还是虚幻的，李浮白的身影明明越来越近，她却越来越看不清了。眨眼间，他已到了自己的面前。她的手指动了动，想要碰一碰眼前的这人，却实在没有力气。

鲜血从她的口中一口接一口地吐出，她好像将身体里的血都要吐尽了，脸色苍白似纸一般，素色的衣裳早已经成了血红色的，轻轻的叹息在这血池上轻轻地飘荡。

老和尚跟在李浮白的身后，见到闻灯这样，道了一声："阿弥陀佛。"他盘膝坐下，看了一眼四周的傀儡，双手合十。

血池附近的傀儡几乎要被李浮白给杀光了，他们横七竖八地倒在地上，再也无法听从幕后之人的操控，无神的双眼中映着幽幽的烛火，脸上僵硬的表情似乎带了解脱之意。鲜血从他的长剑上一滴一滴落下，落进血池之中，滴答滴答，不知何年何月才能停止。闻灯有些微微恍神，在这一刻，她眼前的李浮白好似与从前不大一样了。

"李浮白……"她张了张唇，那声音低不可闻，也不知道那个人能不能听得到。

李浮白心中一痛，有如刀剜一般，剑光纵横，眼前的傀儡登时倒下一片，幽幽烛火，映着他冷厉的神情，他恍若修罗在世。只是一看到血池中的闻灯，他的表情立刻柔和下来，他跳进血池中，向闻灯走过去。

闻灯苍白的脸上带着些笑意，看在李浮白的眼中却令他更加痛心。他听到她轻轻低喃:"你来了。"

"我来了,我来了。"李浮白走过去,弯下腰抱起闻灯,带着她从血池中出来。

这一次,她可能真的活不长久了。她仰头看着将自己抱起的这个青年,抿着唇,靠在他温热的胸膛上,听着他的心跳声,闭上眼睛。

"闻姑娘?"李浮白低低叫了一声,没有得到闻灯的回应,他哄着她说,"睡一会儿吧,睡醒了,我们就回家了。"

他似乎听到闻灯轻轻"嗯"了一声,低下头,吻了吻她满是血腥的额头。他该来得再早一些,如果他来得再早一些,她或许便不会受这样的苦了。

"原来你就是为了这个小美人啊。"城主不知何时也出现在这里,他的身后带着数百傀儡,其中大部分傀儡竟还是修炼之人。这些年来他在这青城中将生人和死人制成傀儡,竟是没有一人发觉,有人来了便走,而有人来了就再也没有离开。

之前想要逃跑的袁钰章也被这位城主给抓起来了,袁钰章已经得知此事的真相,城主便不能像之前打算的那样,等到事情结束后再将袁钰章送回沣州去,如今他们只能一起死在这里。

"一个闻家的大小姐能有两个少年豪杰与她相伴,也值得了。"城主语带嘲讽。

李浮白没有说话,只是垂眸看着怀中的闻灯,将她贴在脸上的发丝轻轻拨到一边去。

坐在地上诵经的和尚,打开自己身后的包裹,包裹里面是一件大红的袈裟,袈裟用金丝绣着众人看不太懂的梵文。他将袈裟披在身上,抬起手来,一把金色的禅杖瞬间落入他的手中。

城主看他这个样子,忍不住又出言讥讽道:"你这和尚倒是有点意思,都这个时候了还不忘记给自己换身衣服。怎么,怕被做成傀儡后我给你的衣服不好吗?"

"施主身上杀孽太重,应当早日放下屠刀。"

"放下屠刀?"城主像是听到了什么好听的笑话,"我从来就没有拿起过屠刀,又何来放下?我只是……"他顿了一顿,轻轻说道,"我只是让他们换个活法罢了,从此无忧无惧,不是很好吗?大师你是佛门中人,应该懂得这个道理的呀。"

"贫僧理解的与城主你理解的或许有些不同。"

城主装模作样地叹了一口气,缓缓说道:"那我们就没什么好说的了。"

他话音落下,双臂抬起,跟在他身后的傀儡们拥上前来。他们生前都是修士,肉身比普通的凡人强许多,同时城主注入他们身体中的灵力可以激发他们体内原本存下的灵气。单论起来,这数百名修士或许哪一个也不是李浮白的对手,但是这些人加在一起,那李浮白就恐怕不是他们的对手了,况且城主还有其他的后手。

另有傀儡搬来一把椅子放到城主的身后,城主悠悠坐下,好整以暇地看着李浮白与那和尚在众多傀儡中自顾不暇的样子,他甚至还想着要不要拿些点心来吃,但是不久后城主的表情逐渐凝重了起来,他忽然发现,收集了这么多年的傀儡,或许并不是这两人的对手。

李浮白将闻灯背在身上,他侧头看了一眼昏睡中的闻灯,挥出手中长剑,那长剑飞至半空中时突然分裂成数十把,冲着傀儡飒飒而去。和尚看到这一幕眼中流露出一丝惊讶,但是很快消失,只专心应付起眼前的傀儡。

雪白的剑光与金色的佛光交织在一起,仿佛正在进行一场盛大隆重的典礼。

吕姬望着被围困在傀儡群中却仍有心思照顾身后闻灯的李浮白,脸上神色不明。当日在沣州,李浮白同袁钰章比试的时候,李浮白恐怕是没有使出全部力气的。这个人到底是从哪里来的?为何他们没有听过关于他的任何消息?这样的人即便没有什么身份背景,但不管去到星云十三州的哪个地方,都会被奉为座上宾。

和尚身上的袈裟随着动作翻飞,好似烈火一般熊熊燃烧,伴随着忽远忽近的袅袅梵音,不知是何缘故,竟然有傀儡在触及他袈裟的时候清醒过来。和尚手中动作一顿,那傀儡便跪在和尚的面前,流出泪来,不知道自己如何得到这片刻的清醒,但是却明白自己很快又不是自己了,向和尚恳求道:"杀了我吧,大师。"

他早已不是人了,死后却还要被当作可利用的工具,这一生太苦了。

和尚双手合十,念了一句佛号,手中禅杖落下,傀儡在烈火中得到了解脱。

城主的眉头皱得越来越紧，这个和尚不是简单的人物，是他小看了他们二人，看样子，他没有办法在闻灯活着的时候将她做成傀儡了，真是可惜了，明明差一点他就能练成神功了。城主紧紧攥住座椅的扶手，眼中有红光若隐若现。

他在扶手上重重拍了三下，中央的血池"轰隆"一声炸开，那些鲜血如同烟花一般四溅开，众人的身体控制不住地向下坠去，而这血池底下则是咕嘟冒泡的毒水，人落入其中，浑身的血肉与骨头必将都化作一摊血水。

李浮白将手中长剑插进四周的墙壁里，减缓了下坠的速度，他看着自己后背上的闻灯，无论如何不能让闻姑娘陪他一起死在这里。

只是他用不了身上的灵力，该如何出去？

和尚抬眸看了一眼这二人，随后抬手将身上袈裟往毒池中扔去，那袈裟瞬间变作一朵金色莲花。和尚坐在莲花上，将李浮白与闻灯一同接住。

李浮白松了一口气，向和尚拱手，道了一句："多谢大师。"

而傀儡们则是落入毒水之中，消失得干干净净。

和尚目光中透着悲悯，他对李浮白说："我们上去吧。"

李浮白"嗯"了一声，随金莲一同回到上层，袁钰章正在被那些傀儡追逐，而城主与吕姬却不知道到哪里去了，李浮白抬手一剑劈开头顶的厚厚土层。

巨大的轰响声惊醒了昏迷中的闻灯，她咳嗽了两声，睁开眼，灵力化作罩子，罩在她的四周，周围碎石纷飞，都不曾落在她的身上。

李浮白背着她从黑暗中出来，闻灯抬起头，李浮白灰色的长袍被鲜血染透，雨水沿着他的下巴淅沥淌下。

他与往日似乎有点不一样了。

李浮白似乎察觉到她的目光，低下头与闻灯对视了一眼，微微笑着，安慰她说："没事的，闻姑娘一定会没事的。"

闻灯张了张唇，不知自己现在该怎么安慰他。

这一次自己恐怕真的不行了，她太累了，也太疼了，她冰凉的脸颊在李浮白的肩膀上轻轻蹭了蹭。

李浮白心中钝痛，喉咙仿佛被一堆尖利的石头堵住了，难以呼吸。

闻灯的胳膊搂在他的脖子上，没什么力气。能再见他一面，闻灯很高兴，又怕自己死在这里，他会太难过。

　　李浮白将她抱在怀中，低头看着她，她的嘴唇青紫，浑身不停地战栗。李浮白一边不停给她输着灵力，一边安抚她说："姑娘先睡一会儿吧，会好起来的，一定会好起来的。"

　　闻灯合上眼，昏昏然又睡去。

　　不远处的吕姬坐在一片废墟之上，她已经被那位城主给抛弃了。看了看这一地的尸体，她有些茫然地想：她的青年呢？被袁钰章杀死在沣州寥落长街上的青年呢？

　　最后她竟是连他的一具尸骨也没有办法留下吗？

　　眼泪从她的眼中扑簌簌落下，恍惚间竟是觉得这一生到此终结也没什么不好，但是很快便清醒过来，她是"天下第一美人"吕姬，凭什么要死在这样的地方？

　　她抓住李浮白的衣摆，如今只能求助这个有一点像她的青年的李浮白，她声音哀婉，请求他："李少侠，能帮我找一个人吗？我找不到他了。"

　　李浮白垂眸看了她一眼，只冷淡道："关我何事？"

　　他抱着闻灯，从吕姬的身边走过。

　　吕姬的手僵在半空中，半晌没有落下。

46

　　许久后，吕姬放下那只僵在半空中的手，从地上踉跄着站起来，她看向李浮白径直离开的背影，垂下眼眸，不知在想些什么。

　　她笑了一下，笑容中带着几分苦涩，仰头望着头顶阴沉的天空，发出一声低低的叹息。

　　没有人愿意帮她，那她只能自己来了。

　　这城主府中有这么多傀儡，她要什么时候才能找到他呢？

　　她要怎样才能找到他呢？

　　吕姬抬手按在自己的胸口上，她还没来得及让城主将他做成真正的傀儡，便找不到他了。

　　李浮白想了想，低头又看了一眼自己怀中的闻灯。闻灯气息微弱，脸色苍白，血水和雨水早就将她的衣服淋湿。他从灵物袋中找出一件斗篷，盖在闻灯的身上，希望她此时在梦中也能过得稍微好一点。

和尚正在寻找青城城主的踪迹，李浮白抱着闻灯陪着他找了一会儿，却没有找到。正在此时，地下传来袁钰章的呼救声，李浮白抿了抿唇，对和尚说："大师，我下去看看。"

和尚"嗯"了一声："去吧。"

吕姬看着李浮白从那巨大的窟窿中一跃而下，歪着头不知想到什么，转身向身后的废墟中走去。

李浮白带着一身凛冽杀气，恍若是从修罗地狱中出来的凶神恶鬼。地下还有一些傀儡，仍受那位城主的控制，只是此时看到他来，大概也知道不是他的对手，所以没有阻拦。

而袁钰章已经被傀儡逼到血池的附近，已经被炸毁的血池下面就是那毒池，他虽然不知道毒池里是什么东西，却也见过落入其中的傀儡在顷刻间化作一摊血水，见到李浮白来，他连忙大声呼救："李兄救我——"

李浮白踏着遍地的尸体与鲜血走到袁钰章的不远处，看着那些傀儡渐渐将袁钰章逼至绝境，却始终没有出手相助。他看向袁钰章的目光，就像是在打量一件待价而沽的商品。

袁钰章还从来没有见到李浮白的这个模样，在沣州和鲸州见到他的时候，李浮白总是带着少年人的天真和无所畏惧，像是从来没有经历过这世间的险恶。

袁钰章虽然表面上对李浮白十分友好，可心里并不喜欢这个人，甚至算得上是厌恶。

或许是嫉妒，又或许还有其他的原因。

这很可笑，堂堂袁家的二公子竟然会嫉妒一个四海为家的无名游侠。

"袁公子好啊。"李浮白同袁钰章打着招呼，只是他脸上的神情冷漠，于是他的话听起来也不是那么顺耳。

若不是袁钰章为了私心将闻灯推入水中，也不至于发生后来的种种，或许现在他还与闻灯在鲸州喝茶下棋、游园看花。

这些或许以后都没有了，闻灯伤得这样重，不知这一次要怎么样才能让她好起来。

他走了几日，不知道园子里的山茶还好不好。

其实即使没有袁钰章，在他离开闻灯的时候，闻灯同样要被那位青城城主抓到这里来。可是李浮白是人，是人的话便不可能永远都保持理智，不可能在这个时候还对袁钰章毫无迁怒，能够心平气和地跟他讲道理，将他从这里救出去。

袁钰章依旧使用不出身上的灵力，他虽有些拳脚功夫，但如何会是这些傀儡的对手，眼看着自己就要被逼进毒池之中，袁钰章高声呼救："救命！救命啊——"

李浮白看他此时狼狈的模样，笑了一声，此时那笑声不知怎的听在袁钰章的耳中却是充满了嘲讽，他听到李浮白向他冷冷地问道："袁公子想要我救你？"

袁钰章点头，生死关头，他已经顾不上自己平时的那些高傲，只想要活下去。

李浮白并不着急，看着袁钰章，悠悠对他说道："我记得袁公子到鲸州是要与闻家做交易的，但又说那功法并不外传，我不知道那本功法值不值袁公子的一条命。"

袁钰章愣了一下，他是真没有想到李浮白竟然会在这个时候对自己趁火打劫。他想用那本功法换得闻灯嫁到袁家去，如果现在把这本功法给了李浮白，那他……

"看来袁公子是不想给了。"李浮白没有等到袁钰章的回答，面无表情地看着傀儡们将袁钰章不停地往下推搡，说，"交易这种事情本就要让双方都情愿，在下也不会强人所难，既然如此，那在下告辞了。"

李浮白转身就走，好似对袁钰章身上带着的那本功法丝毫不动心。

袁钰章没想到会这样，他本还想再与李浮白讨价还价一番，可没想到李浮白竟然会有如此反应，好像根本不在意他身上的那本功法，刚才的询问只不过是临时起意的。

他的拒绝对李浮白没有任何影响。袁钰章此时命悬一线，没有办法再去琢磨那些，只能对李浮白高声喊道："我给你，我给你！"

李浮白停下脚步，回过头去，挑眉问："袁公子说的是真的？"

袁钰章半只脚已经下去了，只要傀儡们再往前推一把，他整个人都会坠入毒池中，此时李浮白依旧表现得云淡风轻，好像眼前要死的并不是个活人。

袁钰章之前怎么会觉得这个人老实可欺呢？哪个才是真正的他？

他这前半生好像只看错了两个人。第一次看错闻灯，所以错过了一场大好的姻缘；第二次看错李浮白，让自己沦落到这个地步。

眼看着袁钰章半个身子都已经掉下去，只剩下两只手死死地抓着石头，傀儡们拿着兵器在他的身上不断地击打，袁钰章一边发出痛苦的哀号，一边将随身携带的那本功法向李浮白扔了过去。

闻灯被袁钰章的喊叫声惊醒，睁开眼，有些迷糊，只能看到一些浅色的光点，她低声问道："怎么了？"

李浮白回答她说："没事，我在跟袁二公子说说话，你再睡一会儿吧。"

闻灯听到李浮白的声音，却没太听清楚他对自己说了什么，"嗯"了一声，闭上眼睛，又要睡过去了。

沉稳的心跳声在她的耳边响起，身上的伤好像没有刚才那样疼了，闻灯从李浮白身上汲取着一点点的热量，不知道自己还能再坚持多久。

李浮白将功法收下后，单手抱稳闻灯，长剑一挥，将此地的傀儡们全部送进毒池中，然后不再管袁钰章，飞身而上。

这场雨越下越大，银色的闪电划过阴沉的天空，雨滴落在青石板上，将上面鲜红的血迹冲刷，粉色的溪流向远处奔腾，不知要何时才能结束。

和尚与那青城城主正在半空中激战，金色的佛光笼罩了这片小小的天地，天色忽明忽暗，城主的傀儡大都被和尚和李浮白灭得差不多了，他神功未成，不是这个和尚的对手。眼看着要死在这个和尚的禅杖之下，这位城主倒也是个能屈能伸的，立刻停手对和尚说："我现在若是放下屠刀，能立地成佛吗？"

"那正好，"和尚笑了笑，看起来像是躺在庙里的弥勒佛，手中禅杖却重重落下，"贫僧会为施主超度的。"

城主连忙避开，他刚才要是挨了那一下，现在脑袋估计已经开花了。他瞪着和尚，问道："你到底是谁？"

和尚双手合十，对城主淡淡说道："贫僧法号'智恒'。"

他话音落下，手中禅杖金光大盛，将城主完全笼罩在其中，金光中似有无数飞剑，城主的惨叫声不绝于耳。

他终是死在这里了，青城一事，如此才算终了。

大雨冲刷着寥落的长街，青城数十年的过往，好似一场长长的旧梦。

李浮白在听到智恒说出法号时心中一动，在沣州的时候药老曾对他说过，如果能够见到智恒大师，或许闻灯还能有一线生机。

现在他找到这个人了，他的姑娘会好一点吧。

"大师能否……"他抱着闻灯走上前去。

不必等李浮白说完，智恒便知道他要自己做什么，对李浮白说："给我看看吧。"

智恒大师将手指落在闻灯的手腕上，他的神色凝重，过了许久后，叹了一口气，说："闻姑娘与我倒是有些缘分，她这次受的伤有点严重。"智恒顿了一顿，看着李浮白的模样，"我再想想吧。"

"多谢大师了。"

智恒收回手，盯着他们二人又看了一会儿，开口问："你与她……"

"我心悦她。"李浮白说完这话后静静地看着怀中的闻灯，与往日告白后会脸红的羞涩青年不同，他好像在一夕之间成熟。

"这世间的缘分，谁也说不清楚，或许有一日……"

或许有一日会怎么样，这位大师却并没有说出来。

智恒看着李浮白与闻灯，捻着手中的佛珠，他的目光中带着一种难以言喻的悲悯，同李浮白之前所见到的并不相同。他对李浮白说："终有一日，你会明白。"

李浮白低下头看着自己怀中的姑娘，抬手擦了擦闻灯嘴角溢出的鲜血。

智恒见他如此，从腰间荷包中取出一粒丹药，送到他的面前："先将这个给她服下吧，护住她的心脉，其他的等回鲸州再看吧。"

"多谢大师。"

47

李浮白将那药丸给闻灯服下，闻灯的情况看起来似乎是好了一点。李浮白低下头，亲了亲她的额头，又给她输送了一些灵力，然后将她身上的斗篷裹得更紧一些，把她抱在怀中。

这场雨还在下，紫色的闪电踏过漫天雨丝，浩荡而来，李浮白抬起头，问和尚："我们现在要回鲸州去吗？"

和尚起身，环顾四周："这城中还有一些傀儡，须将他们都处理了，另外这些尸体也都要处理，总不能让他们就这样。"

"好。"

因为要搬运尸体，李浮白怕闻灯会沾染上不好的东西，便将她放在自己看得见的地方，从灵物袋中取出一顶小巧的帐篷，让闻灯睡在里面。

李浮白在收拾街道上的这些尸体时，闻家派来的那些护卫终于赶来。

"这……"他们看到眼前的景象吓了一跳，他们中有人之前是来过青城的，那个时候正好要赶上青城的祭祀大典，到处都热热闹闹的，现在却全是横七竖八的尸体。李公子在这里做了什么？莫不是入魔了吧？

还有个和尚？出家人就看着李公子这么大开杀戒？

领头的护卫很快就回过神儿来，他们来青城主要是为了寻找闻灯，其他的事与他们并没有关系。他避开那堆尸体，走上前去，轻声问李浮白："李公子，我们小姐呢？"

他看着李浮白的目光中带着警惕，生怕李浮白现在已经走火入魔，长剑一抬，就劈了他。

李浮白往闻灯的方向看了一眼，神色温柔，他说："她在那里睡了。"

护卫们齐齐松了一口气，李公子看起来还算正常，但是正常人应该不能做出屠城这种事吧？这件事或许还有些他们不知道的原委。

"小姐现在怎么样？"这些护卫心中都知道他们的小姐闻灯是个瓷娃娃，不能受到任何伤害，看青城这个样子，他们心中不禁产生了些不好的预感。

李浮白抿着唇，没说话。见到李浮白这个样子，大概能猜出闻灯现在的情况可能不太好。

李浮白和这些从鲸州来的护卫将这些傀儡尸体全部都收集在一起，堆成一座高高的小山，场景看起来着实可怕，把他们放在一起时才知道这些年来青城的城主害了多少人的性命。和尚在前边盘膝坐下，口中诵经。

天降大火，火焰化作长蛇舔舐着这些尸体，不久后这尸山便在雨中熊熊燃烧起来，噼啪作响，护卫们低下头，不忍再看。

青城一事如此才算终了，火烧尽了，雨也停了，太阳出来，金色日光落满长街，远处的白色长幡在风中高高地飘扬。

李浮白带着闻灯回到鲸州。

袁钰章仍然待在李浮白将他救下的地方。刚才在与傀儡们纠缠的过程中，他受了不轻的伤，走起路来撕扯到伤口实在太疼。他知道现在只要离开青城，找人将他送回袁家去，一切就都结束了，可他实在疼得不想动。

一阵脚步声渐渐近了，有些熟悉，袁钰章抬起头，看到沾染了一身鲜血的吕姬正在向自己缓缓走来。他微微愣了一下，随即眼中露出惊喜，开口问："吕姬你来了？"

他的声音有些沙哑。

袁钰章的身上被城主下了药，到现在也没有解开，因此没有办法使用身上的灵力，现在与普通人没有区别。

不对，还没有普通人手脚麻利。

吕姬停下脚步，站在不远的地方，面带讥诮地看着这位曾经意气风发的袁二公子，半晌，她才抬起手，掩唇哧哧笑道："袁二公子，你也有这么狼狈的一天啊。"

袁钰章下意识地皱了皱眉头，他以为吕姬过来是救自己的，但现在看来似乎不是。

他没有说话，只是听着吕姬有些感叹地问他："我今日才知道那位城主在青城中养了多少傀儡，那袁公子可记得自己这一生杀过多少人？"

袁钰章不明白吕姬这个问题是什么意思。

他杀的人多了去了，哪里还记得自己都杀过什么人？

吕姬没有听到袁钰章回答自己的问题，向前走了两步，有些困惑地歪了歪头，问袁钰章："袁公子为什么不说话？"

袁钰章冷笑一声，对吕姬道："我为你做了那么多，还给你找来霜雪伽蓝，吕姬你就是这样报答我的？你这样是不是太过忘恩负义了？"

吕姬听到袁钰章说起那霜雪伽蓝，"扑哧"一声笑了起来。她又往前走了两步，一直到袁钰章的面前才停下脚步，弯下腰，看着袁钰章，轻声问他："那袁公子还记得那株霜雪伽蓝你是怎么拿到手的吗？"

那株霜雪伽蓝是怎么拿到手的？袁钰章回想了下，当然是从一个人的手上夺过来的，不过袁钰章并不觉得这有什么可耻的，毕竟那人也是用见不得人的手段从李浮白的手上夺来的。

吕姬看他脸上这副不以为意的表情，轻轻说道："看样子袁二公子是记起来了，袁二公子杀死那个人以后，有没有一点后悔？"

后悔什么？那人技不如人，死也活该，他有什么该后悔的，可吕姬这样问，袁钰章就算是个傻子，也该知道被他杀死的那个青年或许同吕姬有些不同寻常的关系。他开口问道："他是你什么人？"

"是我什么人啊？"吕姬想了想，回答袁钰章说，"我也不知道他是我什么人，因为我总是弄不清楚自己究竟想要什么，但是你杀了他，这让我很伤心。"

这些话听起来有些矫情，袁钰章从吕姬的语气中听出她与那人或许有些自己不知道的情意。他对吕姬说："究竟是我杀了他，还是他因你而死，吕姬你不会不明白吧？"

吕姬扯了扯嘴角，对袁钰章说："这两者都有，所以我现在想要你陪他一起死。"

"不不不，"吕姬话音落下，又摇了摇头，"我并不想让你死啊，袁二公子，我只想让你生不如死啊。"

她蹲下身，想了想，如果让袁钰章回到袁家去，她定然会遭到袁钰章的报复，吕姬想要复仇，又不想自己受到伤害，所以不能让任何人知道袁钰章的失踪与她有关。

"有了，"吕姬抬起手在袁钰章的鼻子上轻轻点了一下，对他说，"让你再也回不去袁家不就好了。"

吕姬在青城跟那位城主学了不少的手段，更是在这位城主的帮助下有了修行的天赋，现在城主已经死了，而她没有被城主做成傀儡，自然也不会受到影响。

对付一个没有任何灵力，还身受重伤的袁钰章，对她来说简直易如反掌。

袁钰章死死瞪着眼前的这个女人，他真没想到，吕姬竟然会恨自己恨到这个地步。

吕姬毫不犹豫地将他的经脉全部斩断，吕姬摸摸袁钰章的脑袋："袁公子，以后你就做我身边的一条狗吧。

"哦，对了，如果阉了，应该会更听话一些吧。"

袁钰章的惨叫声响彻整个青城。

回到鲸州后，李浮白抱着闻灯赶回闻家。

"这是怎么回事？"闻朝易见到闻灯的样子吓了一跳。上次他看到闻灯这样，她昏迷了整整三个月，差点就死了，这次会怎么样，闻朝易也不知道，只是他心里慌得厉害。

和尚走在后面，闻朝易倒是一眼就能认出跟着李浮白一同进来的和尚是智恒大师，他没想到李浮白竟然能够带着智恒大师一起回来："大师，您来了？"

智恒颔首，叫了一句："闻施主。"

"小女的病……"闻朝易看了看榻上的闻灯，向智恒问道，"可还有治？"

智恒大师道："贫僧尽力而为。"

闻朝易也知道自己求不了太多，只能道："多谢大师了。"

智恒来到榻边，从身后的包裹中取出一包金针，茶茶给闻灯换了衣服后，智恒在闻灯的后背上落下金针，李浮白等人站在屏风另一侧焦急地等待。闻朝易问道："在青城究竟都发生了什么？"

李浮白将青城一事从头到尾与闻朝易简单说了——这没有什么不可说的。

"竟是这样的。"青城也在星云十三州中，闻朝易自然是去过的，虽然觉得有些古怪，但是那毕竟不是他的地盘，他不好多说什么。

没想到，那位城主竟将城中活人全部制成他的傀儡。

李浮白"嗯"了一声，没有说话，他将从袁钰章那里拿来的功法看过一遍，怪不得袁家会考虑将这本功法送给闻家做交易。

想要修炼此功法，须得血亲尽无，修炼后要时时经受百虫噬心之痛，这还不够，练成之后必须日日饮人的心头热血，或者服下神仙的心头肉，才能免受心脏迸裂而死的命运。

智恒大师从里面出来，闻灯的状况现在已经稳定下来，只是还能再活多久，他也说不好。

"没有其他办法了吗？"李浮白问。

智恒捻着手中的佛珠，对李浮白说："在南华寺的后山有一处佛境，若有能够忍受长时间痛苦的心诚之人日日去佛前诵经，佛祖手中便会开出一朵佛泪花，将那花同青蛇藤一起给她服下，应该能让她多活些时日。

"……只是她现在这个样子根本进不得南华寺的佛境。"

李浮白沉默片刻，开口问："我去可以吗？"

智恒看了他一眼，叹了一声："也可以，只是若是你去，需忍受的痛苦可能是她的百倍千倍。"

"这倒没什么。"李浮白侧头看了一眼昏睡中的闻灯，轻声说，"她做不了的，我来做就好了。"

48

智恒大师双手合十，道了一声："阿弥陀佛。"

李浮白看了一会儿闻灯，问智恒大师："她什么时候能够醒过来？"

智恒大师走到床边，将手指搭在闻灯的手腕上，探了半晌，对李浮白说："不出意外的话，明日就能醒过来了。"

李浮白听到此话，总算放心了些，他向智恒拱手道谢说："多谢大师。"

智恒看了他一会儿，不知想到什么，轻叹了一声："缘分啊……"

智恒叹完这一声，转身出了房间，留下李浮白与茶茶在一边守着闻灯。

天色渐渐暗下，闻府中一片寂静，闻灯仍在昏迷当中，她眉头紧紧蹙起，李浮白不知现在该怎么做才能让她好受一些。

他从茶茶的手上接过浸湿的毛巾，放在闻灯滚烫的额头上，忽然听到闻灯在梦中叫他："李浮白、李浮白……"

李浮白的动作僵住，不知道闻灯在梦中梦见了什么才会这样呼喊他的名字，一时间酸甜苦辣各种滋味涌上李浮白的心头，他的眼眶微微有些湿润。

"我在这里。"李浮白握着她的手，轻声安慰着她，"李浮白在这里。"

他一遍又一遍，不厌其烦地重复这话，梦中的闻灯似乎听到李浮白的声音，眉头重新舒展开来。

李浮白在床边守了整整一夜，闻朝易其间来过两次，他每次来的时候，李浮白不是在给闻灯换额头上的毛巾，就是拿着沾了水的帕子轻轻润湿闻灯有些干涩的唇。

闻朝易站在门口,想了想,没有进去,李浮白与闻灯他们两个人日后想怎样就怎样吧。

袁钰章确实在家世背景方面比李浮白要好出太多,但是他的花花心思也太多,待闻灯比之李浮白毫无可比性,比较下来,或许还是将闻灯交到李浮白的手上,能让闻朝易更放心一点。

闻朝易转身从闻灯的院子出去,作为一个父亲,作为闻家的家主,一旦想通了闻灯与李浮白的事,便总忍不住再往下多想一些,若是他们两个日后成亲,闻灯能生个孩子,将闻家交到那孩子手上,也算不错。

可他又一想,闻灯这样的身体想要生孩子那可能真的要命了。

闻朝易抬头看着头顶深蓝色的夜空,或许将来有一日,闻灯可以彻底好起来。

翌日清晨,晨曦透过浅色的窗纱照射进来,窗棂的影子落在脚下,卷翘而浓密的睫毛颤动,闻灯睁开眼,迷迷糊糊地看到李浮白坐在她的床边。她盯着他看了一会儿。

李浮白见她醒了,忙起身站起来,站起来后又不知道自己要干什么,嘴唇张张合合了好一会儿,才向闻灯问道:"要不要喝点水?"

闻灯的喉咙干涩,像是堵了一把沙子,她对着李浮白眨眨眼睛,李浮白立刻明白她的意思。他到桌旁给她倒了一杯温水,带着微微的甜味,里面应该是放了些蜂蜜。

闻灯喝了水,嗓子总算舒服了一些,李浮白将杯子放到一边,见她有点想咳嗽,忙拍了拍她的后背,问她:"怎么样?还有哪里不舒服?"

"还好。"只是闻灯这话实在没有什么说服力,她一边说,一边有鲜血从她的嘴角溢出,李浮白无奈又心疼地拿出帕子将她嘴角的血擦干净。

"你觉得哪里不舒服一定要跟我说。"

闻灯"嗯"了一声,李浮白将她身上的被子往上拉了拉,安抚她说:"别担心,会好起来的。"

闻灯看了李浮白一会儿,轻轻笑了起来。这次能从青城中活着出来,已经比她想象中好很多了,她以为……她会死在那里。

智恒以金针封穴,又开了两服新药,闻灯的病情总算是渐渐好转了一些,她能够从床上下来,到外面走一走了。

李浮白把从袁钰章手上拿到的那本功法送到闻灯的手上,闻灯草草翻看一遍,笑了一声:"怪不得……"

怪不得袁家舍得将他们老祖宗传下来的功法用来交换,且不说练成功法的过程中要承受的种种痛苦,单论功法练成以后究竟会怎么样,能够达到什么样的水平,书中都根本没有详细的记载。谁愿意去承受这么大的痛苦,来换取一个根本不确定的未来?

闻灯将这本功法随意扔在一边。

袁钰章失踪了。

袁家之前从闻朝易那里得到消息说袁钰章与闻灯一同不见,还特别心虚了一段时间,他们和闻家一样,以为是袁钰章将闻灯给带走的,所以在得到他失踪的消息后,并没有尽心去找他。

现在闻灯回来了,可袁钰章却依旧没有消息,袁家这回真的开始急了,开始向闻家反复询问袁钰章的下落。闻朝易将青城之事在信中告知袁家,可袁家去青城后仍旧没有发现袁钰章的下落。

袁家认为这件事与闻家有脱不开的关系,定然是闻家想要得到袁钰章手上的那本功法,出手暗害了他,但是他们又找不到证据,袁家与闻家的关系一时跌至冰点。

除了袁钰章失踪这件事在沣州引起了一点恐慌,另一件被大家八卦的事则是"天下第一美人"吕姬身边多了一个哑奴。那哑奴身有残疾,长相丑陋,却可以日日陪在吕姬的身边,看得人眼红,这样的人凭什么可以留在吕姬姑娘的身边?

吕姬伸手摸摸他的头,又嫌弃他脏,拿了帕子将自己的手仔仔细细擦了一遍,轻声问袁钰章:"袁二公子可曾想过自己有一天会落到如此田地?"

袁钰章已经说不了话了,只能狠狠瞪着自己面前的吕姬,若是他早知道这个女人有一副蛇蝎心肠,绝不会在她身边蹉跎那么长的时间,最后还为她找来霜雪伽蓝。

一想起霜雪伽蓝,袁钰章只觉得一口血涌上喉咙,差点直接喷了出去。

吕姬并不在意他用什么样的眼神看自己,笑着对袁钰章说:"袁二公子现在学一声狗叫,我今晚赏你点吃的。"

"不愿意啊？"吕姬丝毫不生气，她悠悠地从圆凳上站起来，"对了，是我忘了，你现在已经不能说话了，那你就在地上爬一圈吧。"

袁钰章久久没有动作，吕姬笑了一声："不愿意就算了，那就再饿一晚上吧。"

袁钰章盯着吕姬离去的背影，双眼几乎要喷出火来，总有一日他会让吕姬将这一切都还回来。

闻灯的身体恢复了一些后，智恒大师便要离开鲸州，闻朝易希望智恒大师可以留下一个联系到他的办法，智恒大师却道了一句："有缘自会再见到。"

李浮白如今白日陪在闻灯的身边，夜里去南华寺智恒大师所说的那处佛境当中求佛泪花。到那佛境中必须卸下身上的所有灵力，以肉身凡胎来忍受痛苦，只是一想到闻灯，他就觉得这些并不难以忍受。

闻灯起初并不知道这些，后来与徐琏见过一次，徐琏无意间透露了李浮白晚上根本不在家中，闻灯逼问李浮白，才知道了此事。

她看了李浮白半晌，半张着唇，最后什么话也没有说出来。

李浮白见她不说话，以为她在生气，忙讨好地跟她说，到那南华寺的佛境中听着和尚们念经，他们给他讲讲佛法，没有什么不好，不用担心他。

闻灯直直地看着他的眼睛，到最后李浮白的声音越来越低，他听闻灯说道："既然如此，那还是我去吧。"

李浮白一口拒绝："不行。"

闻灯望着他不说话，李浮白的声音软下来，他安慰闻灯说："我没事的，你看我每天回来不都好好的吗？"

闻灯对李浮白说："那晚上你带我一起去南华寺吧，我在佛境外面等你。"

李浮白不想让闻灯晚上这样折腾，只是闻灯的态度坚决，他若是不答应，恐怕她能自己跑到南华寺去。

此后，李浮白都带着闻灯来到南华寺中，他在佛境中诵经念佛，她在外面的佛堂中安睡。

寺中的银杏又落了一地金黄，有浮水宫的人找到李浮白，对他说："少宫主，您该回浮水宫去了。"

李浮白刚刚从佛境中出来，他看着面前的人，又看看身后的佛堂，说："我不回去了，我想留在这里。"

这是他早已决定好的。

他虽在浮水宫中长大，但对浮水宫并没有太强的归属感，冥冥中总觉得那只是一个寄居的地方。

那人看向李浮白，欲言又止，好半天都没有说话，月光透过树影落了一地碎金，他轻轻叹了一口气，对李浮白说："既然少宫主已经做下决定，那我也不说什么，请少宫主保重。"

宫主早早便知道终有一日这位少主会离开浮水宫，所以同他并不亲近，如今听他要留在人间，也算是在她的意料之中，但心底仍旧会生出几分遗憾来。

她在遗憾什么，这位浮水宫的宫主自己也说不清楚。

或许多年后，他们母子还能再次相见，只是到那时候，一切究竟是何模样，谁也预料不到。

花瓶中山茶朝朝暮暮，岁岁年年，总不凋谢。

似一场永远不会醒来的好梦。

49

后来……

后来的种种，再想来，却是有如一场大梦。

梦里是鲸州郊外的漂满河灯的凝烟池，是浮灯居中终年不败的山茶，是青崖山上的落不尽的纷飞大雪。

闻灯便坐在浮灯居的秋千上，李浮白莳花弄草，弹琴舞剑。

清风徐徐而来，远处的枝叶绿了又枯，枯了又绿，一日又一日，一年又一年。

她好像醉死在这场隔世经年的长梦当中。

可梦总有要醒的那一日。

闻灯二十七岁那年，她的病忽然加重，药石无医，李浮白找来药老与智恒大师，两位均是束手无策。

李浮白迫不得已回到浮水宫，在宫外跪了三天三夜，宫主见他可怜，最后到底是不忍心，给了他一个法子。

　　十方州下，千尺寒潭中有一座寒冰宫殿，寒冰宫殿之下有九层幽狱，传说中在第九层的幽狱里面，生长了一株仙风草，或许可以救她。

　　只是那里凶险异常，而仙风草有巨龙看守，想要拿到仙风草又全身而退，就是神仙也难以做到。

　　李浮白不敢告诉闻灯实情，只说自己去十方州采药，闻灯隐隐有了不好的预感，但她留不住他，凝视了他很久，轻轻问他："李浮白，我们成亲好不好？"

　　李浮白微微一愣，他的姑娘，要成为他的夫人。

　　这是他求了多年的梦。

　　他低下头亲了亲她的额头："等我回来……等我回来我们就成亲。"

　　可他再也没有回来。

　　他死在了十方州。

　　李浮白离开不久后，袁家联合了星云十三州中的其他州，攻打鲸州，闻朝易不敌，死在城门前。

　　闻家在大火中付之一炬。

　　熊熊燃烧的大火中，闻灯翻开当年李浮白从袁钰章手上拿来的功法。就此沉入魔渊。

　　此间再无李浮白。

　　也再无闻灯。

　　这场风月，到此寥寥收场。

第六章 相见欢

50

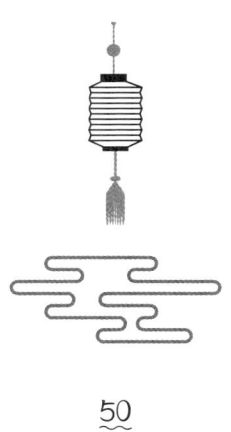

此身落拓三百年，三百年，不见归。

近来魔君苍衡频频做梦，梦中前半部分是他在天界时的一些往事，关于他自己的，关于他那位求而不得的心上人的，而后半部分则离奇许多，苍衡至今仍是不解其意。

苍衡闭上眼睛，眼前浮现出万般天界的景象，然而浮云轻掠过，那些巍峨矗立的高大宫阙都渐渐消失，在那条贯穿了整个天界的天河中，倒映出沈莹莹的模样。

她怀里抱着一只白白的兔子，像是他们初见时候的模样，似是察觉到苍衡的到来，水面上的沈莹莹抬起头看向苍衡，对他调皮地眨了一下眼睛。

苍衡的脸上下意识露出一抹微笑来。

打从他到天界以后，便总是冷着一张脸，一整年也难露出一个笑容来，直到后来在天界遇到沈莹莹，他的笑容才渐渐多了起来。

他喜欢看沈莹莹在天界中笨拙地做着其他仙子都不会做的枯燥工作，喜欢看她不服输地向天规教条据理抗争，也喜欢看她在收获成果时露出的喜悦表情。

那时候苍衡不识情爱，直到后来被人点破，他才知道，原来是他喜欢这个姑娘。

可沈莹莹不喜欢他，沈莹莹喜欢的是那个将她从凡间带到天界的、总是喝得醉醺醺的、不修边幅的柳惊眠。

苍衡不知道那个人有什么值得沈莹莹喜欢的，自己待沈莹莹那样好，可沈萤萤始终只是将他当作朋友。

这时不知是谁向水中投去一块石头,水面荡起层层波纹,沈萤萤的面孔倏地消失不见,眼前的天地也完全换了一幅景象。

亘古绵延的天河化作奔流不息的酆都水,在魔界中日夜不休地流淌,红色的月亮悬在天边,月光似红纱垂落在龟裂的黑色土地上,远处群山连绵,长夜未央。

苍衡很清楚地知道自己身在梦中,这场梦他已做了多次,他知道接下来的每一个场景,只是不明白这场梦在向自己预示着什么。

他身处在魔宫后面的花园中,看着一个身着素衣的女子如同往常的梦里一样,一个人站在树下,她的面容模糊,无论这个梦做了多少遍,苍衡始终看不真切,夜风吹来,她似乎有些冷,拢了拢身上的斗篷,起身回到自己的房间中去。

苍衡的脚步不受控制地跟在她的身后,看着她回到房中却不睡下,只是坐在外面榻上发呆。苍衡面无表情,这场梦中没了沈萤萤,他只想快点从这场梦中醒来。

红烛燃尽,只剩了一摊烛泪,漏壶中的浮箭随着水面快速上升,又快速地进入另一个轮回当中,时光飞逝,眨眼即朝暮。

苍衡冷眼以观,对眼前这个看不清的女子并不感兴趣,对接下来的梦也不感兴趣,只是今晚的这场迷梦格外长了些。原本他在女子身边过个两日就该醒来了,然而这一次,他在女子的身边守了半月,却依旧滞留在这里。

他虽曾是天界的战神、如今的魔界之主,却囿于这场梦境中无可奈何。日子一天天过去,有些时候,苍衡竟有些分不清眼前究竟是现实还是梦境了,他像是一个无声无影的幽灵,随在这个女子的左右。后来他从女子与身边侍女的对话中得知,她是自己魔宫中的一位夫人,名叫闻灯。

他完全不记得自己魔宫中有一位叫闻灯的夫人,也不记得魔宫中其他夫人的名字。

只是一场梦罢了,何必当真,苍衡嗤笑一声,无声地看着这场梦究竟在何时才会终结。

他看着闻灯的侍女从人间抓了活人来,送到闻灯的面前,闻灯笑吟吟地拿着匕首,划破那些人的肌肤,鲜红的血流入雪白的瓷碗中,她抿嘴一笑,仰起头将碗中的血饮尽。

她喝下的血越来越多,脸上的气色便越来越好了。苍衡猜测她是练了某种魔功,只是在这场梦中,他始终如隔雾看花,故而并不能确定她修炼的是什么功法。

苍衡如今虽为魔界之主,行事作风却与其他魔族大不相同,他向来瞧不上魔族虐杀凡人的行径,更不会容许这样的事发生在自己的魔宫之中。

然而这是他的梦,并不受他的控制。

那些来自凡间的男子在血尽而死后,化作一具具白骨,被葬在花园中的梨树下面,待到来年的春天,青草如茵,繁花似锦,一去三四里。

苍衡无声看着这一切,渐渐地,从凡间抓来的寻常活人已经满足不了闻灯的需求,她需要的血量不停加大,从前那些男人在她的手中至少还能活上四五日,而现在不过一日,生命就已走向尽头。他们孱弱地倒在她的面前,看向她的目光中带着苍衡所不能理解的渴慕,想要向她求得一丝怜悯。

这个无情而狠辣的女子却看都不看他们一眼,只是仰起头,再次将碗中的血饮尽。

这样的场景苍衡看得太多,心中从厌烦到麻木,直到后来,沈萤萤出现在她的房间当中,而闻灯像往常一样,用那划破了无数男人胸口的匕首,划在沈萤萤的胳膊上。

鲜红的血沿着沈萤萤白皙的手腕淌下,滴落在白色的瓷碗中。

沈萤萤发出微弱的声音,那声音好似猫叫一样,她在说:"疼……"

苍衡猛地惊醒。

那双狭长的凤眼骤然睁开,里面戾气横生,魔宫外的魔族们仿佛察觉到这一刻苍衡浑身散发出的怒意,一时间战战兢兢,栗栗自危。

许久后,这股怒气才渐渐平息下来。

苍衡从前在天界的时候很少做梦,即便是做梦,梦里也是铺天盖地的白,飞雪如絮,朔风如刀,他在雪地中踽踽独行,巨龙的骨架在他的身后如同一座小山一般高高矗立。

天地那么大,却好像只剩下他一个人。

他又想起刚才梦中所见到的、闻灯喝血时的模样。他虽是看不到她的具体模样,却看到鲜血将她浅色的嘴唇染得殷红,还有一点血顺着她细长的脖颈蜿蜒淌下,留下一道鲜红的痕迹。

那种窒息的感觉萦绕在他的胸口,苍衡厌恶地蹙起眉。

他很奇怪自己怎会做这样的梦。

也幸好只是一场梦罢了。

外面的天早已大亮,一阵风起,魔渊黄沙弥漫处,两道神光交织在一起,发出巨大的轰响声。

51

滚烫的岩浆从黑黝黝的山顶倾泻而下,像是一道金黄色的瀑布从天而降,气势磅礴。

岩浆顺着山脊一直流淌进山脚的湖泊之中,冷却凝固成带着孔洞的岩石,在湖底沉睡。

黄色的烟尘散开后,闻灯倒在地上,鲜血从她的嘴角溢出,滴答滴答落在龟裂的土地上,砸出数朵红色的小花来,映着不算明亮的太阳,透着莫名的妖冶之气。

远处梨花胜雪,在风中微微招摇,今日她与长极君罗章在此一战,原本她是占了上风的,只是她身上的旧疾突然发作,一时不察,便沦落到现在这个地步。

罗章手中的噬魂刀现在就横在闻灯的脖子上,只要再往前送去半分,闻灯就要死在此处。

闻灯倒也不觉得害怕,她当年为了修炼魔功,坠入魔渊,本就是差不多将自己的生死都悬在了刀尖上面,不过心中仍有些遗憾,到现在她还是没能等到她那缘分浅薄的郎君。

三百年前,智恒大师说他们总有一日还能再见到,可她等了这么久,他却一直没有出现,闻灯想着,大师恐怕是算错了。

她与李浮白的缘分早在三百年前就已成了朝阳下的一滴甘露——不过短短一瞬,就消失得无影无踪。现在她等着的、盼着的,也不过如那水中之月、镜中之花,她永远也抓不到。

纵然如此，闻灯还是想活下去的，她抬手将自己额前垂下的发丝拢到耳后，随后扬起头来，笑靥如花，浅白梨花映在她的眼中，好似一场迷乱的幻梦。

她生得艳丽无双，在人间的时候就是星云十三州的第一美人，坠入魔渊后的这些年也有不少的魔族都跪倒在她的石榴裙下，愿意为她赴汤蹈火，为她肝肠寸断，死在她脚下的魔族更是不计其数，累累白骨堆积成山。

如今她这样笑起来，虽衣衫不整，头发散乱，妆容也不齐整，却依旧是难掩倾城之色。

罗章向来不好女色，但此时还是恍了神，随即他反应过来，眼前的这个女子是祸水，今日若是饶她一命，日后必有大患，留不得。

见他眼中的冷光更甚刚才，闻灯心下微微有些失望，或许今日自己真的要死在这个地方了，噬魂刀已经在闻灯白皙的脖子上割出一道血痕来，鲜血从伤口中渗出，沿着脖子缓缓淌下，触目惊心。

闻灯的脸上始终带着浅笑，眸中一片平静。她越是这样，罗章便越是觉得这个女子有些可怕。他手下用力，眼看着就要将闻灯这颗美丽的脑袋削落在地，跟过来的属下连忙跑上前拦下罗章。

罗章的动作被人打断，不满地紧皱起眉，心中思量：难不成自己的属下也被闻灯迷惑？他怕是得连这个属下一起杀死在这里。

闻灯虽是个美人，但还是属下自己的小命更重要一些，属下拦下罗章倒也不是被美色诱惑，而是为了一桩事。他给罗章献上一计，道："属下听闻魔君陛下近日在收集各种各样的美人，要说这魔渊中，应当没有比闻灯夫人再美丽的女子了，大人不如将她献给魔君，如何？"

罗章握着噬魂刀的动作一顿，属下说的有些道理。

他俯下身，抬手掐着闻灯的下巴，打量片刻，最后点头道："倒也有几分相像。"

属下只知其一，不知其二，魔君虽说收集了不少的美人在那魔宫之中，然而那些美人眼角、眉梢间都有几分相像。传说魔君是为了一个凡间的女子堕入魔渊，只是那女子对他并无爱意，他只能收集与那凡间女子相像的女子做她的替身，以慰自己的相思之苦。

罗章不曾见过魔君爱慕的女子是何模样，但是闻灯确实与魔宫里的其他美人有些相像的地方，但她又要比她们生得美丽许多，或许也比她们更像魔君的心上人呢？

罗章前些日子得罪了魔君苍衡，后来几次三番想要向魔君示好，奈何魔君性情高傲，油盐不进，不给他丝毫面子，而他见识过那位魔君的手段后，便是半点想要耍手段的心思也不敢有了。

罗章不是傻子，在魔渊里活了这么多年，自有过人之处。他看得分明，以后若是魔渊中出了什么乱子，魔君定然拿自己开刀，他就是杀鸡儆猴里那只要被杀的鸡，现在必须向魔君表达自己的忠心。将闻灯送给魔君，只要魔君将她收下，过去的事或许也就过去了。

就算闻灯不得魔君的宠爱，她这些年在魔渊中也不是吃素的，能给魔宫添点麻烦也是好的。

至于闻灯会怎么想，罗章并不在意，他甚至觉得她该谢谢自己给她找了那么好的一个去处。

"把她带回去打扮一下，明日就把她献给陛下。"

属下想到闻灯的手段，觉得罗章这般轻心有些不妥。罗章冷笑了一声，道："她伤入丹田肺腑，一时半会儿好不了，现在不过是只病猫罢了。"

属下听了这话才算放心。

闻灯再醒来的时候，已经到了晚上，流霜守在她的床边。

流霜是她的侍女，是一百年前被闻灯随手救下来的，从那以后就一直跟在闻灯的身后伺候。

流霜见她醒了，眼圈立刻红了，闻姑娘这些年过得太苦了，流霜想要保护闻姑娘，想要为她做些什么，只是自己太过弱小，什么也做不成，更多的时候还会拖累闻灯。

闻灯听到抽泣声，有些厌烦地蹙眉，问她："你哭什么？"

流霜连忙抬手将自己眼角的泪都擦干净，对闻灯说："我听他们说，他们要把姑娘送给魔君陛下。"

闻灯轻笑了一声，她的嘴唇刚刚抹了鲜红的胭脂，衬得她的脸色格外苍白，好像雪地里盛开的灼红梅。她垂眸轻声道："被送进魔宫，对我来说，未尝不是一件好事。"

流霜在闻灯的身边已经服侍了很多年，知道闻姑娘的心中有人，现在知道有人要将自己献给魔君，心中焉能好过。

闻灯倒也没有撒谎，虽然被献给魔君并非她所愿，但至少还活着，活着就有希望，其他的那些则须徐徐图之，着急不得。

闻灯话音落下不久，胸口泛起一阵剧烈的疼痛，她蹙着眉咬牙闷哼了一声，好像有一圈圈细细的丝线将她身体中的脏器缠绕起来，然后渐渐缩紧，只要稍一用力，便能将那些脏器割得四分五裂。

52

流霜站在床边看着眼前的这一幕，眉头紧蹙，眼中的心疼几乎要化作实质的，知道闻灯再这样下去的话，恐怕撑不了太长时间，若是等到她真被送到了魔宫中，不知道还会遇到什么棘手的事情，当务之急是让闻灯的病好转些。

流霜出声道："姑娘，我去人界抓几个活人来吧。"

她已经做了决定，就算闻灯不同意，她也会趁着闻灯不注意的时候去人间一趟，闻灯的病不能再拖下去了。

闻灯点头，应了流霜："小心些。"

"姑娘放心吧，我很快就会回来，倒是姑娘得小心些。"

闻灯道："我没事，你不必担心。"

流霜转身从房间中退了出去，关门的时候听到闻灯的咳嗽声不禁又叹了一口气，她希望能有一个人真心爱护着姑娘，可是魔界中，去哪里才能找到这样的真心人？从前那些在姑娘身边献殷勤的魔族也不过是为了姑娘的美色罢了。

流霜同样希望姑娘能够早一日等来她的心上人，只是这么多年过去，那人从来没有出现过，流霜不敢对闻灯说，但总觉得，姑娘的心上人不会再回来了。

看着流霜离开，守在外面的魔族也不介意，他们知道流霜是闻灯身边的侍女，没什么本事，闹不起风浪，也就随她去了。

房间中灯火昏暗，四周的摆设极为简陋，闻灯如今作为阶下囚要求不了太多，罗章在四处下了禁制。若是从前，这禁制对闻灯来说不过是小菜一碟，然而现在闻灯实在没什么力气，就连这样的禁制也无可奈何。

闻灯有些累了，闭上眼睡了过去，李浮白的身影在眼前的这一片沉沉的黑暗中渐渐浮现出来。

他对闻灯说："我会待姑娘好的，一生一世都待姑娘好。"

李浮白说这话的时候，脸上的表情再认真不过。

闻灯的嘴角微微上扬，紧接着，她的笑容就僵在了嘴角。

李浮白的"一生一世"太短了，他早早地死在了十方州，再也没有回来。

之后闻家在一场大火中覆没，这一切发生得太快了，像是一场突然造访的噩梦。

然而这一场噩梦至今没有醒来的那一日。

清泪从闻灯的眼角渗出，沿着她的脸颊缓缓滑下，洇湿了枕头。

月上中天，冰冷的月华泻在窗棂上，树叶的影子爬进房间，轻轻招摇。梦中的李浮白嘴里哼着闻灯从来没有听过的歌谣，闻灯身上的疼痛好似没有之前那样剧烈了，她在歌谣中睡得不知今夕是何夕。

她究竟要到何年何月，才能再见到她那缘分浅薄的郎君。

第二日一早，流霜还未从人界回来，倒是罗章先来了闻灯这里。他怕生出其他的变故，所以打算今日就将闻灯献给魔君苍衡。

踏入魔宫的地界后，罗章便卸去在闻灯身上的禁制。在这里罗章不怕闻灯放肆，毕竟若是她真想在这里闹事，不用自己出手，魔君自会让她好看。

罗章侧头看了一眼跟在自己身边被盛装打扮过的闻灯，心中一动，若是她能一直这样乖巧，留在自己那里做个好看的摆设也不是不行，可他转念一想，那些死在闻灯石榴裙下的魔族说不定也都是被她这副样子给迷惑住了，最后死得凄凄惨惨。

罗章赶紧将自己脑子里这些可怕的想法给清除出去，现在还是讨好魔君比较重要。

听到罗章求见，苍衡本是不想见的，但是听说他带了个美人来，还说与他魔宫里的女子都有些相像，这才有了点兴趣，让人将他放了进来。

苍衡虽收集了许多美人在这魔宫中，但魔宫依旧极为冷清。这位魔君到底是从天上来的，与魔渊中的其他魔族格格不入，他不好歌舞，对男女之事也不热衷，更多时候他看起来不像是魔君，倒像是个没感情的剑修。

魔渊之中强者为尊，想要收服苍衡的前任魔君死在苍衡的剑下，而后来想要挑衅这位新任魔君的魔族到最后连一副完整骨架都没有留下，其他人又哪里还敢置喙，就是苍衡把魔宫修成一座道观，他们也不敢多说一个字。

罗章带着闻灯来到大殿中，同苍衡介绍了一番闻灯的来历后低下头不再说话。只是苍衡始终没有表态，罗章心中忐忑，不知闻灯是否能让魔君满意，于是小心翼翼地抬起头，偷看了魔君一眼，只见苍衡正低头看书，好似根本没有听见刚才罗章都说了什么。

罗章心中恼怒，然而面上不敢显露半分不满的神色来，依旧谦卑恭敬。

似乎是察觉到罗章的目光，苍衡的目光终于从眼前的书卷上移开。他抬起眼皮，漫不经心地向廷下的二人看去，随即他顿住目光。

他看向闻灯，目光透着三分审视。

他收集到魔宫中的那些女子或多或少都与沈萤萤有个二三分相像，或是五官，或是情态，廷下的女子与沈萤萤虽在长相上有些相像，但其实也并没有很多，只是他在看到她的一刹那，立刻就想到了沈萤萤。

同样愣住的还有闻灯。

在魔渊中有很多传奇故事的魔君苍衡，此时正坐在高高的王座上面，他的一身玄色长袍曳至脚下，银色的丝线在袍角勾勒出祥云纹样，长发如瀑散在脑后，只用一根黑色的带子松松地束在一起。

他单手支颐，神色慵懒，与她梦中的青年一般模样。

她以为若是有一日，她与李浮白真的能像智恒大师说的那样再见，或是在热热闹闹的红尘人间，在闻家大院的旧址上，又或是在十方州，他手里拿着开得正好的山茶花，轻轻对她说："姑娘，我回来了。"

她从不曾想到，三百年后，会在这样的场面下，与他重逢。

可至少，她又见到他了，一眼就认出他了。

53

她总归是再见到他了。

是在三百年后梨花开得正好的初春，是在矗立在天虞山上高大巍峨的宫殿中，是在众生日夜哀号的魔渊之中。

她当日坠入魔渊之时，今日的局面或许在冥冥中已经注定了。

忆起经年旧事，闻灯眼中含泪，对苍衡笑了起来。

她虽是笑着，心中却愈加担忧，自己在魔渊这些年，名声并不是很好，他是否知道？知道后会不会失望？会不会不再喜欢她了？

闻灯怀着忐忑的心情，对上苍衡的视线，在视线交错的刹那，闻灯全身上下的血液仿佛都凝固了，而后慢慢冷却，耳边再无一丝声响。

他为什么会这样看着自己？他怎么会这样看她？

那双眼睛无悲无喜，如同一湾平静的湖水，映出芸芸众生，她不过是这众生中微不足道的一个。

智恒的那句话闻灯向来只记前半句，从来不愿去想的后面那半句，此时猛地蹿入她的脑海中。

她微怔了一下，半张着唇，但不知自己能说什么。

她此时不过是被献给魔君的可怜女子罢了，在他的眼中并无任何特别之处。

已经三百年过去了。

苍衡冷眼看着廷下的女子，她笑得太假了，与沈萤萤一点也不像。

罗章见苍衡的目光一直停留在闻灯的身上，便知道此事已经成了六七分，笑问道："陛下觉得这位美人如何？"

苍衡收回目光，垂眸看着膝上的书册，没有言语。

罗章的心好像被一根绳子给悬在了半空中，不上不下，不知道苍衡这种态度究竟是怎么个意思。

是觉得不满意，还是太满意了？

他侧头看了一眼身边盛装的闻灯，说句实话，闻灯这样的美人就算与苍衡的心上人不是那么相像，也很难让男人一点也不动心。

罗章正欲开口再进一步问问苍衡的意思，苍衡开口道："带到后头去吧。"

罗章这颗一直悬着的心总算是彻底放下来了，今日苍衡收下闻灯，他们二人应该算是冰释前嫌了，日后如果苍衡要清算魔渊中的那些得罪过他的魔族，也不会算到罗章的头上。

罗章的笑容真诚又讨好，闻灯低下头，看着指甲上新染的蔻丹，怔怔地出神，那些盛满久远记忆的匣子被人偷偷打开，关于李浮白的记忆在她的脑中缓慢浮现。

她应该感到高兴，不管怎么样，她总归是再见到他了。

很快就有魔使过来将闻灯带走，魔使看到闻灯的时候着实吓了一跳，他们听说了长极君今日给陛下献了美人来，没想到这个美人会是闻灯。

魔渊中的魔族很少有没听说过闻灯名字的，她初来魔渊时，不少魔族觊觎她的美色，妄图想要将这个美人据为己有，结果却赔上了自己的性命。现在罗章将这样一个蛇蝎美人送到陛下面前，魔使不得不怀疑他对魔君陛下图谋不轨。

然而此话魔使却不敢轻易说出来，说出来也不一定能讨好魔君，但肯定会得罪闻灯和罗章。魔使一边走，一边偷偷打量着闻灯，倒也有些明白为何有那么多的魔族都会不要命似的，前赴后继地跪倒在这个女子的裙下。

闻灯走在魔使的身后，脸上始终带着浅笑，没人能够看透她此时心里在想着什么。

此前在苍衡刚刚登基之时，闻灯曾听流霜说过许多与这位陛下相关的传闻，只是那时候她从来没有想过，流霜口中的魔君苍衡，会是三百年前那个为她死在十方州的青年。

魔君苍衡，原是天界的战神，连天帝也不是他的对手，忌惮他三分，还有传闻说他曾与天帝对战过，将天帝的法器斩落在天河之中。

可这样一个人，因心爱的女子在天界受了不公平的对待，便为了那女子叛出仙界，来到魔渊。上一任魔君本来还想着在苍衡的面前逞个威风，把这位赫赫威名的战神踩到脚下，奚落他一番，结果把自己给搭了进去。

这魔渊的主人便换成了苍衡。

闻灯的笑容未变，她出声向引路的魔使问道："你可有见过陛下的那位心上人？"

魔使摇头答道："不曾见到过，但从魔宫中夫人们的身上能够窥得陛下心上人的一二模样。"

闻灯又问："陛下经常去找那些夫人吗？"

"并不常去。"魔使这话说得不够真实，苍衡哪里是不常去，他是根本不去。魔使也看不懂这位陛下，既然不来这里，收这么多的美人又是为了什么？实在是有些暴殄天物，但这话他可不敢说出来。

闻灯还想再问，魔使停下脚步，指着前边的院子对闻灯说："闻灯夫人，您的院子就是这里了。"

"多谢了。"闻灯说，"我还有个叫流霜的侍女，过几日可能会来找我，到时你能带她来找我吗？"

魔使点头应道："我会留意的。"

闻灯向着院子里的宫殿走去，院落中有棵高大的梨树，花开得很好。

她孤零零地一个人站在院子里，想着今日或许还能见到他，但是他始终没有来。

天色暗下，闻灯咳嗽两声，回到屋中睡下，她做着年少时的梦，做着这一生都无法再回去的梦。

到后来，无数细碎的光点在眼前缓缓消散了，燃烧的火原上，黑色的浓烟裹挟着烧焦的灰烬一点点将天空遮盖，巨龙的骨架在飓风中化作一摊齑粉，李浮白一声一声地叫着她的名字，声嘶力竭，天地怆然。

闻灯躺在地上，半合着眼睛，她的睫毛上落满冰霜，身下是皑皑的白雪。

后来，青年的声音渐渐远去。

他的声音，再也没有在她的耳畔响起过。

白雪将闻灯完全掩盖，苍茫的大地上，红色的绸布随风飘舞，如同蜿蜒的血河，贯穿了整个十方州。

再后来她沉入魔渊，很多年后，成为魔族的一员。

年少的往事，都付了这一场清梦。

闻灯睁开眼，一抹月光透过轻薄的窗纱从窗外照射进来，窗棂影子落在房间中的白玉棋盘上，枝叶扶疏，摇摇晃晃，像是有人招着小手，趁你不注意的时候轻轻挠你一下，等你转过头去，他又躲藏起来了。

闻灯从榻上坐起，捂着嘴咳嗽了两声，喉咙间立刻涌上了一股腥气，她生生将这股腥气给压了下去。

脚步声渐渐近了，一道影子映在屏风上面，闻灯见了，轻声问："回来了？"

流霜从屏风后面走出来，在闻灯的床边半跪下来，仰着头对闻灯说：

"回来了,姑娘。"

月光透过窗纱,落入房中,流入闻灯的眼眸中,她的眼睛里好像闪烁着动人的波光,她对流霜说:"流霜,我看到他了。"

54

流霜愣了一下,她不知闻灯口中的"他"指的是谁,而闻灯也没有再说下去了。

"我从人间带了两个死囚回来,都是年纪正好的,原本是三个的,但有一个在途中临时反悔,我给送了回去。"

闻灯将额前垂下的发丝捋到耳后,问她:"没有人发现吧?"

流霜点头说:"姑娘放心,保证没有人发现。"

闻灯从榻上起身,来到外屋的木桌旁边坐下,给自己倒了一杯茶水,轻轻抿了一小口,便将茶杯放下。流霜见她唇角带着若有若无的笑意,屋外凉风簌簌,夹杂着几不可闻的叹息声,她听到闻灯对她说:"以后在魔宫里,不能叫我'姑娘'了。"

流霜知道其中原因,闻灯既然被送进魔宫中来,那便是魔君的女人了,再被叫"姑娘"确实不妥,然而她听到闻灯这样说,心中却是莫名酸涩,这种感觉无法言说,她自己也弄不明白,她于闻灯,闻灯于她,究竟意味着什么?

她抿着唇,依着闻灯的心意,改口叫道:"夫人。"

魔君苍衡魔宫中的美人众多,闻灯在这种地方不知能不能保护好自己,又不知能否得到魔君的宠爱。

流霜既盼着闻灯能够得到魔君的宠爱,又担心她真的得到了魔君宠爱。

"夫人?"闻灯重复着流霜的称呼,笑了起来,她说,"他有很多夫人啊。"

流霜不解闻灯话中的意思,历任魔君魔宫中的美人都不在少数,即便有了魔后,也不会耽误他们拥有更多的女人。

闻灯突然咳嗽起来,五脏六腑都随着她的咳嗽好像快要被咳出来一样。流霜看着心疼,轻轻拍打着她的后背,等到咳嗽声稍稍平息后,流霜将自己带回来的两个死囚放了出来。

囚犯的身上穿着灰色的囚衣,不过还算干净,应当是被流霜清理过了。

两个囚犯的年纪都不算太大,一个是三十来岁的中年男人,而另一个看起来年纪更小,个子不高,身材瘦弱,最多十七岁,破旧的灰色囚衣空荡荡地挂在他的身上,一双黑黝黝的眼睛无声地环视周围的一切。

"他犯了什么事?"闻灯侧头问身旁的流霜。

流霜小声说:"好像是杀了全家二十一人,被官府抓住的时候,他刚刚掐死自己的娘亲。"

穿着囚衣的少年好像根本没有听到流霜这些话似的,黑黝黝的眼睛中没有一丝生气,闻灯看了他一会儿,而后指着中年男人:"从他开始吧。"

中年男人被闻灯这样指着,整个人都抖了一下,他从来没有见过闻灯这样美丽的女子,更不知道流霜带他来是为了取他的心头血。

他只是在人间的时候常常听酒馆里的说书先生说起魔界的美人,说她们最喜欢与人间的男子双修,中年男人看着闻灯的脸,心里盘算着:若是能与这样的美人一夜风流,这一辈子也算是值了。

闻灯看他在那里兀自淫笑,便知道他心中在想什么。闻灯对他笑了一下,中年男人仿佛丢了魂儿,浑身的骨头都软了、酥了,不知道东南西北。

"牡丹花下死,做鬼也风流",这话说得果然不假。

流霜却在看见闻灯的笑容时看出几分冷意来,她捧着瓷碗站在闻灯的身边,听见闻灯咳嗽起来,连忙抬手轻轻拍打闻灯的后背。

中年男人见状,上前一步,对闻灯道:"这位小姐,我家祖上有个止咳的法子,要不要试一试?"

他伸出自己的两只手,搓了搓,对闻灯说:"只要我给您按一按,保准马上见效。"

闻灯的咳嗽声渐渐停下,她抬眼看向中年男人,嘴角噙了一抹玩味的笑,她轻声说道:"不用了,不过我也有个法子,需要你帮忙。"

中年男人的眼睛唰地一亮,以为自己终于可以与这位魔界的美人双修,若不是房中还有旁人看着,他怕是早就扑了上去。

闻灯说罢,抬起一只手来,她的指尖亮起一点微光,中年男人与那少年第一次见到如此奇妙的场景,与从前他们在人间所见的拙劣戏法完全不同。

当亮光散去，闻灯的手中多了一把短短的匕首，那匕首寒光凛冽，清晰地倒映着中年男人的面孔。他的眼中终于浮现出类似恐惧的情绪来，意识到自己被带到魔界或许并不是要与眼前这个美人双修的，下意识地吞了一口口水，颤声问："你们要做什么？"

闻灯没有说话，只是起身向他走过去，柔声问他："不是你说，想要帮我治病的吗？"

"是……是……但是……"

闻灯对他的话恍若未闻，她的指尖在中年男人的胸口处轻轻一划，布料瞬间裂成碎片，散落在地上，若是能够忽略此时紧张的氛围与闻灯手中雪亮的匕首，中年男人定然乐得把嘴巴都咧到耳朵后面。

那把匕首逼近他的胸膛，抵在他的皮肤上面，冰冷、尖锐，像是毒蛇的尖牙，皮肤下面的心脏正在怦怦跳动，越跳越快，越跳越快，男人的世界里只剩下了自己心跳的声音。

"咻。"

像是蚊虫振翅一般的轻微声响夹杂在中年男人剧烈的心跳声中，他低下头，闻灯手中的那把匕首已然没入他的胸膛。

疼痛从伤口传递到四肢，他张大了嘴，想要求救、哀号，然而发不出一点声音来；他想要逃跑，离开眼前这个美丽的魔鬼，然而被定在原地，无法动弹。

想他当年能够以一人之力，将一家七口全部杀死，后来更是在官兵追上来的时候一连杀了五人，而现在他却成了砧板上的鱼肉，任人宰割。

从窗缝中吹拂进来的风似乎在房间中凝固了，或许是因为疼痛，男人的眼泪像豆子一样从他的眼睛中掉落。

闻灯微蹙眉，对他道："不要哭，哭了这血的味道就变了。"

她的话并不好用，男人的眼泪掉得更厉害了，闻灯轻叹了一口气，毫不犹豫地将手中的匕首用力插得更深一点。

男人的眼睛瞪得极大，血丝如蛛网般蔓延出来，房间中，他急促的呼吸声清晰可闻，而房间中另外的三人却对他的丑态无动于衷。

鲜红的血从伤口中汩汩流出，落入白瓷的杯盏中，闻灯向杯中撒了一点白色的粉末，然后将杯中的血一饮而尽。

中年男人昏倒在地上，呼吸微弱，几不可闻。

少年面无表情地看着在自己面前发生的这一切。

"对了夫人，我去人间的时候听说有肉身灵芝现世，若是能够取得他的心头血，或许能治好您身上的病。"

所谓"肉身灵芝"指的是一类人，他们看起来与常人并无两样，只是身上的血肉全是宝贝，传闻中修行者吃上一口就能抵得过数十年的修行。

闻灯听后微微一怔，古书上的确有说肉身灵芝对她的病有奇效，但是在茫茫人海中寻找起来谈何容易，她只敷衍地说："日后再说吧。"

她将手中瓷碗放下，白皙的手指落在梨花木的桌面上，那鲜红的指甲在月光下像是沾了血一样。

55

流霜将中年男人的尸体清理好后，把少年带到偏房睡下，然后来到闻灯的房间中，往香炉里添了一些她从人间带回来的安神香。闻灯刚用了药，至少这两天身上的病会好很多，流霜一直悬着的心终于能稍稍放下。

零星的火光透过镂空的香炉映出，在黑夜中明明灭灭，袅袅青烟在月光中缓慢升起，如梦似幻，流霜扶着闻灯到榻上躺下，给她盖上薄毯。

闻灯喝下那凡人的心头血后便一直都没有说话，流霜不知道她心里在想什么，但是看得出来夫人此时好像并不快乐。

只有在自己刚回来时，夫人对自己说，她见到他了，那一刻她才是快乐的。那时她的眼睛里像是带着星星，从唇角到眉梢，都洋溢着喜悦，然而那喜悦并没有维持太长的时间，很快就消失了。

见闻灯合上眼睛，流霜轻轻退到外屋的小榻上坐下。

夫人口中的"他"不会是她的那位心上人吧？只是夫人如今被献给了魔君，她即使真的见到了分离多年的心上人，他们两人该如何走到一起？

天意弄人，终究还是天意弄人。

只要再早一日，都比如今这般境地要好上许多。

可这世间众生，有谁能够预测得了天意？

流霜轻轻叹了一口气，侧头望着窗外。

月华千里，波光粼粼的水面倒映着连绵起伏的黝黑山脉，天虞山脚，梨花遍地，胜雪三分。

魔宫正殿中，月光透过窗棂洒落进来，交横的树影散落了一地，琉璃灯盏在大殿中如同浮动的莲花，将各种奇形怪状的影子映在墙壁上。

魔君苍衡正坐在王座上，垂眸看着脚下的莲花灯盏，神色冷淡，看不出喜怒。

昨日那女子被带走后，罗章与他说起那女子的名字。

闻灯。

竟然叫闻灯。

苍衡立即想到自己那场古怪的梦，他那梦中所见的又有几分真几分假？现在他的魔宫里倒是真的多了一位叫闻灯的夫人。

苍衡扯了扯嘴角，神色隐晦不明，青丝在他两鬓前垂下，映着烛光，如树影般浮动，他狭长的眸子中似有星光闪烁。

他闭上眼，掩去眸中冷意，再次入了那场莫名的迷梦当中，而这一回女子的面容终于清晰了起来，与他今日在大殿中所见的女子长得一模一样。

鲜红的血从闻灯的嘴角淌下，而他心爱的姑娘沈莹莹脸色苍白，发出微弱而绝望的、像是被抛弃的幼猫一样的哀叫声。

苍衡睁开眼，莲花灯盏如往常一般在大殿中盈盈展开，灯芯处的一丝亮光，泛着温柔的昏黄，一抹怒色在他眼中翻涌，久久未能平息。

外面的天色还未完全亮起，他起身出了魔宫，宫外的众位魔使见到他来，臣服地跪在地上。苍衡并不理会，他漫无目的地行走，待回过神儿来的时候，他已经到了魔宫后面花园中的一棵极为高大的梨树下面，盘踞的树根好似数条长蛇，树枝上挂着的红色飘带垂到他的眼前，一如梦中所见。

他抬起头来，梨花如飘雪般纷纷落下。

他觉得自己此时有些可笑，竟然把一场梦当了真。

然而随即手指闪烁出刺眼的白光，白光落到地面上，掀起一地的尘土。

地面龟裂，尘土散开，带着鲜红血迹的惨白骨架就这样映入他的眼中。

处理尸体的人修为不高，故而只能化去死者的血肉，不能将他的骨头一同化成齑粉，这形象倒是与他梦中所见到的闻灯身边的那个侍女贴合到一起。

苍衡目光沉沉，一言不发。

清晨的日光透过枝叶间隙洒落到窗外的草丛中，翠绿的叶子托着晶莹剔透的露珠，闪着七彩的光。

魔宫中的美人知道又有人给魔君陛下献美人，她们平日里见不到陛下，只能自己给自己找些乐子，原本想去戏耍下那位新来的夫人，只是之后听魔使说新来的夫人是闻灯，一个个便歇了过去看热闹的心思。

闻灯的名字她们也是听过的，魔族中的男人以为她是一朵带着毒的瑰丽华美的花，他们知道她很危险，但男人的天性又使他们格外地想要征服她，因此他们下场大都比较凄惨。

女人就很简单，在她们看来，闻灯就是个没有心的疯子，对她好的、不好的，最后都死在她的手里。

这样的人还是不招惹的好，魔宫里的生活虽然无聊，但她们还想活着。

只是不知道，陛下会不会也拜倒在她的石榴裙下，到那时候，这魔宫里可就没有她们的容身之处了。

清风徐徐而来，吹动帘子下系着玉珠的淡粉流苏，叮当作响。闻灯早早地起了床，流霜进来的时候就看到她坐在窗边，她微微仰着头望着在枝头跳跃的鸟雀。

"夫人要梳洗吗？"流霜来到闻灯的身后，轻声问询。

闻灯回过头，对着流霜点了下头，然后移步到梳妆台前坐下。流霜站在她的身后，手中拿着梳子，为闻灯梳头。

闻灯低头把玩着手中的步摇，想到昨天在大殿里遇见的苍衡，眉眼都弯了起来，流霜无意间看见镜子里的闻灯，随即愣了一瞬。闻灯很少笑，从前对着那些觊觎她美色的男人，她即便会笑，那笑容中也透着两三分讥讽与凉薄。

今日她这般笑，流霜看得出来，这是出自真心的。

流霜收回目光，继续给闻灯梳头，也笑着问道："夫人今天的心情看起来很好啊？"

"是不错。"闻灯点头说。流霜梳好头，将一支精心挑选的步摇插在闻灯的发髻上。

闻灯又道："你下次再去人间，记得给我带两盒胭脂回来。"

流霜拿着木梳的手在半空中顿了一瞬。女为悦己者容，夫人是真的遇见那个心上人了吧。

　　流霜还没有见到那人，心中已经对他有了埋怨。他若真心疼夫人，怎么舍得让夫人在魔渊中受了这么多年的苦，为什么不早一点来？

　　可这话她无法说给闻灯听。

　　闻灯握着扇子，微微歪着头，看着镜子中的自己，她的眉眼都弯了起来。

　　一想到李浮白并未死去，他还活在这个世上，闻灯的心情便好上许多，觉得这个世界也不是那么让人难以忍受了。

　　只是不知道什么时候能够再见到他。

　　自己现在身在魔宫，成为他众多夫人中的一个，按照罗章和魔使所言，苍衡之所以会留下她，是因为她与他如今的心上人有那么一点相像，她不过是他求而不得的心上人的替身罢了，与这魔宫中的其他夫人没有什么两样。

　　闻灯怕他常到这边来，又怕他不到这边来。

56

　　镜子中映着闻灯依旧有些苍白的面容，闻灯不知想到了什么，微沉的脸上多了些许笑意，她从梳妆柜下面的抽屉里找到一个沉木盒子，将盒子打开后，一根玉簪赫然躺在里面，簪子上精心雕琢了两朵含苞欲放的山茶，闻灯白皙的手指在玉簪上轻轻抚过。

　　下一刻，她又咳嗽起来，声音一声接着一声，好像没有尽头一般，很快喉咙里又涌上了血腥味，零星的血点溅到那根玉簪上面，像是雪地里盛开了一朵朵寒梅。

　　闻灯注意到后，立刻拿了帕子将玉簪上面的血迹仔仔细细地擦干净，这一擦，便又擦了半日。

　　这算是个消磨时间的办法了，待那玉簪上看不出丝毫的血迹后，闻灯将它放回了沉木盒子里，原本是想要将盒子再放回抽屉里的，可她犹豫了一下，还是将盒子留在了梳妆柜上。

作为魔君的众位夫人之一，她在这魔宫中唯一需要做的好像就是想着该怎样讨魔君的欢心，只是那位魔君陛下不来她这里。闻灯蓦地想起苍衡昨日看向自己时的目光，他看向自己的时候，在想些什么呢？

流霜给闻灯梳洗后，带了些吃的去了偏殿给她昨日从人间带回来的少年。她还以为少年会被昨天晚上看到的景象吓坏了，然而少年安安静静地待在房间里面，一动不动，像个石像。

流霜想到这个少年是因杀了他全家才进的死牢，昨天晚上那些对他来说可能确实是个小场面，流霜问他："你叫什么名字来着？"

少年睁开眼，面无表情地回复流霜说："萧衍。"

流霜"哦"了一声，将手里的吃食放下。少年在这里也住不了多少日子，以后门外花园里那棵梨树下才是他永远的家，她不需要在这个少年的身上浪费太多的时间，况且也没什么好问的。

流霜转身想从房间中离开，她走了没两步，听到少年再次开口，问流霜："我什么时候会死？"

流霜停了一会儿，对少年说："看夫人的病情吧。"

少年得到答案后再也没有出声，他对自己的生死不在意了，死在人间或者是死在魔界对他来说没有任何区别，甚至可以说死在魔界应该更好一些，他能够离那些令人作呕的人更远一些。

少年微抬起头，阳光透过窗纱落在他的面庞上，他闭上眼，那些尸体横七竖八地倒在他的面前，浸在血泊里面，少年的唇角不自觉地向上扬起。

流霜回来后，向闻灯说着她打听到的关于魔宫和魔君苍衡的一些消息。

她说自苍衡登基以后，魔宫中就很少设宴了，比往日里冷清不少，而陛下虽然收集了很多与他心上人相像的美人，但是他很少踏足这里，宫中的魔使们也看不明白陛下待这些美人的态度到底是什么意思。

闻灯摇着扇子，漫不经心地听着流霜的讲述，唇角始终带着若有若无的笑意。流霜向来揣测不清闻灯的心意，只希望闻灯能够过得开心一点。

院子里传来响动，流霜转头看向窗外，却什么也没看到，她对闻灯说："外面好像有人。"

闻灯依旧坐在榻上，靠着身后的软垫，像是没有骨头一样，她手里握着扇子，嘴角含笑，神情慵懒，不知在想些什么。

流霜不放心，起身对闻灯说："我去看看吧。"

她来到院子外面，看到萧衍站在一侧的长廊中。

"看到人了吗？"房间里的闻灯开口向流霜问道，声音清冷，像是清爽山泉潺潺而下，带着凉意。

流霜回道："是我从人间带来的那个少年。"

"让他进来吧。"

"你跟我来吧。"流霜将萧衍带到闻灯的面前。闻灯抬起眼皮看着他，半晌后，很突兀地笑了起来。

魔渊中的日光渐渐昏沉起来，带着午后的醺意，意兴阑珊地在屋檐上洒下一片跳跃的光点。

房间里，流霜正在为闻灯调香，听到突然响起的开门声吓了一跳，手一抖，手中的香料多放了一些，这份安眠香的效果定然比不上原来的，流霜皱起眉头，起身喊了一声："谁呀！"

那人没有应声，只是站在门前。逆着光，流霜并不能看清他的面孔，只是隐约觉得有一点眼熟。

玄色长袍上的银色织纹在日光下如同水波一般涌动，这并不是一般魔使的装束。

在魔宫中能够随意走动，且没有魔使阻拦的，恐怕只有那位陛下了。

流霜好似突然想到了什么，瞳孔中的震惊几乎要化作实质，当年苍衡与前任魔君在浔江大战时，她曾远远地看过苍衡一眼，与眼前的这个男人给她的感觉如出一辙。

"魔君……陛下？"流霜连忙将手中香料放下，跪伏在地上，心中奇怪今日魔君怎么会到这里来？与夫人是否有关？

内屋里的闻灯正听着少年轻声哼唱他家乡的歌谣，手中的扇子在桌面上随着节拍轻轻敲着，她听到外屋的响动，却不曾睁开眼，苍衡进来的时候看到的便是这一幕。

细碎的阳光铺满房间中的每个阴暗角落，她手中的团扇上绣着栩栩如生的花卉，乌黑的长发垂落在榻上，她随歌声打着拍子，少年的目光凝驻在她的身上，像是一幅陈旧泛黄的画卷在苍衡的面前徐徐展开，和谐却又无比刺眼。

苍衡的梦中出现过眼前这个少年的身影，是他帮着闻灯从人间抓来更多的男人，将他们残忍地杀害，尸骨就埋在花园中的那棵梨树下面。一阵苍衡自己都说不清楚原因的愤怒瞬间如烈火般席卷而来。

苍衡望向闻灯，他梦中的那些场景在短短两日里已经一一应验，等到来日，闻灯是不是就会把沈萤萤抓到这个地方，放她的血？

梦中，鲜红的血沿着沈萤萤的手腕淌下，她发出幼猫一样细小的声音，那声音在苍衡的耳边，连绵成一片无休止的鸣响。

"我疼……我疼……"

血铺天盖地地向他涌来，沈萤萤单薄的身体倒在地上，无人救她。

那就让他来救她好了。

站在不远处的流霜不明白眼前的魔君为何突然周身魔气萦绕，身上的戾气几乎要将他们完全吞没。

她来不及开口提醒闻灯，就见魔君猛地伸出手。那只冰冷的手直接掐在闻灯细长白皙的脖子上，她的脖子纤细而脆弱，像是被毒蛇缠绕，只要他的手用力，就可以将它折断，眼前这个有一点像沈萤萤的女子就会死在他的面前，不久后化成一抔黄土。

少年的歌声戛然而止，闻灯睁开眼，入眼的便是那张在她的梦里与她纠缠了三百余年的面孔。

他目光冰冷，神色冷酷。

闻灯直直望着苍衡，他黝黑的眸子里像有一汪看不到底的冰冷潭水，像是在看一个完全陌生的人。

她念念不忘了三百年的青年，她在魔渊中等了三百年的青年，那个为她拂花酿酒、为她死在十方州的青年。

现在，他回来了，却想杀死她。

他怎么会想杀死她呢？

怎么会呢？

闻灯眼前有些模糊，恍惚间，她好像又看到三百年前，青年一身是血地从南华寺的佛境中出来，握着她的手，轻轻擦去她眼角的泪，笑着对她说："怎么哭了？我答应你一定会活着回来的，若是我不在了，就没有人能护住我的姑娘了。"

而现在，他却要来杀死她了。

多可笑啊。

闻灯的眼中没有痛苦，没有恐惧，也没有愤怒，只是很平静地映出苍衡的模样。

她蓦地想起当年在沉入魔渊前，智恒大师为她解签时说的那一番话，如今看来，竟是一语成谶。

"多年后，他将死而复生，来到你的面前，你们久别重逢，没有欢喜，唯剩余恨，那时候，这段缘分才会了结。"

许久后，闻灯缓缓笑了起来，眼泪却从她的眼角滚落，大颗大颗地滴在苍衡的手背上。

57

那泪水在苍衡的手背上缓缓散开，像是灼烫的烈火一般。

眼前的这张脸，有那么一瞬间，在苍衡的眼中竟是完全变成沈萤萤的模样，再一恍惚，她还是她，却又有一点不一样，仿佛与他遥远记忆中的某个节点突然重合在了一起。

分不清是愤怒，还是恐惧，苍衡的手再也使不出半点的力气。

他一恍神，松开了手。

闻灯一下子瘫坐在地上，捂着胸口急促地喘息，喉咙里涌上一股血腥味，她连忙拿出帕子捂着嘴，一声接一声地咳嗽。

她咳得苍衡心烦意乱，他还在天界的时候，每次听那些老头论道，就是这种感觉。

雪白的帕子上染了一点血迹，像是茫茫雪地中盛开的点点红梅，闻灯将帕子握在手里，装作什么都没有发生的模样，仰起头看着苍衡，瞳孔里映着苍衡的影子，她声音沙哑，不解地问道："陛下为何要这样？"

就算是刚刚被苍衡这样粗暴对待，差点没了命，闻灯此时依然能够笑靥如花，言笑晏晏，好似对苍衡没有半点成见与怨恨。

她细长的脖子上留下一圈青紫，在苍白到近乎透明的皮肤上，苍衡留下的掐痕格外显眼。

苍衡冷淡说道："你要杀人，本尊杀你。"

闻灯的笑容僵在唇角，她看得出来眼前这位魔君没有半点开玩笑的意思。其实刚才他掐着自己的脖子的时候，她就已经感知到，他是真想要自己的命。

只不过在他后来恍惚的那一刹那，或许是从自己的脸上看到了他心上人的影子，所以最后才收回了手。闻灯垂下眸子，冰冷的地面上落着一层橙色的薄光。

闻灯再次抬起头来，仰头看着面前的苍衡，她佯装不懂，面带困惑地向苍衡问道："我什么时候杀人了？"

苍衡眉头微蹙，这个女人心如蛇蝎，且不知悔改，他冷淡道："梨树下的那具尸骨。"

闻灯脸上依旧是那副茫然无辜的表情，好似完全不懂苍衡在说什么，只是站在身后的流霜表情唰地就变了。那个男人的尸体是她处理的，她像过去一样化去尸体的血肉，将他埋在梨树下面，在魔界中，随便找块地方都能在下面挖出一两具人的骨架来，流霜想不明白陛下为何会如此厌恶此事。

闻灯歪着头，脸上的笑意不减半分，她问："陛下在说什么？我怎么听不懂？"

苍衡的目光泛着化不开的冷意，那些关于闻灯的梦越到后面就越模糊了，但是他仍旧清楚地记着梦中沈莹莹的胳膊被利刃割开，鲜红的血成股地淌下，任由闻灯来取血。

他今日就该在这里杀死这个心狠手辣的女子，苍衡想不明白自己最后为何会收了手，不过既已收手，他也不会再出手了。

"若是再让本尊看到你在魔宫中杀人——"

后面的话苍衡没说，只是在他话音落下后，一道白光在他的指尖闪过，白光从闻灯的脸侧倏地掠过，一缕发丝缓缓飘落。

她明白苍衡未尽话中的含义。

苍衡转身离去，只是走到门口时，又突然停下脚步，发尾在空中飘过，带着草木的清香，他转头看了一眼仍坐在地上的闻灯，冷冷道："你好自为之吧。"

说完这句话，他转身就走。

"你没有其他想要对我说的吗？"闻灯轻声问道。

他连脚步都没有停顿一下，径直离开，再也没有回头。

"夫人。"见苍衡走了，流霜连忙过来，想要将闻灯从地上扶起来。

闻灯坐在地上，望着院子里那棵梨树，她摆了摆手，对流霜说："让我坐一会儿吧。"

流霜犹豫着，最终还是收回手，转身去里屋中取来一件斗篷披在闻灯的身上，然后静静地站在她的身边。

闻灯仰头看向树梢，随即想起智恒大师的谶言，倒是又让她想起了另外一些往事。阳光晴好的午后，青年偷偷溜进闻家，捧着花来到她的面前，笑意随着日光一起缓缓流淌，跟她说："闻姑娘，我是来给你送花的。"

闻灯的身体一直不好，闻朝易忙于家族中的大小琐事，向来不让她出门，她被困在那个小小的四方院子中，每日能够看到的只有被框住的那一方天空。

或许觉得有愧于她，闻朝易大多时候对她算是有求必应，只是她向来没有什么想要的东西。

而后来，她终于有了想要的东西，可老天偏偏不让她如愿。

许久后，闻灯自己站了起来，她将手中的匕首扔到一旁的桌子上。银制的匕首把落在陶瓷的茶杯上面，发出一道清脆的声响。

流霜忧心忡忡地看着她，小心地问道："夫人？"

"没事，就是想起一些从前的事罢了。"她说完，对着流霜笑了笑。

流霜问："夫人接下来打算怎么办？"

今日听魔君的意思，好像是不许夫人再从人间抓凡人来，取他们的心头血。

若没有凡人的心头血做药引，夫人身上的病会恶化，恐怕活不了太长时间。

流霜实在看不懂，魔族抓凡人来练邪功本就是常事，她们抓的还是些自己不想活的或活不成的，陛下何必动那么大的火气？好像她们做了什么十恶不赦的事一样。

"再等一等吧，等陛下不在魔界，或者是等他忘记了此事。"闻灯抬眼，望向庭院中那棵开得繁盛的梨树，一阵风吹来，那些花瓣似雪花纷纷从枝头坠落，她对流霜淡淡地说，"我亲自去人间一趟。"

她收回目光，手里不知什么时候多了把扇子。她轻轻地说道："若有人自愿为我送上心头血，陛下总不会也要拦着吧。"

她顿了顿，不知想到什么，嘴角的笑又扩大几分，继续道："或许有缘还能找到肉身灵芝。"

闻灯说得轻巧，但是找到肉身灵芝谈何容易？即便是找到了，想要这的人必然不在少数，拿到手也不是一件容易的事。

"慢慢来吧。"闻灯回到榻上躺下，轻声说，"不急，不急。"

这话像是对流霜说的，又像是对她自己说的。

一抹斜阳从檐上泻下，在碧色的瓦片上撒落一层金粉。

苍衡得知消息，柳惊眠去了凡间，沈萤萤也跟着去了。

他有些放心不下沈萤萤，知道柳惊眠根本不在乎她，沈萤萤跟在他的身边恐怕会吃亏，苍衡思量一番，便动身前往了人间。

58

魔渊之中，巨大石柱的影子横在长街中央，街上的魔族熙熙攘攘，犹如人间。

只是魔族的脾气比凡人要暴躁一些，常常一言不合便动起手来，从过年到现在不过三个多月，这条长街上的建筑却已经修整过七八次了。

底层的魔族们听说苍衡离开魔界，一个个又不安分了起来，想着去魔宫里打听打听消息。魔族们始终恪守着"皇帝轮流做，明年到我家"这一优良传统，他们坚信对于可以靠竞争上位的魔君这一职业，只要努力，就会有收获。

只不过苍衡在魔界的时候，他们知道自己与这位魔君的差距太大，不敢轻易去他的面前找死，现在魔君去了人间，人间那么危险，说不定他会死在外面，他们应该早做准备。

就连流霜在魔宫里也听说了消息，等闻灯醒来后，她站在闻灯的床边，将温水送到闻灯的眼前，小声对闻灯说："夫人，听说陛下去了人间。"

或许是昨日情绪起伏太大，闻灯受了影响，故而睡了大半天，刚刚起床，仍是没有什么精神，睡眼惺忪，听到流霜的话，才勉强打起一点精神来，喝了水，脑子更加清醒了一些，向流霜问道："陛下去人间做什么？"

流霜抿着唇，面上带着犹豫。闻灯看着她这副神情大概就猜出她要说什么了，果然听见流霜说："好像是陛下心里的那位女子去了人间，陛下不放心，才跟去的。"

闻灯缓缓地呼了一口气，将手中的杯子还给流霜，随口应了一句："是这样啊。"

她忆起那天在这里苍衡是怎样掐住她的脖子，想要了结她的性命的。那双手冰冷而有力，他的眼中没有丝毫感情。

他在看向她的时候，就像是在看天空中的一只飞鸟，水里的一条游鱼，这个房间中的任何一个没有生命的物品。

多年后，他们久别重逢，竟真的要走到这般田地，未免太过可笑。

闻灯从榻上起身，走到镜子前坐下，镜中映出她憔悴的容颜，还有白皙的脖子上被苍衡留下来的掐痕。

流霜不明白，闻灯明明有办法将那一圈掐痕完全消去，但是她却选择将其留了下来，好像是故意给谁看似的。

魔君现在已经不在魔宫中了，这里就只有她们两个，夫人还能给谁看呢？

哦，不对，这里还有那个叫萧衍的少年，看起来夫人似乎并不打算取少年的心头血，不知道夫人留着少年有什么用。

不过闻灯的行事她向来看不懂，也从来不会多问，所以她才能在闻灯的身边待上这么多年。

闻灯在镜子前坐了一会儿，觉得有些无聊，起身出门去了花园里。花园里已经来了好些美人，因为魔君从来不去宠幸她们，所以她们之间不存在什么争风吃醋，只是无聊的时候会扯扯头花，欺负一下新人，勉强还算融洽。她们也听说昨日苍衡曾去了闻灯那里，然后一脸怒色地从她那里出来，还听宫中的魔使说是因为陛下在闻灯那里找到个男人。

美人们听闻这个消息的时候震惊得下巴都要掉了，就算苍衡再冷落她们，她们也不敢给魔君戴上一顶绿帽子。

闻灯不愧是闻灯。

此时见到闻灯来了，这些或多或少都有几分相像的美人纷纷闭上了嘴，偷偷望着她，不敢说话。虽然说她现在与她们一样都不过是魔君的后宫之一罢了，但是想起闻灯在没有进魔宫以前的名声，美人们为了自己的小命着想，觉得还是不要招惹她为好。

美人们都安静下来，闻灯的目光从美人们娇美的脸蛋上一一扫过，心中寻思着苍衡这厮倒也会享受，竟能找到如此多的美人藏在魔宫里。

不久后，美人们就各自找了借口一个接一个地告辞了，偌大的园子里只剩下了闻灯和流霜两人。闻灯靠着身后流霜拿来的软垫，半合着眼，昏昏欲睡。

并不明媚的阳光透过稀疏的枝叶，落在闻灯的裙摆上，像是停了零星的蝴蝶。一阵冷风吹来，闻灯捂着嘴又咳嗽起来，流霜连忙把披风盖在她的身上，可没有什么用处，她很快就咳出血来，好像咳血咳得越来越严重。

流霜看不下去，对闻灯说："夫人，我再去人间给你带两个人来吧。"

闻灯没有拒绝，也没有同意。她咳了一会儿，等到咳嗽声渐渐停下后，回头问流霜："今天是什么日子？"

流霜不知道闻灯问这个做什么，但还是如实回答说："回夫人，今天是三月十三。"

"三月十三……"闻灯低声念叨着，"到现在也有三百多年了，不知道那些老东西这些年过得怎么样？"

流霜没有听清，问道："夫人在说什么？"

"没什么，我也要去人间一趟了。"闻灯将身上的披风掀开，站起身来，看向流霜，目光一如从前，平静而温柔，好像在说一件毫不起眼的小事。她顿了顿，对流霜说："陛下若是回来了，你与我说一声。"

流霜的眉头微微拧起，有些不赞成地问道："夫人不带着我去吗？"

闻灯道："这一回就不带你去了，你在这里帮我照看着，若有什么事，让灵风知会我。"

灵风是一只通身雪白的鸟，流霜不知道它是什么时候来到闻灯身边的，从自己被闻灯救下的时候起，灵风就已经在闻灯的身边了，而且与闻灯颇为熟悉。

它会说话，喜欢吃炒花生，飞得很快，只是它常年都在沉睡，不到必要的时候，闻灯不会唤它来做事。

流霜知道自己不能更改闻灯做的决定，只得叮嘱闻灯说："夫人小心点。"

闻灯并不是娇弱无力的花瓶，要不然也不能在魔渊这种地方安稳无恙地待上三百多年，只是后来她身上的病情加重，才会被罗章暗算，献给魔君。

流霜有时觉得，如果不是苍衡突然因一个凡人来责难闻灯，魔宫这里确实是比较适合闻灯的。

59

人间正是春寒料峭的三月，柳树刚刚发出嫩黄色的枝芽，远远看去，蒙蒙的草色在雨中连绵成一片。

沈萤萤追着柳惊眠从凡间到天上，又从天上到了凡间，她也说不明白自己为什么会这样喜欢一个人，喜欢到几乎完全没有自尊、没有自我，只为了能让他看自己一眼。

不过好在柳惊眠并不是什么大奸大恶之人，这么长时间以来，他也没有在沈萤萤的身上图谋过什么。

有些时候，沈萤萤宁愿他有所图谋，或许还能让他们两个的关系拉近一点，而不是像现在这样油盐不进的。

沈萤萤能够察觉出来柳惊眠对待自己与对待别的女人相比有那么一点不同，只是她不明白，柳惊眠为什么会那么抗拒自己？

他们来到凡间不久后，苍衡找到他们，要跟他们一起到万松山去。

沈萤萤只是将苍衡当成自己一个很好的朋友，其他的心思，她是完全没有的，她的一颗心全部放在了柳惊眠的身上。

沈萤萤曾不止一次地问过柳惊眠，当初为什么会救下自己。

而柳惊眠总是回答她，就算当初掉在悬崖下面的是其他人，他也一样会出手相救的。

沈萤萤不信。纵然那时候柳惊眠遇见其他人也会救，但是定然与救自己是不一样的，柳惊眠这人就是嘴硬，想要从他的嘴里听出一句真心话，比杀了他都难。

沈萤萤转过身，柳惊眠坐靠着盘踞在那里的巨大树根，摆弄着怀里的酒壶，过了一会儿可能是有些累了，就合上眼睡去。

而苍衡坐在树上，扯了两片叶子，放在嘴边，吹着那些不知名的曲调。

柳惊眠跟沈萤萤说过，苍衡喜欢她，就连天界上的很多其他神仙也都觉得苍衡喜欢她，即使苍衡从来没有说过，他们依旧还是觉得苍衡叛出天界是为了她。

但是沈萤萤常常觉得，苍衡并不喜欢自己，只是在透过自己看另一个人，可能就连苍衡自己都没有发觉。

她将这些没有来由的、莫名其妙的想法从脑海中清除了出去，拽了一根狗尾巴草，走到柳惊眠的身边，蹲下身，把狗尾草尖上的毛毛放在柳惊眠的鼻子下面。

柳惊眠果然很快睁开眼，有些无奈地叹气。沈萤萤笑着收回手里的狗尾巴草，扔到一边，在他旁边坐下，戳了戳他的肩膀，问他："你要去万松山做什么？"

柳惊眠表情空白了一瞬，目光中透着三分的怀念，似乎在回忆什么往事。过了一会儿，他喝了一口酒，对沈萤萤说："我曾答应一位故人，要帮他找一样东西。"

沈萤萤"哦"了一声，心中忍不住地想柳惊眠口中的那位故人是男是女，与柳惊眠又是什么关系。可是她怕自己问得太多，柳惊眠会觉得厌烦，她装作不经意地接着柳惊眠的话问下去："是什么人呀？"

柳惊眠侧头看了沈萤萤一眼，那表情很难形容，沈萤萤好像还从来没有在他的脸上看过这样复杂的神色，她忽然意识到柳惊眠口中的那个故人应该对他很重要。

柳惊眠始终没有回答沈萤萤的问题，仰起头将壶中的酒水喝了大半，然后闭上眼睛，再次睡去。沈萤萤守在他的身边，心中有些难过，但很快宽慰了自己。

苍衡垂眸看了眼树下的二人，将手中的叶子放下，一阵清风吹来，将叶子吹到很远的地方。

柳惊眠酒醒后，已经暮色四合，夕阳在西方的天际渲染出大片织锦，铺展开来，颜色变幻，似一场绮梦的开场。

柳惊眠本是打算直接御剑前往万松山的，但是明日镇上有一场集会，沈萤萤好奇集会上有什么，想要留下来玩一天。柳惊眠自是可以不理沈萤萤，仍旧选择立即动身去万松山，但最后他还是选择在这里多留一日。

沈萤萤很高兴，知道柳惊眠是为了自己留下的，他心中是有自己的。

唯有苍衡看着这两个人不说话，即使柳惊眠与沈萤萤两个人现在还没有在一起，他在中间也始终是格格不入的。他有些意识到，自己从魔界中出来或许是一个错误，可现在让他回去，他又放心不下。

三个人直接在林子里休息了一夜，柳惊眠与沈萤萤在树下打坐，而苍衡坐在树上，仰头看着夜空中的那轮月亮。

乌黑的长发垂下，在夜风中轻微地摇摆，他闭上眼睛，从远处深沉的夜色中传来一些细微的声响，那些声音连在一起，好像谱成一支不知名的曲子。

那曲调有些耳熟，苍衡却想不起来。

他又做梦了。

梦依旧是关于沈萤萤与闻灯的，鲜红的血顺着沈萤萤白皙的手腕蜿蜒而下，流到白瓷的碗中，沈萤萤的眼睛上蒙着一层薄薄的水雾，她想喊疼，又不敢出声。

"苍衡，醒醒啦，我们该去镇上了！"一道清越的女声在苍衡的耳边响起来，他睁开眼，金色的阳光透过茂密的枝叶落入他的眼中，他才意识到已经是第二日了。

苍衡从树上飞身而下，拂去肩上的落花，沉默地跟在沈萤萤后面，向镇上走去。

因为集会，今天镇上格外热闹，沈萤萤像是一只刚出了笼子的小鸟，到处乱飞，在人群中不一会儿就没了身影。

等到柳惊眠再次找到沈萤萤的时候，她正站在一个卖糖人的小摊前，苍衡站在旁边守着她。

看到柳惊眠来了，沈萤萤问他："我们是今晚去万松山，还是明天早上去？"

不等柳惊眠回答，做糖人的老大爷听到沈萤萤的话，先抬起头来，看着沈萤萤，笑着问道："你们要去万松派？"

"是啊，"沈萤萤点头，"怎么了？"

"万松派最近可热闹啊。"老大爷摇着头感叹说。

沈萤萤好奇追问了一句："怎么热闹了？"

"万松派余家的几位长老因为一个女子打起来了，连他们的老祖都被惊动了。"老大爷顿了顿，继续说道，"听说那女子长得倾国倾城，人间少见。"

苍衡听到这话，发出一声意味不明的嗤笑。

长街上行人熙熙攘攘，街道两旁商贩们的叫卖声不绝于耳，风中的花香与食物的香气融合在一起，轻轻掠过人的鼻端，等到沈萤萤逛完了集会，一行人便出发前往万松山。

万松山上。

清晨，晶莹的露珠顺着枝叶滴落，闻灯坐在树下摇椅上，她早早的就起来了，现在有些困意，合上眼，迷迷糊糊的好像又看到那个青年，他迎着晨曦的光，带着花向她走来，对她说："闻姑娘，这是给你的。"

随即院子中传来闻灯父亲的声音，青年脸上立刻多了几分慌乱，甚至手足无措地想要找个地方藏起来。

闻灯忍不住想要发笑，她刚要张嘴说些什么，外面一阵吵闹声传来，眼前幻象都消失了，青年也不见了。

她的笑容就这样僵在唇角，抬眼看着守在门口的侍女，问道："外面怎么这样吵闹？"

侍女回闻灯说："回三夫人，有客人来了。"

60

"客人？"闻灯眼中闪过一丝疑惑，好奇问道，"什么客人？"

侍女摇头："奴婢也不知道。"

闻灯没有说话，低头沉思了片刻，然后从摇椅上起身，侍女见状，开口向她问道："夫人要出去看看吗？"

闻灯摇头说："不了，我有些累，回房再睡一会儿。"

侍女应了一声，回到自己原来的地方继续守着。

闻灯回到房间，手中一道红光闪过，便多出了几个布做的娃娃。娃娃的五官是用各种深浅不一的红色布条拼凑成的，眼睛一大一小，娃娃脸上的针脚也十分显眼。这五个娃娃整整齐齐地摆成一排，眼睛好像在看向同一个方向，很是诡异。

闻灯将最左边的那个娃娃拿起来，扯了扯它的手脚，眉头微蹙，似乎对娃娃的做工不太满意。她将娃娃放下，然后拿起针线，将这些娃娃重新调整。

窗外鸟鸣啾啾，风吹过树梢，留下一串沙沙的响声，阳光透过窗纱，无数的尘埃覆了一层金粉在光束中缓慢地浮游。闻灯的影子映在画着山水画的屏风上面，当她做到第三个娃娃的时候，忍不住咳嗽起来，胸口因为剧烈的咳嗽不断起伏，很快有鲜血溅在娃娃上。闻灯没有在意，只继续动手制作手里的娃娃。

细细的银针在娃娃的身体中穿梭，那娃娃的五官虽然依旧很古怪，但它又好像要活过来一样。

鸟鸣声停下，风也止住，房间陷入一片永恒的寂静，任何的声音都会被吞没。

闻灯轻轻咳嗽了两声，侧头看向窗外，一根根垂柳在她的眼中匆匆掠过，那远处的河道水面波光粼粼，几只水鸟聚在一起嬉戏。

闻灯的嘴角露出一抹不太明显的笑意。

三百年前，星云十三州赫赫有名的闻家被众多世家门派围攻，闻家家主闻朝易死在城门前，孤苦伶仃的闻家小姐同样死在那场大火中。

偌大的家族一夕之间分崩离析，几年后，便不复存在，只能在人间茶馆酒楼的说书人口中偶尔出现。他们说起闻家，说起那位出尘绝世的闻家小姐，总要在最后加上一声叹息。

再后来，世事更迭，沧海桑田，说书的先生换了一代又一代，人间的英雄与美人也换了一轮又一轮，他们也不再提起这些往事了。

而当时谁也没有注意到，在闻家覆没之后不久，几个不起眼的小门派却开始快速崛起，有的甚至在三百多年后的今天已经成为修仙界当中首屈一指的大门派，而余家的万松派就是当年那些崛起的门派之一。

闻灯的嘴角又向上弯了弯。

她抬起手,似有轻薄日光落在她的手中。

沈萤萤一行人在来万松派的路上遇见了余家的三公子,他们随这位余三公子一同来到万松山上。

这位余三公子名映雪,今年二十有三,是一个怪胎,他平生只有两个爱好:一是剑,二是棋。他此次从万松山上下来,也是因为听说人间出了一本失传多年的棋谱。

而且他明明是个修行之人,却很少像修仙界其他修行者那样御剑飞行,在大多时候,他都是这样坐着马车来来去去的。

于是柳惊眠等人也只能跟他一起坐着马车回去。

万松山处在星云十三州南部的边缘地带,这里的气候较为温暖湿润,生长了许多奇花异草,常常会有修行之人来这里采摘。故而,纵然万松派的实力在整个修仙界当中不算出众,但是也有个一席之地,再一个,余家与邺州的贺家关系匪浅,大家也都会因此给万松派一个面子。

沈萤萤还不知道柳惊眠这次来万松山到底是为了什么,她问了柳惊眠几次,柳惊眠都没有说,沈萤萤猜测他口中的那位故人对他一定很重要。

一行人来到万松山上,住处什么的都是余映雪来安排的。据余映雪说,他的两个哥哥到凡间历练去了,要过一段时间才能回来,门派中又出了一些其他的事,所以有招待不周的地方,还望见谅。

沈萤萤他们对这个倒是没有什么挑剔的,只是沈萤萤在来万松山的这一路上听了不少关于余家那两位长辈的传闻,心中好奇,没忍住便多问了两句。

"这件事竟是连沈姑娘都知道了,实在是让人怪不好意思的。"余映雪说这话的时候抬手摸着鼻子,看起来确实有些为难。

他这副样子把沈萤萤也弄得怪不好意思的。她不自在地挠头,对余映雪说:"我就是随便问问,余公子不方便的话不必同我说的。"

"其实说说倒也没什么,现在估计这星云十三州的人都知道这件事了。"

余映雪说完叹了一口气,家家有本难念的经,世上的人都以为他们余家掌管的万松派定然是兄友弟恭、其乐融融,但是这几年万松派并不太平。

"这事得从五年前说起了,那年我云游四海的三叔从外面回来,身边带了一位如花似玉的夫人,说是他新娶的妻子,名叫邓芫。我父亲与二叔虽然不满他没跟家里说一声,自作主张就娶了妻,但是事已至此,只能接受。不久后我三叔因病去世,他的夫人想要殉情,好在被我二叔和四叔救下,再后来就是你们听到的我二叔和四叔为了她兄弟阋墙的故事了。"

余映雪将这件事的始末简略地同眼前的三人说了说。反正这件事几乎整个星云十三州的人都知道了,也没有什么需要隐瞒的。

沈萤萤听得一愣一愣的,这样的故事她从前只在话本里面见过,原来这世上真的有美人能够让人神魂颠倒。

余映雪说完后抬头看了一眼沈萤萤,见她在发呆,微微一笑,说:"说起来沈姑娘与她也有几分相像。"

苍衡眼皮一跳,不知怎的脑中突然浮现出闻灯的模样,他的眉头蹙起——她现在应该在魔界,断不会出现在此处。

"这样啊。"沈萤萤摸着自己的脸,谦虚道,"我肯定没有她长得好看。"

余映雪道:"沈姑娘谦虚了,你与那位姑娘只是气质不太一样。"

沈萤萤觉得这是在安慰自己,自己连一个柳惊眠都搞不定,别说让两个男人为自己争风吃醋了,明明是柳惊眠要来万松派找东西,可现在他一言不发,沈萤萤实在想不明白他心里都在想什么。

余映雪为三个人安排好住宿的房间便离开了,房间中剩下了他们三人。万松派中的弟子不少,但是这两天因为两位长辈的事,一个个脸上的表情都比较沉重,使得门派上下的气氛都沉重不少。

沈萤萤趴在桌子上,无聊地叹气,她过了一会儿便坐不住了,拉着柳惊眠和苍衡到外面的山上走一走,结果遇见一个妇人在草丛的后面不停地啼哭。

妇人自言自语般哭诉自己悲惨的命运与无情的丈夫,沈萤萤听了这一会儿,才知道她是兄弟阋墙故事里哥哥的妻子。沈萤萤心生同情,又不好插手,只好默默离开。

回去的路上他们听见万松派的弟子们也在埋怨那女子来了这里后,他们的师尊就像是变了一个人似的,跟从前完全不一样。沈萤萤听了一些,觉得那女子有些古怪,可这件事说到底与他们没什么关系。

柳惊眠不愿意将他的来意说明白,她也不知道自己能为柳惊眠做些什么。

余映雪的父亲是万松派的掌门,在他们那一辈中排行老大,他在傍晚的时候才从外面回来,亲自来见柳惊眠,在听到柳惊眠是为了一盏灯而来时,脸上的表情唰地变了。

半晌后,他尝试开口问柳惊眠:"不知柳公子与这盏琉璃灯有什么关系?"

柳惊眠双手环胸,抱着长剑,回答说:"一位故人托我找它。"

这位掌门低头陷入沉思,半晌后,他抬起头来,对眼前三人道:"这样吧,你们帮我将那位三夫人送走,我便将琉璃灯送与柳公子。"

掌门口中的"三夫人",就是故事中那位惹得两位余家长辈失魂落魄的美人邓芜。

61

沈萤萤好奇问道:"掌门为何不自己将那女子送走?"

余掌门听到沈萤萤这话,叹了一口气说:"我何尝不想将她送走,只是我的两个兄弟对她情根深种,我若是执意将她送走,恐怕我们兄弟三人都要离心。"

沈萤萤点头。余掌门说的并没有错处,兄弟两人既然能够为了那女子反目成仇,若是得知了余掌门将她送走,定然会无比憎恨他们这位兄长。万松山这段时间怪事频出,若是他们兄弟三个再为个女人争吵起来,对万松派来说无疑是雪上加霜。

几人回到住处,商量接下来该怎么做,余掌门说只要他们能够将那位邓姑娘带走,就把七星琉璃灯送给他们,这个要求听起来并不过分。

柳惊眠与苍衡两人中的任何一人想要强行带走那位三夫人都很容易,只不过也会有许多麻烦随之而来,而且他们把那位三夫人带走后又该把她安置在什么地方。

得把这些都给考虑好了才能动手。

柳惊眠在房间里待着有些烦闷,说要出去走走。沈萤萤想要跟他一起出去,毫无意外被柳惊眠拒绝。苍衡看了他们一会儿,回到自己的院子中。

半个多时辰后，柳惊眠回来了，身上带着酒气，沈萤萤见到后，开口问他："你去喝酒了？"

柳惊眠看了沈萤萤一眼："喝了一点。"

沈萤萤抿了抿唇，她其实不太高兴柳惊眠一个人去喝酒，但是又没有资格阻止柳惊眠。

柳惊眠到底是怎么看待她的呢？他到底有没有一点喜欢她？

"你早点休息吧。"柳惊眠只说了这一句，转身回到自己的房间中。

沈萤萤望着他消失在门扉后的身影，有些失落地垂下头，看着地砖上面自己的影子。

柳惊眠什么时候才能喜欢她一点？

苍衡坐在房间当中，想起梦中所见，心中不免有些担忧，他不求沈萤萤喜欢上自己，此次跟随沈萤萤一起来到人间，也只是为了保护她罢了。

夜色朦胧，树影重重，万松派的弟子们回到自己的房间歇息去了。

闻灯坐在榻上，手中拿着一本万松派弟子给她送来的话本，话本写的是三百年前的旧事，写的"天下第一美人"吕姬与袁家二公子的爱恨情仇。闻灯看了两页，意兴阑珊地将话本放下。

余家、贺家、袁家……

烈火中秦统领被一剑杀死在前门的石柱下。茶茶一边哭，一边为她挡下流箭，倒在她的面前。

这些往事已经过去三百余年了，如今想来依旧历历在目，仿佛就发生在昨日。

当年欠下的，总要还回来。

清风吹来，烛火摇曳，她的影子落在身后的屏风上，微微摇动，如同鬼魅。

人偶跳到闻灯的肩膀上，圆圆的脑袋凑在闻灯的耳朵边，像是在与她说什么悄悄话，却一点声音都没有发出来。

"七星琉璃灯……"她细长的手指在桌上轻轻敲了两下，低声说道，"他倒是舍得，可我也想要，怎么办呢？"

人偶蹭了蹭闻灯的脸颊，然后从她的肩膀上跳下，在属于它的小盒子里乖乖地躺好。

那七星琉璃灯只有一盏，所以只能是她的。

将烛火吹灭，房间陷入一片黑暗，闻灯躺在榻上，有些想要知道余掌门找的那些人会怎么带自己离开。

她动了动右手小指，在皎洁的月光下似乎有一条长长的丝线蜿蜒而出，飘向远方。

沈萤萤等人在万松山上待了两日，还没有见到那位传说中的三夫人。沈萤萤有点着急，将人凑到一起研究这件事，最后托着下巴长长地叹气，问道："那位邓姑娘如果不愿意跟我们走怎么办？"

一个魔君，一个仙君，若是连一个凡间的女子都搞不定，那着实有些说不过去。

但也确实不好动手。三夫人是个未亡人，他们两个大男人闯进去委实不像话，而沈萤萤自己的法力低微，更是做不来这种事。

沈萤萤琢磨了半天，将前面的几个计划都推了，说："我们直接闯进人家房中是不是不大好？"

而且那位三夫人的院子有设下的禁制与阵法，在完全不惊动万松派的人的情况下将她带走，有点困难。

柳惊眠检查过那位三夫人院落中的阵法，最后感叹说："那两个老家伙倒是舍得。"

沈萤萤撑着下巴，歪着头想了半天，问道："那怎么办？"

柳惊眠与苍衡都没有说话。沈萤萤轻轻叹了一口气，七星琉璃灯是柳惊眠想要的，她想要帮柳惊眠得到它。

沈萤萤抬手敲了敲自己的脑袋，琢磨半天，她转头看向苍衡，问他："苍衡，我记得你会变化之术吧？"

苍衡抬起眼皮，看了沈萤萤一眼，点了点头。

沈萤萤思索一番，她不想在万松山惹出太大的麻烦，得让三夫人主动随他们一起离开，那两位长老既然深深爱慕她，也应当会尊重她的决定。沈萤萤想了想，问道："那可不可以将那位邓姑娘骗出来，然后带她离开？"

"怎么骗她出来？"柳惊眠问。

"变成她喜欢之人的样子，等她从阵法覆盖区域出来以后，我们与她说清楚利弊，她应该会同意离开万松山吧。"

三夫人既然会嫁给三长老，那应该就是喜欢这个人的，可是他已经死了，且他们从来没有见过这个人，不知道他长什么样子。

"我去问问余映雪有没有他三叔的画像。"柳惊眠起身出去。

沈萤萤眼巴巴地看着柳惊眠离去的身影，直到完全看不到他了，才依依不舍地收回视线，结果一转头，就看到另一个"柳惊眠"坐在刚才苍衡坐的座位上。

沈萤萤愣了一下，下意识地开口叫他："柳惊眠……"

"是我。"苍衡淡淡说道。他知道沈萤萤心里只有柳惊眠，此时听见她脱口而出柳惊眠的名字也丝毫不觉得意外。

沈萤萤有些羞恼，瞪着眼睛问他："你怎么变成这个样子？"

苍衡与她解释，他在此变化之术中又增加了幻术，并没有变化成柳惊眠的模样，只是在她的心中，柳惊眠是她最想要见到的人，所以看他才会看到柳惊眠的样子。

沈萤萤想到自己刚才叫出的那声"柳惊眠"，有些羞赧地红了脸。她低头说："你不早点说，早点说了，柳惊眠也不用去找余公子了，那这样肯定没问题了，我去找柳惊眠回来。"

可如果那位三夫人到最后硬是要留在这万松山上……算了，走一步看一步吧。

夜色降临，柳惊眠弄出些响动，将三夫人院落外面的弟子们都给引开，院子中只剩下闻灯和一个老仆。

苍衡在沈萤萤充满鼓励的目光下，走上前去，抬手叩响院子的大门。

里面老仆高声问"谁啊"，苍衡没有应声。

闻灯坐在树下的秋千上，不知怎的心中一悸，她让老仆将门打开。

"夫人，这段时间山上来了外人，不安全。"

闻灯"嗯"了一声："我知道，你先开门吧。"

老仆还想开口劝些什么，只是脚却先一步走到门前，将门打开。

闻灯闻声转头看向门外，门外草木葱茏，花香馥郁，"李浮白"踏着一地银白月光，翩然而至。

她张了张唇，喉咙间像有尖利的石子，发不出一点声音来。

好久之后，她才轻轻叫了一声："李浮……白。"

那声音如同阳光下即将消融的残雪、火焰上腾起的柳絮，很快就飘散在徐徐的晚风当中。

62

苍衡并没有听清闻灯说了什么，只是心中一颤，一颗心好像被细细的丝线裹紧，稍一用力，那颗心就能被丝线勒得四分五裂，鲜血淋漓。

太疼了，只是他来不及抓住，这疼痛便消失了，好似刚才所发生的一切都只是他的一场幻觉。

苍衡抬起头来，梨花胜雪，落英缤纷，暗香浮动，月光下，闻灯坐在秋千上面，浅色的裙摆随着晚风飘扬。

苍衡有些恍神，随即回过神儿来，他的眉头皱起，他根本没有想过会在这里见到闻灯，这个人不应该好好待在魔宫中吗？

闻灯从秋千上下来，向苍衡缓缓走去，她眼中的"李浮白"好像还是当年那个爱着她的青年，好像他从来没有离开过，时间也只是过了短短的几日。

她站在他的面前，仰头看他，轻轻问他："你回来了？"

"三夫人？"老仆在后面出声提醒，在她眼中，苍衡只是苍衡，三夫人怎么可以同一个陌生男子这样亲近，这委实有点不像话。

闻灯的手指动了动，老仆便不再说话。

苍衡根本没想到自己在这里见到的三夫人会是闻灯，这着实有些可笑，若是细细计较起来，自己应该算是被戴了顶绿帽。

闻灯抬起手，冰凉的手指落在他的脸庞上，夹杂着轻轻的叹息，她微小的声音中带着一丝不易被察觉的委屈："你怎么不说话？我等了你好多年了。"

苍衡张了张唇，原本他与沈萤萤等人已经做好计划该怎么将这位三夫人引诱出去，可现在面前的三夫人是闻灯，那些话倒不知该怎样说出口。

闻灯没有听到他说话，也不生气，一个人仰头看着夜空中的那轮明月，喃喃自语："……我好像做了一场梦，这场梦好长好长。"

它仿佛永远都不会终结，可是现在他回来了，从他出现在闻灯面前起，闻灯的思绪便一根根地断裂开来，再也无法正常地思考，身后那些梨花随着夜风簌簌落下，像是下了一场茫茫的大雪。

那年在十方州，是不是也是这样大的雪？

她的眼睛上蒙着一层薄薄的水雾，里面闪烁着细碎的光，她轻轻问眼前的青年："你是来接我回家的吗？"

可我们的家已经没有了，再也回不去了。

闻灯等了很久苍衡都没有说话，眼前的青年一直不说话，让她觉着，这又是她的一场梦罢了。

是梦也好，即使是梦，她也想多看一看他，听他说一些让她高兴的话。

她抬起手，在苍衡的胳膊上轻轻戳了一下，像是一只要撒娇的小猫："嗯？你怎么一直不说话啊？"

苍衡垂眸看着她，不管她现在将自己当成了谁，现在这个机会正好，可以将她带离这里，他来这里，本来就是为了这个的。他淡淡对闻灯说："我带你走。"

他的语气有些奇怪，与闻灯记忆中到底是不一样了，闻灯的眼睑微微垂下，低声问道："去哪里？"

苍衡并不知道他在闻灯的眼中是谁，顺着刚才闻灯的话，他淡淡地说："回家。"

闻灯伸出手，苍衡目光落在她那只手上，却没有牵，只转过身去，对她说："跟我走吧。"

跟我走吧？

李浮白何曾用过这种口吻来跟自己说话，闻灯张了张唇，苦笑了一声。

苍衡没有听到后面跟上来的脚步声，停下脚步，回头疑惑地看着闻灯，不明白明明刚才她还好好的，怎么现在突然不动了。

闻灯直直地看向他，眼中的柔情在一瞬间都消散了。

他在骗自己。

李浮白回来了，可再也不是从前那个人，他忘了自己。

闻灯的手在半空中僵了很久，最后缓缓放下，她可以骗自己是李浮白回来了，可以不拆穿他。为了能够将自己骗出万松山，苍衡应该也很愿意在自己的面前再伪装成李浮白，虽然他不能完全变成原来的样子，但是至少给了她几分安慰。

只是这样自欺欺人又有什么意思。

闻灯低下头，看着脚下摇曳的影子，眼中一片清明，轻轻的叹息声在院落中一圈圈地荡开，她说："是陛下啊。"

他为了让自己离开这里，帮那位姓沈的姑娘拿到想要的东西，所以伪装成他从前的样子，过来跟自己说，要带她离开，带她回家。

他现在怕是早就不记得他们的家在哪里了，还要回哪里？

闻灯一时气极，五脏六腑如同有刀割一般，气血翻涌，鲜血一直涌到喉咙里，她勉强撑住身体，将到了嘴边的血全部咽下。

她还没有完全弄清楚自己刚才是怎么一回事。苍衡虽然是他，但是她没有愚蠢到分不清苍衡与李浮白，而在刚才，她完全将他认作李浮白，甚至完全忘记关于苍衡的种种。

其中怕也有苍衡动的手脚，闻灯心中有说不出的滋味，对苍衡说："刚才喝醉了，说了些胡话，让陛下见笑了。"

苍衡微微一怔，有些惊讶闻灯可以在这样短的时间里识破自己的身份，不过他也不愿意在她的面前继续维持她那老情人的模样，冷声道："我倒是不知道，闻灯夫人原来还是余家的三夫人。"

闻灯怒极反笑，这位陛下不知道的事多了，应该也不差这一桩。

她抬起头，看着苍衡，挑了挑眉，问他："陛下这是吃醋了？"

苍衡没说话，发出一声嗤笑，笑声中的嘲讽不言而喻。

好似在说，他怎么可能为了闻灯这样的女人吃醋。

"陛下是跟那位沈姑娘一起来的吗？"闻灯笑了笑，星辰落入她的双眸中，她眨眨眼睛，随后揶揄道，"您应该不希望她知道您在魔宫中已经有了很多夫人吧。"

沈萤萤不会知道，可是闻灯知道，她成了他那么多夫人中的一位。

当年在鲸州的时候，他们如何能料想到今日这般境地。

苍衡目光冷冽，他看向闻灯，对闻灯说："我现在杀了你，她同样不会知道。"

闻灯轻轻笑起来，好似对苍衡的威胁不以为意，她笑着说："陛下确定要杀了我？要是现在杀了我，那位沈姑娘想要的东西，可能就拿不到了。"

苍衡皱了皱眉,他其实还有许多种办法从余家的手上拿到七星琉璃灯,但确实会招来一些麻烦,最简单的就是他们带着这位三夫人离开,现在知道三夫人就是闻灯,此事应该会更容易些。苍衡对闻灯道:"离开这里。"

"离开?"闻灯歪着头端详了苍衡半天,他虽然没有记起自己,但是她能够这样看着他,倒也不错。见苍衡别过头去,闻灯轻笑一声,回到秋千上坐下,她一挥手,院子中的禁制被解除,苍衡走了进来。

闻灯晃着秋千,脚下落了一地的雪白花瓣。她低声问苍衡:"陛下要带我离开吗?那陛下要带我去哪儿?"

苍衡眉峰聚拢,闻灯这话说得有些暧昧,他不喜欢。

"带你回魔渊。"

"魔渊?"闻灯忍不住低头咻咻笑起来,原来多年后他重新出现在人间,是要带她回魔渊的。

有些可笑了。

闻灯靠在秋千一侧的绳索上,余光看到院门外面站着一个姑娘,她了然笑笑,叫道:"是沈姑娘吗?"

苍衡闻言转头看去,果然见到沈萤萤站在那门口。

他们将附近的弟子们给引开,苍衡这边却一直没有动静,担心他出事,沈萤萤这才过来看看,没想到会先被那女子发现。

这个女子应当就是众人口中的那位三夫人了。

沈萤萤第一次见到三夫人,她的确非常美丽,不似凡间会有的女子。余映雪说自己同这位三夫人有几分相像,沈萤萤此时站在闻灯的面前,却有些自惭形秽——她如何比得上对方?

苍衡到底没有在沈萤萤的面前说清闻灯的身份,他不想让沈萤萤知道他在魔渊中找了很多与她相似的女子,养在魔宫中。这是人之常情。闻灯也不打算说自己与苍衡是熟识,他们心照不宣地不再提起刚才的事。

闻灯招呼沈萤萤说:"沈姑娘既然来了,就进来坐坐吧。"

苍衡警惕地看了闻灯一眼,她应该不会蠢到在自己的面前对沈萤萤出手。

沈萤萤下意识地看了苍衡一眼,不知道他们刚才谈得怎么样,但看起来苍衡的变化之术似乎是失败了。沈萤萤走过来,问:"三夫人知道我?"

闻灯点点头,回答沈萤萤说:"刚才这位公子与我说起过你。"

沈萤萤"哦"了一声，有些不好意思地挠了挠头，看看苍衡，又看看闻灯，对她说："三夫人，要不你跟我们一起走吧，离开这里。"

"离开万松山？"闻灯依旧坐在秋千上面，仰头看向沈萤萤，问她，"离开万松山我又能去哪儿呢？"

沈萤萤道："天下这么大，去哪里都可以啊。"

"天下这么大……"闻灯想了想，又摇摇头，问沈萤萤，"以后呢？我离开万松山以后，你们会一直陪着我吗？"

沈萤萤一愣，没想到闻灯会这样问她，私心里，她虽然愿意为了柳惊眠带闻灯离开万松山，但是并不希望闻灯一直跟着他们。

她太美了，柳惊眠见到她，或许也会动心。

63

只是若是将闻灯一个人送到万松山以外的地方，的确很让人不放心。

她长得这样好看，定然会引得很多男人觊觎，除非有个人能够永远在她的身边保护她。

她与柳惊眠，还有苍衡，都不能保证做到这一点。

"看来你们也没有想好该如何安置我。"闻灯笑着说。

苍衡抬眸看了她一眼，她在魔渊中都能过得如鱼得水，还需要别人来安置她？

沈萤萤有些不好意思，他们今日谋划了这么久，来带人离开万松山，却没想好离开万松山后，又该拿她怎么办，这是他们考虑不周。沈萤萤敲敲脑袋，小声问闻灯："三夫人喜欢这里吗？"

闻灯脸上的笑意渐渐退去，她看了一眼苍衡，淡淡地收回目光，对面前的沈萤萤说："无所谓喜不喜欢，不过是个暂时落脚的地方罢了。"

沈萤萤没有想到闻灯会这样回答，她以为闻灯既然嫁给了余映雪的三叔，而这里又是那位三长老自小长大的地方，闻灯对这里总该有几分不一样的感情。

但是这话听起来，似乎她与万松山的感情并不深厚，这对想要带她离开的沈萤萤等人应该算是一桩好事——她既然不留恋此处，便也能豁达地离开。

　　她只是想找一个依靠罢了，但偏偏他们都没有办法向她承诺。

　　沈萤萤小声叹气，他们有千万种办法逼着闻灯离开这里，可是她不愿意为难眼前的这个女子。

　　她抿了抿唇，又问闻灯："那三夫人，你还有什么亲人吗？"

　　"亲人？"

　　闻灯下意识地抬头向苍衡看去，苍衡此时正站在沈萤萤的身后，狭长的双眸暗藏一点冷光，两人的目光相撞，闻灯的手指轻轻动了下，苍衡这副模样，似乎是担心自己会对沈萤萤下手。

　　她还有什么亲人呢？

　　李浮白，她的李浮白啊……

　　苍衡别过头去，不再看闻灯。

　　"没有了，"闻灯笑着对沈萤萤说，好像并不伤心，一声叹息在夜色中荡起一圈圈的涟漪，她又说了一遍，"都没有了。"

　　沈萤萤觉得眼前的这位三夫人实在可怜，心中不禁生出几分怜悯，竟然想要将她从这万松山带走。

　　可带走之后，她能把对方送到哪里去？

　　送到人间的皇宫去？沈萤萤摇摇头，闻灯这般绝色，进了宫对她来说可能也并非一件好事。

　　她自己琢磨了半天，也没有想到一个圆满的办法，最后只能与苍衡一同从闻灯的院子中离开。

　　他们走后，院子的大门被老仆关上。闻灯折了一枝梨花，放在手中把玩，沈萤萤的心肠倒是不错，他们也都愿意护着这样好心肠的她。

　　闻灯将手中的花枝扔下，起身进了房间。

　　沈萤萤从闻灯的院子离开不久，便遇见从后山回来的柳惊眠。柳惊眠见到他们二人，向沈萤萤问道："怎么样？"

　　沈萤萤有些失落地说："三夫人不同意跟我们离开。"

　　"为什么？"柳惊眠问道。

　　沈萤萤回答说："如果离开万松山，她就无处可去了。"

　　柳惊眠没有说话，似乎在思考还有什么办法才能将闻灯带离万松山，又听沈萤萤小声说:"如果能够有个人一直护着她就好了。"

"谁能一直护着她?"柳惊眠问。

沈萤萤回答不上来这个问题。那位三夫人没有亲人,丈夫也早早死了,现在孑然一身。

纵然他们可以在这天底下再找出一人愿意护着她、爱着她,可是人心易变,待她年华老去,容颜不再,那人是否还能一如既往地爱护她?

他们实在不便插手这位三夫人的未来,沈萤萤忍不住再次唉声叹气起来,他们来的时候信心满满,觉得就这么一桩小事,不过举手之劳,如今才体会到其中的纠结。

沈萤萤想了一路,也没想到一个靠谱的法子。

想起还有苍衡跟在他们的后头,她转过头看了苍衡一眼。他素来沉默,只是今天晚上却沉默得有些诡异了。沈萤萤忍不住问道:"苍衡,你怎么不说话?"

苍衡"嗯"了一声,依旧什么话都没说,沈萤萤觉得他今晚很是古怪,莫不是被那位三夫人给勾了魂。

苍衡确实是在想闻灯,他在想刚才闻灯口中的那个"他"是什么人。

她在看向自己的时候,是在看着什么人?

眼看着都要回到他们的住处时,苍衡才回过神儿来。他对沈萤萤道:"她在万松山上,过得未必如你想的那般如意,日后也未必能够得到圆满,你又何必为她处处着想?"

沈萤萤知道苍衡说的有些道理,只是她不想打破这位三夫人的平静生活。

那样好看的人,应该过得好一点。

"看看再说吧,或许还有其他的办法。"沈萤萤伸手,轻轻戳了戳柳惊眠的肩膀,小心地问他,"你着急找那个琉璃灯吗?"

"不急。"柳惊眠如是说道。

他已等了很多年,也不必急这一两日。

翌日,闻灯早早地起来,一个人坐在院中的秋千上。她有些等不及了,可是又想看看沈萤萤他们为了让自己离开这万松山,还会使出什么样的手段来。

昨夜苍衡若是愿意待她温柔一点，或许她今日已经不在此处了。

闻灯抬手，覆在自己的眼睛上面。

她今日觉得身体不大好，得找个人来，只是此前她单知道苍衡来了人间，却不承想两人会在这万松山上相逢，要是苍衡再见她喝血，恐怕还要发顿脾气。

闻灯倒是不怕他发脾气，只是想到他要杀死自己，总会有那么一点伤心。

她的身体不好，不能动气，不该动气。

她在院中小坐了一会儿，弟子禀告，有人来访，闻灯起初以为来的人会是沈萤萤，等人进来，才发现是个三十岁上下的妇人，那是余映雪的母亲、万松派掌门的夫人。

这位余夫人的身体一直不大好，很少出现在人前，闻灯在此前也只是见过她一面，那时万松派的三长老带着闻灯从外面回来，这位余夫人站在自己夫君的身旁，含笑看着闻灯。

余夫人今日前来原是想劝闻灯离开万松山的，一是为了自己的夫君，二是为了闻灯着想——二长老与四长老如果真为她再起了争执，到那时老祖不会放过她的。

而且余夫人也觉得自己的这位三弟妹应该不会看上她夫君的那两位兄弟。

余夫人在来前已经想好该如何劝说闻灯，然而到了院中，一见到闻灯，她便愣住了，那些话全被抛到了脑后，剩下一片空白。

她手足无措，不知如何是好，几年前她曾见过闻灯，但那时候看对方除了漂亮，并无特别之处，今日不知怎的，心中猛地一悸。

她小心翼翼地向闻灯走来，声音轻轻的，好像是怕自己的声音大些，就会惊吓到闻灯。她终于来到闻灯的面前，开口问闻灯："我是不是在什么地方见过你？"

闻灯没有说话，甚至没有抬头去看这位余夫人，她葱白的手执了一颗黑玉棋子，落在棋盘上。

余夫人静静地站在一边，并不打扰，直到闻灯将眼前这局棋下完，老仆端着茶水过来，余夫人先一步上前，接过老仆手中茶水，将它送到闻灯的面前。

待她反应过来自己正在做什么的时候,顿住动作。她低头看着手中的茶水,又抬起头来看看眼前的闻灯,不知道自己为什么会做出这样的事。

她最终还是将茶水送到闻灯的手边,随后好似受到刺激一般,双手抱头:"我一定见过你,我一定见过你……"

她想不起来,什么也想不起来,最后她只能呆呆地站在那里,看着闻灯,随后眼泪从眼眶中扑簌簌落下。

闻灯歪着头,回望着眼前的这位女子,无悲无喜,仿佛是看着一出与自己毫无干系的表演。

她的夫君很快赶来,见到院中这一幕,眉头紧紧皱起,立刻走上前去,将自己的妻子拥入怀中。

闻灯确实是倾国倾城的美人,然而他心中只有爱妻,旁人再入不了他的眼。

他轻轻拍打着余夫人的后背,柔声问道:"你怎么出来了?怎么哭了?谁惹你生气了?"

他说这话时,死死地盯着闻灯,好像余夫人只要说一句闻灯不好,他便能为了自己的夫人,杀了闻灯。

余夫人擦擦眼角的泪,摇摇头,对他说:"太闷了,出来走走。"

"你该和我说一声才是,我陪着你一起来。"

"你这段时间太忙了,我不想打扰你。"

"你若来了,怎么会是打扰呢?你怎么想着到三弟妹这里来了?"

"我就是想来看看。"

二人旁若无人地说着私密的话,是一对极为恩爱的夫妻。

闻灯看着二人相拥离去的背影,嘴角噙着一抹若有若无的微笑。

当年闻家出事后,那些有幸活下来的侍卫、婢女都被抓了起来,被严刑拷打,被逼问闻家功法与密室所在。

到后来闻灯找到他们时,他们的血都流尽了,肉也腐烂,只剩下一堆堆骨架。

像极了被血洗后的那座青城。

三百多年了,余家逍遥的日子也够久了。

64

余掌门带着余夫人从闻灯这里离开后，沈萤萤果然还是来了，门口的弟子们本来并不打算放她进来，是闻灯开了口，他们才放了她进来。

昨天晚上在灯下看她，倒是没看出什么来，如今再看，这位沈萤萤沈姑娘确实与自己有那么两三分相像。

闻灯慢悠悠地将目光从沈萤萤的身上收了回来，若是在很久以前，她应该会很喜欢这个小姑娘。

但是现在做不到了，毕竟苍衡非常喜欢这个小姑娘，那闻灯就有点喜欢不起来了。

这并不是沈萤萤的错。

沈萤萤在对面的石凳上坐下来，轻轻叫了一声："三夫人。"

她的脸上带着两抹红晕，看起来似乎还有点害羞。

闻灯"嗯"了一声，有些不明白沈萤萤见着自己有什么需要害羞的，她撑着下巴，又打量了沈萤萤一会儿，开口问："沈姑娘怎么过来了？"

沈萤萤有些局促地挠挠头，又笑起来："我想来看看你。"

沈萤萤笑起来的时候，眼睛弯弯的，像月牙一样，让人看了便会开心。

苍衡不放心沈萤萤，是跟着她一起来的，但他又不想见到闻灯，所以只是守在外头，没有进来。他给了沈萤萤一条手串，手串上有一颗红色的豆子，苍衡告诉她，若有什么危险，将这颗豆子给捏破就好了。

闻灯的目光落在沈萤萤手腕间的手串上，再准确点说，是手串上的那颗红豆上，这种福豆只有李浮白做得出来，现在它出现在沈萤萤的手上。

闻灯的手上曾经有很多，可无论她捏碎多少颗，李浮白都不会回来了。

李浮白如今成了苍衡，不再记得她，或许有一日，他会想起她来。

那一日须等到什么时候？

闻灯忽然觉得心头一痛，一股血气涌上来，面色却没有任何变化。

沈萤萤见闻灯一直望着自己的手腕发呆，问道："三夫人怎么这样看着我？"

闻灯收回视线，抿唇道："没什么，只是看到你手腕上的手串后，我想起一位故人了。"

"故人？"沈萤萤低下头看着自己手腕上面苍衡送的手串，手串的样式在市面上很常见，唯一不同的就是那颗红豆，三夫人口中的故人会是谁？是她的夫君，或者是其他什么人？只是听三夫人刚才的话，那声音中似乎透着伤感。

那位故人，一定对她很重要。

可现在那位故人不在她的身边，也许以后也不会在。

沈萤萤今日来找闻灯，只是想知道闻灯想要什么，或许他们可以帮闻灯达成她的心愿，从而带她离开这里，这种话不好直接问，只能一点点试探着来。沈萤萤问闻灯："您的夫君待您好吗？"

闻灯忽然来了兴致，想要看看这个小姑娘到底想要干什么，她点头说："挺好的。"

沈萤萤觉得自己刚才的话可能是白问了，凭借闻灯这样的容貌，无论想找什么样的夫君，应该都不是一件难事，那位三长老若是待她不好，她又怎么可能跟他一起回万松山来。

沈萤萤又问道："那二长老和四长老呢？"

"他们……"闻灯忍不住笑起来。这是听了多少的风流韵事，才会跑到自己的面前问这个问题。她倒是不觉得生气，毕竟这些风言风语也是她自己弄出来的。闻灯倒了两杯茶，往沈萤萤的面前送去一杯，然后反问沈萤萤："沈姑娘到底想问我什么？"

"也没有什么。"沈萤萤的脸更红了，问闻灯，"就是……就是想问问，三夫人有没有什么心愿，我们或许可以帮帮你。"

"我的心愿啊……"闻灯停了很久，并没有回答沈萤萤的问题，她对沈萤萤说，"我的心愿，我自己会完成的。"

她等了这么久，不就是为了有朝一日能够亲手达成这一切吗？

沈萤萤有些失望地"哦"了一声，这么看来，这位三夫人无欲无求了。

她在心中叹气，如此是真的麻烦了，他们难道真的要强行带走这位三夫人？沈萤萤不想这样。

但是七星琉璃灯，柳惊眠又是势在必得的。

沈萤萤一脸忧愁，不知该如何是好。

闻灯见她耷拉着脑袋,还觉得有几分可爱,把茶杯又往沈萤萤的面前推了推,对她说:"喝点茶。"

沈萤萤捧起茶杯,小抿了一口,将茶杯放下,对闻灯咧嘴笑了起来:"很好喝。"

闻灯笑了笑,又叫老仆端了些糕点过来,让沈萤萤一一尝试。沈萤萤一边吃,一边与闻灯闲聊,回答了她一些问题。

她在闻灯这里没有问出什么有用的信息,倒是被闻灯套了不少话去,偏偏她还无知无觉,以为这位三夫人是很好的人。

甚至她在吃完最后一块玫瑰酥的时候,还想着,若是有一天,她与柳惊眠真的能够安定下来,到时与这位三夫人住在一起,倒也不错。

只是到现在柳惊眠还没有见过这位三夫人的样子,沈萤萤原本是想让柳惊眠陪自己一起来的,但是柳惊眠说早上还有其他的事,沈萤萤便没有逼他,其中也有几分自己的私心,她还不想让柳惊眠见到三夫人这样美丽的女子。

她昨天晚上回去后,忍不住生出了一些乱七八糟的念头,想着如果自己长成闻灯这样子,柳惊眠是不是就会喜欢上自己了?

她想来想去,折腾了大半夜没睡着觉,以至于早上起来脸上多了两个重重的黑眼圈,是苍衡给了她药膏,才把眼睛周围的那两圈青黑给消了去。

到后来,已经不用闻灯发问了,沈萤萤自己就在这里倒豆子似的叽叽喳喳地说个不停。闻灯侧着头认真地听着她的每一句话,看她说得累了,还会为她倒上一杯茶水。直到快要到中午的时候,沈萤萤才后知后觉地意识到自己在这位三夫人面前说的似乎太多了。

她颇为不好意思地摸了摸自己有些发热的脸颊,站起身打算与闻灯告别,却见坐在自己对面的闻灯脸色苍白,嘴唇发紫。沈萤萤吓了一跳,连忙过来扶着闻灯的胳膊,问她:"三夫人你怎么了?"

闻灯摇摇头,回答沈萤萤说:"别担心,我没事,就是昨天晚上没有休息好,有些累,等会儿睡一觉就好了。"

沈萤萤皱眉,她昨天晚上同样没有休息好,可不会像闻灯现在这个样子。她问闻灯:"三夫人,你身体是不是不大好?"

闻灯捂着嘴咳嗽,没有说话。

"我认识个人……"沈萤萤怕闻灯不知道，又换了个说法，"就是昨日你看到的那位公子，他医术还不错，等有时间我让他给你看看吧。"

闻灯的咳嗽过了好一会儿才停下，她抬起头对沈萤萤温柔一笑，发丝从她的额前垂下，一片梨花的花瓣落在她身后的长发上，她轻声对沈萤萤说："那谢谢沈姑娘了。"

"没什么没什么，"沈萤萤连连摆手，"那我先回去了，三夫人，你好好休息。"

沈萤萤从闻灯这里离开不久，苍衡便来了，他受到那些梦境的影响，对闻灯很不放心。

沈萤萤去找闻灯，他自然要跟着来，他不想见闻灯，可沈萤萤托他给闻灯看病，他不好拒绝，在沈萤萤期盼又催促的目光中，他走进这间院子来。

"陛下是跟着沈姑娘一起来的吗？"闻灯的脸色比之刚才倒是好了一些，还能笑着问苍衡，"刚才怎么不一起进来？不会在外面站了一上午吧？"

苍衡报着唇没有说话。能在魔渊中活了几百年的人，哪个会是身体不好的，多半是这人想要骗取沈萤萤的同情心，他的目光落在桌上的茶壶与糕点上。

苍衡虽已经不完全是过去的那个人，闻灯看他一眼，却也能差不多看透他在想什么。

"陛下在担心什么？"闻灯拿起茶杯，将杯中的茶水一饮而尽，而后放下那茶杯，对苍衡说，"担心我在茶中下了毒，害了这位沈姑娘？"

苍衡依旧不说话，只是那目光冷冽，不含丝毫笑意。

闻灯也不害怕，又问苍衡："陛下喜欢那位沈姑娘？"

这一回苍衡总算是开了口，只冷冷地说："与你无关。"

闻灯站起身，靠着身后的梨树，她歪着头，看着苍衡。他到底不是过去的那个李浮白了，可她还是希望能够多看一眼他，再看他一眼。

苍衡此次前来似乎只是为了警告闻灯不要打沈萤萤的主意，至于沈萤萤交代的给闻灯看病，他一句也没提。

他刚一离开，闻灯脸上的笑意渐渐消失，低下头，吐出了一口血。

她的手指轻轻一动，远处屋檐下的老仆飞奔过来。

只是未等老仆靠近，闻灯便先失去了知觉，倒在地上，那梨花如雪，铺了一地，她躺在冰凉的地面上，无人过来，无人理会。

而那老仆如同木偶一般僵在原地，再没有往前动一步。

65

闻灯再醒来的时候，天色已经有些暗了，在她昏倒期间，没有任何人过来，这并不是一件坏事。

她从地上起身，躺了半天，这样骤然起身，有些晕眩，她扶着身后的树干，在原地站了一会儿，稍微好受了一些后，闻灯的手指在树干上轻轻点了两下，便有银色的细细丝线飞舞而出，不久后便消失了。在原地站了一下午的老仆此时终于恢复行动，扶着闻灯一步步向房间走去。

闻灯坐在榻上，嘴唇发白，她的身体越来越不行了，得快点给自己找点新鲜的、热乎的心头血喝一喝了。

不能再耽搁下去。

她确实不曾想到苍衡会跟着沈莹莹他们一起来了这万松山上，倒是不怕苍衡那些威胁的话，只是并不希望苍衡亲眼看到她喝血。

她到底还是想让自己在他的心中不至于太过难堪。

苍衡晚上本来坐在房间中看书，硬是被沈莹莹给推到闻灯的院子外面。中午的时候沈莹莹前脚刚走，他后脚就离开了，所以沈莹莹根本不相信他有好好地给三夫人看病，她觉得苍衡敷衍了自己。

沈莹莹不明白，苍衡这人虽然对谁都冷着一张脸，但是心地是很好的，怎么对这位三夫人好像总有些不满。

沈莹莹看了苍衡一眼，小声问他："你是不是不喜欢那位三夫人啊？"

苍衡没有回答沈莹莹的问题，反而叮嘱了她一句："以后你离她远一点。"

"为什么呀？三夫人人很好的。"沈莹莹等了一会儿也没有等到苍衡给自己一个合理解释，她轻轻叹了一口气，拍拍苍衡的肩膀，对他说，"苍衡，你现在很奇怪知道吗？"

竟然会有男人在看到三夫人后不喜欢她，真是太奇怪了。

沈莹莹原本为了防止苍衡偷懒，是要跟着他一起去的，结果被柳惊眠给叫走，她临走不放心，叮嘱苍衡说："你好好给三夫人看病，或许我们有办法能带她离开万松山。"

苍衡在心中嗤笑,若是闻灯真想要离开万松山,早就自己走了,岂会留到现在,不知道她在万松山上有何图谋。

他过来的时候,万松派的一个小弟子正站在闻灯的面前,手里拿着一把小刀,脸色煞白,双手抖个不停,似乎受到了不小惊吓。苍衡一见到他,便想起在魔渊时,闻灯是如何想要取那个少年的血的。

苍衡进来之前,闻灯已经听到外面弟子们的禀报声,她对眼前的小弟子安抚地笑了笑,对他说:"你先走吧,我自己来。"

她说完将他手中的那把小刀接了过来。

小弟子愣了一下,随即反应过来,转过身,赶紧跑出了院子,还差点撞到了苍衡。

"本尊说过,你若是杀人,本尊杀你。"苍衡缓缓走过来,看着面前的闻灯,问道,"不会这么快就忘了吧?"

闻灯微微笑道:"当然不会忘了,陛下的话我怎么会忘了呢?"

所以在他的面前,她不会再动手了,可有人愿意将心头血送到她的面前,求着她喝下,那总不会也是她的错吧。

闻灯从桌子上拿起一个苹果来,给苹果削皮,她的技术不是很好,好好的一个苹果被她削得只剩下一半大小,还坑坑洼洼的,实在不好看。苍衡皱着眉头,恨不得将她手中的苹果与小刀都抢过来,只是手指刚有所动作他便反应过来,自己这是要做什么?

终于,这个苹果被闻灯祸害完了,或许她自己也觉得苹果削得太丑,于是将苹果与小刀一起放下,抬头看着苍衡,问他:"陛下怎么又来了?找我有事吗?"

"无事。"

闻灯"哦"了一声,安静地坐在凳子上。她的脸色比中午苍衡见到的时候要更难看些。苍衡转过头去,不再看她,只将目光落在不远处的梨树上。

一阵清风吹过,梨花纷纷而落。

苍衡待了一会儿便离开,到最后闻灯也没弄明白他来自己这里是做什么的。苍衡走后不久,有个身材高大、面容俊朗的男人从帘子后面走出来,正是万松派的二长老。

刚才那名小弟子正是看到了二长老的身影，才会惊恐得刀都拿不稳了。

"刚才那人……"他皱着眉，向闻灯问道。

闻灯笑笑，随口说："一个无关紧要的人罢了。"

这位二长老神情恍惚了一下，回过神儿来便忘记自己刚才的问题。他站在闻灯的面前，想要抓住闻灯的手，却被闻灯轻轻避开。二长老的目光闪过一丝失落，他声音带着求请问闻灯："我带你离开万松山好不好？我们找一个没有人认识我们的世外桃源，那里只有我们两个人，我会对你好的。"

见闻灯没有给自己回应，二长老的表情在一瞬间变得狰狞起来，他的眼睛瞪得很大，鼻孔哼哧哼哧地喘出热气，他恶狠狠地向闻灯问道："你心里是不是还有我四弟？"

闻灯摇摇头，说了一句："没有。"

"那你为什么不跟我走？你个——"他想要用最恶毒的语言来狠狠地咒骂眼前的这个勾得他失魂落魄的女人，想要给她点颜色看看，让她知道究竟谁才配做她的男人，可是一对上她的那双眼睛，二长老就只觉得全身的血液都凝固了。

"我好像犯病了。"闻灯淡淡地说。

二长老脸上的煞气在一瞬间不见了踪影，他慌了神，手忙脚乱地拿起被闻灯放在桌子上的小刀。

闻灯低下头捂着胸口，眉头紧紧蹙起，口中低声道："疼……"

"你别急，我马上给你，你马上就不疼了。"

二长老将刀插入自己的胸口，他不是第一次见到闻灯发病，也不是第一次为闻灯取血，取心头血的时候不是不疼，但是只要能够得到美人的芳心，做什么都是值得的。

他将血送到闻灯的面前，闻灯轻轻说了一声"谢谢"，往里面撒了些药粉，一饮而尽，叹息着说："如果你是这万松派的掌门就好了。"

二长老看着闻灯沾了血的唇角，心中一动，这样的话他不是第一次听到了，只是今日不知为何心中格外不平。

他如果是万松派的掌门，就再也不用看他大哥的脸色，更不用担心闻灯会被他那四弟抢走，都是姓余的，凭什么只有他大哥能做掌门。

二长老似是做出什么重大决定一般，匆忙离开。

他刚走，苍衡从墙头跳进来，月光洒在他银丝勾线的袍子上，如同水纹一般悠悠浮动，他问闻灯："你似乎没有把本尊的话当回事？"

"陛下怎么这样说？"闻灯刚刚饮了血，脸色比白天的时候好了很多，嘴唇嫣红，不知是因为没有擦干净的血，还是因为刚刚抹上的胭脂，她对苍衡说，"我刚才应该没有杀人吧？"

那位万松派的二长老只取了一点心头血给闻灯，他是修炼之人，损失这点血对他来说并无影响，而闻灯暂时还不打算要他的命。等明日，那位四长老过来，她再向四长老要一些，如此，能够让她在万松山上过一段舒服日子了。

她觉得这些人的血很脏，但是喝下的时候，心中也会生出些许快意来。

闻灯的身体向后仰了一些，挑了挑眉："您也看到了，他爱慕于我，自己愿意为我取出心头血，与我有什么关系呢？我总不好辜负一个爱慕者的心意吧。"

苍衡微皱起眉头，闻灯这番话完全是强词夺理，若不是她有心勾引，那位二长老又怎么可能甘心将自己的心头血送与她。

"或许有一日，您也……"闻灯话说到此处突然止住，她眼前这人不只是魔君苍衡，也是……李浮白。

她这话若是说出来，委实有些诛心。

她想起李浮白，心脏便疼得不行，刚刚好了一些的五脏六腑又泛起阵阵钝痛。

苍衡上前一步，直视着闻灯的眼睛，问她："有一日，本尊要如何？"

闻灯抿着唇，没有说话，苍衡笑了一声，声音有些刺耳，他问闻灯："你不会以为，有一日本尊也会为你取出心头血吧？"

闻灯看着眼前的苍衡，深深吸了一口气，不知怎的，竟然觉得有些好笑，随后她便轻笑出声来。

"怎么会呢？"她这样说道。

苍衡终于离开，沈莹莹见他回来，立刻凑上前去，问苍衡："那位三夫人的身体怎么样？"

苍衡淡淡说了一句："她没事。"

"是吗？"沈莹莹皱着眉头，有些不大相信，"她的身体太差了，我看她的脸色那么白，快要吓死我了。"

"真的没事吗？"她又问了一遍。

苍衡又不说话了，他去而复返时确实打算听沈莹莹的话，给闻灯瞧瞧，结果回来见她又在喝血，看病的心思也就淡了。

他只觉得，闻灯故意用这副样子来引起沈莹莹的同情。

过了几日，沈莹莹他们这边的行动没有任何进展，倒是万松派的二长老与四长老又打起来了，这一次还是为了三夫人。

他们闹出的动静不小，从万松山一直打到了鲸州城外，不知道有多少人看到了他们万松派的笑话。

好在余家的老祖即将要出关，他们两个闹腾不了多久，余掌门便想先由着他们去了，只是这一切的根源三夫人，这次恐怕凶多吉少。

番外 春日宴

　　李浮白来到鲸州的第五年，在鲸州城外自己建了座房子。他向来不缺钱，在城内也有两座不错的府邸，不过大多时候是待在闻家陪着闻灯，不常回去。

　　建这座房子的起因是去年冬天的时候闻灯在佛境外看话本，话本里有张二层小楼的插画，她很喜欢，在回去的路上与李浮白闲聊的时候顺嘴说了两句。

　　李浮白记了下来，空闲的时候在鲸州挑来挑去，最后在城外选了这么一处僻静的地方。眼下已是暮春，春风一过，乱红如雨。

　　小楼建好后，李浮白拿着工具敲敲打打了数日，又做了套家具出来。

　　他原是打算将这边作为偶尔落脚的地方，但是闻灯很喜欢这里，起初每次还只是来小住一两日，后来干脆将自己常用的东西都搬来，十天半个月不回家。

　　闻朝易对此有些不满，这还没成亲呢，李浮白就把自己女儿拐跑了。他本想过来给李浮白摆个脸色，结果见闻灯在那里挑剔来挑剔去，顿时觉得李浮白也不容易，摆摆手由着他们折腾去了。

　　如今闻家的上上下下都将李浮白看作他们大小姐的夫婿，就是不知道这二人什么时候才会成亲。

　　闻灯自己也不知道。

　　李浮白蹲在墙下，修理昨天夜里被风吹坏的秋千。她坐在亭中，单手支颐，半合着眼，昏昏欲睡，长长的臂帛一直垂到地面，桌上的诗集被风翻开。

闻灯刚合上眼,便感觉身后有人在拉扯自己的衣服,她转头看去,原来是两只小猫踩着她的裙摆打架。

这片桃林中本就有几只小猫,李浮白来了后常常做些吃食给它们,引得它们到了时间就全跑过来蹭吃蹭喝。

闻灯有了兴致就挑一只老实听话的抱在怀里摸一摸,玩腻了,就丢到一边去,非常无情,而眼下踩着她裙子打架的这两只显然不属于老实听话的那一类。

日光如流金一般倾洒下来,闻灯抬起头,眯了眯眼睛,两只小猫没有意识到危险的到来,你一拳我一脚,打得"天昏地暗,日月无光,山河倾倒",最后爪子都被线缠住了,还不停下。

闻灯呼了口气,冲院中叫道:"李浮白,你过来管管它们。"

李浮白听到她叫自己,连忙起身跑过来,然后就看到两只小猫的爪子钩着他前日为闻灯新买的裙子,上面的绣花已经被挠得破破烂烂了。

闻灯瞥了眼还在打的这两只,给了李浮白两个字:"管管。"

李浮白还真没干过这个,他咳了一声,清了清嗓子,蹲下身一边将缠在猫爪子上的线解开,一边对它们认真道:"你们两个太胡闹了,看把我们姑娘的裙子扯成什么样子了,赔钱。"

他说完又抬头小心看了闻灯一眼,不知道自己这番管教行不行,而那两只小猫也跟着他一起抬头,一大两小的动作竟是诡异地同步了。

"赔钱?"闻灯稍微俯身,白皙的手指抬起猫的下巴,淡淡道,"我看是得卖身还债了。屋里不是还有颗蛋吗?拿给它们两个孵吧。"

那颗蛋是李浮白从南华寺佛境中带出来的,他原以为是块好看的石头,留着摆在屋子里做装饰,后来智恒大师瞧见了,告诉他们这是一颗蛋,至于里面能孵出个什么东西,智恒大师也不知道。

李浮白欲言又止地看了闻灯一会儿,最后还是没能忍住开口道:"猫不能孵蛋吧?"

闻灯瞥了他一眼,没说话,李浮白立刻改口道:"它们必须能孵,我马上教。"

闻灯"扑哧"一声笑出来,那副故作严肃的表情也维持不下去了。李浮白见她笑了，也跟着笑起来。他忙活了一会儿总算把缠在一起的线头从那几只爪子上解开，但这条裙子肯定是穿不了第二次了。

李浮白低头收拾桌下的线头，还捡到个线团，看颜色明显不是从闻灯的裙子上扯下来的，他抬头问："这里怎么还有线团？你给它们做的小玩意儿？"

闻灯抬眸看了一眼，似笑非笑道："那是我给你打的剑穗。"

她只做了一半，可能是刚才看书的时候掉到地上了，就被这两只小猫折腾成这副样子。

这下轮到李浮白笑不出来了。

"小坏蛋。"他在小猫的脑袋上轻轻点了一下，叹着气把线团捋好，"真得好好教训教训，以后不给你们饭吃了。"

两只小猫并不将他的威胁放在心上，摇摇尾巴跑走了。李浮白仍蹲在地上，两手托着下巴，仰头眼睛亮晶晶地望向闻灯，问她："姑娘，剑穗还接着做吗？"

闻灯把线团从李浮白的手里接过来："看你的表现吧。"

"哪方面的？"李浮白问。

闻灯想了想，道："就孵蛋吧。"

李浮白："……"

当天晚上李浮白从佛境回来，抱着那颗石头蛋翻阅古往今来的各种典籍，学习一个成熟的男人该如何孵蛋。

李浮白到底是没能见到那颗蛋里的小生灵，不过两日后的早上，闻灯还是将编好的剑穗送到了他的手上。

又过两日，三月廿七，正是闻灯的生辰。这一年的春日只剩下短短几日光景。李浮白精心准备了一桌酒菜，请了三两好友，遗憾的是闻朝易在闭关，实在没法出来。

闻灯对自己的生辰向来无甚在意，如今有了李浮白，这个日子才渐渐显得郑重起来。

席间李浮白的衣服被洒了些果酒，回屋子里换衣服去了。闻灯吃了块甜糕，放下筷子，转头就见茶茶和秦统领两人的脑袋抵在一起，不知在说着什么悄悄话。

闻灯不禁笑了起来，等秦统领离开，她把茶茶招过来，问："你与秦统领打算什么时候成亲？"

茶茶下意识地往秦统领离开的方向看了一眼，小声道："我才不成亲，我要一直陪着小姐。"

闻灯打趣说："秦统领听到这话可要急死了。"

闻灯不知道自己哪一日便要魂归天地，故而早早就为茶茶准备了一份丰厚的嫁妆，盼着日后她与她的如意郎君恩恩爱爱，一世安稳。

茶茶的脸红了红，她反问闻灯："那小姐什么时候成亲啊？我要等小姐成亲了再成亲。"

闻灯"哎呀"了一声，身体向后仰了些，挑眉道："怎么问起我来了？"

茶茶问："您没想过吗？您也该想想啦，李公子急死了。"

闻灯倒也不是完全没有想过同李浮白成亲的事，只是她这个身体什么也做不得，不知哪一日便去了，成不成亲又有何差别，只白白让李浮白担了个"鳏夫"的名头，日后他若是再遇见心仪的姑娘，总归是不好的。

她正要说话，又听茶茶道："李公子过来了。"

她闻声回头看去，李浮白正快步向她走来，他换了一身芙蓉色的广袖长袍，里面是件雪白的外衣。他很少穿这样鲜艳的颜色，晚风轻柔，落英缤纷，大片的霞光披在他的身上，说不出的好看。

李浮白见闻灯直直地望向自己，莫名有些心虚。他低头看了看自己，却也没看出问题来，走到闻灯眼前时问道："哪里不对吗？怎么这么看着我？"

闻灯抿唇笑着，想了想，摇头道："不告诉你。"

这日晚上，李浮白照常来到南华寺后山的佛境长跪诵经，闻灯本不愿他夜夜都来，只是没能劝住他。

李浮白出来的时候，闻灯坐在长廊下面，神情冷淡，好像还在同他生气。

李浮白不知为何有些想笑，他放轻脚步，走到她的身前，蹲下身，双手放在闻灯的膝盖上，哄着她说："回家了，姑娘。"

闻灯抬眸看他，星光融进她的眼睛，她没说话。李浮白握住她的手，道："姑娘以后还会有很多很多的生辰，等你身体完全好了，你想我做什么都可以，我都听你的。"

闻灯嘴唇微动，她也不是生他的气，只是心疼他。半晌过去，她轻轻叹了口气，伸出手，对李浮白说："我累了，背我回去。"

李浮白求之不得，他转过身，等到闻灯趴到他的背上，他就背起她，回家去了。

一路上李浮白念叨着接下来的打算，他从三月说到四月，从四月又说到五月，五月说完了，说六月荷花、荷叶挤满莫愁湖，他们还要去泛舟。

月影朦胧，暗香浮动，闻灯好一会儿都没有说话，李浮白以为她睡着了，结果一转头就看到她正看着自己在发呆。

李浮白的声音压低些许，他对闻灯说："困了就先睡吧，我们很快就到家了。"

"我想再看看你，"闻灯抬起手，将他额头前的几缕长发拢到耳后，嘴唇贴在他的耳边，轻声说，"你今天很英俊啊，李少侠。"

李浮白的耳朵立刻覆上一层薄薄的粉色，闻灯吹了口气，那粉色便成了胭脂色，像极了刚才天边的那抹晚霞。

她的下巴抵在李浮白的肩膀上，听着李浮白在那里生硬地转移话题，唠叨着"不要着凉，要早些休息"，她闭上了眼睛。

晚风揉碎了水里的月亮，春虫在石头间窸窣玩闹，回头看去，那梨花如雪，已落了满地。

很多很多年以后，闻灯总会想起这一夜的温柔月色、潺潺春水，还有那个红着耳朵的青年。

她在魔渊吃了太多的苦，只能从回忆里汲取那一点点的甜，来安慰自己这一生没有那么坏。

她以为，总能等到他回来。

图书在版编目（CIP）数据

明灯照夜白 / 杯雪著 . — 成都：四川文艺出版社，2025.1. — ISBN 978-7-5411-7108-6

Ⅰ . I247.5

中国国家版本馆 CIP 数据核字第 2024HQ1605 号

MING DENG ZHAO YE BAI

明灯照夜白

杯雪　著

出 品 人　冯　静
监　　制　王传先　临　渊
责任编辑　李小敏
责任校对　段　敏

出版发行　四川文艺出版社（成都市锦江区三色路 238 号）
网　　址　www.scwys.com
电　　话　028-86361781（编辑部）

印　　刷　嘉业印刷（天津）有限公司
成品尺寸　146mm×210mm　　　　开　本　32 开
印　　张　9　插页 4　　　　　　字　数　290 千
版　　次　2025 年 1 月第一版　　 印　次　2025 年 1 月第一次印刷
书　　号　ISBN 978-7-5411-7108-6
定　　价　49.80 元

版权所有·侵权必究。如有质量问题，请与本公司图书销售中心联系调换。电话：010-82069336